紫藤花开

藤州

耀

藤县人大常委会教科文卫与民族工作委员会
藤县文学艺术界联合会 编
藤县作家协会

SPM
南方传媒

广东人民出版社
·广州·

图书在版编目（CIP）数据

紫藤花开耀藤州 / 藤县人大常委会教科文卫与民族
工作委员会，藤县文学艺术界联合会，藤县作家协会编．
—广州：广东人民出版社，2023.12

ISBN 978-7-218-17061-9

Ⅰ．①紫…　Ⅱ．①藤…　②藤…　③藤…　Ⅲ．①散文集
—中国—当代　Ⅳ．① I267

中国国家版本馆 CIP 数据核字（2023）第 204105 号

ZITENG HUAKAI YAO TENGZHOU

紫藤花开耀藤州

藤县人大常委会教科文卫与民族工作委员会
藤县文学艺术界联合会　藤县作家协会　编　　版权所有　翻印必究

出 版 人：肖风华

责任编辑：李力夫
责任技编：吴彦斌　周星奎
装帧设计：书香力扬®
　　　　　Tel:135 5118 0183

出版发行：广东人民出版社
地　　址：广东省广州市越秀区大沙头四马路 10 号（邮政编码：510199）
电　　话：（020）85716809（总编室）
传　　真：（020）83289585
网　　址：http://www.gdpph.com
印　　刷：四川科德彩色数码科技有限公司
开　　本：787mm×1092mm　1/16
印　　张：24　　　字　　数：470 千
版　　次：2023 年 12 月第 1 版
印　　次：2023 年 12 月第 1 次印刷
定　　价：88.00 元

如发现印装质量问题，影响阅读，请与出版社（020-85716849）联系调换。
售书热线：（020）87716172

序

蒙土金

"紫藤挂云树，花蔓宜阳春。密叶隐歌鸟，香风留美人。"这是唐朝大诗人李白去往夜郎古国时假道藤州留下的一首诗作，这首诗作就如日月星辰一般唯美，照耀着这片叫藤州的土地，光彩夺目。

藤县古称藤州，历史悠久。南朝梁时在永平郡置石州，隋开皇九年（589年）改石州为藤州，至明洪武三年（1370年）降州为县始叫藤县至今。在藤县历史上，名人荟萃、雅士云集，龙母温媪、李尧臣、陆蟾、契嵩、冯京、李用谦、李奉政、覃福、袁崇焕、石云飞、李振亚、马援、宋之问、鉴真、李白、苏东坡、苏辙、秦观、刘崧、解缙等就像群星闪耀，光彩藤州，更像一束束紫藤花开的花蔓，留香岁月。

紫藤花开是藤州的一种人文本色，是藤县历史文化一脉相传的象征，她贯穿在藤州文化人的精神血脉，折射着一种时代的灵光，体现着藤州文化人对故土情怀的守望和时代精神的深情呼唤。过去的藤州紫藤挂云树，今日的藤县花蔓宜阳春。于是，近几年来，藤县文联、藤县作家协会在出版了文学作品《浮金集》之后，又开始着手《紫藤花开耀藤州》的采风写作，编辑出版全景式反映藤县精神风貌的散文作品集《紫藤花开耀藤州》，这种以散文的形式全景式地描摹藤县17个乡镇的过往今昔、时代风貌、精神风骨，在藤县的文学史上还是第一次，确实是一件可喜可贺的事。

从2015年开始，藤县文联、藤县作家协会连续多年组织全县的骨干作家、作者深入到藤县的17个乡镇去采风，他们挖掘乡镇的历史，记录时代的变迁，反映藤县走进新时代波澜壮阔的时代风情，有令人感动的温暖瞬间、有历史传承的文化厚度、有山青水绿的怦然心动、有团结拼搏的精神守望，种种过往，一气呵成，汇聚成书，展现了藤县一个阶段以来文学创作中散文创作的成果，也为以文学的形式宣传藤县、推介藤县提供了一本本土读物，这本书的出版发行，必将在藤县的文学历史上留下浓墨重彩的一笔。

《紫藤花开耀藤州》共收入藤县 23 位本土作家的散文 90 篇，共计 35 万字，笔触遍及 17 个乡镇。作者中有广西作协会员 10 人，梧州市作协会员 10 人，其中一些作家还是广西散文界的佼佼者，也是藤县文学创作的中坚力量，像李燕霞、郑彬昌、卢颖莹、黄静、吴献凤等人更是佳作纷现，呈现出了良好的创作势头，衷心祝愿这些作家们能够继续深入生活、扎根人民，坚持以人民为中心的创作导向，厚植创作的源泉，创作出更多、更好的无愧于这个时代的文学作品。

紫藤花开耀藤州。愿古老的藤州紫藤花开不败，愿生机勃勃的藤县天天流光溢彩，愿每一个温暖的瞬间留驻人心，愿每一种奋斗皆得所愿，愿藤县的明天更加繁荣、美丽！

是为序。

（作者为广西作协会员、第九届广西作协理事、藤县人大常委会主任）

目录
CONTENTS

濛江

塘步

埌南

大黎

藤州

>> 古老的村落，去探寻它如庄周蝶梦般的幻美，去品味它如诗似梦般的隽永。

如诗似梦说中和

蒙土金

　　中和村是藤县藤州镇一座历史悠久的古村落，据清嘉庆二十一年辑《藤县志》载，中和村古时为孝义乡三都老鸦塘，成村于约南北朝至隋时期。金秋十月，我们随着梧州市作协的采风团走进这个古老的村落，去探寻它如庄周蝶梦般的幻美，去品味它如诗似梦般的隽永。

一

　　中和村确实是充满神秘而又如同梦幻一般的。

　　我们走在中和村里，如同走在一个沉睡了近千年的宋朝里的村庄。

　　这如梦幻般的神秘源于一场毫不经意的大雨。

　　1963年的春秋之交，一场倾盆大雨洗刷了这个叫老鸦塘的村子，竟然将一堆影青陶瓷的碎片冲刷到了人们的面前，这堆非同凡响的碎片的出现引起了考古专家的极大关注。次年9月，一支荷枪实弹的解放军部队悄然地开进这个古老的村庄，经过广西壮族自治区文物专家的复核和试挖掘，惊喜地发现这个坐落在北流河边的村庄里的"小山包"竟然是大量陶瓷碎片的堆积而成，烧制的瓷器极为精美，而且从前在史书及相关资料里从未有记载过。在出土的文物中，一个印花模具上刻着"嘉熙二年戊戌岁春李念龙参造"字款，另一个则清晰地刻有"宣和四年"的字样，而"嘉熙"是南宋理宗赵昀的年号，"宣和"则是北宋徽宗赵佶的年号。挖掘出土的文物造型大多为仿植物之类，碗、盘、盏、碟等圆器为敞口小圈足，多为葵瓣或莲瓣形，这是明显的唐宋时代的风格，并且这种瓷品在国内未见有同类产品，但在东南亚国家的博物馆中却有收藏，因此文物专家断定，这里是烧造青白瓷器而且以外销为主的宋代窑址，从规模来看此窑使用时间至少在100年以上。1973年10月23日的《中国新闻》6940期对中和窑址的发现及试挖掘情况一作报道，便马上引起了文物界的极大震动。

这个中和村即老鸦塘，就坐落在北流河的拐角处，距藤县县城约 15 千米，与北流河边上一个叫白泥塘的村子遥相呼应，而白泥就是烧制精美瓷器的主要原料。

由于窑址过于庞大，加上当时技术方面的限制，中和窑仅是只停留在试挖掘而没有做大规模的考古挖掘，中和村里这座千年前的窑址始终处在如梦幻般的神秘之中。我们行走在中和村的房前屋后，寻常巷陌，随处可见陶瓷匣钵、瓷器碎片的残积，只要随意扒开任何一块泥土，都能抽出一块块沉睡着的陶瓷碎片，带着历史的厚重和岁月的沧桑，徜徉在千年之外的宋朝里。

我们登上了当年 1 号窑址的芝麻坪山顶，只见在南起芝麻坪、北到莱山口长达 2 千米，宽 0.5 千米的范围内，当年 20 多座龙窑的瓷器碎片、匣钵遗留下来的堆积仍然静静地躺在这里，这些堆积品从山脚一直延伸到山顶，虽然随着时间的推移已经杂草丛生、树木茂盛了，但透过这如山般连绵的残存堆积我们依然可以想象到当年"昼则白烟蔽日，夜则红光冲天"的繁荣鼎盛景象。据考证，中和窑的窑室结构既科学又十分精致，龙窑窑体依山的斜坡而建，长 51.6 米，宽 3 米，已出土的各种瓷器标本、印花模具、窑具等近2000 件，除了极少数成品外，其余基本上都有残损，以青釉为主，白釉次之，有碗、盘、杯、壶、罐、灯、枕、腰鼓以及匣钵、垫托、模具等。在 1 号窑火膛附近还出土了 7 枚北宋的铜钱，其中 1 枚为"咸平通宝"，其余 6 枚为元丰、元祐的年号，这是否就是中和窑烧造的年代应始于北宋中后期、盛至南宋晚期的一个重要物证呢？中和窑的瓷器优雅，配饰花纹多以缠枝菊、牡丹、海水游鱼、孩婴嬉水、流云飞禽等为主，印花模具则花纹繁缛细腻，布局严谨。关于中和窑瓷器的传说很多，据说流传到日本的"九龙杯"就是中和窑的产品，杯子盛满水后，杯中九条龙的龙须在水中还会动呢。

中和窑一座窑口可烧造 2 万多件瓷器，而《宋史·地理志》载，宋时藤州户籍 6422 户，若按每户 5 口人计约为 32110 人，如按每人每年用或损坏 3件瓷器计算则需约 10 万件左右，这样仅需一口窑每年烧四五次便足以供全州人使用，如此庞大的生产规模显然不仅仅是满足本地的需要，这是否也是中和窑的产品大量外销的一个有力佐证呢？另外，中和窑中出现的摩羯纹印花模和青白釉摩羯印花盏及浅喇叭形碗等都未曾在国内出现过，而在泰国、马来西亚、柬埔寨等东南亚国家的皇宫、博物馆却收藏有不少同类的藏品，这种现象于我们来说也确实是一个难解之谜。

我们凝望着眼前这个叫中和的村子，这村子就像脚下的窑址一样十分地不简单。中和窑遗址的发现，扩大了我国青白瓷窑址的分布范围，同时也为研究宋代手工业的发展和社会经济关系，以及我国与东南亚各国的历史交往提供了宝贵的历史证据。然而，中和窑究竟具体建于何年？又因何原因悄无声息地湮没在历史的尘埃里？而在这长达千年当中，为何竟然没有在典籍史料中留下片言只语？就如同一个洁白的莲花梦一般，始终是个未解之谜。

中和村，就是这样弥漫着宋朝的气息，传扬在千年之外。

二

我们走在中和村的古码头上，任由北流河湿润的空气轻拂我们的脸庞，是那样的舒适而又惬意。村因河而长，河绕村而流，中和村与北流河就这样天缘之合地相生相成，也正是因缘了这条向北滔滔而去的河流，让我们透过历史空蒙的灵明慧光，竟然看到了在古藤州的大地上"宋瓷"与"宋词"水乳交融、"中和"在一起的神奇一幕。

北流河，珠江流域西江干流浔江段的重要支流，又称绣江，发源于云开大山南部广西壮族自治区北流县平政镇上梯村与沙垌乡交界处的双子峰南麓，全长 259 千米，流域面积 9359 平方千米，年径流量 80.1 亿立方米，于藤县县城汇入浔江。秦统一中国后，为了推进对岭南的统治凿通了灵渠，使长江水系与珠江水系得以相通，接着又凿通桂门关，使北流河与南流江相通，成为当时由咸阳（现西安）沿黄河经漕运、溯长江、入洞庭、进湘水、越灵渠、过漓江、经梧州，再从梧州、溯浔江到藤州、入绣江、往玉林、过南流江、达北海、通南洋的南方水上丝绸之路。《永乐大典·二三四藤城记》曾载："广右之地，西接八番，南连交趾，惟藤最为冲要。"古藤州段的北流河作为当时重要的岭南水道要塞，在南北交往和中国通向海外中担当着重要的角色，历朝的商贾官员、军旅将帅、流寓雅士、云游高僧、赶考才子等出入北流河，或休整寄宿，或游历山水，他们在历史的长河里共同渲染了北流河的商业浓度和文化厚度。

在村子里，我们与 80 多岁的老人麦远群不期而遇，他和我们侃起了中和村制陶的历史。他告诉我们，以前听祖辈人说北流河流域自古就有制陶业，到两宋以后，北流河流域影青瓷、青花瓷的生产则达到了封建社会制瓷业的顶峰。于是，中和村就这样天造地设般地成就了宋朝外销瓷器的烧造，成为绝代的扛鼎之作。

而当我们翻开"唐诗宋词"厚厚的历史，竟然惊奇地发现，就在中和村的宋代瓷器烧制、外销正旺的时候，宋代"豪放派"词人的代表、大文学家苏东坡与"婉约派"的一代宗师秦少游也淌着这条北流河水来了，他们在古藤州这块"中和"的土地上将"宋词"与"宋瓷"如梦幻般地结合在了一起。北宋绍圣四年（1097 年），苏东坡从惠州再贬儋州，苏辙则由筠州再贬雷州。苏东坡与其幼子苏过于 4 月 19 日从惠州出发，5 月初到达梧州，得知其弟苏辙已经离开梧州去往藤州便赶赴藤州，并于 5 月 11 日相会于距中和村约 15 千米的北流河口的得月楼。苏东坡望着楼下波光潋滟的河水，浮想联翩，写下《吾谪海南，子由雷州被命即行，了不相知，至梧乃闻尚在藤也。且夕将追及，作此诗示之》记述了这件事：

> 九嶷联绵属衡湘，苍梧独在天一方。
> 孤城吹角烟树里，落日未落江苍茫。
> 幽人拊忱坐叹息，我行忽至舜所藏。
> 江边父老能说子，白发黄颊如君长。
> 莫嫌琼雷隔云海，圣恩尚许遥相望。
> 平生学道真实意，岂与穷达共存亡。
> 天其以我为箕子，要使此意留要荒。
> 他年谁作舆地志，海南万古真吾乡。

此后，苏东坡三人走过中和村经容县、玉林至雷州前往海南。宋元符三年（1100 年），哲宗驾崩后徽宗即位，5 月宣布大赦天下，苏东坡获赦奉命回还，于 9 月 7 日至玉林经北流河乘竹筏下容县，由都峤山邵道士陪同再到藤州，受到了藤州太守徐畴元及其子徐瑞常的热情接待，并一同畅游东山。此时的苏东坡遇贬获赦再途藤州，于归途中秀山丽水逢故友，不觉心旷神怡，在东山上他欣然提笔写下了《浮金享戏作》一诗：

> 昔与徐使君，共赏钱塘春。
> 爱此小天竺，时来中圣人。
> 松如迁客老，酒似使君醇。
> 系舟藤城下，弄月镡江滨。
> 江月夜夜好，山云朝朝新。

　　使君有令子，真是石麒麟。

　　我子乃散才，有如木囷轮。

　　二老接白篱，两郎乌角巾。

　　醉卧松下石，扶归江上津。

　　浮桥半投水，揭此碧粼粼。

　　诗中掩饰不住苏东坡的喜悦之情及对古藤州的由衷赞美。游完东山后，苏东坡由邵道士陪同，伴月色乘船夜下苍梧。他与邵道士对月弹琴，在月夜的江中又吟下了《送邵道士彦甫还都峤》：

　　江月照我心，江水洗我肝。

　　端如径寸珠，堕此白玉盘。

　　我心本如此，月满江水湍。

　　起舞者谁与，莫作三人看。

　　峤南瘴疠地，有此江月寒。

　　乃知天壤间，何人不清安。

　　床头有白酒，盎若白露团。

　　独醉还独醒，夜气清漫漫。

　　乃呼邵道士，取琴月下弹。

　　相与乘一叶，夜下苍梧滩。

　　苏东坡的诗在古藤州的土地上代代相传，浸润着这方水土风情，让古藤州伴随着北流河水的流淌在墨韵中文脉飘香，以至于到了清代时，藤州举人苏时学（1814—1873年）凭吊江月楼，睹物思人，不禁深怀感触，泪眼蒙眬地写就了《江月楼怀古》寄托发自内心的追思：

　　自有藤江月，先生到始知。

　　艰难方遇弟，游览尚乎几。

　　汤饼留佳话，山云感旧词。

　　浮金堂下水，终古现须眉。

　　苏时学在诗里对苏东坡贬寓途过藤州时兄弟情深、朋友谊长的高尚情操以及热爱祖国河山、不放逐消沉的可贵情怀充满了由衷的敬意。而曾当过直隶省正定府元氏县知县的乡贤陈儞（1740—1792年）的《登江月楼怀古》则是对客寓藤州的苏东坡另一番赞叹：

　　江清月白四窗秋，曾记苏秦此胜游。

南国逐臣惟纵酒，西风怀古独登楼。

滩声树影他乡梦，水色天光异代愁。

今日歌诗人已杳，通津门外有渔舟。

到了清道光二十年（1840年），当时藤县的知县温鹏翀在北流河口的东山脚修建东坡亭（又叫访苏亭），道光二十一年（1841年）广西巡抚兼署学政，著有《楹联丛话》《楹联续话》《楹联三话》的楹联大家梁章钜带兵驻防梧州，他溯浔江而上经过北流河口时突见一新亭屹立河头，遂停船上岸探访，发现是新修的访苏亭，亭傍镶嵌有石刻的《东坡笠屐图》，亭柱上还镌刻着一副对联：

欢迎学士南来，夏日有荔枝三百；

笑送西江东去，春天采红豆几枝。

梁章钜不禁情思迸发，也随口即兴吟出一联：

公是孤臣，明月偏舟留句去；

我为过客，空江一曲向谁弹。

吟完，梁章钜意犹未尽，又抒一联：

万里赴琼儋，夜起江心弄明月；

一亭抚笠屐，我从画里拜先生。

句句诗、首首联，就这样和苏东坡一起渲染和传承着古藤州不竭的文化气息。

苏东坡的得意门生秦少游，于宋哲宗绍圣元年（1094年）从太学博士、秘书省正字及国史院编修官被贬为杭州通判，到杭州后不久又再次遭罪，被"削秩"迁移到湖南郴州，后再被贬到琼州。元符三年（1100年）宋徽宗即位后，秦少游被放还湖南衡阳，在回程的途中也走到藤州，他饶有兴趣地游览了北流河口的光华亭，并将晚上睡觉时梦见自己填的一首词《好事近·藤州与客诵梦中长短句》念给众人听：

春路雨添花，花动一山春色。

行到小溪深处，有黄鹂千百。

飞云当面化龙蛇，天矫转空碧。

醉卧古藤阴下，了不知南北。

他正念着，忽觉口渴，便叫人取水来，待取水到来，不料他竟对着那水大笑起来，并在笑声中溘然长逝，循着北流河水而来的绝代词人就这样将一缕清魂永远地留在了藤州的秀丽山水间。

我们想，这就是中和村不同凡响的地方，它如此这般地生长在北流河的边上，与北流河相生相依、相得益彰。中和窑精美的陶瓷经过窑工的烧制在北流河的码头上源源不断地沿着这条水上丝路输送到东南亚的泰国、马来西亚、柬埔寨等地，在大国的历史上书写着"宋瓷"的辉煌；而随着苏东坡、秦少游顺着北流河水的游走，那些伴随着桨声灯影吟咏古藤州的华美诗章，则将另一个"宋词"的巅峰流淌在了古藤州北流河的清波里。

三

中和村是有着浑然天成的瑞祥之气和内涵深厚的文化张力的，这种瑞祥的气息和文化的张力在中和村里无时不在地吸引着我们。

孔子在《中庸》中说过"喜怒哀乐之未发，谓之中；发而皆中节，谓之和"，又说"中也者，天下之大本也，和也者，天下之达道也。至中和，天地位焉，万物育焉"。而老子在《道德经》中则说："万物负阴而抱阳，中气以为和。"因此，是否可以说"中"是"和"的本来面目，"和"是"中"的具体表现和必然结果呢？把"中"推广到"和"，就可以使天地万物各处于它们合适的位置，世间的事物也就可以自然地生长、发展，这或许就是"中和"的本质吧。

就像"中和"的本质印证着"土生万物"一样，从航拍的照片来看，中和村真的就如同一只张开了翅膀的老鸦，安详地停靠在北流河的岸边，它是那样的率然随性而又恰到好处，所以从远古的时候开始，中和村便有了一个显得俗气而又十分形象的名字——老鸦塘。然而，就是这个叫作老鸦塘的村子，竟然天降大任一般承担起了在千年以前与江西的景德镇、福建的德化瓷比肩扛鼎的瓷业三雄的重任，成为中国在世界的代名词——精美的外销瓷器的窑址所在地，不得不令我们惊诧于这鬼斧神工般的造化。北流河流域自古以来就有制陶的历史，陈远璋在《广西考古世纪回眸与展望》中曾记述，北流河流域在新石器晚期可能就出现了原始陶器；至秦汉之交，已经出现了胎陶，到东汉，更出现了富民坊陶器作坊，而且规模有所扩大；再到魏晋南北朝至隋唐五代，北流河流域已有了零星烧制瓷器的窑炉，出现了制瓷工艺；而到两宋及以后，北流河流域影青瓷、青花瓷的生产则达到了封建社会制瓷业的顶峰。而《藤县志》则记载着，除中和窑外，在藤县的北流河口还有两处窑址，一处是胜西窑址，共有窑室 4 座，呈马蹄形分布；另一座是 1964 年发现的雅窑窑址，距镡津古城约 1 千米，也为唐宋时期的窑址，叠烧的瓷器有碗、盘、碟、杯、壶、罐等。也许就是这样的"天地位焉"造就了"万物育焉"，使老鸦塘本能而又随性地孕育成了大雅的"中和"，而中和村就这样地设天造般地成就了宋朝外销瓷器的烧造，成了绝代瓷器的扛鼎之作，定格在千年以前那个叫作大宋的历史朝代里。

经过了将近一千年的岁月轮回，我们再走进这个叫"中和"的村子的时候，我们依然能触摸到当年窑炉烧制火热的场景。在村子靠近北流河的一侧，刻印着岁月斑驳记忆的几个原始码头饱经沧桑却依然静静地躺在那里，仿佛还在喧嚣着当年桨声帆影的鼎沸之情；在中和圩的街道上，两旁店铺富有岭南水乡特色的骑楼则在默默之中向我们述说着它昔日繁华的景况。街道村巷几乎全部是由清一色的瓷器匣钵垒砌而成，虽然建了不少新的房子，但以匣钵作墙体建起来的传统四合院老屋依然散发着古香古色的历史遗光。在村头，"全国重点文物保护单位"和"广西壮族自治区重点文物保护单位"的两块牌子赫然在目。我们走到一堵由匣钵砌成的围墙前，看着一行行由光洁精美的匣钵排列垒成的墙体，发现一些匣钵上刻印着一些符号，再仔细分辨，发现竟然是字，而且好些匣钵上都刻有诸如"肆""梁""李""伍"等字样。藤县籍的自由摄影人霍战强先生一直对本土文化特别是中和窑文化情有独钟，他的足迹踏遍了中和村的角角落落，他一直陪伴着我们的整个采风行程。霍战强先生说其实他很早就注意到这些匣钵了，并且一直在用心地收集这些匣钵，现在已经收集到了"谢二""李一""六十六""莫二""李二十""覃贰""生""小李"等含了几十个姓氏的匣钵，摆放在他的"中和窑匣钵工作室"里，俨然就像一个匣钵的博物馆一般。他说计划要收集到一百个这样的匣钵，然后再做成一个"百匠碑"，镌刻在他正谋划筹建中的"中和养生植物园"里。我们揣摩着这些刻在匣钵上的字符，是当年窑工们计量的依据还是烧制质量的凭证？抑或是还有着更深厚的未解文化内涵？我们全然不得而知，但透过"百匠碑"的姓氏让我们去体会将近一千年以前中和窑的窑工们精工细琢的大国工匠精神，这无疑是一件莫大的好事。

就是这个中和村，一个古时叫老鸦塘的地方，因为有了这座千年前的窑址、有了这条日夜流淌的北流河，在我们的眼里就如此这般的如诗似梦！

怀古江月楼

李燕霞

每当夜幕降临，藤县县城巍巍的防洪大堤便成了人们悠闲的好去处，夜色下的防洪堤，是一道别致的风景。防洪堤上的人们安然徜徉，夜岚下的远山近水祥和惬意，江面上的渔火顽皮闪烁，七彩斑斓的灯影随波晃荡，在江风拂面的舒坦中，一种怀古的情思自然而然地浮上心头。

一座城的存在与发展是有其原因的，所谓天时、地利、人和，甚至其中还暗藏着玄机。藤县的县城是得了天地之灵气的，它依山而建，面水而居，清唱的梵音穿越千年的时光，从先秦一直袅落到现在。

弹着铮铮古音诉说着绵长、悠远故事的是蜿蜒千里、淳美娴静的西江和绣江，它们以浑圆苍劲的"丁"字铺在县城的中间，把县城分为东、西、北几大块。而在这交接点的岸边，曾经有一座历史名楼在静静地聆听着古远的历史足音，见证了历史的沧桑，只可惜在与历史的赛跑中，这座名楼却轰然倒下，悄然隐没在历史的洪流，如今，我们只能在一些史料里寻找它的踪迹，知道这座楼有一个诗意的名字——江月楼。

江月楼始建于唐代，在城东横街（即现在的角咀码头一带），原是藤州城楼之东门楼，楼高四丈，巍峨壮丽。筑城为守，建楼以瞭望，想必是建时的初衷，然而随着历史的变迁，这一军事用途也在逐渐演变、淡化，似乎更为便民所用，当时有码头和渡口直通河东之水东街，为通塘步镇、埌南镇必经之道。

江月楼临江而立，位置得天独厚，恰在西江、绣江交汇之处，故登楼远眺，仰邈远天空，清澄明净，气象万千；视对岸青山，群峰攒簇，蜿蜒起伏；俯苍茫江水，白帆点点，云影波光，两江岸边美景尽收眼底，一览无余，妙不可言。更绝的是，藤州八景东山夜月、石壁秋风，文岭云环，龙巷露台，剑江春涨，谷山列幛在这楼都能看到，于是乎乡野夫子、文人雅客，都喜欢聚在楼中或游玩赏乐、轻言谈笑，或吟诗作对、对月放歌。江月楼，在人们的心中便有了一个难以替代的位置。

而赋予江月楼另一种意义和色彩，使它真正成为千年名楼的，则缘于历史上几位赫赫有名的大文豪。事实上，很多景点或建筑本身也许并无特别或优胜之处，但它因人文因素的支撑便变得深刻而丰富起来，一如岳阳楼的出名，在很大程度上是由于北宋名臣、大文学家范仲淹所写的不朽名篇《岳阳楼记》；而黄鹤楼的名声大噪也得益于唐代诗人崔颢"昔人已乘黄鹤去，此地空余黄鹤楼"的千古绝唱。

江月楼的出名，是因为"唐宋八大家"里的苏轼、苏辙，还有另一位才高八斗的才子秦少游。

北宋绍圣四年（1097 年），时值 62 岁高龄的大文学家苏轼从广东惠州再次被贬往海南儋州，他的弟弟苏辙则在江西筠州贬往广东雷州。苏轼与幼子苏过于 4 月 19 日辞别了家人由惠州出发，5 月初来到梧州，得知弟弟已经先于他到梧州并往藤州方向走时，他便和儿子急追，于 5 月 11 日来到藤州并相会于江月楼。远离京城，远离家乡，兄弟二人皆是一贬再贬，如今却在这偏远小城里相聚，兄弟叔侄间悲喜不已，感慨万千，一番畅谈后苏东坡忍不住留诗一首：

> 九嶷联绵属衡湘，苍梧独在天一方。
>
> 孤城吹角烟梅里，落日未落江苍茫。
>
> 幽人抒枕坐叹息，我行忽至舜所藏。
>
> 江边父老能说子，白须黄颊如君长。
>
> 莫嫌琼雷隔云海，圣恩尚许遥相望。
>
> 平生学道真实意，岂与穷达俱存亡。
>
> 天其以我为箕子，要使此意留要荒。
>
> 他年谁作舆地志，海南万古真吾乡。

如此境况，苏东坡还不忘打趣"圣恩尚许遥相望"，并勉励弟弟"平生学道真实意，岂与穷达俱存亡"，可见他心胸之豁达。天地悠悠，独此小楼恬静温情地靠近着两位旷世奇才，见证着世间的骨肉亲情，颂扬着为人处世的一份从容与豁达，江月楼从此多了一段史话。

元符三年（1100 年）八月，被贬至雷州的苏门四学士之一的秦少游被召回京师，因慕藤州风景之胜，也在这里住了一个多月。乘着飒飒秋风，秦少游第一处要游的便是自己的师友苏轼、苏辙游过的江月楼。千江有水千江月，万里无云万里天，登上小楼，秦少游感楼外山色，慨人生际遇，胸中不觉诗意汩汩，于是吟下了那首有名的《江月楼》：

> 仙翁看月三百秋，江波日去月不流。
> 肯因炎尘暝空阔，直与江月同清幽。
> 苍梧云气眉山雨，玉箫三弄无今古。
> 九天雨露蛰蛟龙，琅玕长凭清虚府。

虽被召回京师，但诗人忧郁怅惘的心绪却并未消退。一月后，当他在江月楼右边的光华亭为客人背诵他在梦中得到的好词《好事近》时，竟然含笑而逝，从此藤州江月楼便随着苏、秦二才子的事迹与诗篇名扬于世，成为历史名楼，历经上千年。

此后，许多名人墨客慕名至此，也留下了不少诗篇。较有名的是清道光丙午科举人、预备内阁中书、著名诗人苏时学的《江月楼怀古》：

> 自有藤江月，先生到始知。
> 艰难方遇弟，游览尚呼儿。
> 汤饼留佳话，山云感旧词。
> 浮金堂下水，终古见须眉。

另有一首是清乾隆三十年（1765年）乙酉科举人、东兰、元氏知县陈倜的《登江月楼怀古》：

> 江清月白四窗秋，曾记苏秦到此游。
> 南国逐臣帷纵酒，西风怀古独登楼。
> 滩声树影他乡梦，水色天光异代愁。
> 今日歌诗人已杳，通津门外有渔舟。

江有龙君占，月为嫦娥居，楼因才子传，千载人皆知。江月楼已不仅仅是一座楼，很多时候，它已是一种象征，一种情结。它曾经那么祥和地依偎着一座城，波澜不惊，超然独立，可是，它终究走不出历史安排给它的命运，一百多年前，因为小城的扩建，古城墙被拆，它也随之轰然倒下。

透过并不遥远的时空，遥看1984年和1985年重新修建后的岳阳楼及黄鹤楼，隐约可以看到激射而来的斑斓灵光和底气。岳阳楼以"先天下之忧而忧，后天下之乐而乐"的灵魂魅力，吸引了天下的贤达和志士；黄鹤楼挟着历史和人文的厚重，使到武汉的游客"游必于是"。一个人成就了一座楼，一座楼成就了一个城市，这个城市因着这座楼而深厚并声名远播。

　　如今，气势雄伟的防洪堤正从江月楼的位置经过，那厚重的历史又再浮起，拨动小城人最殷切的心弦，政府也顺应民意，筹划在附近将江月楼复制。名楼重现之日，便是小城意气风发之时，人们登临远眺，将壮丽山水收入眼中，将炫目历史印入心田，重温一段历史，重塑一种情怀，重构一种魅力，生出一种豪情，迸发一股创作的冲动。

阅读西江

郑彬昌

一

春澜秋澈，夏盈冬枯，河流是有生命的，就像一根草、一棵树，一年四季就是一个轮回，有惊喜，有失落，有少年的意气风发，有壮士的晚年迟暮，自然导演的情感剧反复在时光的舞台上上演。

深秋时节早晨，我站在藤县西江大桥上，薄雾轻岚，朝阳送暖，碧波荡漾，有一片片金叶般的光影在水面上漂浮，摇来摆去，让我想多看一眼，再多看一眼。

柔软的轻波不断亲吻着河岸、水草、树叶。年年月月，反反复复，没有回落，不知厌倦，情如舐犊，很温情，很浓厚。

我知道，这是长洲水利枢纽的缘故，切断西江的不羁，截住西江的云雨，让这条多情的河流守住节操，有了涵养，不愠不躁，不疾不徐，从烂漫少女变成大家闺秀。

阳光温暖，金风送爽，空气中有了一种水乡闲适的味道。

一叶扁舟，又一叶扁舟，在金波上摇曳，渔网撒了下去，又拉了上来，几条鳞光闪闪的鱼儿在网上不断挣扎。不久，在渔民帮助下，它们的束缚得以解除，到了舱里的水桶，结束了一种束缚，进入另一种束缚。

或一列战舰，或一个堡垒，西江成了排兵布阵的战场，战舰、堡垒就是按容放鱼的网箱。我没有看到勤快的养鱼人，没有看到鱼跃清波，清风微澜，网箱平静得没有一点生气。可岸上观鱼，又怎么知道水底的大千世界、狂澜暗涌？

"三碗明虾碎肉烩呀，雪白粉丝长过北流河啰……"歌声从河面上的渔船传来。以歌传声，以歌传情，那是疍家的特色，有陪嫁歌、祈望歌、新娘过船歌、解禁歌、迎亲歌，以及拜堂歌、敬祖歌等，这些歌一路唱下来，恐怕是忙碌一天的活。渔歌是随口而出的机智，得有点"心有灵犀一点通"的造化，还得有随机应变的灵巧，是陆上难得几回闻的天籁，是疍家传唱千载的精彩。

城南社区的阿先有着深刻的一幕，年轻时他应邀当"枪手"对歌，做别人以歌传情，迎娶美人的开路先锋。五色彩旗装饰一新的礼艇开到了女方泊船处，歌对唱了一轮又一轮，可对方意犹未尽，还要对，西沉的太阳烘烤出新郎的焦急，今天的男主角忍不得情人柔情长流：抢！桨手早就憋足了赛龙舟的劲头，催发礼艇如离弦快箭。心里早已美滋滋的新娘此时甘愿做夫婿的"羔羊"，乖乖享受心上人温馨的抢夺，过了礼艇，过美满的生活才是内心的最强音。

光影传情，心随波转，心思被缭绕水汽氤氲得湿润润的，没有了尘嚣，没有了时空，疲惫忙乱的心绪失却动力，舒缓地融入这暖意融融的水乡。美景当前，谁还会自寻烦恼？

有了水就有了生机，有了水就有了机遇。充盈的江水，绽放了生命的渴盼与魅力，凝聚了力量的细流制造着巨大的希望。

常年丰满的西江，使船运从来没有过像今天这么发达。长年累月，白天黑夜，西江上都是来往穿梭的货船，运送木材、煤炭、陶瓷、钢材。轮船一开就等待着收获财富。"西江铺满着黄金"，一到藤县，投资陶瓷的客商对未来充满着自信。是啊，水路运输的成本只是陆路的六分之一，轮船一响，黄金万两，财富似乎就在一举手一投足之间生成。

丰水的次生机遇是工业发展，造船、陶瓷、发电、铝材、电子、造板，近年，藤县一下子涌进数百亿元的投资，两度跻身"广西科学发展十佳县"。迅速的发展，让人为之惊叹，几可陶醉。

二

我不可遏制地想着这条伴随着人们成长的河流。

西江，珠江的主干流，这条让世人惊奇的河流，跨越六省区，源流两万里，有着排名中国内河第二的径流量，哺育万千民众。在我过去的岁月里，无数次地追随它穿行、辗转，有天真笑靥，也有惊涛骇浪。它不断哺育着乡民，它的洪水也不止一次地伤害了乡亲们的心。

此刻，我面对波澜不惊的西江，河岸竹木葱茏，河面秋水平湖，轮船呜呜放歌，水波闪耀暖透心窝的光芒。

这里生长着繁盛的鱼类，流传穿越千古的龙母传奇，激荡着文人墨客的风骚和深情吟唱，生活着我钟情的民族和至爱的乡亲，浮动着我生命中那些可以言说和不可以言说与西江四季不期而遇的快乐和忧伤。

穿越两千余年，一个奇女子在河边农家诞生，有彩霞绕梁，有玉珠护体，这就是后来西江流域民众敬仰的河神龙母。在远古时空里，龙母用温柔的眼神抚摸她至爱的乡民，一手驯养五龙，一手普泽百越民众。她以五龙护卫，用智慧开路，点化蛮荒万物，驱逐虎狼猛兽，祛除灾患瘴疠，注深情与大地亲热，凭胆识和上苍对话，为万民请命，谋百姓福祉，把"母仪龙德、利泽天下"的种子一点一点播布在人的心海，流传代代。她，耗尽一生只做一件事——为民，这是后人敬仰她的唯一理由。

龙母圣像就在西江桥下五十来米远的龙母庙里。庙不大，也不起眼，低矮窄小，没有灵隐寺的名满天下，也没有大昭寺的富丽堂皇，但这里有瑞兽守门，琉璃盖顶，环廊曲折，前庭后院，彩幡低垂，圣像萧肃，有道道霞光隐耀，有浩浩灵气弥漫，神圣而肃穆。每天人进人出，香火旺盛，烟雾缭绕，时有远方客人来此寻根，来此膜拜。谁会知道，正是这个精致的小庙，已经接受两千多年时光的洗礼和万千民众的敬礼。

修庙纪念，敬为河神，这是乡民为龙母做的两件事。西江流域，谁知道到底有多少龙母庙？又有多少人对龙母敬仰膜拜？只知道她的灵魂还在，人们的思念还在。金石镂刻犹有竟时，唯民心铭记可以永恒。

三

西江，古南方水上丝绸之路。中华文明从中原沿长江，经湘江，过灵渠，下漓水，穿桂江，逆西江，到古藤州后盘旋回环，把繁华富庶留下，折而南上北流，再从南流江到合浦，而达交趾、波斯，一路流布直至他邦。

现在，当年的繁华富庶已了无踪影，倒是文人墨客那些诗词依然在这块土地上空回旋，吟诵有声，也为此，前两年藤县赢得了"全国诗词之乡"的美誉。"紫藤挂云树，花蔓宜阳春。密叶隐歌鸟，香风留美人。"唐朝诗仙李白曾寄寓藤州，没有留下什么丰功伟业或风流韵事，倒是这首《紫藤树》，成为一路擎引藤县诗风的气骨，也成为藤州诗词之滥觞。随后的苏轼、黄庭坚、秦观三位宋代文学大家，被贬途中先后经过藤州，为位于三江水口的藤州美色所陶醉，"爱此小天竺"，流连忘返，与时人吟诗记趣，排遣心中之闷愤，经常"醉卧古藤阴下，杳不知南北"，成就了这里的贬官文化。苏东坡、黄庭坚留下诗词佳作匆匆而去，唯独秦观一缕清魂系住这一方山水，反复吟唱他的艳词丽句。经济可以使一个城市腾飞，文化则能让一个城市永恒。

柔情似水，似乎世间男女的情爱都与水脱不了关系，这在西江又一次得到了佐证。

在上游距县城 2 千米的大顶角，有一座英台庙，庙临西江而建，两层建筑，已有几百年历史，静谧、典雅、质朴。庙里，祝英台端坐在幛幔肃然的神台上，祥慈蔼悦地俯视着膜拜者。

庙里有个 50 多岁的独身女庙祝，每有游人、信徒到此，她都会殷勤地向对方诉说梁祝的故事：书馆里倾心而谈，柳荫下庄重盟誓，月夜里深情守望，墓穴中涅槃爱情，魂化痴蝶。见惯了成双成对或者成群结队的参观者，庙祝好奇我的只身出现，以为我是被爱情遗弃的人，对我讲起梁祝的故事来，尤其细致详尽，以至眉飞色舞。我一直认为她是祝英台的"粉丝"。

江对面另有一座山伯庙，它正对着英台庙，一层建筑，盖的是青灰瓦。这两庙无疑是为了纪念梁山伯与祝英台这对旷古经典情人而建的，但我至今不明白，为什么不把两庙建在一起，而要隔着一条西江？难道要继续考验他们，让他们长相思长相忆？"望穿秋水只盼楼台再会"，奈何佳期如梦，生前无法在一起，死后依然无法在人们的意识里成为一对，世人要把爱情悲剧演绎到极致吗？

牛郎织女相隔银河，守望一年才有一见的欢愉，梁祝为蝶，以短暂的几天生命享受如影随形的炫目美丽，然后又是漫漫一年的炼狱与涅槃。天上人间，如此相似，距离产生的美丽竟然如此奢华！

四

如今，河水已经被驯服，遇旱而蓄，遇涝而泄，河水常年充沛，不会再有被干旱洪涝袭击之虑。

是的，西江失去了四季多情的面孔，没有风姿绰约的身段，没有中流击水的畅快，许多美丽随水而去，许多记忆淹在水下，遗憾在河水里反复流淌。

尽管我明白，情感与现实是不对等的，但我仍想感叹。

繁盛与衰微，存在与消亡，此事古难全。这通常是自然的生长规律。

而人，永远希望能够主宰自己的命运，趋利避害，求大利舍小利。这，就是人类的生存法则。

河南岸，不断成长的城市已经像一位丰腴的少妇，披着华丽的外衣，有着曼妙的曲线，细长的江堤成了巧致的腰带，堤上仿古而建的镡江亭、通津亭、得隽亭、孝通亭，如镶在腰带上的宝石一般，把县城装扮得更为婀娜多姿，活色生香。两处临水而建的住宅区，成为城市的娇宠，市民都渴望面水而居。

有了水就有了灵魂。水，一直是人们的生命环节。

煤炭短缺，持续干旱，广西电力紧缺，藤县遭遇了前所未有的电荒，城乡因此黯然失色，为避酷暑，人们露宿楼顶；为了碾粮食，人们守候到深夜通电。我想，如果没有每年发电量 20 多亿千瓦时的长洲水利枢纽，我们的生活状况会怎么样呢？

忽然间就有了一种想唱歌的感觉，于是我唱起《天路》。从路人异样的目光中，我知道走调且不悦耳的歌声破坏了他们心中原有的美好心情，但我不在乎。

这个早上，我读懂了西江，这条已经失去了季节却每时每刻都在奉献的河流。

穿越宋瓷的远

曾春凤

不知绣江碧水晕染了几回，才捧出中和村明艳如画的秋光？随处散落的宋朝瓷片，又惹了谁的情思绵绵、浮想缱绻？田野、村庄、古窑、断垣颓墙，远古又现代的组合，如串联着一根细线，生生地把人的神思，在前世今生的忘川渡上，拽去又拽回。

藤县藤州镇中和村，俗称老鸦塘，位于距县城 10 千米的北流河东岸，村中有 20 多座瓷窑，主要分布在沿江 2 千米长的小山丘上。到底是沾了北流河的灵气，中和村显出一派宁静祥和的秋韵，房屋星星点点，水稻丰收在望，菜园翠绿盎然，瓜果飘香，江边顽童戏水，野趣横生。我们作协一行人，在溢满稻香的乡间小路上，一步一步走进历史深处，千年古窑那滚烫的气息似乎扑面而来。

中和窑为民窑，据说是建于宋代，于元代被废弃，现被广西壮族自治区人民政府定为重点文物保护单位，古窑烧造的青白瓷，又叫影青或隐青，釉色介于青白之间，白中透青，青中泛白，她的清姿丽影，蕴藉平实朴素而不失空灵的禅意，正所谓"青如天，明如镜，质如玉，声如磬"，所以青白瓷能在宋代大放异彩。房前屋后，深幽小巷，寻不到青白瓷的惊鸿倩影，残破的烧瓷模具——匣钵却随处可见，我们小心翼翼地走，唯恐踩碎了文物的梦。散落的匣钵，或三三两两，或聚集成堆，长短句，平仄调，一瓷一字，像是叩响一阕清绝宋词，那么美丽，那么哀愁。"佳节又重阳，玉枕纱厨，半夜凉初透。"李清照的玉枕，便是一种青白瓷枕头，词如其人，瓷如其品，青白相映，青山隐隐，白云出岫，大宋的天空，凉了千年，也温润了千年。一声叹息，一缕念想，不禁才下眉头，却上心头。

遥想百多年以前，北流河水每年夏天发大涝，淹没村庄，泥砖砌就的房子经不起泡浸，聪明的村民就地取材，于是我们今天有幸目睹了这奇葩瓷墙。

褐红色的匣钵碎片砌成的农舍墙壁，按瓷片的弧度一排排正反错开，片与片之间用少量黏土粘连，墙的上部分改用泥砖，墙的转角处，码着坚硬的石块。轻轻触摸这些文物，仔细寻找那藏在窑烧里的秘密，果然，匣钵表面镌刻的文字和数字清晰可见，文字以姓氏居多，数字是生产的数量吧？由此可见当时烧造瓷器规模之大，分工之精细。据百度解说，"匣钵是窑具之一，在烧制瓷器过程中，为防止其有害物质对坯体、釉面的破坏及污损，将陶瓷器和坯体放置在耐火材料制成的容器中焙烧，这种容器就是匣钵，亦称匣子"。

我与中和青白瓷的缘分，终究隔了一层匣钵的距离，想象着她如女神般被陶瓷专家供奉在博物馆里，接受万人目光的洗礼，该是多荣耀！而这遍地瓷片，不惜烈火熏烤，得一瓷身，却此般易碎啊！一生只为他人作嫁衣裳，捧红了别人，却误了终身。它们酣睡千年，把浮尘的热烈与喧嚣，静静回归到大地最原始最古朴的泥土中。如今，在中和村转个弯、拐个角，就能遇见一道道匣钵砌成的旧墙，房子已人去巢空。光阴斑驳，夕阳几度，多少风烟漫过，多少沧桑侵蚀，又有多少欲说还休的寂寞守望。

"天青色等烟雨，而我在等你，月色被打捞起，晕开的结局……"千年只为一人等！传世的青花瓷，终究等来了方文山这个绝世知音，来诠释那流转万千的哀婉。帘外芭蕉惹骤雨，门环惹铜绿，而我路过那中和，又惹了谁深情的回眸？世间所有的遇见，都是久别重逢。埋在宋代的沉韵伏笔，是前世今生相认的信物，风雅一青瓷，原来早已"摇动所有的经筒，不为超度，只为能够触摸你的指尖"。青瓷，我，前世，今生……我沉溺于缥缈的遐想中，愈走愈远。

当我走出深幽小巷，视野豁然开朗，秋日的夕阳祥和惬意，青砖黛瓦，抑或白墙铁栏的人家，炊烟已袅袅升起，炊烟飘过竹林，散入绣江。面对此情此景，不禁遥想，宋时的中和窑炉林立，烟火不息，"昼则白烟蔽日，夜则红光冲天"的繁荣景象。当时烧造的青白瓷，胎质细腻洁白，清凉莹润，薄而坚硬，叩之有金属声。烧造的品种之多，完全涵盖了所有的日用瓷器。据专家鉴定，中和窑的一对小花碗，无论是胎质和饰纹、烧制和造型都非常成功，可与江西景德镇湖田乡出土的宋代影青瓷媲美。

此外，中和村临水而居，北流河是古代"水上丝绸之路"西江流域的支流，方便的水上运输，保证了陶瓷的完整无缺。站在承载了无数古人足印的古码头，抬眸远眺，绣江一河两岸，烟笼竹海雾笼沙，河水悠悠，清澈迤逦如绸，亦如缓缓流逝的光阴。古码头几度修建，其中一段仍保留了原始的模样：弧形的匣钵瓷片，一排排镶进泥土中，像一道道粼粼的波光，夕阳下，那远古的盛景又浮光跃动，随水蹁跹。

宋朝时期，随着南方社会经济的发展和繁荣，中和陶瓷也日渐达到鼎盛时期，大批的青白瓷远销国外，北流河帆来楫往，商贾云集，热闹非凡。民间传说，南宋时，北流河河水大涨，上游漂来许多木头，窑工将其捞起、晒干，放进瓷窑燃烧，用烧成的瓷碗盛水，这时奇迹出现了，碗里刻印的鱼虾竟然款款而动，活灵活现。窑工们大喜过望，奔走相告，经查实，鱼虾会游动的瓷器是用檀香木烧的。这事轰动了全国，于是皇帝下令把瓷器呈上，窑工们唯恐烧不出鱼虾会动的瓷器而被斩首，纷纷逃亡，中和窑随之湮没。

藤县中和窑的发现扩大了我国青白窑窑址的分布范围，填补了广西的空白。但这些渗透了古代劳动人民的智慧和汗水的古窑，究竟是如何湮没的呢？期待有关的学者专家进一步挖掘、探索研究，解开这广西名窑的千古之谜。

归去，攥一片粗糙的匣钵，触碰这千年古窑的神奇韵味，感受华夏文明的灿烂精髓。暮色中，氤氲的轻岚如梦如幻，我们渐行渐远，中和，仿佛还生活在远古的时光之中。

一脉中和牵清梦

甘丽云

周末，一群文人，数架相机，一次温暖的中和采风——在这样一个凉气渐深的秋天，我们相约藤县中和村，寻找遗失了千年的陶瓷故事。

我们在村口下车，村子背山面水，未走近，远远地就看到，屋宇错落有致，古色古香。走在村道上，天空有柔和的云朵相伴，一阵轻风徐徐吹过眉梢，使人心旷神怡。中和村温静悠然，给人很舒适的感觉。田里的稻穗在招手，竹排在阳光下，拨动着灵光闪烁的水面，村子在澄蓝的晴空下和着泥墙灰瓦，充满了淳朴的气息。竹林间积攒着的枯叶，旋转着飞扬，又均匀地铺散在地面，掩盖了泥土。穿越沧桑的历史，到幽静深远的屋巷飘然行走，自然的美景与村落相互衬托，舒适安逸。北流河水潺潺，中和村像一幅油画展现在你面前。"碧云天，黄叶地。秋色连波，波上寒烟翠。山映斜阳天接水。"古朴的石阶会引着你向前，在店铺悠闲下棋的人们，站在房顶瓦片间轻啼的公鸡，在屋檐下懒洋洋睡觉的小狗，坐在板凳上猜着"剪刀、石头、布"的小孩……无不体现中和村原汁原味的美。在这风景如画的诗篇，文友们轻吟一首诗，唱一首歌，都是无比喜悦。

中国陶瓷历史悠久，早在一万年前，中国人的祖先就发明了陶器。从古至今中国产生了数不清的陶瓷绝世佳品，令世界惊叹不已。作为世界上陶瓷出口最早的国家，中国也因此赢得了"瓷国"美誉。先民累积丰富制陶经验后所获得的丰硕成果，中国陶瓷发展史中的点点滴滴，无不说明中华民族是一个具有智慧与创造力的民族。藤县的中和窑被广西壮族自治区政府于1981年8月25日公布为广西壮族自治区重点文物保护单位。在考古中采集得到的种类繁多，形式多样。藤县历史研究会秘书长周雄介绍时说："经1964年、1975年考古调查，试掘中发现了一件印款有'嘉熙二年'花模具，说明了生产的年份。当时中和村陶瓷兴旺昌盛，而且在技术上还相当娴熟，只是后来如何湮灭了，到现在还是个谜……"传说，中和窑瓷土原料、燃料是本地特有的优质"白鳝泥"和檀香木，这些矿脉和燃料因竭泽而大量开采用尽。

藤县中和窑瓷器可与同期景德镇瓷器媲美，被收入《广西博物馆藏古陶瓷精粹》一书。传说其精品"九龙杯"现藏于日本，"九龙杯"最神奇的是其杯或碗盛满水后，杯中九条龙的龙须、里面的鱼虾都会款款而动，活灵活现。夏季用其钵盛"白斩鸡"到香港，两三天也不会变味。

何其幸运，我第一次踏上这土地，就听到了这么神奇的故事。我小心翼翼地行走，怕惊扰沉睡的梦，神秘又充满神奇的色彩。一个地方，无须太多的寻度，当年陶瓷工的故事镶嵌在墙，如琴弦的片段，这些碎片在这生活的场景中，仿佛诉说历史的沧桑。

中和的瓦碎，随处可见昔日繁华的踪迹。在村子，你会很自然地把自己的故事、思绪融入中和。看似寻常的古巷、脚下的瓦片，不时地提醒你这里说不定还收藏着一个个故事。你的每一个脚印，可能都有宋代的故事。你要轻轻地移脚，不忍用力。心中想的，是把它湮灭的原因弄明白。走在古街，让我有一种"众里寻他千百度，蓦然回首，那人却在，灯火阑珊处"的感觉。穿过一片古屋，闭上眼睛想象，那过去的繁华昌盛就全回来了，火光历历在目。

清风在细细地浸润我想象。寻梦、寻宝，看到静恬的风景，会自然的感叹"落霞与孤鹜齐飞，秋水共长天一色"。这时，你可以与小草说话，与蝴蝶说话，与云朵说话，甚至与风说话。瓦片都会说话，都有表情，也有故事。对于它的历史，你可以用任何方式去打开它，无论是用眼睛去阅读，用喉嗓去朗读，用心脏去感受……陶瓷瓦片那绚丽的曾经，穿梭于灵魂。想象那瓷器的纹饰，缠枝花卉、缠枝卷叶、海水游鱼、海水戏婴、水草、飞禽……还有那丰富的印花模具，历经千年，已成瓦碎，散落村子。

也许陶瓷是有灵性的吧！相遇也需要一种缘分。我轻轻拿起一块印有字的碎片，厚而沉。见到它时，立刻被它所震撼，所吸引，所痴迷。而它的魅力，岂是眼睛所能全览的啊！可能，它曾投入一场无奈的挣扎，时光荏苒，在灵气中出生，又在烈火中重生。"明如镜，青如天，声如磬。"得以传世，靠的是那些烈火赐予的磨难，磨砺出的坚强。在文人墨客的手中，传世千年，但留下的痕迹，从没被忘记。

数着脚印，世事在岁月里流动，尘世被一步步走远。文友执手相拥，放声大笑，酣畅淋漓地表达对陶瓷瓦片的赞美。而你呢？喧嚣纷繁的曾经，却远在散不尽繁华的宋代……

太阳落山，晚风飘梦去，去到了那我去不了的地。"夜阑惊起还乡梦，窑火通明两岸红。"是谁在窑边轻叹千年的等待？

当晚霞透过竹林，在暮色中还有余温，看着远远的炊烟，这是柴火，是农家特有的最原始的煮饭方式，陪着夕阳落去，便触动了内心深处的一份安宁。旖旎的霞光，映照于清莹透彻的北流河。六点了，夜幕将至，但我们甘愿享受这份水波不兴的静谧，陶醉在那光彩熠熠的村子中。在吸引人的情境里，有人喂鸡的声音，于沉睡的瓦片，没有交流，仅仅是擦肩而过，便爱上了你衣衫上波纹般的褶皱。

"轻轻的风轻轻的梦轻轻的晨晨昏昏，淡淡的云淡淡的泪淡淡的年年岁岁。"我想，曾经这里是应该热烈、透彻、不保留、不回避、痛快淋漓。它可以穿透生活的俗尘和浅薄的欢乐，深入到生命的肌理中去。村子每条铺开的道路，都是你不经意间写的一字一句，轻轻沉醉，读懂了，便笑而不语。

坐在窗前，想把中和陶瓷的梦，一字一字写在信笺上。凝神，思索，写写停停，斟斟酌酌……终是描绘不出湮灭的陶瓷。手中瓦片，却没有入梦……

幸福安居梦

吴献凤

饭后闲余，我总喜欢走到阳台，坐在吊篮上，看着远处霓虹灯变幻，聆听着花园里的虫鸣，享受着凉风轻撩秀发的舒畅。随着摇篮的轻晃摇摆，在这薄雾轻岚的夜色中，我开始沉醉……

这是我梦境中的家园！这在以前从不敢奢望实现的梦想，就这样变成了现实。

房子位于县城的一个小区内，三室两厅，都是按照自己的理想设计的，宽敞明亮，温馨怡人。房子南北朝向，清风穿堂入室，阳光临窗弄人。阳台上安装了一个吊篮，休闲时刻，可以半躺在上面品茗、读书，或者什么也不做，闭上眼睛，让自己在美好温馨中入定。

小区的中间有个小公园，公园内绿树婆娑，碧草如茵，更有各种花卉，一年四季鲜花常开，小公园旁边是泳池。雨后的夏夜，忽高忽低、忽长忽短、此起彼伏的蛙叫虫鸣犹如天籁之声，在这小区里不断传播。静心聆听，一种处身乡村原野的舒适感便在心间激荡。

思绪穿越时空，又一次回到了那个熟悉的地方。

这是一座不到两百平方米的砖瓦房，一排矮小漆黑的厨房、两排房门相向的房间，住着六户人家，大伯、二伯、四叔、五叔、阿木哥和我家。每一户只分得一间厨房，两间总面积不足二十平方米的卧室，没有客厅。我们姐弟四人，只能挤在一间房里。房间里放了两张床、一张桌子后，连转身的地方都没有了。睡里面床的，只能从外面的床上爬进去。奶奶和伯婆没有地方住，爸爸和伯父就另外在外面盖一间矮平房，一间屋子中间砌一堵墙隔开，妯娌二人各住一边。洪水最大那年，奶奶和伯婆住的房子倒塌了，奶奶只好搬过来跟我挤住在一起。

老家在西江边，几乎年年涨洪水，房子年年被淹，年年要搬家。搬家成了我最痛苦的回忆。洪水一来，我们就得把家杂床铺等搬到临时盖在高处的草棚里住。草棚多盖在竹林或芭蕉林里，环境杂乱、蚊虫成群。洪水期间又多半是雨天，道路泥泞，蚊子成堆成堆地向人扎来。洪水退后，还要把墙壁和地板洗刷干净，撒上石灰简单消毒后才能搬回来。有时候一年当中，撤离、搬回，再撤离、再搬回，反复折腾几次，又烦又累，苦不堪言。

苦于搬家，大伯、二伯、四叔、五叔、阿木哥都先后搬到高处建房或者到外地定居了，只剩下我们一家还在老屋居住，与洪水斗智斗勇。有一年，母亲深夜起来如厕，脚刚伸下床，发现洪水已没过脚踝。于是，全家人惊醒，匆忙抢搬家什，从凌晨两点一直搬到中午。滴水未进的母亲崩溃了，失声痛哭起来。从那时起，我们一家暗下决心，一定要建一间避开洪水、风雨无忧的房屋！

家无余钱，但是这并不能难倒我们，没有砖瓦，我们自己烧；没有钱请机械，我们就一锄一锹挖土平地。二十一世纪初，历时三年，一栋崭新的三层半的青砖楼房终于建成了！新房子在老房子的旁边依山而建，前半部分用十几根水泥柱子架高，让一楼地面处于老房房顶上方。从此，再也没有洪水能够影响到我们的家了。

搬进新家的那一天，全家人一扫多年的阴霾，喜气洋洋地在凉亭里聊天、喝茶。清晨，站在楼顶上，全村的风景一览无余，幢幢高楼拔地而起，或一楼架空，或在地势高的地方建，村民都不再受洪水之苦。门前屋后，处处有翠竹、芭蕉环绕，田田荷塘穿插其间。村前的西江如一条洁白的哈达，轻盈地从远处蜿蜒过来。从那一刻起，我眼里的西江是那么的秀丽，那么的温柔！

参加工作后，我经常回家，村里的篮球赛、牛歌戏什么的几乎都能赶上，左邻右舍、亲朋好友的各种酒席也多能参加。几年前，阿勇堂哥在我们村新村建设规划区里买了一块地，经过几年奋斗，他在那块地上建起了一幢漂亮的别墅。去年，堂哥乔迁新居，我特意赶回来喝喜酒，发现新村里的每一幢房子都是统一规划的。宽敞明亮的通道两旁，新安装了太阳能路灯，绿树、花坛点缀在房前屋后，漂亮的小别墅整整齐齐地排列在道路的两旁，就像城市里的小区。

我生于斯、长于斯、工作于斯的地方叫藤县，是一座具有岭南特色的小县城。在我们县，每一个自然村都有一个这样的新农村，尽管每一处的建设规划不尽相同，但干净、整洁、舒适的小区型建设是它们的相同点，成为乡下人家一张亮丽的名片。我常常想，若干年之后，不管城市，还是乡村，人们的家园肯定都一样美丽、宽敞、整洁、舒适。

工作之余，我喜欢漫无目的地散步，沿着河西防洪堤走，穿过旧粮所、旧麻纺厂，绕到杉木冲，县城几乎每天都有变化。旧粮所、旧麻纺厂早已不见踪迹，幢幢小区楼房拔地而起。杉木冲原是一片荒山野岭，随着城市建设的扩建，荒山夷为平地，新中医院、养老院、实验中学在那里落地。万景佳园、桂宏达、碧桂园、彰泰玫瑰城等现代化楼市陆续开盘，特别是碧桂园、彰泰等全国知名的品牌房产企业相继落地藤县，犹如一股清泉活流，使这座县城呈现出日新月异的变化。

河东的变化更是令人惊讶！二十世纪九十年代以前，河东还是一个小村庄，稀稀落落的房屋散落在蜿蜒、狭长的沥青路两旁，路边偶见一两间破旧的厂房。二十世纪九十年代末，随着藤县经济的不断发展，藤县河东纳入新城区的建设规划中。短短的二十年间，这里发生了翻天覆地的变化：一条宽敞洁净的八车道从藤州大桥东一直延伸至高速路口，道路两旁绿树成荫，鸟语花香；一幢幢楼房拔地而起，一个个美丽的小区出现在人们眼前，配套的藤州文化广场、体育馆、挂榜岭公园、东山公园场所坐落其中；西江、北流河两岸及西江大桥、藤州大桥、杉花根大桥的灯光立体景观在夜空中相互呼应，一座充满现代化气息的宜居小城市初具雏形。

前段时间，有人做了一项统计，藤县县城新开发建设了四个新区，城区面积达到 2944 公顷，比十年前翻了一倍！令人高兴的是，不单纯是楼房的增加，绿地总面积也在增加，达到 1012.7 公顷，绿化覆盖率达到 38.7%。这是绿色家园的要义，也是人们的不懈追求。

每一个小区，每一间房子，都安放着一个安居的梦想。抬头能看见皓月星空，低头能看到绿树鲜花，闭眼能听到鸟叫虫鸣，这就是人世间最美好的家园！

在访苏亭过除夕

陈志锋

2021 年我响应号召，就地过年，没有了往年归心似箭的匆忙，临近年关竟多了几分清闲，腊月二十九清晨我步行去访苏亭。

访苏亭（民众俗称"东坡亭"）位于藤县县城河东东山公园西麓，绣江江口东岸，是清朝道光二十年（1840 年）藤州知县温鹏翀为纪念北宋大文豪苏东坡两次寓居藤州而修建的亭子。

1998 年和 2018 年我曾先后两度访问访苏亭，当时，我并没有在访苏亭看到苏大学士遗诗的碑刻，心中不免有些怅然。这次造访，访苏亭已被修缮一新。远远看去，一道圆形拱门油上了红漆，颇像一轮红日从浔江上喷薄而出，拱门上"东坡亭"三个黄色行书字体熠熠生辉，院墙贴了青砖盖了碧瓦焕然一新。地板也铺了瓷砖平顺整齐，四柱翘角的亭子上过颜色，流光溢彩，亭下摆放着造形可爱的石桌石凳。门墙内右壁镶了访苏亭简介的碑刻，方便游人了解访苏亭的历史沿革，院墙内右壁镶了苏东坡、封祝唐（清）、边其晋（清）、黄穆清（清）等历代文人雅士的题诗碑刻，供游人吟诵揣摩。如今这里常有闲情雅兴之人前来对弈、抚琴、吟诗、唱戏，是市民难得的一处休闲之所。

我这次访问访苏亭，正好赶上刚下过的 2021 年第一场春雨，那天尚无他人捷足先登，被雨水打下的落叶铺了一地，庭院显得有些冷清，又值年关，我不免对苏大学士坎坷的身世多了几分怜悯与同情，于是打算给古亭除旧迎新，我环视一周庭院并无扫帚，当天只好带着些许遗憾归来。

第二天是除夕，我起了个大早，匆匆准备了扫帚和祭品前往访苏亭，经过半个多小时的清扫，访苏亭更显神清气爽了，我摆上祭品供奉，然后开始饮起酒来，三杯两盏下肚竟有了些醉意，醉醒时分街道上已是行人稀疏，买好年货的人都回家忙年夜饭去了。

除夕之夜远离乡土，我心头不由得泛起一缕淡淡的乡愁，设身处地，我更深刻地体会到了苏东坡与弟弟子由的离别苦恨，好在此地正是他们的经行之处，我眼前仿佛又出现了苏东坡欢饮达旦的情景，那千古传唱的词句"人有悲欢离合，月有阴晴圆缺，此事古难全"又在耳边吟响，它好像在提醒我——人生在世，不可能总在顺境中，在无力改变所处环境的情况下，尽量保持积极乐观的心态，在心中保住那一份美好，必然可以看到不同的景观。于是我振奋精神，宽慰自己既留之则安之，努力做最好的自己。

晨登挂榜岭

卢志芳

　　我喜欢晨跑，平时晨跑的地点都是在江边。有一晚我和朋友散步，朋友说："你何不变换一下跑步地点，去挂榜岭登天梯？那里空气清新，景色宜人，你不去就太辜负大自然的馈赠了。"听了朋友的话，我决定去挂榜岭爬一回天梯。

　　挂榜岭位于县城河东，远观没什么特别之处。我一边往挂榜岭方向跑，一边思索，这么普通的一座山，为什么能吸引这么多喜欢晨练的市民？带着疑问，我加快了脚步。

　　来到山脚，一个拱形的大门上方，镌刻着"挂榜岭"三个醒目大字。入了大门口，我抬头仰望，松林成片，多数都有十几米高，郁郁葱葱。这些松树千姿百态，或挺拔，或昂扬，彰显顽强本色。一条宽阔的水泥路向山顶延伸，路边开满了各色各样的野山花，争奇斗艳。一阵晨风拂过，松香花香扑鼻，沁人心脾。我贪婪地深呼吸，随着一条舒缓的石阶路漫步，一边细赏植物的缤纷多彩，一边聆听松涛如潮，大自然的风采果然荡气回肠！

　　来到半山腰，我看到一个四角凉亭，凉亭内摆放着两条石凳。在凉亭的左边出口处三米远，就是天梯了。天梯顺着山势修筑而成，长83米，共208级。我抬头仰望，不禁惊叹道："这真是名副其实的'天梯'啊，直插云霄，好长好陡！"我心想，想爬上天梯，真的要有一定的耐力和胆量才行。

　　可喜的是，在天梯的两边铺设了两条舒缓的石级路，不时有坡。也就是说，登上挂榜岭山顶，共有三条道路。登山者可按各自的体质、体能，选择合适的道路向顶峰攀登。

　　无限风光在险峰！我信心满满地在天梯上健步而行，一边拾级而上，一边欣赏沿途的美景。我徜徉在这片绿色的世界里，恍如置身世外桃源。

　　爬到天梯一半时，我的脸上已经淌满了汗水，气喘吁吁，是前进还是后退？正犹豫间，一个大约十岁的女孩从我身边经过。她红扑扑的脸蛋像花儿一样可爱。她看了看我，留给我一个无比灿烂的笑脸，然后继续往上爬。

这个自信又执着的女孩感染了我，我不再犹豫，继续攀爬，只是走走停停，有时做片刻的休整。终于，我从天梯爬到了挂榜岭的最高峰。

纵目四望，整个县城的美景尽收眼底。近处的河东，一座座高楼大厦拔地而起，汽车在纵横交错的公路上鱼贯而行；河西的防洪堤，河东的西江桥，像牛郎和织女互相守望，形成一道非常亮丽的风景线。北流河和西江交汇处，形成一个壮观的英文字母"T"。江面宽阔平缓，江水碧绿，江面上舟楫往来。一座山城能同时拥有两条河流，这是一种幸福。远处连绵起伏的群山，被一层薄薄的晨雾笼罩着，影影绰绰，缥缥缈缈，如同迷人的仙境一般。

我突然明白了，攀登挂榜岭的天梯是对人的毅力与耐性的考验，它可以磨砺你的意志。而山顶的美景则是对坚持者的奖赏，半途而废者是不能领略到登高览胜的惬意的。

挂榜岭和东山

罗金霞

一

战国时期的《山海经·大荒南经》中记载："大荒之中，有不庭之山，荣水穷焉。有人三身，帝俊妻娥皇，生此三身之国，姚姓，黍食，使四鸟。有渊四方，四隅皆送，北属黑水，南属大荒。北旁名曰少和之渊，南旁名曰从渊，舜之所浴也。"

荣水穷焉，即荣水流到这里已到了尽头。三身人，即佛，佛有三身，即法身、报身、应身，而凡是信佛之人都称为三身人。四鸟，即玄鸟氏、伯赵氏、青鸟氏、丹鸟氏。那么，上文翻译如下：大荒当中，有座不庭山，荣水流到这儿就到了尽头。这里有一种人，信奉佛法，称作三身人。帝俊的妻子叫娥皇，这三身国的人就是他们的后代子孙。三身国的人姓姚，吃黄米饭，能驯化驱使四种鸟类。这里有一个四方形的渊潭，四个角都能旁通，北边与黑水相连，南边和大荒相通。北侧的渊称作少和渊，南侧的渊称作从渊，是舜帝洗澡的地方。

据可考资料记载，荣水，即容水，当今北流河。北流河流到藤县挂榜岭山脚下就到了尽头，然后汇入西江。从古到今，藤县人崇尚佛学，此地又有小天竺之称，那么此地确是三身人生活的地方无疑。舜帝出生时，有凤凰投入其母怀抱，也就是说舜帝是百鸟之首，所以他的子孙也能驯化驱使四鸟，而藤县人一直都把凤凰当作神来膜拜。因此，《山海经·大荒南经》中记载的这座不庭山就是当今藤县的挂榜岭，藤县则是三身国的辖地。

在藤县，民间流传着这样的说法，说舜帝即位后，励精图治、体恤民情，经常到民间考察。有一年，西江洪水泛滥，藤州的良田被淹，民不聊生。舜帝便带领臣民，登临不庭山（今藤县挂榜岭），观察水位和苦思治水良方。舜帝站在不庭山上，看到江水被一座大山挡住了去路，那洪水翻滚着，浊浪滔天，直往荣水（今北流河）里倒灌。舜帝拿来一条赶山鞭，对着那座大山仰天长叹："山神啊，你挡住江水的去路，害我乡亲，如何饶你？"说着"啪"地一鞭向那座山打去，瞬间把那座山移到北边。霎时，江水通畅，良田重现，万民欢呼。

当然，这只是民间传说，但从《史记·五帝本纪》中可以寻到舜帝到过藤州的蛛丝马迹。《史记·五帝本纪》中记载："舜践帝位三十九年，南巡狩，崩于苍梧之野。"而藤州在古时，隶属苍梧郡。

舜帝南巡到了藤州，也在古人的诗词中得到了印证。北宋绍圣四年（1097年），苏轼被贬海南时在藤州与被贬雷州的苏辙相会，曾作了一首诗，全诗如下：

吾谪海南，子由雷州，被命即行，了不相知，至梧，乃闻尚在藤也，旦夕当追及，作此诗示知：

九巍联绵属衡湘，苍梧独在天一方。

孤城吹角烟梅里，落日未落江苍茫。

幽人拊枕坐叹息，我行忽至舜所藏。

江边父老能说子，白须黄颊如君长。

莫嫌琼雷隔云海，圣恩尚许遥相望。

平生学道真实意，岂与穷达俱存亡。

天其以我为箕子，要使此意留要荒。

他年谁作舆地志，海南万古真吾乡。

其中一句"我行忽至舜所藏"意思就是我也到了舜帝到过的地方，所以，不管是从民间传说来看，还是从大文豪苏东坡先生在藤州留下的诗作来看，都留存着舜帝的足迹落在藤州大地上的印记。

二

"我见青山多妩媚，料青山见我应如是。"在我眼中，藤县挂榜岭是一座妩媚的青山，它像一个风姿绰约的女子，眼角含笑，不蔓不枝，媚而不妖，带着诗意，带着清幽，带着雅致，静静地傲立在藤县河东一隅，默守时光。

挂榜岭风光秀美，景色宜人。岭上苍松挺拔，芳草青翠，山花烂漫，是人们茶余饭后的好去处。

每天早晨，旭日东升，朝云出岫，挂榜岭披着岚光醒来。这个时候，人们总会以万分的热情，投进挂榜岭的怀抱，或呼吸清新空气，或锻炼身体，或穿行于山间小径，赏几朵山花，听风拂过松林的声音，享受山中的静谧；或坐在山顶上，听鸟语声声，看西江帆影点点……

也有人喜欢夜游挂榜岭，欣赏月光下山中"明月别枝惊鹊，清风半夜鸣蝉"的优美意境；再就是在山顶俯瞰，把藤城那种"半江碧水粼粼，一城灯火璀璨"的绚丽景观尽览于眼底。

挂榜岭风光秀美，令人迷醉，不但迷倒今人，也曾迷倒古人。明朝第一奇才解缙，在永乐五年（1407 年）二月被贬广西，任广西布政使参议。他往交趾、过藤县时，看到藤县景色秀丽，遂寓居于藤城水月岩，一有空就行山走水，寻访名胜古迹。有一次，他登临挂榜岭，看到山下的藤城内外风光旖旎，令人叹绝，当即吟七律诗《藤州即事》一首：

> 绣水东流合郁江，古藤城郭镇南邦。
>
> 山云桥渡飞虹并，江月楼空乳燕双。
>
> 晴日莺花红帐锦，春风烟树碧油幢。
>
> 吹箫唤起蛟龙舞，金鸭焚香倒玉缸。

挂榜岭不但风景令人迷恋，名字的来历也让人为之叹止。

每次我沿着挂榜岭的登山台阶拾级而上时，置身于烟光草色中，听着松涛阵阵、鸟雀和鸣，脑海中总会蹦出《女状元》第四出中的这一句："我凤羽孩儿，见应试科，明日该挂榜了。"心里想着文中的这个句子与挂榜岭的名字真是应景。

时间回到唐贞观七年（633 年）的春天，京城长安，小桃初放，细柳笼烟，风拂竹瑟，月映梨白，一片明媚的春光。但是，虽然春光迷离，却鲜少有人用心去欣赏，因为人们都忙着关注一件事，那就是看看今科进士会有谁。

李尧臣心情忐忑，怀着不安和期待，夹在一众学子之中，眼睛在榜上逡巡。"李尧臣，藤州镡津人。新科进士第……"名字跃入眼帘，李尧臣不禁湿了眼眶，兴奋和激动如同决堤的洪水，浩浩荡荡、哗哗啦啦地从他的心里倾泻下来。十年寒窗苦读，终于获得了回报。

那年，京城长安的春风，仿佛一夜之间，吹遍了大江南北，连同李尧臣中举的消息一起，吹醒了藤州大地。那时，整个藤州大地都沸腾了，人们奔走相告：我们藤州也有进士啦！

李尧臣成了广西的第一位进士。唐时的藤州，与中原相比还是一片文化湿地，竟然孕育出一位进士，是多么难得，又是多么可贵！

"朝为田舍郎，暮登天子堂。"在唐朝，考进士科是社会中下层有能力的读书人进入社会上层、获得施展才智的机会。虽然进士及第后并不能立即授官，还需要通过吏部的铨选，但是因为"进士科"是众多科目中最为难考的一科，而且录取的人数少之又少，所以这一科备受人们追捧。

李尧臣考中进士，不仅是广西人的骄傲，更是藤州人的骄傲。当时的藤州官府，把李尧臣高中进士的榜文高高挂在藤州北流河东面的一座山头上，让整个藤州城中的人远远都能看见。于是，这座逶迤的大山便有了让藤州人引以为傲的名字——挂榜岭。

从此以后，每逢有藤州的学子考中状元或进士，家乡的人们都会把高中状元或高中进士的榜文高高地挂在挂榜岭上，榜文随风飘荡，远远看去，像极了一只只凤凰栖在山岗上。

三

据史料记载，在实行科举制度的年代，藤州共出了一名状元，三十二名进士，二百三十三名举人。而这名唯一的状元，是历史上赫赫有名的人物，他就是创造三元及第传奇的冯京。他不仅为藤州增添光彩，更是为挂榜岭添上浓墨重彩的一笔。也许，是挂榜岭的灵气成就了冯京。

冯京，字当世，广西藤州镡津人，小时在藤县县学读书。他从小就颖悟绝伦，敏而好学。他的志向远大，立志要成为一个杰出的人。当他了解到广西第一位进士李尧臣是一位勤奋好学的人，遂以其为榜样，并立下志向要成为广西第一位三元及第的状元。每日读书稍有倦怠时，冯京便会跑到挂榜岭上，指着远处浩浩西江水质问自己："难道你就不想像江水一样，奔向更远的远方？难道你就这样碌碌无为，虚度光阴？难道你想平庸一生？你对得起父母，对得起藤州这灵秀的山水吗？"

冯京一直都这样鞭策自己。皇天不负有心人，宋皇祐元年（1049年），冯京在乡试、礼闱、廷对都取得了第一名，连中三元。在中国古代，从实行科举制度到废除科举，能够三元及第的学子可谓少之又少，简直是凤毛麟角，全国三元及第的也仅仅只有十三人。如今，藤州也有"三元"，如何能平静？当官府把冯京三元及第的榜文挂到挂榜岭上，人们纷纷从四面八方赶来，登临挂榜岭，瞻仰状元的风采，沾一沾状元的灵气和才华。而更多的人是想探个究竟：藤州是一个什么样的地方，才会孕育出这样的才子？后来，很多来过挂榜岭的人都说，藤州山水充满灵气，挂榜岭天生挂皇榜。

因为冯京创造了三元及第的传奇，也因为他后来在政治和文学上的成就，是中国历史上杰出的人物，所以历代官民都争相传颂他，而家乡的群众则把他父亲冯式的墓地亲切地称为"冯京山"。

冯式的墓葬坐落在藤县城东挂榜岭不远处的胜西村，相传为"宝鸭落莲塘"的风水宝地。冯氏的后裔为了纪念冯京，在冯式墓旁建有"三元亭"。亭子中分别有李宗仁、白崇禧、石化龙等人撰写的对联。时至今日，不但冯氏子孙年年来此祭拜，很多游客也慕名前来三元亭参观瞻仰状元风采，连周边县市的莘莘学子在高考前也前来祭拜冯京山，说来也怪，很多人都说非常灵验，祭拜后都能考上理想的大学。

历来，关于冯京的家乡，众人争议颇大，有说是湖北人，有说是宜州人，有说是藤县人。清嘉庆版《藤县志》中记载："按京父壮游江湖，京侍焉，寓宜州，游学湖湘，作精舍于咸宁，又客江夏。《方舆胜览》诸编因以称宜州人、江夏人、咸宁人、郢州人，皆无定说。至宋藤州守李万刻碑明金文仲跋、仝宪富礼州跋，皆曰藤人。且宪副华亭冯时可曾移檄于邑，以文简为藤人，谱载公居连理塘，右斯可为藤人之确据矣。"

从上面这段文字中得知，冯京确是藤县人无疑。另有冯京的墓志铭中铭刻着"冯氏旧家河朔，五代之乱，避地走宜藤间"。明确地表明了他在藤县定居。墓志铭如下：

公讳京，字当世。曾祖碧，著作佐郎。祖考禹谟崇公，殿中丞。考式蜀公，左侍禁。皆赠太师中书令兼尚书令。冯氏旧家河朔，五代之乱，避地走宜藤间。宋兴，天下定，崇公出献诗百篇，太祖伟而官之，亦不克试。蜀公知书，善教子，然于公尤力，心知公异日必贵。尝取公所诵书题官次服色于后，及公被命，视所书无一字异。崇公死，蜀公寓鄂州，遂为江夏人。

所以，在藤县，关于冯京的故事可以说是说不尽的。

四

千年风采，尽在藤州。作为挂榜岭余脉的东山，与挂榜岭一衣带水。它的前面是滔滔西江，左面是绣江（即北流河）。西江水面开阔，大气磅礴；绣江温婉娴静，不急不躁。它们在东山的脚下交汇东流，流走了时光，流来了东山的故事。

遥想当年，冯京连中三元，可谓"春风得意马蹄疾，一日看尽长安花"。在登科后，冯京首先想到的，就是回藤州祭拜先祖，以感谢祖先的庇佑和荫德。于是，他换上一袭白衣，飘然回乡。

那年那天，绣江渡口，江水暴涨，浊浪滔滔，无人摆渡。冯京非常着急，因为他的父亲冯式就葬在绣江对面的城东胜西村，要到对面去祭拜父亲必须渡江。可是江水暴涨，谁也不肯摆渡。经过多方寻找，终于，他在水月阁找到了一名愿意摆渡的船工。但好事多磨，船工一来到渡口边，看到江水咆哮，水流湍急，说什么也不肯渡。冯京再三恳求，软磨硬泡。船工见冯京心志坚定，自己无法说服，只好心生一计，说如果你把一锭金子抛入江水中，金子浮在水面上的话我就渡你过去。冯京为了过江，二话不说，随即就把一锭金子抛入水中，没想到金子恰巧被水面上的杂物托住，没有下沉。船工暗暗称奇，不敢食言，遂请冯京上船并将其安全渡到对面。冯京祭祖完毕后也感念此奇异之事，便命人在东山建亭纪念，赐名曰"浮金堂"，至明时重建才改名为"浮金亭"，而绣江渡口也因此事被人们称为"浮金渡"。

"江月夜夜好，山云朝朝新。"读着苏轼的《浮金堂戏作》，我又回想起九百多年前的那个夜晚，藤县东山上，清风霁月，云影浅淡；浮金堂外，竹木扶疏，月色如水；浮金堂里，一壶酒，几个人，道尽浮沉人生几多事？是的，这正是遇赦北归的苏轼与藤州太守徐畴在此相聚，陪在他们身旁的，是他们各自的儿子。

人生诸多际遇，几番浮沉，几番起伏，都化作繁华后落寞的心酸一笑。这夜相聚，苏轼心里是高兴的，往日的种种磨难，在此时只不过是过眼云烟，所须珍惜的，是与徐太守的这份珍贵情谊。忆起那年与他一起在钱塘江春游时尚还年少，如今，两人都白发满鬓，只是徐使君的酒，还如当年那样醇。这夜，这位旷世奇才与太守饮至尽兴，在飒飒秋风里，就着一轮明月，将半生的豁达，一世的温情，一并付与东山，付与浮金亭。

情到深处难自己，苏轼有感而发，挥笔而就，写下一首《浮金堂戏作》。全诗如下：

徐元用使君与其子端常邀仆与小儿过同游东山浮金堂戏作此诗：

昔与徐使君，共赏钱塘春。

爱此小天竺，时来圣中人。

松如迁客老，酒似使君醇。

系舟藤城下，弄月镡江滨。

江月夜夜好，山云朝朝新。

使君有令子，真是石麒麟。

我子乃散材，有如木囷轮。

二老白接篱，两郎乌角巾。

醉卧松下石，扶归江上津。

浮桥半投水，揭此碧粼粼。

后来，后人为了纪念苏轼到过藤州，在藤城北流河东岸的东山小阜上建亭纪念，俗称"东坡亭"，又叫"访苏亭"。

或许，是苏轼成就了藤县东山，成就了东坡亭。千百年来，多少人在这里驻足，多少人在这儿流连，人们慕名而来，只为了探寻苏大学士的足迹，感受他所遗留下来的文化气息。

又或许，是秦观的一缕清魂成就了藤县东山。

和苏轼遇赦的同年，秦观也获赦北归。他仕途坎坷，虽然多次被贬，身心俱疲，但当他从贬地雷州北还到藤州时，对这儿的山水迷恋不已，每日与众人游山玩水，怡然自乐。8月12日，他与往日一样，与众人相聚在绣江边的光华亭，吟诗佐饮。适逢一场雨水过后，光华亭旁的小路边野花争艳，古藤盘旋，时有鸟语唧啾，恍如春天来临。天空中，云彩变幻莫测，宛若游龙。

秦观坐在亭中，醉意朦胧，眼前的景色，似曾相识。不正是几年前自己所作的《好事近》那阕词里的景色吗？于是兴致勃勃地吟诵起来："春路雨添花，花动一山春色。行到小溪深处，有黄鹂千百。飞云当面化龙蛇，夭矫转空碧。醉卧古藤阴下，了不知南北。"话音刚落地，众人皆齐声叫好。稍过片刻，秦观感到口渴，便叫人用玉杯取来泉水。正欲饮时，看到杯中的倒影满头白发、容貌沧桑，一时伤感袭来，但一想风雨过后见彩虹，不禁愁眉开展、面带微笑，悠悠西去，年仅52岁。从此，"醉卧古藤阴下，了不知南北"的词句，成了秦观客死藤州的谶语。

昔日秦观在被贬途中结识的湘女红颜知己，得知他在藤州离世，竟不辞劳苦地从湖南赶到藤州，抚摸着他的棺木，悲恸不已，忽然大叫一声，随着心爱的词人而去。众人被湘女的痴情所感动，遂将她葬在光华亭对面的东山，称为"义女墓"。

多年以来，许多人、许多游客，是冲着秦观与湘女的爱情而来。

抑或者，是寺庙成就了东山。因为古藤州有众多寺庙，所以又有"岭南小天竺"之称。古藤州东山上，庙宇林立，有通善寺、广法寺等。据说，广法寺创建于东汉汉和帝永元年间，曾与广东省的天池寺、南华寺、光孝寺并称为"岭南四大名寺"，毁于明成化二年（1466年）。现仅留存被荒草掩埋的"佰音林"古碑及古井、放生池等残迹。

且不去追究这座曾经声名在外的寺殿因何而毁，我只知道，鉴真曾在东山通善寺讲学，契嵩曾在广法寺落发为沙弥。

众所周知，唐朝和尚鉴真曾六次东渡日本。第五次鉴真再次东渡失败，在此次返程时途经藤州，曾经停留在通善寺一个多月，讲律受戒，给人治病，广结善缘。鉴真此举受到僧俗人士的顶礼膜拜和地方官员的热情接待。一时之间，东山上，梵音袅袅。通善寺里，有一位专心钻研佛经、精通律学的女尼，名曰智首。她诲人不倦，乐于助人，在通善寺有一定的威望。这次鉴真的到来，她喜出望外，和另外两名女尼一起，决心跟随鉴真一起东渡日本，传法授戒。

时光悠悠，鉴真到藤州东山讲学两百多年后，藤州镡津宁风乡诞生了一位名震朝野的佛学大师——契嵩。契嵩没出家之前叫仲灵，为了遵从他父亲的遗愿，在广法寺落发为沙弥，法号契嵩。他精修佛学，严守戒律，十九岁时，为了学到更多知识，立下了"游历各方，遍求名师"的远大志向。

嘉祐六年（1061年），契嵩携带自编的儒学佛教二者相容的书籍到京城开封游说，并写下了一封洋洋洒洒的万言《上皇帝书》，请求皇帝力救佛教。他进京后，首先拜见了开封府尹王仲义，送上《辅教篇》《传法正宗记》《传法正宗论》《禅宗定祖图》请求审阅。王仲义阅后与契嵩交谈，认为他深懂儒佛两学经典，是个有文采的高僧，于是将他的文章上奏给宋仁宗。

宋仁宗得到契嵩的文章和《上皇帝书》，阅后大为赞叹，于是传令宰相韩琦和参政欧阳修等人探经取证。他们二人读了契嵩的文章后，也觉得契嵩的佛儒二学相容的论述精湛，令人折服，对契嵩佩服得五体投地。于是，在他们的力荐下，仁宗下诏"传法院"将契嵩所著的《禅宗定祖图》《传法正宗记》《传法正宗论》三书合称《嘉祐集》，和《辅教篇》一起，编入国家图书馆收藏，并褒赐契嵩紫方袍和"明教大师"称号。一时间契嵩名声大震，轰动朝野。

五

悠悠上下五千年，藤州有说之不尽的故事，挂榜岭也有说之不尽的传奇。是藤州灵秀的山水，造就了挂榜岭山脉的深厚文化底蕴，它像一只正在羽化的凤凰，静静地伏在藤州大地上。多年以后，我从胜西村出发，沿着状元留下的足迹，一路向南，缓步登临挂榜岭，坐在松荫下，眺望着东山，心里想着那些年的岁月物事，都是那样真实。仿佛舜帝还在挂榜岭上指点江山；仿佛那年状元进士的榜文还在飘扬着，状元和进士也还留在这里谈古论今、吟诗作对；仿佛广法寺里的晨钟暮鼓、梵音还在耳畔回荡，鉴真的讲学声还在响彻整个藤州；仿佛苏轼还在、秦观还在、契嵩还在……这中间的几千年流光，仿佛只是昨天。

窑 火

卢颖莹

　　蜿蜒的北流河，清凌凌的河水，自南向北逶迤而来，到了藤县中和村这个地方，便像一位出神入化的陶工，气定神闲地用灵巧的双手，轻盈地抚弄着旋转的陶坯。我登上北流河边高高的土丘俯瞰，河水在丘陵坡地上"旋转"出来的轨迹，竟像极了那件出土的中和窑青白釉砚滴的侧影。

　　有宋代景德镇窑的"陪都"之称的中和窑，就在古称"老鸦塘"的中和村。村子就是古窑遗址，古窑遗址就在村里。那些废弃的瓷器遗址分布密集，几乎能把七弯八曲的一片中和老街包围起来。来中和村，看中和窑，访中和人，想想就是一件十分美妙又有知识趣味的事情。

　　在这次来中和窑之前，我曾去往北流河下游西江的"南风古灶"考察。在那个被称为陶瓷活化石的地方，那山岗上身长两百多米的龙窑，那延绵五百多年火红的窑火，让我惊叹不已。我在"南风古灶"景区流连，脑子里忽然就闪出这么个构图：在美丽的两广地带，一条大江东西相连，东有"南风古灶"，西有"中和宋窑"，这样一幅图景，太美妙啦！为此，我迫不及待地返程，连家也顾不得回了，我要去依然古朴纯真的中和村，我要探寻那儿埋藏地下千年的奥秘，我要用心去感受中和窑那远古火红的窑火。

　　晚霞映照着青山绿水，丘陵河溪沐浴着暖阳。现在，我走过一段刻画着岁月深深印记的码头麻石阶梯，顺着地势挨着篱笆墙蜿蜒而行。我穿过散发出新鲜气息的菜园，然后，我赤脚走上山岗，从南边的芝麻坪走到北面的黎山口，让脚底充分贴近这片神秘的土地，这样我全身似乎已经能够感觉到，这土丘之下的古龙窑，那火苗似乎还在土丘深处轻盈地飘动，那褚红色的泥土让人仿佛能感觉到远古的温暖。

　　夕阳下，人和树木甚至野草的轮廓，全都变得异常分明，让人生发出无限遐想。我不由得坐在山岗上闭目凝神，仿佛听到远古的北流河边陶工们劳作声响，还有那碾粉水碓"吱咔吱咔"的声音日夜不休。记得小时候，姆妈给我讲北流河的故事，说是古时候沿河有瓷土出产瓷器的地方，或者建有寺庙的地方，河边就常常建有水碓房。月亮下，我挨着姆妈，坐在枇杷树下背诗，其中就有一首宋代诗人陆游写水碓的："远客岂知今再到，老僧能记昔相逢。虚窗熟睡谁惊觉，野碓无人夜自春。"想着念着，我心中那幅"中和水碓图"，似乎已经越来越清晰了。

清凉的夜风吹来，天上的月儿升起。冥冥之中，我仿佛听到"嚓嚓嚓"的远古脚步声，那是穿着厚底草鞋的陶工们劳作的节奏。听，就在这座山丘，那窑头灶尾的"嚓嚓嚓"声，是那样的清晰可辨。再仔细地倾听，夜空也开始热烈起来，那是陶工们在窑背加柴烧窑时的说话声。装窑，烧火，出窑，"三日火"之后，陶工们用厚厚的捏布，小心翼翼地走进龙窑，碗、盏、盘、碟、杯、洗、盒、钵、壶、罐、瓶、灯，他们捧出来了一件件精美的瓷器，简直让人目不暇接。这些式样繁多、造型美观的中和窑瓷器，我要认认真真地收入梦中，小心翼翼地描绘到画卷里。

我跨过溪流越过田野，向前面那片被当地人称为中和老街的村庄走去。远处，青山隐隐，山岚袅袅。眼前，一条泥巴土路蜿蜒向着村庄，余韵悠长。就在满目的青翠中，路边几丛翠绿的芭蕉特别惹眼。可惜这时天上没有下雨，要不然，那"雨打芭蕉"的美妙就更让人沉醉了。居山水之间，食人间烟火。从冥想中回到现实，我低头一看，这条瓷器碎片铺就的街巷，宽不过六尺。中和街里，青砖楼房，泥砖瓦屋，错落有致。

老街道，老瓷片，老房子。中和老街的那些古老泥砖瓦屋，与两广地区常见的泥砖屋最大区别，就在于它防水浸淹的墙基不是常见的卵石，而是用一个个陶瓷匣钵砌成，我把它称之为匣钵墙泥砖屋。斜阳映照着狭窄的街巷，一位中年汉子荷锄而行，他消瘦的身影正好投射在匣钵墙泥砖屋上。那一人多高的匣钵墙基，层层叠叠。灰黑色的匣钵，恰似一个个从远古走来的陶工。红褐色的匣钵，犹如一团团千年不息的窑火。

中和老街不长，中和人的热情却绵长似窑火。那位从中和老街走出来的中年汉子，本来都走进前面那片菜园子了，他扭头看到我还在盯着匣钵墙泥砖屋不肯离开，便又回转身向我走来。一番自我介绍，这位当地土话叫"邓三"的汉子，他对中和窑的点点滴滴熟悉程度，一点也不输于考古专家，并且就在这田野乡间，就这样站着，滔滔不绝地给我做了一场生动的中和窑知识"专题讲座"。

匣钵，烧窑不可缺少的容器，陶工们将做好的陶坯放置在一个个匣钵里，保护瓷坯，防止落灰，避免窑火直接侵袭，保证经受窑火煅烧的瓷器受温均匀、窑变一致。"邓三"说，如果说中和窑是瓷器的子宫，那么，匣钵就是包裹那些精美瓷器的艺术襁褓了。通过"邓三"的介绍，原来中和村民变废为宝、就地取材，用废弃的匣钵来砌墙盖房。一小半是匣钵碎片，一大半是四方泥砖，这种混合墙体构建的房子，冬暖夏凉，保温降燥，防潮除湿，这么智慧又艺术的创造，怎能不入我的画中来呢。

我和"邓三"从山脚走到山顶，那遍野的残瓷片满山满坡，仿佛时光仍停留在千年之外。一路上，我小心翼翼，生怕脚步一重，就惊醒了土丘之下这些沉睡的精灵——青白瓷。

"邓三"接下来的专业讲解，更是让我惊奇，就像带着我穿越千年那样，感受着千年窑火的神奇魅力。"邓三"说，一般人都知道景德镇出产影青瓷，其实考古发现，宋代的中和窑瓷器也是以影青釉为主，胎薄釉匀，细致莹润，完全可与景德镇窑的影青瓷媲美。我说我看过一本书，介绍过中和窑出土的一件青白釉弦纹杯，直口微敛，深弧腹，圈足，厚釉，釉色白中泛青。我的话音刚落，"邓三"随手捡起地上的瓷片，用手抹干净，然后告诉我说，影青瓷又名青白瓷、隐青、罩青，釉色介于青白二色之间，青中泛白、白中透青。

我跟随着"邓三"的脚步，一起走进他家菜园。我问他是不是在文管所工作，或者是附近学校的老师吧？他笑着告诉我，他和妻子就在附近的中和陶瓷产业园打工。这时，恰好"邓三"的妻子阿春来菜园找他。听到我的问话，阿春一脸幸福地告诉我，村里至少有一大半劳动力都是陶瓷厂生产线工人，来园区打工的贫困户全都脱了贫，大家的生活越来越好过了。

"邓三"脸上的笑意，阿春幸福的话语，甚至地下那些瓷器碎片，都让人觉得特别的亲切，就像头上那轮南国初冬的太阳那样温暖。翠绿的菜心，嫩绿的豌豆苗，青绿的香菜，置身这满眼生机勃勃的土地，向着中和陶瓷产业园那边方向，有一畦西红柿红彤彤一片，看着就像绵延千年的一朵朵窑火，生生不息。

情迷大角湾

李秋芳

大角湾，即藤县妇孺皆知的神仙脚迹，位于县城西边不到五公里处，是古藤州八景之一。大角湾的得名，据说是因为浔江到此拐了个弯，犹如一个弯弯的大牛角。

在藤县县城西边的浔江边，有一条村村通公路，蜿蜒地伸向一个叫丽新的小村子，大角湾就在这条路的中段。

无风，无雨，也无太阳，天色是那样的清朗，一切都恰如其分的好。我们这群人就在这样的日子里向大角湾进发。我们骑着小电驴，穿过热闹的街市，两旁的民居也渐渐地被我们抛在了身后。我们时而出现在江边，时而穿梭在林间，一丝丝清凉的风沐浴着全身，往日的沉疴早就被抛诸脑后了。向前，向前，就让发丝带动情丝，尽情地飞扬吧！

仿佛一转弯，我们就置身于大角湾了。这是一个小山嘴，路边有一座小庙，上书"英台庙"。庙不大，建筑面积不过一百多平方米，和平常所见的小庙别无他样，门口的那副对联却分外引人注目——"大地毓英才奎壁腾光炎炎焱焱重振太初世界；顶天树事业中流砥柱轰轰烈烈开北极元基"，倒也工整而有气势，内含的"大""顶"二字，指的就是背靠的大顶山。

庙前有一小平台，外用铁栏杆围起来，倒也干净、平整。凭栏远眺，大角湾的水面波澜不惊，平静如镜。船只从江面上滑过，船后激起的那片浪花，闪着细小的银光，却是那样的奇异动人。

仰望山顶，不过盈寸之间，心底升腾起来的是轻松之感，小山一座，何足惧之！

"走，上山去！"我们开始向山上进发。从英台庙旁边的小路上山，来到英台庙的后面，却发现上山并没有想象中容易。这是一条"之"字路，路面不过一尺来宽，还算坚实，人们又在特别陡峭的地方砌起了石阶。

说说笑笑，走走停停，不觉来到了半山腰。众人虽然说不上是气喘如牛，却也呼吸加快。"休息一下吧!"不知道谁提议，应者众，或坐，或站。"咔嚓，咔嚓"，一阵手机相机的声音后，同伴们惊呼，真美! 这"之"路的好处，能把十多个人的不同姿态收纳尽矣。每个人都卸下了平日的疲惫，身心舒展，笑意盈盈。特别是那几朵金花，坐在步步高升的台阶上，左一个手势，右一个拥抱，不亦乐乎。即时上传照片，又是惊呼一片，太美了!

　　兴致不减的我们继续向上攀登。这时，一阵优美的乐声飘飘悠悠传进了耳朵——是《采茶调》! 转了一个弯，只见路旁放着一壶茶、一部手机，一咏三叹的曲儿就从手机里传出来的。一个老农模样的人嘴里哼着调，抡着锄。"老伯，你在干什么呢?"老人停下来，直起腰，搓了搓手，扶着锄头，说道:"掘金!"颇有见识的郑大哥说:"应该是开拓平台，供人们歇歇脚吧!"只见老人颔首微笑:"这地方好，无阻无拦，可以看到很远的地方呢!"我抬眼一看，江面影影绰绰，远山迷迷蒙蒙，好一幅水墨画! 好一个观景台!

　　"走吧，山顶更美!"老人的话语惊醒了我们。我们一鼓作气往上爬，这时候出现在眼前的是两座四五个人高的大石头，黑色，表面坑洼不平，风化了，仿佛用手一掰，就能把表面的石块掰下来。我们无暇顾及太多，一迭连声地问:"神仙的大脚印呢?""在石头后面有一个!"刚走了几步，转到了大石头的一侧，我们就不由得停住了脚步:"哗，太美了!""哗，美不胜收!"

　　眼前是一方小平地，旁边有两块半人高的骆驼石。我倚着它，慢慢抬头。浔江就像一个弯弯的牛角出现在面前了。我深深地吸了一口气，心神俱凛。江面上水波不兴，青山就朦胧在如镜的水面上。在大角湾的弓弦上，是一个小村子，那里的房屋，在竹木的掩映下，不时探出一抹瓦黄。顺着村子看向远方，天朦胧一片，山朦胧一片，青山已经把大角湾揽在了怀里，只留下了静静的"月半湾"了。看吧，天空，远山，江面，上下天光，一色澄碧，仿佛一个大水晶球。这时，你的脑海里第一时间涌现的就是苏东坡的"水光潋滟晴方好，山色空蒙雨亦奇"了。

　　"还是看看大脚印吧!"一语惊醒了梦中人。我怀着朝圣的心情，走到了大石头的后面。地上的大石头深深地凹下去，形成了异于常人两倍多的大脚印! 大脚趾、脚腰、脚后跟留下的印迹历历在目，是那样的清晰可见。神奇! 太神奇了!

　　"在这大石顶上还有一大一小的两个脚印呢!"

看着嶙峋怪石，虽然可供攀爬的痕迹还在，但石头表面已经有些风化了，危险指数仍在，还是作罢。

"这里还有美丽的传说呢！"我们团团围住了在文化馆工作的静姐，听她娓娓道来："祝英台为梁山伯殉情化蝶之后，被封为传粉仙子。耐不住对山伯的思念，英台离开天庭四处找寻山伯，来到了藤州，见此地山清水秀，人杰地灵，遂住了下来，为当地百姓解难、还愿，和这里的人民结下了深厚的情谊。王母娘娘得知英台私自下凡，大怒，命吕洞宾下界捉拿。英台不愿回去，惹得吕洞宾大怒，大脚一踩，地动山摇，山崩地裂，在山上留下了一个巨大的足迹。"

"还有一个版本呢！"这时候岳大才子说，"传说中吕洞宾找到传粉仙子后，发现她和梁山伯在这此地生活，就想带他们俩回去。吕大仙的脚刚从谷山（大顶山对面的山）跨过浔江，落在大顶山上，却发现梁山伯掉落在谷山脚下，他迟疑了一下，于是在谷山和大顶山上都留下了大大的脚迹，是谓之神仙脚迹。"

"是的是的，我们村里的人去谷山顶拜祖的时候就看见两个大脚印了！"我们的凤妹子印证道。

"现在濛江梁氏和禤洲梁氏都说梁山伯是他们那儿的人，上次，杭州那儿的人都到我们这里寻找梁祝呢！"

人们为了纪念梁山伯与祝英台，就在浔江两岸建起了英台庙和山伯庙。听说山伯庙在江的另一边，于是我拿起手机，把它当作望远镜，放大二十倍，慢慢寻找山伯庙。"找到了，找到了，可惜那里有点荒凉啊！"我把拍下来的照片给文友们看。山伯庙只剩下一间小小的房子了，如果不细看，你会以为是农村的堆放杂物的小房子呢！横梁上的红纸依稀可见，墙垣破败，杂草丛生，让人不禁感慨万千：世间万物都会败于时间这个刽子手啊！

在回程的路上，我不禁浮想联翩：物质世界里的很多东西会随着时间而湮灭，但在精神世界中，总会有一些东西长存，比如情，无论是梁祝坚贞的爱情，还是"神仙"眷顾一方、保一方平安、造福当地民众的情怀。

或许，这就是英台庙香火不断，人们迷恋大角湾，一次次攀爬大顶山，寻找神仙脚迹的原因了吧。

—太平—

<blockquote>
安静地栖息在南方的一隅，沐浴日月的精华随着年月一起生长，散发着一种人与自然和谐共荣的恬淡平和气息。
</blockquote>

凤凰栖处是故乡

蒙土金

我国叫凤凰的地方很多，最有名的莫过于湘西的凤凰古城和陕西的凤凰古镇，前者建于400年前，后者距今则有1400多年的历史，这两个地方都具有古朴、典雅、幽静的人文灵气，令人怦然心动。

但我国叫凤凰的地方远远不止湘西的凤凰古城和陕西的凤凰古镇，在我的家乡广西藤县的太平镇就有一座叫凤凰坪的村庄，又叫陈垌，它虽然没有湘西古城和陕西古镇的声名远播，但它安静地栖息在南方的一隅，沐浴日月的精华随着年月一起生长，散发着一种人与自然和谐共荣的恬淡平和气息，却也有着一番别样的风情。我的一位长期在太平镇工作的朋友，他知道我平时喜欢挖掘一些古村古迹的故事，便多次撺掇我到太平的凤凰坪走走，去探访探访这座古村落的前世今生，说一定会让我收获另一种精神财富，但我想自己便是土生土长的藤县人，外地的"凤凰"看得多了，对于这只栖息在家乡中的"土凤凰"便总有点心不在焉的感觉，所以一直都没有去成。

直到有一天，我不经意间在网上看到了一篇关于"凤凰坪种养合作社"的文章，说的是一个叫"梅灿"的村支书如何利用凤凰山中的"凤凰泉"搞了一系列的"凤凰"品牌，搞得如何的风生水起。这个触点一下抵达了我的心灵深处，勾起了我对这只栖息在故乡的"凤凰"无限的景仰。于是，在一个艳阳高照的冬日，我约上藤县作家协会的一群文友在太平镇党委书记梁勇的向导下，终于来到了凤凰山下的凤凰坪中的陈垌村，在这里短距离地领略了凤凰坪中山水的清幽雅韵以及如世外桃源一般的和美纯净。

凤凰坪坐落在凤凰山下，位于藤县的西北部，距离县城45.8千米，距离太平镇驻地9.3千米，于明洪武十五年（1382年）建村，由陈姓人始居，所以又称作陈垌，建村至今已超过640年。

陈垌村的地理位置得天独厚，它顺着地势由东向西倾斜，呈"S"形分布在凤凰山脚下的一块开阔的凤凰坪上。说起凤凰山，还有着一段美丽的传说呢。相传在远古的时候，出生在古藤州的西江河神龙母温氏，带领仓吾氏族的人民疏通江河抵御自然灾害，大力发展农业生产，深得民众的爱戴而被尊称为龙母。一日，龙母带着五龙利泽天下来到古泰州（现太平镇一带）时，看到泰州风景秀美，不远处的狮山树木参天，奇石瑰丽，便引凤凰来到狮山脚下。凤凰是人们心目中的瑞鸟，是我们中华民族和而大同的精神理念以及"华贵、伟岸、进取、太平"的象征。凤凰性格高洁，"非梧桐不止，非练实不食，非醴泉不饮"。南宋著名的地理学家周去非在他的地理名著《岭南代答》中曾有记述："凤凰生于南方的丹穴，在邕州人迹不至的高崖之上才会筑巢。凤凰身披五彩羽毛，大如孔雀，百鸟遇之必围绕站立。"龙母引来的凤凰被泰州秀美的风景所深深吸引，它在狮山上盘桓数日、栖息良久，不忍离去，最终化成了一座山峰与狮山遥遥相望，它要永久地在这里守护着黎民百姓永享盛世太平，于是人们便把这座山叫作凤凰山。

"萧韶九成，凤凰来仪。"在藤县这个叫太平的地方，远古的时候便是凤凰的栖息之地，而且还幻化成山与这一方乡土相互守护，这就足以证明了藤县太平这个地方，自古以来就是一个山与水相依共存、人与自然和谐共荣的吉瑞祥和之地。

凤凰山中除了开阔的"凤凰坪"外，还有着神奇的"凤凰洞"和"凤凰泉"。"凤凰泉"泉水清澈甘甜，一共有两眼，一眼在凤凰山的桂山半坡，一眼在凤凰山的簕竹根下。而凤凰山上两穴悠久的洞穴便是"凤凰洞"，这两穴洞穴据说还是凤凰坪下的陈垌村建村以前先人们的始居。这些先人们以洞穴为居，他们日出而作，日落而居，在凤凰展翅的大山中生生不息，创造了古泰州这一带的远古文明。随着时代的发展，在房子出现之后，居住在山洞里的人们便搬到了凤凰山下的凤凰坪并逐渐形成了村庄。为了纪念先人们曾经穴居辛勤劳作的历史，村庄取名为"勤洞"，直到清朝晚期才改称为"陈垌"，而且一直沿用到现在。

我们从凤凰坪沿着凤凰山峻峭的山脉一直往深处探寻，想去探究《汉书·王莽传上》"甘露从天下，醴泉自地出，凤凰来仪，神爵降集。"里所描述的"醴泉"也就是凤凰饮用的泉水的原景，但与我们一起同行凤凰山的老乡告诉说，时过境迁，莽莽的凤凰山早已旧貌换了新颜，只是历代流传的凤凰古泉还在，凤凰古洞还在。等待我们到达目的地时，只见"凤凰泉"的泉水依旧清澈甘冽，唱着欢快轻扬的歌谣从泉眼中汩汩流出，始终如一地润泽着这一块芬芳的土地；而幽深的洞穴寂静无声，悠悠千年过去之后，当年穴居先人们生活的踪迹早已消失得无形无影，唯有那高高的丹崖还挺立在那里，带着历史沉淀的厚重，随着时代前进的足音唱响在凤凰山的晨钟暮鼓里。

我们站在高高的凤凰山上，山下的陈垌村在我们的眼里一览无遗，只见陈垌、龙垌、围三垌三个自然村井然有序地散落其中，高低的房子错落有致地掩映在绿树丛中，一条清澈的小河从凤凰山的脚下蜿蜒远去，虽流水无声但却情意有形。此情此景，使我们很自然地联想到宋人毛滂的诗句："凤凰山畔雨前春，玉骨云腴绝可人。寄与青云欲仙客，一瓯相映两无尘。"

从凤凰山上下来，我们来到了凤凰坪，一头走进了这儿的"凤凰坪种养合作社"，这是一家由陈垌村党支部、陈垌村委会发动村民群众于 2016 年建立起来的村级集体经济组织，这家村级集体经济组织充分利用凤凰山、凤凰泉的自然优势，按照"支部+合作社+农户"和"党组织+合作社+经济能人+农户"的模式，通过股份制产业兴村的形式发展乡村振兴，这犹如凤凰泉眼里涌出来的又一股全新的活水，给古老的乡村带来了一系列的蝶变，合作社发动了 60 多名社员共入股 900 多万元，建起了占地 2500 平方米的凤凰泉特醇酒厂、占地 1000 平方米的凤凰泉水厂、占地 2000 平方米的凤凰坪腐竹厂、占地 1000 平方米凤凰坪养猪场，使古老的凤凰山上的这只"凤凰"又焕发了新的容颜，而合作社中的这些凤凰泉特醇酒厂、凤凰泉水厂、凤凰坪腐竹厂和凤凰坪养猪场，活灵活现就像是 4 只金光闪闪的"金凤凰"，它们展翅高飞在这片昔日的"古凤凰"栖息过的土地上。这 4 只"金凤凰"一共吸纳了本村务工群众 100 多人，每年产生的经济效益超过 100 万元，使陈垌村的农民人均收入从 2017 年的 4800 多元迅速增长到 2018 年的 5300 多元。同时他们还通过运用现代企业管理技术、现代农业生产模式和电商平台的作用，不断拉长副产品的产业链，利用腐竹厂的豆渣、酒厂发酵后的酒糟等作为养猪的饲料，再循环利用养猪场的猪粪作为绿色肥料，种植桑果、砂糖橘、银妃三华李等水果，这种农村新的集体经营模式使农民收入增加了、村级集体经济丰盈了，村文化长廊、乡村公园、文体活动中心、农家乐等设施也随之建了起来，一个焕然一新的陈垌村出现在了人们的面前。被村民群众称之为"梅灿"的党支部书记韦灿基、合作社理事长韦伟基、回乡创业的大学生黄自海等领着我们在凤凰坪上行走，他们如数家珍地向我们介绍合作社的每一家企业，

"梅灿"掰着手指头跟我们说，酒厂年产 90 吨特醇醇酿、腐竹厂年产 70 吨原生态腐竹、水厂年产 30 万桶凤凰泉纯净水、养猪场年出栏生猪 200 多头、砂糖橘水果基地种植面积 100 多亩，他们还要在村中规划建设一个"生态休闲观光农业示范园"，包括水库钓鱼场、泉水游泳场、生态自然漂流、农乐山庄等，在"梅灿"热情洋溢的介绍中，我们分明看到他脸上溢于言表的自豪与喜悦。

"凤凰起丹穴，独向梧桐枝。鸿雁来紫塞，空忆稻粱肥。"故乡的凤凰山越千年而不老，俗话说"种得梧桐树，引得凤凰来"，而如今眼前的"凤凰坪种养合作社"不正就是生长在家乡的一株硕大无比的梧桐树吗？它引来的几只"金凤凰"正纷飞在这棵高大的树上。是的，"凤凰坪种养合作社"是新时代里乡村农民们集约经营的一种全新的实践，这种实践正在激发出巨大的集约活力，潜移默化地改变着陈垌村民们的生产和生活，也丰富着乡村振兴的科学内涵。

凤凰栖处是故乡，我爱我的故乡。我祝愿栖息在故乡陈垌村里的这几只新时代的"凤凰"越长越美丽，我祝愿故乡人民的生活越来越美好！

泉的芳华

卢颖莹

没有来太平镇陈峒村之前，我还以为凤凰泉就是一眼山泉。进了村踏上凤凰山才知道，凤凰泉其实有两眼。一眼在半山腰，泉水依着山势源源不断地流淌，像母亲充足的乳汁，看着便能感觉到那甜滋滋的味道。还有一眼，就在靠近山脚的簕竹根下，泉水咕嘟咕嘟地往外冒，那水泡像极了一群顽童憋在水下太久后蹿出水面的小脑袋。

其实，像凤凰泉这样的山泉在我们这片山清水秀的地方绝非罕见。然而，能用山泉水做出大文章的，以我目前的了解，似乎还不是太多。你看，靠着这凤凰泉，依着这山势地形，矿泉水厂、酒厂、腐竹厂……不远处还有养猪场，丘陵坡上到处是郁郁葱葱的果园。我们来到这儿时正是近中午的时候，太阳暖融融的，天气特别好。凤凰山上，天高云淡。弯弯曲曲的山路上，拉矿泉水的，装腐竹的，运酒的，车辆进进出出，可把一帮山里汉子和他们的婆娘们都忙坏了。然而所有人的脸上，都能读出累并幸福着的感觉。

"进腐竹厂去吧，尝尝我们的新鲜腐竹。"就在混合着豆香的山风里，男女老少热情地招呼我们。山里人的幸福，似乎特别愿意与人分享。听说藤北这片山地曾有这样的风俗：村里人家不管哪家建好新房子，都习惯摆"新屋酒"宴请全村人。到了入新屋那天傍晚，各家各户都挑着棉被、枕头、席子，浩浩荡荡地来到新屋。酒足饭饱之后，男女老少纷纷动手打地铺，不一会儿就把新屋的角角落落挤得满满当当。地铺打好之后，拉家常的拉家常，下象棋的下象棋，打扑克的打扑克，每个人都像在自个儿家里那样随意，整个晚上都灯火通明，整栋新屋都热闹得不得了。

豆香实在诱人，我也顾不得多想，就一头钻进山坡上那腐竹厂房。那一溜儿长长的厂房，棚顶是天蓝色的，跟四周的山色融在一起。厂房里，那一排排长方形的豆浆池冒着热气，头戴红帽子的大婶大嫂们正在忙碌地用长筷挑起一片片的腐竹片，挂到豆浆池上面的竹竿晾干。"水好豆好，我们的腐竹豆香味十足。"她们一边熟练地挑挂腐竹，一边信心满满地告诉我们。

说起水好，来此地之前就听人说，凤凰泉的水是名副其实的甘泉好水。据史料记载，六百四十多年前，也就是明洪武十五年，这里就有陈姓村民遁山而入、依泉而居，陈垌村也因此而得名。"似玉璧剔透""似琼澧醇厚""清澈甘冽""入口甘甜"等，都是几百年来当地文人骚客对这水毫不吝啬的溢美之词。小时候就知道，大人们对于谁家的山泉水或者井水是不是好水，还有一个更直观的讲法，那就是最酷热的暑天，谁家的水用来煮稀饭，放几天也不馊，那么，谁家的水就是真正的好水了。"夏天你来我们村吧，用凤凰泉水煮粥泡茶，放一个星期也不馊。"一位胖大婶用手比画着热情地向我发出邀请。

这时，车间那头过来一位师傅，他说自己准备下班了，可以顺便领着我们到饮食店去品尝腐竹菜。于是，在他的引领下，就在一间清静的路边食肆，我们很快就热烈地吃着一盘香气馋人的腐竹焖五花肉。那五花肉的香味渗入到腐竹里面，吃一口腐竹，汤汁溢出，舔一下嘴边的汤汁，豆香味特浓，口感又筋道，吃起来比肉还要浓香。

我很好奇这么好吃的腐竹，以前为啥不做呢？"是啊，靠着好山好水，我们过去却过着苦日子。"师傅向我们讲述了陈垌村曾经的故事：陈垌村原来非常贫穷，农户们年年月月，山上山下肩挑背扛，风里雨里土里刨食。村集体更穷，过去没有山塘、没有水库，村集体经济一直是"零"，想修一条机耕路都没有钱。两眼美好的山泉，几百年来，一直被隐埋在山下，随岁月经年，不现容姿，不见芳华。"现在可好了，村干部领着我们办腐竹厂，干合作社，让大家都发凤凰泉水财。"

如今，凤凰泉遇上了好时代，拨开阴霾，露出真身，用甘甜和清冽，滋润着这片土地和乡亲们。如今，我走在陈垌村这片充满生机的土地上，不仅品味到陈垌村的乡土厨师烹调的美味腐竹，还回味到陈垌村往后甘醇甜美日子的味道。这，就是凤凰泉带来的芳华！

凤凰山下飞"凤凰"

卢瑞昌

生活在凤凰山下的村落，想必是美得不要不要的。李白诗云："凤凰台上凤凰游"。一个"游"字道尽祥瑞之地的兴盛，彰显多少闲情与逸致。吴伟业在《圆圆曲》写道："旧巢共是衔泥燕，飞上枝头变凤凰。"当初的衔泥燕，摇身一变，活脱脱的一只亮丽的金凤凰，不知道羡煞多少人。走进太平镇凤凰山下的陈垌村，其中羡煞的味道至今还在唇边停留，令人回味不已。

"藤县太平镇陈垌村位于太平镇东面，距离镇政府约 8 千米。全村辖陈垌、围三垌、龙垌等 3 个自然村，9 个村民小组，全村 236 户，人口 1516 人。"刚刚步入陈垌村口，巨幅"藤县太平镇陈垌村概况"赫然出现在眼前。"人口 1516 人？"一千多人口的村庄，应该是一个弹丸之地，我嗤之以鼻。再往下细读之，"人均纯收入 4870 元……凤凰坪种养合作社优先从贫困人口中聘请工人，解决了 20 多名贫困人口的务工问题，为打赢脱贫攻坚战做出了积极贡献。"乖乖，那可是一个了不起的村庄啊！我不禁为之前的表现颇感惭愧。到底这是一个怎样的村庄呢？我极目远眺，一座精巧别致的凉亭吸引了我的目光，先去那里看看再说。

这是一座普通的亭子，米黄色，呈雨伞形状，顶部铺了一层稻草一样的建筑材料。如果没有那四根白色的柱子，远看更像以前拴牛的"牛坪"。亭子没有名字。没有醉翁亭"翼然临于泉上"的雄健英姿，更没有黄鹤楼临水而建的磅礴气势。秀气，朴素，像小家碧玉，静静地遥望对面葱翠蓊郁的凤凰山。手抚亭柱，环顾四周，静谧的田野，错落有致的楼房，宽阔的农村文化广场，淙淙的流水，还有鸡鸣犬吠……传统中又流露出新时代农村的气息。置身其中，仿佛走进了谢灵运笔下的"春晚绿野秀，岩高白云屯"，真的是"观此遗物虑，一悟得所遣"。"走，别在这里陶醉了，带你去能让你解馋的地方瞧瞧，一饱你的口福。"同行的大兵拍着我的肩膀催我前行。

离开凉亭，穿过陈垌凤凰坪种养合作社，不远处，"腐竹厂"三个红色的大字映入眼帘。厂子不大，约莫 1000 平方米。顶棚以绿色的铁皮覆盖。走进厂里，但见一格格整齐有序的豆浆雾气蒸腾，香气扑鼻。工作人员正在以娴熟的手法从格子中"取"出皱巴巴的腐竹，然后晾在格子上方的一根根竹竿上。真应了那句古诗：干脆金黄泛油光，十里之外飘豆香。鲜黄糯软的腐竹，在雾气中尽显婀娜的身段，像绸缎，像毛巾，像竹枝，整齐划一地垂挂在竹竿上，活脱脱一幅充满艺术感的水墨画。工作人员张师傅说，整个腐竹厂投资 200 万元，年产量 55 吨。现在基本上使用先进的现代化技术，只需使用十来个人，便可以达到年经济效益 20 万。同行的一位黄女士一边听介绍一边忍不住取下一块新鲜出炉的腐竹大快朵颐，那津津有味的吃相点中我们的吃穴，于是乎"该出手时就出手"。果然，生吃腐竹的味道也是极致。有人问张师傅，陈垌腐竹如何能做到这样鲜美可口？他说，走吧，很快你就会知道谜底的了。

带着疑惑，我们跟着张师傅来到与腐竹厂只一墙之隔的"凤凰泉水厂"，厂名刻在一块大石碑上。五个烫金的大字下，一段文字解开了我们的疑惑：

相传，舜禹年间，龙母教七子于西江，造福于民，引凤凰自东北而随，始潇湘，过昭平，达古龙，翩翩至狮山胜景前，流连驻足。越千年，得今之凤凰山。凤凰山下，两穴空旷，一为桂山坡而出，一为簕竹根下而涌，民择洞而居，人勤泉清，谓"勤洞"之名。自古以为，民风淳朴，俨然世外桃源，参天夫妻古树可证。年岁延绵，民出洞筑巢而居，历经更名，谓今之"陈垌"，声如旧，不失其意也。独两穴犹存，泉水自溢，甘甜如故。凤凰之山，脉传悠远，如展翅攀登，如排羽护雏，如回眸顾盼，如翘尾迎光，妩媚无限，娇态万千。凤凰之泉，源远流长，似玉璧剔透，似琼瑶醇厚，似冰雪润蒸，似湛露甘香，亘古清冽，紫翠润泽。

好一个"亘古清冽，紫翠润泽"！原来这里有一口"凤凰山和泉"。想不到，这"陈垌"乃由"勤洞"而来。想不到，这小小的陈垌村竟有着如此清冽之泉，竟有着如此令人心驰神往的传说故事。信步迈进水厂，一桶桶泉水有序地码在一起。我们拿了一只杯子尝了一杯，果然入口清甜，生津止渴，仿佛仙露琼浆，让人神清气爽。张师傅说，我们做出的腐竹，就是用凤凰山和泉的泉水精心制作的，它的秘诀就在这里。

都说"好水酿好酒"。茅塞顿开的我们还来不及问，这如此甘甜之水，应该用来酿酒等等，眼睛犀利的大兵说："你看，凤凰泉特醇！"果然，刚走出凤凰泉水厂，凤凰泉特醇酒厂便如约走进我们的视野。还没到厂里，一股清香便随风袭来。置身酒厂，几百坛米酒陈列其中，都用红布密封，甚是壮观。韦伟基厂长一边热情地叫我们品尝米酒，一边深情地介绍：陈垌村凤凰泉，泉水出自凤凰山脚下，方圆二十里无污染源，四季清冽，冬暖夏凉，入口甘甜。考究其实，凤凰泉水含丰富的有益矿物质，硬度和酸碱度适中，十分适合酒醅。在酒醅发酵的过程中，其酸性浓度已被自然调整，大茬、续茬均不用添加任何添加剂。用此泉水酿酒，只需用最传统、最简单的酿酒工艺，即可酿出美味可口，香甜浓郁的白酒。陈垌人就是这样，利用此泉水的天然优势，打造了自己的拳头产品"凤凰泉特醇"——勤洞泉酒。目前，酒厂请了3位师傅专门负责酒厂的生产，酒厂日产 500 斤酒，每年的经济效益可达 35 万元左右。韦厂长的娓娓陈词，仿佛就像那纯正的米酒，让人脑洞大开。哦，聪明的陈垌人，用自己的勤劳和智慧，创出了"佳泉出美酿"。白居易有诗云："天平山下白云泉，泉自无心水自闲。"我想说：凤凰山下凤凰泉，泉自清冽酒自醇。

回来的路上，在陈垌村的一个庭院前，看到了两个耄耋老人，她们慈眉善目，精神矍铄，一边择着手里的灯盏菜，一边乐呵呵地欣赏眼前孩子们的即兴玩耍，使人想起五柳先生笔下"黄发垂髫，并怡然自乐"的其乐融融的乡村景象，多么祥和，多么温馨！陈垌人在"实施乡村振兴战略"中不忘初心，牢记使命，在扶贫攻坚的道路上以"监督执纪+产品扶贫"的方式，闯出了属于自己的一片天地。陈垌村，正是那凤凰山下飞出的"金凤凰"，一只飞舞于全面建设小康社会道路上的"火凤凰"。

健安村里笑声朗

吴献凤

　　小满那天一早，我戴着草帽、拿着卷尺、举着相机，穿梭在太平镇健安村的田间地头，随身带着记满了各种数据的小笔记本，去验收贫困户的种养产业。

　　由于前一天夜里刚下过一场雨，清晨的空气异常清新。走在通往果园干净、整洁的乡间林荫路，吸入肺腑的空气是那样的甜润，满眼是生机勃勃的新绿，整个人也都清爽愉悦起来。这里的贫困户都很勤劳，这得益于县里的产业"以奖代补"政策。大部分留守贫困户种植了花生、玉米、青菜等农作物，长势很好，养的鸡鸭也都茁壮成长，不仅能获得奖补，还能卖到一笔钱。

　　2016 年，我便来到健安村挂钩扶贫。这里地处藤县北边，离镇区只有1.5 千米，拥有 11 个自然村、54 个村民小组，全村辖区 38 平方千米，有耕地面积 2914 亩，经济来源主要以外出务工或农业种养获取。年轻人大部分外出务工，留守村里的主要种水稻、大青枣、砂糖橘、蔬菜等经济作物。

　　米饼是当地的土特产，在藤县颇有名气。健安村原也有一间米饼厂，但销路不广，产量不多，利润低。我们来后，邀请本地青年回乡加入创业团队，发展本地特色产业。回乡青年劲头足、有活力，敢于推陈出新。他们深入市场调查，根据不同人群的口味研发出新品种。米饼的口味由原来的三四种增加到现在的十几种，在米饼里加入高粱、紫薯、玉米、蜂蜜等食材，咸香、微辣、清甜，口味越来越多，品种也越来越丰富，吸引了大批的新顾客；同时利用电商平台在网上进行直播、销售，拓展销路渠道，利润翻倍增长；米饼厂也增加三四间，这些米饼厂多招收本地贫困户，像坤姐、兰姐、全叔这些留守青壮年便在这类厂工作。因在家门口上班，早晚空闲时间还能下地干活，种些水果蔬菜卖，补贴家用，所以这是健安村留守劳动力的普遍选择。

　　新冠肺炎疫情期间，县政府带头在直播平台推销本地特产，坤姐他们所在的厂不仅没有停滞，订单还多了起来。坤姐既务工又务农，忙得不亦乐乎。

　　一大早，我就给坤姐打过电话，告知验收的流程。坤姐说她在地里忙活着。她家的地我去过很多次，比我老家里的地还熟悉。地里的大青枣已在一、二月时采摘完毕，大青枣树也截枝完毕，粗壮的枝干上新发的嫩芽在阳光的照耀下越发茁壮。大青枣树每年都要截枝，只留一米多高的树干长新枝，新枝长出来的果才更加饱满、鲜嫩。春夏两季在青枣地里种菜，秋冬两季长果，既没有让地在春夏两季闲着，又增加了收入，一举两得。

　　随后，我赶往覃姐的蔬菜地。覃姐家是因为丈夫去世、六个孩子正在读书而成了贫困户。这些年，雨露计划补助、高中生补助、初中寄宿生活补助等一系列教育助学政策落实到位，加上低保、产业扶贫，覃姐家的六个孩子读书都不成问题。同时，覃姐是个勤劳能干之人，与人合伙在镇上开了家餐饮店，自家种植些时令蔬菜来供应店里，大大降低了成本，收入逐年增加，生活也渐渐好起来，前年建了新房子，顺利脱了贫，但教育、低保补助等政策依然不变。覃姐常感叹扶贫政策的好。

　　走过绿油油的田园，穿过一片小竹林，中楼片的几位老婆婆坐在树荫下闲聊，其中一位老婆婆远远地扯开大嗓门喊："阿凤，你又来啦！"

　　"是，我又来咯！"我也大声回应着，"来看看你们家的黄皮熟没有。"

　　"把贫困户当成亲人、朋友，真诚相待、真心帮扶。"刚参加帮扶工作时，我对这个工作要求觉得不可思议。几年过去了，随着一次次的入户、交谈、宣传，我不仅跟村里的老人、孩子熟络了，还和外出求学、工作的年轻人互加了微信，我们在网上聊学习、聊工作、聊人生。原来，人与人相处是那么的简单，在淳朴的人面前，真心总会得到好的回报。水果丰收季节，入户回来的路上我总能从袋子里摸出几个新鲜的水果，至于是谁偷偷放进来的，我也不深究，这份情谊领下便是。

　　从最后一户贫困户地里走出来时，太阳已偏西。融融的日光斜照在村子里，把太阳能路灯的影子拉得老长。地里的蔬菜依然鲜绿，瓜苗似乎比早上见时长了一寸，大青枣的嫩苗也似乎多了两片。看着眼前的美丽村庄，想到这些贫困户都顺利脱贫，一天的疲劳悄然而逝。

东皇一笑芳菲至

罗金霞

　　这里，碧水丹山，田陌纵横；这里，绿树翠竹，鸟鹊唧啾；这里，清风流转，风景如画；这里，没有城市的喧嚣和热闹，只有"漠漠水田飞白鹭，阴阴夏木啭黄鹂"的幽静；这里，没有可以道尽平生意的繁华旧事，只有"晨兴理荒秽，带月荷锄归"的平实时光。这里，就是藤县太平镇东皇村，一个有着原始村落风光和质朴民俗风情的小山村。

　　东皇村坐落在藤县太平镇的西北边，全村人口不足四千。关于东皇村名字的由来，其年代已是无法追溯，也无从考究，只能从少数的史料和人们口口相传中发现一些蛛丝马迹，知道这个名字是从古代流传下来的。

　　"东皇"一词，有两层含义，一是指天神东皇太一，上古天庭的主宰者；二是指司春之神，即掌管春天的神。东皇一词，常常被古代文人吟咏。南朝齐谢朓在《赛敬亭山庙喜雨》诗中写道："秉玉朝羣帝，樽桂迎东皇。"元代陈樵在《碧落洞》诗中吟道："杖头化作光明烛，愿逐东皇下九垓。"唐代戴叔伦写春天，在《暮春感怀》中感叹："东皇去后韶华尽，老圃寒香别有秋。"宋代姜夔在《卜算子·梅花八咏》中咏道："长信昨来看，忆共东皇醉。此树婆娑一惘然，苔藓生春意。"明代陈所闻在《懒画眉·春闺四咏》中歌道："愁他春尽问东皇，为甚不住些儿去得忙。"读罢这些诗、词和曲，才知道东皇村名字意境的深远。东皇村名字的两层寓意中，我更倾向于其寓意是司春之神，那是因为东皇村一年四季里，景色皆如春，司春的"东皇"更名副其实。

　　大凡灵秀的地方，都是山环水绕，山因水而俊秀，水因山而灵动，山水相依，方能温情可人。东皇村也是这样一个温情的村庄，温婉的蒙江之水穿村而过，滋润着两岸的青山，使整个村庄常年都沉浸在一种温润如玉的绿意里。

春来，村庄烟雨霏霏、远山含黛。村庄的江面上时常笼罩着一层轻绡薄纱，袅袅绕绕，含烟蓄霞；两岸翠竹婆娑，丹山披绿，白鹭展翅，夹杂着龙眼树、荔枝树花朵的芬芳和鸟语的婉转，还有雨声的嘀嗒，活脱脱一幅清旷飘逸的山水画。倘若撑一艘小船或竹排，慢溯江中，有清风拂面，有流水鸣琴，会让人仿如置身于梦里的江南！

夏至，绿树芳草绕村立、山花烂漫丛中笑。村庄的山坡上、田野中，各种野花争奇斗艳，或浓妆，或淡抹：淡雅水灵的是豆蔻花；粉紫明艳的是稔子花；莹白似雪的是罗显花；透蓝闪亮的是竹节菜花……一簇簇、一丛丛，把村庄织成了一幅巨锦。

秋到，随处可见稻菽翻浪、瓜果满园。东皇村的秋，是没有萧索的，树木芳草还是一如既往的绿，唯一不同的是绿枝上增添了沉甸甸的果实，龙眼、柚子、橘子、芭蕉、柿子把枝头压得一弯再弯；木瓜、南瓜、北瓜、冬瓜把篱笆压得歪歪斜斜；田野里金黄的稻穗被农民收入囊中，随之又被插下翠绿的秧苗；山岗上的稔子也次第成熟了，被孩子们摘了一遍又一遍……

冬达，漫山橘子红遍，满野橙子熟透。东皇村的冬，是丰收的冬，一个个红如小灯笼的砂糖橘、沃柑、橙子被农民从枝头剪下，分拣、装筐、运走；东皇村的冬，虽然寒气袭人，但是青碧透逦的群山依然青碧，小溪江河依然流水潺潺，小鸟依然在枝头唱着歌。因添了丰收的劳动场景，那山，比平时更添韵味；那水，比平时更清冽透彻；那鸟语，比平时更清脆悠长。当此之时，祖国的北方，早已冰冻三尺。

当然，东皇村并不是只有冬季才是收获的季节，在它的一年四季里，每个季节都有瓜果飘香，春季里有枇杷、大青枣、粉葛等，夏季里有荔枝、黄皮等，秋季有龙眼、柚子等，冬季有砂糖橘、茂谷柑、沃柑等。

东皇村，是需要抽点时间慢慢品读的村庄。"雨余残日照庭槐，社鼓咚咚赛庙回。又见神盘分肉至，不堪沙雁带寒来。"这几句诗是描写中国传统民俗节日秋社活动时的场景，也是对东皇村的传统民俗节日的描绘。东皇村是一个发展农耕的村庄，对土地有着深厚的感情和敬重之情。每逢春社二月初二和秋社八月初二，东皇村的人们都会聚集在一起，杀一头猪作为社肉，然后带着准备好的米酒、社饭拜祭土地神，以祈求农事顺利、五谷丰登。祭拜完之后，还需把社肉分给各家各户，据说，食用社肉的人会身强体壮，能以更好的状态投入到农耕生产中。

东皇村，是需要慢下脚步来聆听的村庄，它是一个有故事的村庄。你只需步入村中，随便拉住一位村民，让他给你说说关于这个村的故事，村民准是张口就来一段赌妇崖和合竹滩的传说。赌妇崖，高约20米，位于东皇村江边回环处。合竹滩，位于赌妇崖下游约500米处的江心，滩上翠竹青青，很是美丽。传说，古时候，财主与樵夫在崖上打赌，财主承诺樵夫敢跳下悬崖就赐女儿给他做妻子。樵夫本来想试探一下悬崖有多深，却在蹲下身子时，被别在腰间的砍柴刀磕了一下地上，一个趔趄就掉下了悬崖。事后，财主却不承认此事，两人争执不休，遂告到族长那儿，族长决定用族规行事。他们砍来一节六尺余的竹子，并把村中的村民集中在江边两岸，当着众人说："我们把这节竹子劈成两片，抛入江中，两块竹片若能重新合在一起，便可完婚，否则两家各自嫁娶，互不相干！"言毕，劈开竹节，分成两片，投入江水之中，一会儿奇迹出现了，只见两块竹片合拢在一起，最后叠合，像从未劈开过一样，搁浅在江中的沙滩上。财主见此结果，瞠目结舌，无奈之下只好把女儿嫁给了樵夫。后来，人们把那个沙滩称为"合竹滩"，把那个耸立在江边的悬崖称为"赌妇崖"。这是东皇村人们最为耳熟能详的故事。也许，这个故事是否真实存在有待考究，但是人们对美好事物的天生向往之情，在这儿得到了体现。

　　是东皇村灵秀的山水才会孕育出物产这样富饶的土地，是这样富饶的土地才会孕育出这样质朴的人和这样质朴的故事。

　　然而，这样美丽的、富饶的村庄曾经因为交通闭塞导致农产品销售不出去，人们生活困难、经济窘迫，而大部分的村民为了生活，选择外出打工，使得家中田地一片荒芜，东皇村一度无"东皇"。

　　"东皇一笑相语：芳意究竟在谁家？"那一年，扶贫政策像春风一样吹拂着祖国的大江南北，这股春风把沉睡中的"东皇"撩醒。一条条硬化水泥路从村中通向村外，村民纷纷选择回归故乡，各种种养产业风生水起，东皇村迅速发展成了全镇最大的砂糖橘种植基地，人们纷纷富了起来。

　　每天，茶余饭后，漫步村中，看着田园巷陌，草树斜阳，黄发垂髫，怡然自乐，心中不禁感慨：正是因为祖国的日益强盛，才有"东皇一笑芳菲至，橘绿桃红话桑麻"的佳话。

濛江

〉〉 文化的生成和积淀往往是需要人的抵达来实现的。

双德村里的文化记忆

蒙土金

　　文化的生成和积淀往往是需要人的抵达来实现的。在这种抵达的旅程当中，一个鸿蒙初开的村子，因为朱熹的一个后裔朱凤山最先来到这里，因为苏东坡遇贬途中从藤州沿蒙江顺着马河来到这里，因为龙母温媪修道炼丹也来到这里，从而深深地烙上了钟灵毓秀的文化印记，在古藤州的历史岁月里风华正茂地成长，直至今日。这个村子，就是当今藤县濛江镇的双德村。

一

　　藤县濛江，是见证了中华民族多民族迁徙融合历史过程的一个地方。在秦统一岭南以前，这里生活居住着越人的其中一支瓯越人，秦统一六国后，大部分越人西迁到桂西一带，小部分留在当地与秦军一起垦荒生产。到了宋代，中原地区的汉人由于不堪金人的袭扰，纷纷南下到湘南、粤北定居，而先前居住此地的瑶民由于大批汉人的到来而被迫又西迁广西，瑶民在西迁的过程中以武力驱赶越人继续往上迁移。至元代，藤县、平南、桂平一带已成为瑶民的天下，并发生过以黄得宁为首的瑶民起义，元朝统治者遂派南丹大总目校尉官覃普伟率军前来清剿，使瑶民又被迫向北逃往大瑶山。明洪武年间，朱元璋派杨景定广西，檄诸"夷"归化，覃福（覃普伟孙）集属民归顺。此后，大批汉人自明成化年间从广东陆续进入濛江。

　　在当年广东的大批汉人向西迁徙的行程当中，有一位姓朱名登字荣命号凤山的朱熹后裔紧随其中。朱凤山原是朱熹一系，生于明崇祯十五年（1643年），原居住在广东翁源县翁邑城周陂村，因躲避翁邑盗匪贼寇之乱于1667年移居广西，最初择居在藤州经营商铺，后又辗转于白沙、太平、和平、金坡、古湾等地置买田产居住，最后来到濛江镇双德碳底自然村落籍定居。濛江镇双德碳底自然村坐落在大瑶山余脉之狮山山系最南端的龙母山下，这个村子西、北、南三面山岭环绕，东面为开阔的田地池塘、藏风聚气、风景秀丽，并且有一条叫马河的清流从东面环村而过，暗合了"左青龙右白虎"之说，前有照后有靠的传统风水格局，深得朱凤山的喜爱，于是决定在这里安居乐业。如今，朱凤山从广东搬迁至这里已历350多年，共繁衍至第十七代，人口有一万多人。

朱氏，在"百家姓"中排列第14位。朱姓历代人才辈出，史不绝书，在二十四史中单独列传者418人，素有"朱家天子杨家将"之说，历史上曾出现过朱熹和朱元璋等彪炳青史的人物。朱熹（1130—1200年），字元晦，又字仲晦，号晦庵，祖籍徽州婺源，出生于南剑州尤溪，南宋著名的理学家、思想家、哲学家、教育家，儒学集大成者，被尊称为"朱子"，与"二程"（程颢、程颐）合称为"程朱学派"，其思想理论成为元、明、清三朝的官方哲学，是唯一非孔子亲传弟子而享祀孔庙位列大成殿十二哲者，是中国教育史上继孔子之后又一人。据朱氏族谱考证，朱凤山为朱熹第十六代裔孙，以耕读传家，家业殷厚，至定居碛底自然村时田产年租谷达480万余斤。为了秉承朱氏先人遗风，勉励后人节礼传家，像全国各地其他地方的朱氏一样，朱凤山的子孙们也在碛底村兴建了一座朱氏宗祠。现在，这座儒雅的朱氏宗祠虽栉风沐雨却在碛底村里仍然折射着耀眼的光芒。

朱氏宗祠始建于清乾隆四十一年（1777年），以独特的建筑艺术魅力和富丽堂皇的风貌而著称。祠堂坐西向东，总面积2000平方米，为二进三开间一院二天井，由前院厢房、南厢房、拜亭等组成，房屋为青砖青瓦、硬山顶，抬梁穿斗式结构。祠前的廊壁上，有百鸟图数幅，或鸳鸯戏水、或莺歌燕舞、或孔雀开屏，又有姜太公垂钓、状元及第、八仙贺寿等人物故事彩绘，瓦顶四周均刻着"丹凤朝阳""龙凤呈祥"等浮雕，画工精良传神，姿态逼真可爱。前厅内壁上挂着"朱子家政""朱子家训""朱柏庐治家格言"以及古代各级政府所赐予朱氏的功名牌匾。祠内的行条、桷子均为杉木构造，所用砖瓦亦极其阔厚，故修建几百年以来虽极少修葺却依然如故，具有较高的建筑艺术价值。

宗祠作为一种文化的传承，它是供奉祖先神主、进行祭祀的地方，它的建筑风格与一般民居不同，是反映一个家族伦理意识和宗族思想以及历史渊源的一种载体，在这个载体中充分地融入了他们的人生追求、风俗崇尚和精神理念。"朱氏宗祠"的这种精神理念，在它的楹联中得到了充分的体现，如石柱上的对联：

祖宗胚显学有紫阳驾周程张陆诸子以齐名宇宙文章流剑水；

家国重光军兴洪武继隋唐宋元历代而承运英雄勋业起濠州。

外大门的对联：

鹅湖承世泽；

鹿洞绍家声。

内大门的对联：

金山玉海家声远；

鹅湖鹿洞世泽长。

神台木柱的对联：

念前人创业维艰毋怠毋荒共展孝恩光令绪；

在今日统垂可冀克勤克俭好将步武振微猷。

这些联句修辞严谨，对仗工整，在字里行间告诫了后人在修身、立业、做事、治家等方面要遵循的伦理道德，它们与"朱子家政""朱子家训"一起穿越历史的时空，至今仍给我们以深深的启迪。

无独有偶，在离碌底一河之隔的另一个叫龙腾的小村落，也有着一大片古香古色的古民居。这片古建筑大致建于清末民初年间，整体结构布局合理，造型雅观别致，恢宏而华丽，具有浓郁的地方特色，现存房屋共 7 座 76 间，占地面积 4400 平方米，所有建筑同样坐西向东。每间由一至五进构成，每进有三开间，左右厢房庇护，硬山顶，砖墙承檩砖瓦木结构，部分属抬梁穿斗式结构，灰雕筑脊，墙檐壁画，木雕精美，既有清代民居的特点又有民国仿西洋的风格，这片与"朱氏宗祠"建筑风格异曲同工的古建筑群，在 2012 年被藤县列为"重点文物保护单位"，它们在历史中折射着古村落的灵明慧光，共同渲染着双德村厚重的文化底色。

二

蒙江，珠江水系西江干流浔江段的一条重要河流，源于广西壮族自治区金秀县忠良乡，全长 189 千米，流域面积 3895 平方千米，主要的支流有大同河、平福河、马河。马河，古称牛皮江，发源于藤县古龙镇田心村，流经古另、峡口、合龙、凤村、石花台、古湾、茶山、碌底、龙腾、冰洲、安和等地，至濠江镇石嘴处汇入蒙江，全长 48.9 千米，流域面积 186 平方千米。马河，由于苏东坡二过古藤州时曾与当时的藤州太守徐畴元一起从藤州乘船前往双德村去游览龙母山而在历史里流光溢彩。

苏东坡（1037—1101年），字子瞻，又字和仲，号铁冠道人、东坡居士，眉州眉山人（今四川省眉山市），北宋著名的文学家、书法家、画家。苏东坡于嘉祐二年（1057年）进士及第，元丰三年（1080年）因"乌台诗案"受诬陷而被贬黄州任团练副使；宋哲宗即位后，受重用任翰林学士、侍读学士、礼部尚书等职，并出任杭州、颍州、扬州、定州等地；晚年因新党执政重被贬惠州、儋州；宋徽宗时获大赦北还，途中病逝于常州；宋高宗时被追赠太师，谥号"文忠"。苏东坡是宋代文学最高成就的代表，其诗题材开阔，清新豪健，善用夸张比喻，独具风格；其词开放一派，与辛弃疾同属豪放派代表，并称为"苏辛"；其散文著述宏富，豪放自如，与欧阳修并称作"欧苏"，为唐宋八大家之一。

苏东坡一生仕途坎坷，在遇贬和放还途中曾两次经过藤州，他在藤州期间游历山水，与藤州的官宦仕民诗词歌赋、交流联谊，结下了深厚的感情。北宋绍圣四年（1097年），苏东坡从惠州再贬儋州，其弟苏辙则由筠州再贬雷州，苏东坡与幼子苏过于4月19日从惠州出发，5月初到达梧州，得知苏辙刚好离开梧州去往藤州便赶赴藤州，并于5月11日与苏辙相会于藤州浔江与北流河交汇处的得月楼。苏东坡望着楼下波光潋潋的河水，浮想联翩，写下了《吾谪海南，子由雷州被命即行，了不相知，至梧乃闻尚在藤也。且夕将追及，作此诗示之》：

> 九嶷联绵属衡湘，苍梧独在天一方。
>
> 孤城吹角烟梅里，落日未落江苍茫。
>
> 幽人扪枕坐叹息，我行忽至舜所藏。
>
> 江边父老能说子，白发黄颊如君长。
>
> 莫嫌琼雷隔云海，圣恩尚许遥相望。
>
> 平生学道真实意，岂与穷达共存亡。
>
> 天其以我为箕子，要使此意留要荒。
>
> 他年谁作舆地志，海南万古真吾乡。

苏东坡与苏辙在藤州盘桓数日，然后苏东坡、苏过、苏辙三人从北流河经容县、玉林至雷州前往海南。元符三年（1100年），哲宗驾崩后徽宗即位，5月宣布大赦天下，苏东坡获赦奉命北还，6月过琼州渡海至玉林经北流河乘竹筏下容县，由都峤山邵道士陪同再到藤州，受到了藤州太守徐畴元及其子徐瑞常的热情接待，并一同畅游东山。此时的苏东坡遇贬获赦再途藤州，于归途中秀山丽水逢故友，不觉心旷神怡，于是他欣然提笔写下了《浮金享戏作》一诗：

> 昔与徐使君，共赏钱塘春。
> 爱此小天竺，时来中圣人。
> 松如迁客老，酒似使君醇。
> 系舟藤城下，弄月镡江滨。
> 江月夜夜好，山云朝朝新。
> 使君有令子，真是石麒麟。
> 我子乃散才，有如木囷轮。
> 二老接白篱，两郎乌角巾。
> 醉卧松下石，扶归江上津。
> 浮桥半投水，揭此碧粼粼。

诗中掩饰不住苏东坡遇赦北还的喜悦以及对故人情怀和古藤州的由衷赞叹。游完东山后，苏东坡在藤州太守徐畴元的陪同下，又来到水东街孝通坊的龙母庙里上香。苏东坡到了龙母庙后，十分虔诚地请了三炷香，再到点香的地方用左手点燃香，来到龙母佛像前，用左右手的大拇指承托着香的尾端，使香头平对着佛像，然后举起齐眉供一供，在佛像前的香炉里先插了中间的一支，再插上右边的一支，最后插上了左边的一支，然后在龙母佛像前虔诚地拜了三拜，感恩龙母福泽天下的恩德。上完香后，苏东坡与徐畴元一起和庙祝公在厢房里喝茶畅谈龙母养五龙、修仙学道的往事时，知道了龙母在学道的时候曾到过濛江双德村碌底附近的大山上修仙炼丹，并且听说碌底这一带的山势奇崛，不同凡响，遂萌生了要到濛江双德村一探清幽的念头。

6月中旬，苏东坡在藤州太守徐畴元的陪同下，从藤州乘船沿蒙江顺着马河溯流而上抵达了双德村，一路欣赏了蒙江与马河沿途美丽的风光，并从碌底上岸沿着龙母山"水怪谷"5千米长的谷底一路向上探去，只见"水怪谷"里怪石嶙峋，千奇百态，漫山遍野都是亚热带常绿的针叶林和宽叶林，还有无数的乔木、灌林和藤本、草本植物及湿润地衣、苔藓之类，还有大量的原始古榕树与石台、石柱攀缠相依生在一起，或抱石而生，或咬岩而立，网根状缠绕着的巨石有的十几米粗，蔚为壮观。谷底的岩石中散布着很多"蜂窝"

"壶腹"形状的洞穴，深浅大小不一，有的十几米深，有的四五米宽，溪水或从蜂窝旋转，或从窝底穿流泻出，发着奇怪而悦耳的声音。其中的一处瀑布尤为壮观，它从连续九级4~10米大小不一的"蜂窝"中飞流直下，浪花飞溅，溪水又从深槽中潺潺流出，时而如仕女琴音、袅娜委婉，时而如万马奔腾、威武雄壮，让苏东坡听得如痴如醉，流连忘返。苏东坡一生游历山水无数，游览过的瀑布也很多，但从来未见过如此奇妙绝伦的瀑布。"怪哉，此瀑乃藤州独有耳！"苏东坡不禁发出由衷的赞叹。于是龙母山的"怪瀑"便这样流传了开来。据说苏东坡还口吟了一首题《怪瀑》的诗，被当时双德村为苏东坡当向导的乡贤记了下来：

天涯浪迹抵濛江，忽讶奇音峡内扬。

谛听方知溪奏乐，环观偶见鸟争翔。

幽岩处处留仙迹，怪瀑层层溅玉浆。

深壑藏龙随隐现，蓬莱未必更风光。

若干年前，双德村里的一位80多岁的老人还曾手拿抄本吟诵过这首由他祖上留传下来的苏东坡的诗，只可惜，这位老人家现在已经逝去了，现在再寻觅这首诗的抄本时已再难寻踪迹。据说，苏东坡和徐畴元当晚就在那位乡贤家里居住。这个坐落在龙母山脚的小村子因为苏东坡曾经到过，后来的人们便把它叫作"东坡村"。

苏东坡在客寓藤州期间沿着马河到双德碌底的龙母山游览，发现"怪瀑"并为"怪瀑"写下诗文的故事一直在当地流传着，这段鲜为人知的往事，就如苏东坡的诗文一样，滋润在古藤州和双德村的岁月里。

三

在濛江镇双德村有一座山峰俨如一位慈母从群峰中姗姗走出，俏丽地站立在田野旁边，深情地眺望着欢快地流淌着的马河水，这座山便是龙母山。

据清同治《藤县志》记载："龙母，嬴秦祖龙时之神，温姓，或曰蒲姓……藤县二十一都筋竹村人，豢龙潭犹存，或曰一都水东街孝通坊人，故其庙名孝通。"又据《孝通祖庙旧志》载："龙母娘娘，温氏，晋康郡程溪人也。其先广西藤县人，父天瑞，宦游南海，娶悦城程溪当氏，遂家焉。生三女，龙母，其仲也，生于楚怀王辛未年之五月初八。"据历史文献记载，龙母是藤县水东街孝通坊人。另据《藤县史志》记载，龙母一生下来，头发便有一尺多长，她身材奇伟，面色慈祥，从小喜读诗书，而且一目十行，过目不忘。特别难能可贵的是，她有着一颗十分善良的心，在她少年的时候就和自己的姐姐、妹妹以及邻居的姑娘一起结成"金兰七姐妹"，立下誓言要利泽天下，为老百姓做好事。聪明、勤劳的龙母，率领当时"百越"的群众战天斗地，战胜自然灾害，让黎民百姓得以安居乐业、繁衍生息，从而深得人们的爱戴，被推为仓吾氏族的领袖。

相传，龙母曾经到狮山拜狮山圣母为师，修仙学法，采药炼丹，治好了不少父老乡亲的病。传说古时在狮山南面的山脚下有几对夫妇久婚不育，后来经过龙母医治后他们对对得子，便把龙母当成活神仙顶礼膜拜。龙母得道成仙云游四海后，人们仍然经常在山脚朝着狮山的方向跪拜，于是，风光旖旎的田园旁便生成了这座慈母吻子之山，它就是龙母化身的山，这座山就是龙母山。

龙母山方圆约 10 平方千米，属典型的丹霞地貌，这里原来是一片汪洋，在当时海水的侵蚀和海浪的冲刷下，一座座丹峰神态各异，或如人物，或如神兽，栩栩如生。龙母山上的景点很多，有"龙母赐子""龙母圣砚""水怪谷"，还有"栈道岩""圣火照明""一线天""画屏峰""麒麟吐火""天马寨""龙母岩""龙母居""龙母藏宝洞""龙母炼丹炉""龙母修仙岩"等很多与龙母传奇有关的地方。这些景点活灵活现，集怪、雄、奇、险、秀于一体，曲径通幽，给人一种人与自然和谐结合、天人合一的奇妙感受。除了苏东坡题诗的"怪瀑"外，"龙母圣砚"也十分神奇，它位于开心谷的旁边，高 3 米、宽 4 米，中间是一个一米多宽、几十厘米深的小池，酷似一块椭圆形的砚台，而让人难以相信的是，在高出地面的小池旁竟然还有黑色的泉水仿如墨汁一般汩汩地流出。据说，这圣砚是当年龙母曾经使用过的，现在还有着灵气。双德村磢底的朱氏子弟遵承祖训以耕读传家，无论是研读诗书或科举考试都会到这里带一点"龙母墨"回去，或许是有了龙母的福荫庇护，磢底的朱氏子弟历来都聪明灵秀，明、清以来九品以上的官仕就达 130 多人，而近代的朱秀长更是他们当中的杰出代表。朱秀长（1874—1953 年），名綦联，字幼强，号景晖，双德村磢底人，早年留学日本，中国同盟会会员，曾在广西陆荣廷的督军府任军法长、省谘议局议员、省民政厅代厅长等职务，据说朱秀长年轻时经常到龙母山去，在"龙母圣砚"处温习功课，诵读诗书，并亲笔为龙母山写下了"烟化祥云，感恩龙母；山藏圣气，赐福黎民"的对联，以表达对龙母的由衷敬意。

在龙母山中，有关龙母当年活动过的痕迹还有很多很多，如当年由龙母带领村民开山凿渠修建的龙母渠，现在还流淌着潺潺的溪水；龙母当年吃饭用过的台，幻化成了一块硕大的圆石台，在龙母山中现在还清晰可见；而龙母炼丹炉，据说是龙母当年在这里修仙炼丹的地方，在天朗气清的日子里，如果你细心观察还可以见到一缕缕的轻烟在这里袅袅升腾呢。

"龙母出龙国，江声载誉声。"或许真的是应验了"山不在高，有仙则名；水不在深，有龙则灵"的古老遗训，龙母山因有了龙母当年在这里活动的踪迹，因有了龙母"利泽天下"的懿德和愿力而飘扬着历史的神奇与美丽。

双德村，一个普通的南国乡村，因为有了朱凤山的抵达、有了苏东坡的抵达、有了龙母温媪的抵达，便形成了一串串特定的文化符号，长久地蕴藏在双德村的记忆里，连绵不息。

福岛泗洲

郑彬昌

夜色昏暗，一边是黑暗一边是光明。上部是幽暗的大江，下部是灿烂的公路。大江朦胧而恬静地孕育着一河美梦，车流的灯光让公路变成一条弯弯的流光溢彩的龙。有一座静谧的小岛，紧依彩龙贴在江中，上小中大，下部稍向上弯转，构成一条江中奋力向上游的大鲤鱼，鱼跃龙门的形象一下就跳进脑海中。这是我看到的一幅图片，给人以全新的唯美享受，给我留下难以忘怀的印象，成为我登临小岛一睹芳容的理由。这小岛就是藤县濛江镇泗洲村。

2016 年初春，我们踏上了这座有着我念想的小岛。

零零星星的雨丝漫无目的地飘飞，悄无声息地落下来，树木、房子、道路、蔬菜，散发着一种湿润丝滑的味道。竹林是岛上唯一能够称为"林"的地方，而竹子此时已显现出满脸的憔悴，焦黄的叶子不时飘下，而枝杈间闪烁着星星点点的绿意，无法遮掩一种生命的喜悦，新旧交替的大戏此际正在上演。地里垄间，笋菜、芹菜、生菜、芥菜以娇嫩的绿意和蓬勃的姿态不间断地向人们展示其主人的面貌，一百来亩耕地，养活着两千余人口，唯有土地的无私奉献和人们的勤劳不辍，才能完成这样的人间杰作。

其时正值一年一度的上灯风俗，岛上到处洋溢着喜气。老宅已被收拾一新，地板干净，墙无蛛网，门楣贴着红纸，门框贴着大红对联，老宅一改颓废旧貌而生机勃发。而厅堂悬挂的大红灯笼，发出明亮的光彩，灯笼上连生贵子、寿比南山的条幅随灯流转，喻示着这里人丁的兴旺发达，彰显着对生生不息的血脉传承和对祖先圣贤恩德的铭怀。

藤县多有上灯习俗，都是在正月初十在厅堂挂上灯笼，以向祖先汇报家族喜事，而泗洲则硬生生拖到了正月十三凌晨。事情回溯到 20 世纪 30 年代，村民因在深山躲避在岛上作恶的日本侵略者，到正月十二晚才回到岛上，上灯习俗便延迟到正月十三凌晨开始，村民把灯笼挂到村中的社庙，向在江上往来捕鱼、行船谋生而无暇回家的亲人报平安、报喜讯，沿袭至今。这样带着恒久的伤痛记忆的民俗，此前并无先例。

那段外侮的村史，在泗洲有着怎样的伤痛？杀戮、掳掠、践踏、禁锢，这是村民粗线条描述的伤痕，与当时其他地方受到的伤害并无二致，再深究细追，伤疤下隐藏的是七十余年后揭开依然不忍卒看的血和泪。起于最朴素的愿望，村民把小岛更名为"福岛"，希望借"福到"的祈求，缝合重创的伤口，以得一点心理上的慰藉。

然而，在随后的日子，村民的美好愿望被现实打得粉碎，福岛所受的伤痛并未停歇，生活也没有因为美名而好起来。村民一气之下，用回了原名。

泗洲岛如岛外的浔江水一样，恬淡无声地在岁月的时空里流淌，日复一日。

直至前几年，泗洲岛修通了贯穿前后的水泥路，又合力修建了沟通外界的大桥，到岛上的游人便逐渐多了起来。去年开始，泗洲岛按照乡村生态游进行规划，岛头荒废的滩涂种上了桃树，江边和路边种上了柳树、桂花等绿化树木，今年又开始修建环岛路，安装太阳能路灯。小岛越来越热闹了。

踏上岛头，一米来高的桃树尚未著叶，光溜溜的树枝看不到一点生机，及至走近，才发现粉红的花蕾在枝丫间钻出了小尖角，焕发盎然的春意，间或有数枝先发的桃花，自然受到游人的青睐。放眼远处，江水澄碧，波澜微扬，来往的行船，展示着黄金水道的强大商机。回眸岛上，一座座漂亮的农家别墅掩映在绿树翠竹之间，这样的房舍，已逐渐成为村民的标配。

"现在的村民生活不知要比以前好上多少倍。"此情此景，泗洲村老支书唐德房的这句话又在我耳边回响。

春雨无声，埋藏在泗洲岛村民祖祖辈辈心中的"福岛"已翩然而至。

我和泗洲有个约会

黄 静

心仪藤县蒙江泗洲岛已久,很想亲眼看看朋友圈上她的容颜是否真的没有经过修饰,更好奇那棵遮天蔽日的大榕树挂满花灯会是什么样子。2016 年 2 月 19 日,农历正月十二,我终于有幸与她来一场美丽的约会。

立春刚过,泗洲岛上已春意盎然。西江水轻轻拍打着堤岸,绻恋踟蹰,不舍远去。一望无际的黄艳艳的菜花在微风中摇曳,轻盈欲飞,蜜蜂立于其上也似不堪重负。紫色的豆花、浑圆的绿叶中藏着串串胀鼓鼓的荷兰豆,令人马上联想到腊肉炒豆的红绿相映之趣,鼻尖传来那股特有的香甜,让人垂涎欲滴。一大田的油麦菜则肆意舒展着一色的绿,那么张扬,那么恣意,令人心生钦佩。

岛上的人家大多在忙碌之中,对我们这群不速之客无暇抬头探究。次日凌晨是泗洲岛上灯的时候,上灯是以"添丁"为中心,以"灯"的形式而展开的祭祖和庆祝活动。

每年,凡本姓本族有添丁(生男孩)者,必须在村中的大榕树上挂上花灯,俗称"上灯",又叫"挂灯"。

"灯"是"丁"的谐音,又是希望、光明的象征,灯灯相继象征着种族繁衍的绵绵不绝。因而上灯不是一个小家庭的事情,而是整个家族、整个姓氏的大事,据说今年全岛共有十几盏花灯要上,所以这一天几乎所有的岛民都在全力以赴做上灯的准备。

上灯要准备鸡、猪、鱼"三牲",还有酒、糍粑、水果等。于是我们在岛上那条干净平整的村路徜徉时,入目的是一片热火朝天的场景。小洋楼前、村道旁、竹林下,人们因地制宜搭起了临时的棚子,有人在烧火、有人在炸扣肉、有人在杀鸡、有人在劈柴一般劈开硕大的猪脚……踏进瓷砖簇新的庭院,有人洗菜、有人洗碗、有人剁骨头。宽敞明亮的屋子里更不闲着,一盆盆的鱼片已经切好,用水烧熟的整只大公鸡、一整块猪肉摆上了长长的桌子。

屋厅里，几个满脸喜气的妇女在忙着捏糍粑，她们的双手飞快地旋转着，白白胖胖的糍粑便一个一个喜盈盈地立在托盘中，再轻轻地点上红点，它们便如一群戴着红帽的胖娃娃，翘着小屁屁满满当当地挤在一起。随行的记者、文友、摄影发烧友急忙端起手中的"长枪短炮"咔嚓咔嚓地抢镜头，我们占据了屋厅的各个角落，有人甚至站上椅子找角度，把正在干活的其他人都挤走了，主人也不恼，笑盈盈地劝我们"先喝口水再忙"。似乎感染了主家的喜气，那些"咔嚓"声更加清脆频繁了，一个个难得的瞬间被记录下来，一张张满意的照片藏在"长枪短炮"里，每一个人的脸上都洋溢着欢喜和满足，仿佛添丁的就是自个儿。

久不住人的本族祖屋摒弃了颓败，今天再次容光焕发起来。大门口的对联"千祥云集财入户，百福齐臻喜临门"是那样喜庆、大气；二进门的对联分列"进士"牌匾下的两边，傲然而贵气；正屋厅的对联最长，与里面悬挂着的三盏新花灯互相辉映，给老屋的青砖黑瓦增添了无限生机和喜庆的色彩。花灯下部四面贴着彩色的纸，我把手机凑近，拍下了两户人家对新生儿的祝福和期待："少似芝兰时时欢，老如松柏天天翠，寿比南山日日新，福如东海年年有。""百家添子万家欢，子爱读书好做官，千般下品书中宝，孙孙子子着皇冠。"还有对本族美好生活的向往和展望："连年添禧又添丁，生财进宝入门庭，贵子登科连及第，子昌孙盛万年庆。"越过花灯，屋厅正中的神台上，祖宗的牌位已经被擦得锃亮，两旁贴着崭新的对联。这一族人历史上出过进士，布置得庄严肃穆的神台、巨大香炉上密布得参差不齐的香脚、久经使用黑得发亮的两盏高高的煤油灯、牌位两边条条红彤彤的福符，无一不传递出香火鼎盛的信息。

上灯起源于何时已经无从考证，史料记载，其一直在岭南地区广泛流传。《藤县志》（1984年版）有"每年正月初十，藤县南部乡镇流行上灯"的记录。在藤县多数地方，上灯的日子是在每年正月初十，唯有泗洲岛是在正月十三，据岛上的老人说，那是因为过去兵荒马乱，有一年祖上为了逃避战乱全部离岛上山，直到正月十二才回来。有人问："今年还没上灯呢，怎么办？"族长沉吟说："就十三上吧！"于是举行隆重的上灯仪式，并把正月十三这个日子定为本岛的上灯日。

听了这个故事，我心中一动，上灯风俗何以在广大岭南地区流传久远，每年都那么隆重、热闹，似乎可以一窥其因了：在古代，战火和自然灾害夺去无数人的生命，先人们担心人丁不旺，种姓消失，所以每年组织添丁的人家举办盛大的庆祝活动，以告慰祖宗——本姓没有消失，反而发展壮大了。另外，在可怕的战乱和自然灾害面前，个人的力量是那么渺小，人们需要一个强有力的集体来共同面对才能生存下去，那时候，强有力的集体当然必须由男丁组成，所以添丁是一件最值得庆祝的大事。再者，每年一次上灯，是凝聚本族本姓力量的最好机会。不知凡此种种是否可作为民间上灯活动广为流传，久而不衰的诠释？

入夜，我们早早候在岛中那棵大榕树下，不知何时，榕树上已经吊了几个红塑料袋，牵着长长的绳子。据岛上人说，这是人们占好挂灯的位置。晚上11点，陆陆续续有人挑着担子，从本族祖屋提着花灯而来。大榕树前就是社，人们放下担子，从箩筐里一一捧出熟鸡、猪肉、新衣等供品，小心翼翼地摆上拜台。迟来的人们知道拜台早已摆满，便干脆从自家扛来八仙桌。鞭炮被一字排开，一条条红带子似的铺陈着榕树下宽阔的土地；酒杯里轻轻地倒上了酒；花灯醒目地立在了供桌最显眼的位置……

准备工作在有条不紊地进行着，人们的脸上写着认真严肃，眼角眉梢却又分明挂着欢欣和自豪。

头灯（去年正月十三到今年正月十三之间最先诞下男孩的人家的花灯）的供品特别丰富。十二点一到，人们纷纷点燃了香、烛，虔诚地鞠躬拜祭，鞭炮齐鸣，响彻整个岛屿，烟花次第冲上天空，在墨黑的画布上大胆泼色，瞬间各种美艳的花朵在空中争相开放……

头灯已经被绑在了绳子的一端，这时轻轻拉动绳子的另一端，灯便缓缓地升上去、升上去，直挂到榕树高高壮壮的枝干上。接着，其他花灯也开始一盏一盏地缓缓上升、上升……一朵朵鲜艳的花灯散发着温暖的光，远远看去，大榕树开出了朵朵美丽的花，真是美不胜收！

十二点半过后，人们开始陆续收拾、离开，大榕树逐渐恢复了平静，只留下烛香袅袅，灯火荧荧。

第二天，泗洲岛将是名副其实的欢乐岛，十几户添丁人家的亲戚朋友、宗亲族人将欢聚一堂，共同庆贺上灯之喜，俗称"饮上灯酒"。

到了正月十六夜凌晨，那些挂在榕树上的花灯将会被放下，拿回各自家中继续悬挂。

美丽的泗洲岛，感谢你的恩赐，让我今天不虚此行。你的美丽容貌，你的风情万种，会深深地镌刻在我的心灵深处，回味无穷……

烟火味道

罗金霞

一、米粉与汤饼

小时读黄庭坚的诗《过土山寨》，很是喜欢："南风日日纵篙撑，时喜北风将我行。汤饼一杯银线乱，蒌蒿数筋玉簪横。"全诗意境隽永，令人回味悠长。

然而有一句我不明白，"汤饼一杯银线乱"。饼如何能用汤煮呢？经汤煮过的饼怎会是银线乱呢？我们今天所吃的饼，有烤饼、煎饼、烧饼、威化饼等，但这些饼不但颜色虽不对，形状也不对，怎么煮都不会像银线。如果非要找一种与银线颜色接近的饼，那就是我家乡一种叫米饼的特产，白色的，颜色对了，但煮过之后顶多像糨糊而不像银线！我想，这种饼绝不可能是诗中所说的饼。那么，"汤饼一杯银线乱"里所写的饼会是一种什么东西呢？带着好奇心，我问母亲，母亲说不懂；问父亲，父亲说你自己研究去，这种物品在生活中常见着呢；我不甘心，问村中德高望重的老者，他们连连摇头。

后来，有一年春节，跟着父亲到藤县探亲，在濛江镇码头候船时，看到码头旁边粉摊的老板娘，把一小扎米粉丢进烧得滚烫的水中，煮上三五分钟，捞起，再焯上几根茼蒿菜，往粉面上一摎，然后放上蒜末、葱花、芫荽，浇上鲜浓的肉汤，一碗银线缠绕、香气扑鼻的米粉就呈现在食客的面前。那时，绿油油的茼蒿菜和晶莹亮白的米粉互相辉映，让人不禁食指大动，不一会儿便风卷残云，碗中只残留少许剩汤。我忽然灵感骤现，眼前的这碗米粉不正应了黄庭坚的那句诗吗？"汤饼一杯银线乱，蒌蒿数筋玉簪横。"多么形象又贴切。那么诗中的汤饼，想必就是米粉或者面条之类的东西了。

后来长大了些，翻阅了一些古书，"汤饼就是米粉"的想法得到印证，知道古人把粉面类制品统称为饼，线状粉面类制品也称为饼，有"水引""索饼""汤饼"等，汤饼又叫煮饼、索饼，东汉刘熙的《释名疏证补》："索饼疑即水引饼。"北魏贾思勰所著的《齐民要术》中记载"水引馎饦法"："接如箸大，一尺一断，盘中盛水浸。宜以手临铛上，令薄如韭叶，逐沸煮。"书中记载的这种做法跟母亲用糯米粉做"泥鳅糍"一模一样。做"泥鳅糍"时，母亲会先把糯米碾成粉，再加开水揉搓成筷子般大小的条，然后切成段，在盘里盛水浸着，再在锅的边上捏成韭菜叶那样薄，然后煮沸，加上配料和调味料，"泥鳅糍"就算做成了。据奶奶所讲，这种做法就是米粉最简陋的做法。而馎饦也叫汤饼，北宋欧阳修在《归田录》卷二中写道："汤饼，唐人谓之不托，今俗谓之馎饦矣。"

米粉，作为中国南方地区最流行的特色美食，它的制作历史十分悠久。

有关米粉的制作工艺最早见于《食次》一书，此书约为南北朝时所著或更早，该书原书不存，后其内容被《齐民要术》收录，据《齐民要术·饼法》中记载："《食次》曰：'粲'，一名'乱积'。用秫稻米，绢罗之，蜜和水，水蜜中半，以和米屑。厚薄令竹杓中下，先试，不下，更与水蜜。作竹杓容一升许，其下节概作孔。竹杓中下沥五升铛里，膏脂煮之。熟，三分之一铛中也。"其制作的工艺大致是将糯米磨成粉后，用蜜和水调至稀稠适中，灌入底部钻有孔的竹杓，让粉浆通过孔流出。这种细线状粉浆入锅后，用油煮熟，即是早期的米粉。因其煮熟后，乱如麻线，纠集缠绕在一起，所以又得了一个"乱积"之名。可见早在两千年前，中国的先民就用大米做出了米粉。

关于米粉的起源，民间流传着这样的传说：据说，秦始皇为了统一中国，派兵征战百越，由于南方只产稻米，不产小麦，秦兵大多数是以面为主食的西北人，他们初来乍到，吃不惯大米白饭，战斗力大受影响，而百越交通不便，秦军粮草运输困难，将领无奈，只好命令伙夫设法解决。于是伙夫模仿制面过程，将大米舂成米粉，炊蒸后压成条，成为中国历史上最早的米粉。至宋代，米粉已可干制，有着洁白光亮、细如丝线的特点，并成了馈赠他人的好物品。

古时，广西属百越之地，这儿气候温暖，水源充足，是稻米之乡，出产的大米有着色泽光洁清亮、滋味清香、柔软可口等特点，这为米粉的制作提供了足够的原料和品质保证，从而造就了广西特有的"粉文化"。在近代，比较闻名的米粉有桂林米粉、柳州螺蛳粉、南宁老友粉、梧州牛腩粉等，味道繁杂，品种之多，不胜枚举。

二、石磨悠悠米粉香

"卖米粉喽，新鲜的米粉，刚蒸出来的米粉。"犹记得孩提时，我最是喜欢听到这样悠长的叫卖声，那时觉得这样的声音是人间最美妙的声音。每逢这样的声音在村头响起，我们做小孩子的，便三三两两地从家里的米缸中舀上一筒米，去和卖粉的商贩换粉吃，倘若隔了一段时间，卖粉的不来，我们就会凝神侧耳细听，生怕无意中就错过了换粉的机会。

记忆中最难忘的卖粉人是家在濛江镇的苏叔，他是制作米粉的高手，他制作的米粉入口爽滑、软糯、香醇。小时候，只要碰上他卖粉，必然买上一些，然后迫不及待地浇上刚刚用紫苏、黄豆酱、花生油、盐、酱油等配料煮成的汤汁，配上自家腌制的酸豆角、酸辣椒，呼哧呼哧地能吃上一大碗。

苏叔的家乡濛江镇是米粉之乡，一个临水而建的小镇，被两泓碧水环绕着，一泓碧水叫蒙江，温婉娴静；一泓碧水叫浔江，大气坦荡。它们涉过千山，绕过百弯，如两个相恋已久的恋人，不管不顾地在这儿交汇融合。小镇沿江两岸，山清水秀，土地肥沃，物产丰富，圩镇集市繁荣，家庭作坊手工业发达，尤以木器加工、米粉制作和面条加工为主。许是沾染了蒙江和浔江的灵气，这儿出产的米粉最让人称颂，人们给它以"柔如春绵，白若秋练"的美誉。

濛江米粉的制作不知源于何年，只依稀听到祖辈以卖粉为生的老人说起这样一个故事。

据说古时候，在美丽的浔江边，有一个小伙子叫百味，以打渔为生，他父亲早逝，只有母亲与他相依为命，日子过得清苦。有一年，他的母亲得了厌食症，药石无效，这可急坏了孝顺的他。他带着母亲四处求医，但病情一点也没有好转。百味急得没法，只好去龙母庙里祈求龙母娘娘。说来也奇怪，当天晚上龙母娘娘就托梦给他，让他去泗洲岛找一个叫婵衣的姑娘，她有办法救他娘。于是他撑船而下，在开满桃花的泗洲岛上找到了婵衣姑娘，婵衣姑娘被他的孝心感动，于是把米粉的制作技术传授给他并教给他米粉的各种煮法。果然，百味的母亲吃了他精心调制的米粉之后，食欲大增，经过一段时间的调理后，病全好了。后来，人们见之，纷纷向百味请教米粉的制作方法。于是，米粉制作技艺便在当地流传开来。

濛江米粉经过一代又一代人的传承，时至今日，依然是人们生活中不可或缺的东西。

濛江米粉制作的工序讲究，必须选用当地优质大米，用山泉水浸泡，经石磨磨成米浆，然后炊蒸成粉张，经阳光晾晒干至八成，再回软、切丝，再晾晒至全干，然后包装成品。

晨起，经过一夜浸泡的大米吸足了水分，粒粒洁白饱满，它们如一只只小精灵，纷纷扑进正在旋转的磨盘中，进行第一次涅槃重生——成为米浆。

濛江米粉的制作在每个环节上都很重要，碾磨米浆时须经过粗磨、细磨、精磨三遍。米浆磨好后，就需要把它炊成粉张，把米浆放进竹编的圆簸箕上，摇晃让米浆均匀散布，然后把它放进水汽蒸腾的大镬里，盖上镬盖炊蒸。炊粉张是个技术活，米浆的分量必须不多不少，摇晃的力度与弧度也要刚好，这样炊蒸出来的粉张才会厚薄均匀，炊粉张的时间也要掌握，少一分不熟、香气淡，多一分容易上水、失去嫩滑的口感，只有恰到好处，米粉才有"嚼头"。制粉的师傅对于炊粉的技艺早已娴熟，须臾之间，一张张大小一样，宛若玉石般晶莹剔透、富有光泽的粉张被铺满了一长箕，在阳光底下散发迷人的香味。待吸收了阳光热量的粉张干至八成，就得回软切丝了。在大镬中放少许水，烧沸待水蒸气上升，把粉张用有孔的竹箕盛着，放在上面稍微蒸一下，待粉张变得温润就可切丝了，切丝后就变成名副其实的米粉了，然后需要晒至全干，用篾条捆扎成把，最后包装进箱，米粉制作的工序才算是真正的完成。

近年来，随着生活质量的提高，人们对米粉的需求也越来越大，于是，米粉的作坊如雨后春笋般出现在小镇上，只要缓缓地步入小镇，顺着青石板铺就的蜿蜒道路一路随性而行，不经意间抬头一瞥，就会被一排排晾晒在竹编长箕上的雪白米粉攫住心神。那时，蒙江与浔江送来清风徐徐，空气中悠悠飘荡着米粉的香味，古老的石磨声回荡在耳畔，构成一支动听的乐曲。

三、绽放在舌尖上的感动

古往今来，米粉一直备受人们的喜爱，宋代诗人楼钥在《陈表道惠米缆》中毫不吝啬地表达了对米粉的喜爱之情："平生所嗜惟汤饼，下箸辄空真隽永。"

现在的人们更是把米粉的吃法演绎到极致，或炒或煮，或焯水或凉拌，或荤或素，形成风味各样的米粉，美味得让你对它无法自拔、垂涎欲滴。

米粉的种类繁多，多以配菜命名，如扣肉粉、隔山粉、酸猪脚粉、烧鸭粉、牛腩粉、牛杂粉等。加上配菜的米粉再浇上经精心熬煮而成的骨头浓汤，然后佐以各种香料，如紫苏、芫荽、香葱等。因为有了这些配菜的润色，米粉就显得风味繁多起来，或酸或辣，或咸或鲜，肉香中夹杂着米粉的香味以及配料的香味，加上香浓的汤汁，让人口齿留香、回味无穷。

有人说："很多时候，城市是被一阵阵香味唤醒的。"濛江小镇，也是被一阵阵香味唤醒的。

每天晨曦刚露，牛腩的香味、扣肉的香味、酸猪脚的香味、牛杂的香味、隔山的香味、烧鸭的香味等各种肉香夹杂着米香、汤香和葱香袅袅地穿街过巷，从敞开的窗户飘进去，钻进正在睡眠中人们的鼻孔，使人们不自觉地在睡梦中吧嗒着嘴巴，口涎增生，顿感饥肠辘辘，于是一场与睡眠展开的拉锯战就上演了，后来，终究是被香味唤醒的饥饿占了上风，于是赶紧从床上跳将起来，匆匆地趿拉着拖鞋走进散落在大街小巷中的某一间粉店里去，急急地对着老板娘说："来盅某某粉。"待到一碗粉质嫩滑、肉香扑鼻的米粉把蠕动的胃慰藉得妥妥帖帖时，才心满意足地离去。

在濛江小镇，米粉最常见的吃法大致有三种：炒、汤、凉拌。

炒米粉讲究的是火候与方法，油盐酱料还须放得恰到好处，这样米粉吃起来才会口感醇正，味道鲜脆香浓、爽口不腻。

炒米粉得先把米粉用温水泡软，然后倒入沥水篮沥干水分，青菜洗干净，切小段，豆芽洗净择去老根，鸡蛋打散，肉丝切细，香葱切碎，然后在锅内加入油，烧至微有青烟，加入鸡蛋迅速翻炒至蓬松，把鸡蛋推到一边，放入肉丝翻炒至变色，加入青菜、豆芽、适量盐略翻炒至断生，倒入米粉，边炒边加入适量生抽，用筷子翻炒均匀，最后加入葱段，翻炒至熟，关火装盘，芳香四溢的炒米粉就问世了。

汤粉的做法就简单多了，把水烧开，放进米粉煮上几分钟，捞起装进碗内，再焯上几根青菜，摆在米粉上，把配菜摆上，如扣肉、酸猪脚、烧鸭、牛腩、牛杂等，然后浇上事先熬好的肉骨汤，最后根据各人口味撒上调味香料，如紫苏、芫荽、香葱、辣椒等，一碗汤粉就算完成了。

在濛江小镇，最让人难以忘怀的，是凉拌米粉，用刚刚炊出来的新鲜石磨米粉，切丝，配上酸黄瓜片或者酸萝卜片，然后浇上浓浓的秘制酱汁，能吃辣的放上一点辣椒酱，那时，米粉的嫩滑甘香与酱香弥漫在口齿之间，又有黄瓜与萝卜的酸爽和辣椒的辣味充斥其中，让人迷恋不已。酱汁的制作多为用紫苏、黄豆酱、花生油、盐、酱油等配料煮成的汤汁，也有用扣肉汤汁或瘦肉加蚝油煮成的汤汁，这几种都是凉拌米粉常用的酱汁，倒是各有各的风味。而凉拌米粉的味道取决于酱汁，酱汁煮得好，才能与米粉相得益彰；酱汁煮得好，即使是一碗凉拌素粉，也会让你吃得酣畅淋漓。

在濛江小镇，烟火人家，寻常日子，吃米粉已成为一种习惯。倘若在街上遇见熟人或亲戚，最常见的一句话是："走，吃粉去。"仿佛不吃粉就不能彰显真情似的，吃一碗粉已成为小镇最普通的生活场景，吃一碗粉已成为表达情意的最高礼遇。

无论工作多忙碌，小镇的人们都不忘给自己献上一份美味的早餐——米粉，或炒或汤或凉拌，总能找到一份最适合自己的。濛江米粉也是温暖加班晚归者的食物，一碗热热的米粉吃下肚，所有寒气都被赶跑，一并被驱赶走的还有工作中的烦恼；濛江米粉，更是游子那颗薄凉的心里无限的思念，无论外面的世界有多么精彩迷人，在累了、饿了的时候，家乡始终有一种让人思念的味道在等待着自己。

然而有时候，米粉并不受人待见。陆游在《东坡食汤饼》里面写道：

吕周辅言：东坡先生与黄门公南迁相遇于梧、藤之间。道旁有鬻汤饼者，共买食之。恶不可食。黄门置箸而叹，东坡已尽矣。徐谓黄门曰："九三郎，尔尚欲咀嚼耶？"大笑而起。秦少游闻之，曰："此先生'饮酒但饮湿'而已。"

这篇文章说的是苏轼与弟弟苏辙贬谪南方时曾经在梧州、藤州之间相遇，路边有人卖汤饼，汤饼粗陋得难以下咽。苏辙放下筷子叹气，但苏轼已经很快吃光了，他慢悠悠地对苏辙说："九三郎，你还想细细咀嚼吗？"说完大笑着站起来。秦少游听说这件事后，说："这是东坡先生'只管饮酒，不管它的味道'的风格罢了。"

我替东坡先生和黄门公惋惜，倘若他们今天来藤州，尝到的汤饼就不会"恶不可食"了，同时，我也替米粉可惜，少了东坡先生为米粉作诗写词，终觉得是一种遗憾。

生活，从来都是有遗憾相随的。但我生逢盛世，有米粉丰富生活，逢年过节，能提上两箱米粉送长辈、亲戚、朋友；在闲时，能吃上一碗石磨米粉，便觉得是一种幸福，便觉得生活有滋有味。

米粉，是幸福的烟火味道。

秋登安城楼

李绛明

　　初秋时分，适逢第四届"展建杯"全国诗词大赛颁奖活动在濛江镇举行。我获邀参加，得以返回久别的家乡，更期待一登闻名贯耳的安城楼。

　　清晨，我和几个诗友从河东沿濛江大桥向河西走去，在桥中段向南眺望。只见一个四层高红色为主的楼亭耸立于三江水口西岸的角嘴上。一个诗友说："这楼亭好似托塔天王手中的玲珑宝塔。"另一个诗友说："我看像一支巨笔，向天书写文章。"我说："我看像孙大圣的金箍棒，如定海神针安定着濛江镇。"说笑间，我们走下大桥，沿着新建的蒙江河堤向安城楼走去。堤边的柳树枝条随风舒展，像是欢迎我们的到来。

　　来到安城楼正面，只见大红色的柱、梁、楣、窗，洁白的内墙、檐顶，灰色的琉璃瓦。正面一楼门楣处挂有"安城楼"三个大字的牌匾，安城就是濛江镇的别称。两边柱上挂有乡贤杨世文（广西师范大学汉语言文学教授）写的一副对联。上联是"安土绕浔蒙，观鱼跃鸢飞，耕市从来通外海"，下联是"城厢陈虎凤，识灵钟秀毓，戈毫一往助中华"。上联说出盘绕濛江镇的浔江和蒙江两条河流，说明濛江镇历来的主业是农耕和市贸，且水道航运发达；下联说出濛江镇两座风水名山——虎山和凤岭，说明濛江镇人杰地灵和濛江人长怀爱国、敬业、献身的精神。安城楼于 2020 年建成，如今已是濛江镇的地标，是濛江人休闲娱乐打卡的地方。

　　我们沿着亭内的螺旋楼梯拾级而上，来到最高层。我习惯先远眺再近看。向东南方望去，只见滔滔浔江水在天平镇石炉角处拐弯消失，被石炉角附近的山丘与江北的山丘在视角上形成的天门关锁，就像小号的瞿塘夔门一般。晨光初现，石炉角一带白纱轻烟，山村掩映，仿似人间仙境。这就是传说中濛江八景之一的"濛江烟带"。再向东北方望去，晨光映照凤岭南北两峰，北峰如凤首昂鸣，南峰似凤尾展翅。随着日头高升，天清云淡，凤岭两个石人清晰可见，这也是传说中濛江八景之一的"凤岭石人"。传说是仙人见凤岭风水好，就坐下来下棋，然后石化了，棋局还在下，任刘郎的柯烂了几世几秋。凤岭山脚处有规模宏大的周家祠堂，崇尚镰溪文化，也是舞狮训练基地。附近有粤商公墓南海山，那是几世几代广东南海人来濛江定居经商、寄托乡愁的地方。

目光转向俯视三江水口，浔江的碧绿与蒙江的嫩黄相拥相缠，如鸳鸯交首般向东流去。几叶扁舟沐着晨光捕捞，几个宿钓者还在堤边垂丝。安城楼正面对出河面泊有一个水上舞台，听说晚上会进行歌舞演出。对岸是河东渡口码头，一些疍家人的船只泊在那里。陈旧的乌篷掩盖下是岁月残留的水上风情。听说晚上的歌舞演出就有疍家渔曲，那是我儿时听到的乡曲，很是期待。

以前，在如今安城楼附近，也有一个渡口码头，叫新街口码头，是一个斜坡式、没有台阶的灰沙角石硬化的码头，码头连接河西老城区。河东那边因为有一些国有单位开设的收购站、中转站及仓库，特别是东南金矿开设有办事点，所以建有一个机械化码头。又因为是连接321国道，因此蒙江渡口就显得极其重要，而横水渡是连接东西两边的纽带。每天的客流量货运量均很大，圩日更甚。外加上濛江高中建在河东，是学生上学必经的渡口。20世纪70年代末我读高中时，从渡口过渡两次。当时过渡是一人一分钱，有货物（一担）收两分钱，而这微薄收入就是疍家人日夜操劳的报酬。那个时候，人们都在为温饱而劳碌。不单是疍家人，街上的居民和广大农民，在由计划经济开始向市场经济的转向时期，大部分青壮年前往广东打工，都是为了增加家庭收入，解决温饱问题。濛江人吃苦耐劳，勤俭节约的性格在那段时期展现无遗。有句老话说："太平的息，和平找吃，濛江靠积。"说的是三地人的习性，太平人讲究穿着，和平人讲究吃食，濛江人讲究积蓄。残障能人程宏海带领村民大量种植荔枝，起到示范带头作用。农科人员大力推广优质稻杂交稻的种植，一些地方形成一村一品或一村几品，如健良的荔枝、双德的优质稻、安和的荔枝和优质稻等。沿江的村或城区附近的村则注重于果蔬规模种植、水运业、建筑业和小作坊米粉加工。濛江圩市历来兴旺，大街小巷，渡口码头都是交易的地所。随着收入的增加，濛江人的生活水平逐步提高。街上的木板房、农村的泥房逐步被水泥楼房代替。而那个渡口，那些横水渡，就日益繁忙。每逢圩日，大庙口码头、新街口码头附近都泊满来自天平、和平、丹竹、武林、白马等地的船只。作为水路要津及交通要道，蒙江渡口真是不堪其重。

目光由渡口转向北望，濛江大桥如彩虹般横跨东西。1990年建成的大桥，串联起321国道，承担了横水渡的作用和责任，而且大大提高了功效。快速、量大、安全，适应了社会经济的发展。由于水道航运丰富，加上321国道穿城而过，令濛江镇成为附近地区较大的农副产品集散地。自大桥建成之后十多年里，濛江镇基本解决了温饱问题，这是向着高水平生活转变的时期。这期间，濛江镇政府利用人才优势，积极向上级争取资金项目，建设了泗洲大桥，改善人畜饮水，加大农田基础设施建设，尤其是争取到一大批交通项目，在全县范围内率先完成村级公路硬化工程，村村通了水泥路。所谓路通财通，令濛江镇九乡十里、百村千户的农产品快速集结，运输出售。提高了农副产品的附加值，增加了收入。随着有现代农业理念的头唻汤公司成立，"公司+农户+基地"的企业模式令农村产业大大改观。巩固和发展传统的大头菜、西瓜、荔枝、龙眼、优质稻等品种的改良种植，引进了砂糖橘、大青枣、佛手瓜、有机稻等新品种的规模种植，从而推生出农副产品加工企业，令濛江米粉、大头菜、恒丰面条驰名远近。一些有造船技术的疍家人，不再局限于捕捞渔业和跟船打工，而是建起自己的造船厂，红火的时候濛江有二十多间船厂。造船的吨位由每艘几十吨造到每艘上千吨，航运由内河支流驶向港澳大海。造船航运成为濛江镇的支柱产业，也成为藤县四大支柱产业之一。那时期以疍家人为主的濛江镇龙舟队，在参加梧州市每年端午节举办的龙舟比赛中实现四连冠。那种不畏艰苦，奋勇向上的濛江人的精神，鼓舞着当时人，也激励着后来人。

这时，有诗友在楼下大声喊我们下去拍照，一下子惊醒了沉醉在往事中的我。于是下楼和诗友们在安城楼正面拍了几张合照，然后去凤凰城酒店参加第四届"展建杯"诗词大赛颁奖典礼。我决定今晚看完歌舞演出后再回县城。

傍晚，吃过晚饭后，我和几个诗友从河西城区的大昌码头步出河堤。这是沿浔江边新建造的水泥硬化的河堤，是与安城楼建设配套的工程。堤边依旧是婆娑的柳树。夕阳的余晖映红满江秋水，金鳞闪闪。江中重舸轻舟，都涂上了金黄；对岸的糖冲渡口至石炉角一带，炊烟舞着晚霞，山峦村落掩映在霞光中。慢步至安城楼角嘴处，天色已暗。霓虹彩灯一时齐明，安城楼、两边河堤、濛江大桥、水上舞台、江中船只灯光闪烁，流光溢彩，宛如星空的街市。许多人聚集在安城楼前面及蒙江河堤上，除了街上的居民外，还有附近的村民、水上人家（即疍家人），一边闲聊一边等待晚会的开始。

我遇见儿时的小伙伴瘦弟，他一直在家乡经商居住，进入天命之年后，热衷于文化娱乐活动。今晚的晚会他就有节目表演。他说："角嘴这个地方，以前年年被水淹，特别春夏之交的时候，有时一个月淹好几次。说起角嘴都说不是安居之所。后来多得长洲水利枢纽的建设，令洪水猛兽变温驯，如今建起了安城楼，更成为网红打卡的地方，真是沧海桑田呀！"由于他要准备表演，只闲聊了几句，他就匆匆作别，临走叫我多回家乡看看，说："进入新时代，日新月异。"我咀嚼他刚才说的话。是呀！变化真大！由渡口到大桥再到安城楼，是三个不断变化的时期。渡口的艰辛只为解决温饱，大桥的通畅为拼搏提供条件，安城楼的矗立是繁荣的见证。2020年全县实现整体脱贫，濛江镇也不例外，精准扶贫，精准脱贫，共奔小康。山更青了，水更绿了，路更宽了，房更洋了，人更美了！如今进入振兴乡村、发展产业、巩固成果、实现第二个百年梦想的新征程，试问又有谁不兴奋异常呢？

晚会八点钟开始，由濛江镇中青年群众艺术团合唱的《大美濛江》拉开序幕。《大美濛江》是由本县著名作家蒙士金作词、本县音乐家黄弘作曲的本土原创歌曲。很好地反映出濛江秀美的山水，丰富的特产，濛江人幸福的生活。随后的节目有歌舞，有小品，也有令我怀念已久的并赋以新内容的疍家歌谣。听着独特的疍家渔歌，我不禁轻吟曾听到的一首疍家歌（作品作者是老疍家歌手黄桂莲）："疍家不怕苦艰难，骇浪惊涛只等闲。雨去风来如信步，歌声四起卷重澜。"这不单是说疍家人，更是濛江人真实的反映。

晚会在十点结束。

驱车回县城经过濛江大桥时，我在车窗里回望灯光灿烂的安城楼，突然想起今早几个诗友说的话。是的，安城楼是玲珑宝塔，代表濛江人生财有道，八面玲珑；安城楼是一支巨笔，向天书写濛江人的锦绣文章；安城楼是金箍棒，守护着濛江镇，安定着濛江镇。愿家乡濛江镇永远繁荣安定。

塘步

>> 这里，正越来越迷人，吸引着区内外人们的目光。思绪翻涌，连接这个小渔村从荒凉到繁华黄金口岸的嬗变。

江中有岛叫禤洲

蒙土金

　　岛，汉语字典的解释为江海或湖泊里四面被水围着的陆地。在珠江流域中游广西著名的水上门户梧州市往上 70 千米的江中有一座美丽的小岛，岛长 5 千米、宽 1 千米，住着 5500 多人，为广西内河第二大岛，这岛便是禤洲岛。禤洲岛四面绿水环绕，风光旖旎迷人，这里生长着广西最大的烙印着禤洲风格的千年木棉树，这里孕育过在中华民族生死存亡紧急关头立下赫赫战功的民族英雄石化龙将军，这里活跃着一支被誉为"世界狮王"的"国家非物质文化遗产"舞狮技艺的农民舞狮队……

　　新年伊始，我们 10 多位藤县籍的本土作家从县城东山脚下的绣江河口出发乘船前往禤洲，去探寻它倜傥豪迈的英雄本色、采撷它旖旎迷人的流金岁月。

一

　　东山位于浔江与北流河的交汇处，是深刻烙印着古藤州厚重历史文化记忆的一张名片，有"东坡亭""浮金亭"等胜迹，古时还有广法寺、卫国公寺、慈圣寺、文昌阁等，为藤州八景之一，禤洲之行就从这里启程。冬日暖阳透过东山脚旁东坡亭旁硕大林荫的缝隙照射到船上，显得温暖而祥和。

　　藤县县城与禤洲岛相隔约 10 千米，航程需 30 分钟。一位 70 多岁，貌不惊人的汉子匆匆赶来，他最后一个上了船。

　　"这是化龙将军府的'府主'，石化龙将军的小儿子石嘉鸿先生！"禤洲本地人洪铭介绍说。

　　"噢！"大家不约而同地"噢"了一声，对石化龙将军的这位后人充满了敬意。

　　由于大部分人都是第一次去禤洲岛，话题自然而然从禤洲聊了起来。

翻开字典，"禤"字只有一种解释，姓氏！但现在整个禤洲岛并没有姓禤的人家，哪怕整个藤县姓禤的人也并不多。禤洲岛因何而得名？石嘉鸿说，据岛上人流传说，是宋朝时藤县"三元及第"的状元冯京高中状元后成为朝廷命官，到宋朝落败时蒙古人兴起，冯京的部分后人为了躲避元兵的追杀便逃回了家乡这个位于江中荒无人烟的无名小岛，并隐姓埋名改姓为"禤"，于是这岛便叫禤洲岛。

如今的禤洲是一座美丽的小岛。"上苍垂爱南粤地，遗下浔江一明珠。"据说当年大唐盛世的一代诗仙李白游览禤洲岛时惊叹于此岛的美丽，脱口而出留下了这华美的诗句。

太阳垂直照射在地球表面最北的界线叫北回归线，这是地理标识中一条重要的纬度线，我国的云南、广西、广东、台湾四省区大致被其居中穿过，而禤洲岛恰好正处在这一条线上，因而一年四季瓜果飘香。岛上茂林修竹，瓜果遍地，荔枝、龙眼、石榴、黄皮、橙子等遍布全岛，是藤县和梧州市著名的后花园和菜篮子。西红柿、黑皮冬瓜等时令无公害蔬菜源源不断供往梧州、藤县等地，尤其是黑皮冬瓜最为引人注目，在一片片呈队列式分布的黑皮冬瓜种植大棚内，一个个黑黝黝、胖嘟嘟的黑皮冬瓜整齐地排列着，恢宏而壮观，全岛仅黑皮冬瓜一项的年产量便超过 500 万斤。

机船行驶在浔江上，太阳照射着宽阔的江面泛起一道道粼粼的波光，回首藤县西江大桥，只见一桥飞架渐去渐远，禤洲就要到了。

船停靠在禤洲头的码头上，据说这码头原是当年由石化龙将军出资修建的石码头，在 2000 年长洲水利枢纽蓄水后又进行了重修，现在呈现在我们面前的是一个宽阔的水泥码头。一级级的水泥台阶缓缓地伸入水中，碧水荡漾，绿树倒映其中，七八个岛上的农家妇女正在台阶上搓洗衣裳，不时传出爽朗的笑声，两条鹅黄色的小狗休闲地憩坐在码头的台阶上，令我们耳目一新。

禤洲岛确实是一块神奇的土地，在这块神奇的土地上竟然生长着广西最大的木棉树，这不得不让我们为之赞叹。木棉树是一种在热带及亚热带地区生长的木棉科落叶乔木，多见于我国以及印度、斯里兰卡、马来西亚和中南半岛等地。禤洲岛上生长着众多的木棉树，其中最大的一棵就在禤洲的洲头，上了岛我们便直奔木棉树而去。木棉树又叫英雄树，传说古时候在海南岛的五指山上有一位黎族英雄叫吉贝，他带领黎族人民抵御外敌入侵屡立战功，深得黎族人民的爱戴，后来因为叛徒的出卖而被敌人围困在了大山上，身中数箭仍屹立山巅不倒，后来他的身躯化为木棉树，箭翎变为树枝，鲜血化成鲜红的花朵，后人为了纪念他便把木棉树尊称为英雄树。木棉树还是一种吉祥的圣树，我国关于木棉树最早的记载为晋葛洪的《西京杂记》：西汉时，南越王赵佗向汉高祖刘邦进贡木棉树，"高一丈二尺，一本三柯，至夜光景欲燃。"这是木棉树造福于岭南的见证。我们来到木棉树下，只见木棉树上挂着一块落款为"藤县人民政府"的牌子，牌上写着"木棉科木棉树"和"保护古树，人人有责"的字样，由此可见当地政府对保护这棵古树是何等的重视。木棉树高耸挺拔，直插云天，足足有二三丈高，要五六个人才能将其合抱，据分析，树龄应在一千年以上，难怪要说是全广西现存发现最大的一棵木棉树了。石嘉鸿告诉我们这木棉树在禤洲有着特别的意义，他说禤洲岛就像是在浩浩大江上的一艘航船，而这棵木棉树便是桅杆，它是禤洲的象征，它千百年来以挺拔向上的英雄气概在守护着禤洲，砥砺着禤洲人自强不息、永不言败，在时代的行进中永不落伍。每年的元宵节一过，木棉树便次第开花，一朵朵硕大的红花迎风绽放，恰似一树燃烧的火焰。我们凝望着这棵粗壮挺拔的木棉树，不禁想起了舒婷《致橡树》中著名的诗句：

　　　　我必须是你近旁的一株木棉，
　　　　作为树的形象和你站在一起。
　　　　根，紧握在地下
　　　　叶，相触在云里。
　　　　每一阵风过，
　　　　我们都互相致意，
　　　　但没有人
　　　　听懂我们的语言。
　　　　你有你的铜枝铁干，
　　　　像刀、像剑，
　　　　也像戟；
　　　　我有我红硕的花朵，
　　　　像沉重的叹息，
　　　　又像英勇的火炬。
　　　　我们分担寒潮、风雷、霹雳；
　　　　我们共享雾霭、流岚、虹霓。

仿佛永远分离，

却又终生相依。

这才是伟大的爱情，

坚贞就在这里：

爱——

不仅爱你伟岸的身躯，

也爱你坚持的位置，足下的土地。

舒婷在诗中明写橡树实为木棉，她没有去描绘木棉外貌的秀丽挺拔，却通过一连串精妙的喻象从各个侧面反衬出木棉的品格、特征、信念和抱负，以理想之光反照爱情的形象，展示了木棉丰满的个性，充满了对木棉的崇高礼赞。木棉树，英雄的树、爱情的树，它雄壮魁梧，枝干挺拔，在隆冬过后落尽残叶，却以火一般的灿烂燃烧枝头，代表着坚贞的品质，无畏的情怀和勇敢的牺牲精神，尽显英雄本色。

在襴洲这一方绿水盈盈的岛上生长着这样的一棵木棉树，我们不知道这是否是冥冥之中的一种因缘巧合，还是这方水土本身就有着一种蕴含内涵的英雄气所使然的呢?

二

离开了襴洲头的木棉树，我们在石嘉鸿先生的引领下走过岛上的阡陌小巷前往石化龙将军的故居，去瞻仰曾经诞生了将军的宅第圣土。石嘉鸿说，将军病逝那年他六七岁，还是一个懵懂的孩童，回忆起那时那景，我们分明看到这位 70 多岁的汉子眼眶里蕴含着的泪花。石嘉鸿由于迁往了县城居住，平时也很少回老家，现在整座房屋委托给岛上的一位堂侄在照料。

石化龙故居占地面积 280 平方米，是一座一进三开间，砖墙承檩、平脊，砖瓦木结构的二层建筑，为民国时期典型的中西结合建筑风格的小楼房，房屋典雅别致、简朴庄重，一如将军的为人那样沉稳低调。正门的门楼上镌刻着"化龙将军府"五个大字，门口立有"藤县重点文物保护单位"的标志。在一、二楼正门的方柱上刻着石化龙亲笔手书的两副门联，分别为："顾我貌躬费几许经营始克落成湫隘室；勉尔小子须万分发奋务期达到专门家。"和"枥伏旷观雄心未老；蜗居小筑容膝易安。"对联的字里行间，让我们深深体会了石化龙将军的人生信念以及对家属后辈的严格要求。

　　石化龙（1890—1948 年），号云飞，抗日战争时期曾任第五战区兵站总监部总监，为国民党陆军中将。石化龙 1890 年 9 月 13 日出生于禤洲，1909 年进入梧州中学读书，受革命党人胡汉民等影响追求进步。1912 年考入广西陆军速成学校，与李宗仁、白崇禧、黄绍竑、黄旭初等相处友善。1926 年参加北伐战争，任直属团团长，率军转战湖南、湖北一带，曾亲历汀泗桥、贺胜桥等战役，屡立战功。中华民族在历史上是一个多灾多难的民族，但在民族生死亡存的紧急关头总是英雄辈出，从而使中华民族能傲然屹立于世界民族之林，而石化龙就是这万千英雄人物的其中之一。伟大的抗日战争中的台儿庄战役，又叫鲁南会战，是徐州会战的重要组成部分，在中华民族的抗战史上有着举足轻重的位置。日本侵略军在 1937 年 12 月 13 日和 27 日相继占领南京、济南后，为了迅速实现其灭亡中国的战略企图，决定以南京、济南为基地，从南北两端沿津浦铁路夹击徐州。徐州以北的保卫战原由第 5 战区副司令长官兼第 3 集团军总司令韩复榘指挥，但韩不战而退，拱手将济南、泰安等地让给日军，让中国军队失去了黄河天险，使日军得以沿津浦铁路正面长驱直入，最终成了抗战开始以来第一个被处决的高级将领。台儿庄作为徐州的最后一道屏障，从此注定了中日两国军队在这里要展开一场殊死的厮杀。台儿庄战役从 1938 年 3 月 16 日开始到 4 月 15 日结束，在历时 1 个月的激战中，中国军队先后投入约 29 万人，日军以第 5、第 10 两个精锐师团为主力在板垣征四郎和矶谷廉介的指挥下投入约 5 万人，坦克 80 多辆、各种火力重炮 100 多门在大批飞机的空中支援下展开激战，战役由第五战区司令长官李宗仁及白崇禧、孙连仲、汤恩伯、张自忠、关麟征、池峰城等指挥，中国军队在武器、装备明显落后于敌军的劣势面前，以血肉之躯与敌人拼死厮杀，最终以伤亡 5 万多人的代价毙伤日军 2 万多人，取得了胜利。台儿庄大捷是中华民族全面抗战以来继长城战役、平型关大捷后取得的又一次胜利，它沉重地打击了日本侵略者的嚣张气焰，打破了日军不可战胜的神话和"三个月内灭亡中国"的狼子野心，坚定了全国军民抗战的信心，也改变了国际社会对中国抗日战场的看法。石化龙作为第五战区兵站的中将总监，在徐州会战中，他劳心弹力积极配合前方，亲自组织、指挥、运送 130 多万兵力及战备人员参与会战，还从全国各地征集大批的粮饷、枪支弹药、医疗器械、药品以及各种军事物资，昼夜不绝地供往前线，及时保证了战斗的需要，使台儿庄战役取得了具有历史意义的伟大胜利，受到了第五战区司令长官李宗仁的高度称赞，并亲自给他授予了"抗日英雄奖章"。由于石化龙在抗日战争中功勋卓著，他曾先后获得"海陆空军甲种一等奖章""抗日英雄奖章""云麾勋章"和"忠勤勋章"等四枚奖章，在2005年纪念中国抗日战争胜利60周年时，为纪念石化龙将军的功绩，石化龙将军的儿子石嘉鸿又荣获了由中共中央、国务院、中央军委颁发的，由时任中共中央总书记、国家主席、中央军委主席胡锦涛题写章名的"中国人民抗日战争胜利60周年纪念章"，石化龙因此成为被国、共两党均授予奖章的一位国民革命军高级将领。

石化龙不但心系国家存亡，而且十分关心文化教育事业的发展，他先后在禤洲捐资筹办设立了"禤洲小学"、接办了夏威在梧州创立的"平旦中学"（后改名为复兴中学），并于1937年日本飞机轰炸华南、威胁梧州安全时，将"复兴中学"迁到禤洲继续办学，吸引了沿江附近苍梧、平南、贵县（现贵港）、武宣等地的学生前来就读，学生最多时达1400多人，为国家培养了一批又一批的有用之才。同时石化龙还十分重视民生，他捐资建造禤洲石码头，投资购置"中兴"号、"利行"号（后改为"新藤州"）客船，从印度尼西亚引种良种甘蔗、从柳州等地引进柑、橙、柚等优良品种免费送给群众种植，在禤洲岛置办小型糖厂等，这些都充分体现了石化龙在纷繁的军旅生涯中不忘实业救国的思想。

1945年冬，石化龙在从南京前往郑州公务途中忽遇大雪，受寒感冒而昏迷数日，后入南京中央医院治疗经检验属患胸膜炎兼糖尿病。1947年9月底，石化龙回到家乡入住梧州医院，12月转梧州思达医院治疗，认定患肺结核穿孔，施行手术后却不料病情加重，1948年11月1日石化龙在梧州因病溘然逝去，终年61岁。

一代将星陨落，碧水呜咽，禤洲岛上树木萧索，高大的木棉树一夜之间满地落英。

三

禤洲有一支饮誉全球的农民狮队，这支狮队叫作"藤县禤洲武术醒狮团"，是由一批禤洲岛上地地道道的农民组合而成的舞狮队。这支狮队获得了"东方狮王""世界狮王"的美誉，其队员邓彬光、邓植伦叔侄在2015年还登上了中央电视台《出彩中国人》栏目，在参差不齐如碗口般粗的高桩上将狮子喜、怒、醉、乐、猛、惊、疑、醒等种种萌萌神态在全国人民面前表现得淋漓尽致，让全国亿万观众为之倾倒。"我是广西藤县人！"舞狮运动员邓彬光在中央电视台接受采访时说的那句话至今还在人们的耳边回响，让100多万的藤县人豪情满怀。

邓静安、邓彬光是这一群人中最出色的代表，他们自幼在禤洲这块散发着泥土芳香的土地上练习舞狮，不知经过了多少次的跌倒和爬起，终于在2004年7月举行的"马来西亚第六届云顶杯世界狮王争霸赛"上一举成名，与东道主一起双双摘取了桂冠，使狮队成为"东方狮王"。从农民狮队成长成为世界狮王，这不能不说是禤洲岛的传奇，这仿佛是一种偶然，却实实在在的又是一种历史的必然，因为在禤洲舞狮技艺有着300多年的传统基因。

邓彬光说，由于生活在岛上，小的时候基本上没有其他的娱乐活动，由岛上邓明华教练创办的农民狮队让他从中找到了最初的"乐趣"，并从最初的"乐趣"经过坚持不懈的训练转化成了他对舞狮技艺事业的毕生追求，最终走上了狮王之路，可以说不同凡响的舞狮技艺成就了邓彬光光辉的人生。

我们走在去往藤县舞狮技艺培训基地的路上，远远便听到了孩子们练习舞狮的锣鼓声。当我们走进培训基地的时候，现年73岁、精神矍铄、头上扎着一个小辫子的创始人邓明华早已守候在那儿，一群六七岁的小孩子正在娴熟地敲锣打鼓、舞动狮头，两位教练则在一旁不停地指点。

"东方狮王要从娃娃抓起，舞狮技艺要靠娃娃传承！"说起狮王成长的历史，已成为"藤县舞狮技艺国家级非物质文化遗产"传承人的邓明华滔滔不绝。他说台上一分钟台下十年功，"世界狮王"是靠禤洲岛的农民一代又一代的传承和艰辛磨砺出来的。"藤县禤洲武术醒狮团"于1997年成立，当时第一批的学员都是十来岁的学生，条件十分简陋。没有梅花桩，乡亲们就从山里砍来木头埋在泥里摆成"十八罗汉阵"；没有气垫，就从自己的责任制田里抱来稻草铺在木桩下；没有训练压脚的地方和设备，孩子们就在墙边排成一排练；没钱买狮头，大家平时就从家里拿箩筐来训练，孩子们每天早上5点多钟便起来跑步，为了锻炼体能，每人手里还拿着两块砖头。与此同时，为了模仿到狮子的神态，邓明华还专门养了几只猫让学员们从猫的各种形态中去揣摩狮子的喜、怒、哀、乐，将武术的动作和舞蹈的形式创新到传统的舞狮技艺中去，禤洲狮队形成了与传统舞狮迥然不同的独特风格，终于经过几年的不断磨砺，登上了"东方狮王"和"世界狮王"的宝座。

在训练基地里，各种奖杯琳琅满目。自2004年以来，禤洲狮队共获得了金奖、银奖等各种奖项 90 多个，禤洲狮队也成了国家的 A 级狮队，经常代表国家参加各种国际比赛，共培养了国际级裁判员 8 人、国家级裁判员 6 人，有学员 200 多人，高桩运动员 100 多人，武术运动员 80 多人，禤洲狮队总训练基地还在上海、深圳、香港等地设立了分会。在《出彩中国人》的精彩表演之后，禤洲狮队的邓宇文、祝阳明、邓植伦、江龙潘四人再次登上了中央电视台的舞台，在 2017 年正月初十的《开门大吉》栏目中再次将他们靓丽的风采呈现给了全国人民。

　　江中有岛叫禤洲。就是这个禤洲岛，它在一江碧水中让我们在时光的漫浸里感受了生活的真善美好，在时代的行进中让我们感悟了一种奋发向上力量，这种力量散发着如木棉花开般的芬芳，岁月留香。

小渔村变成黄金口岸

郑彬昌

从藤县县城一路向东就是我的家乡塘步镇。

从塘步镇一路向东就是梧州、广州、深圳、澳门、香港……一路凯歌，一路繁华。

然而，每次途经赤水港的路口，我的思绪就会凝滞，总想停下匆忙的脚步，触摸港口那蓬勃发展的澎湃脉搏。临港经济区是梧州市对接大湾区，打造的制造业基地。这里凝聚了东来的繁华，留住了本地的美好。

在夏天与秋天牵手缠绵的一个早晨，我从县城出发，驱车向赤水港进发，一路追逐着朝阳前进，半个小时，赤水港就出现在我的眼前，朝阳升起还不太高。

阳光灿烂，江风送爽，薄雾轻纱，远山青黛，江水澄碧，水波微扬，吊塔耸立，厂房连绵，站在赤水港 1 号泊位的平台，我已完全沉醉。这里，正越来越迷人，吸引着区内外人们的目光。思绪翻涌，连接这个小渔村从荒凉到繁华黄金口岸的嬗变。

赤水港原是一个小渔村，在我家乡塘步镇东边，与我老家不过十来公里。第一次到赤水是 20 世纪 80 年代，探望在这里一所中学教书的叔父，我从早上出发，顶着朝阳，踏着自行车，不停地在山路上颠簸，再蹚过三条车要骑着人走的小河，绕过一座座山梁，散了架的我终于到达赤水时，看到的是已经逐渐西下的夕阳。当时，赤水的圩集集中在一条两百来米长的街道，街道两旁店铺开始清理货物，路边摊贩收拾起物品放在自行车架，"吱呀吱呀"地踏着往家的方向走去。十来分钟，我就从街头走到了街尾，待了几分钟往回走的时候，有的店铺已经关上了门，街上空空荡荡，偶尔的几声犬吠证明这圩集还有生命。街道下面就是西江，当时这里还不是港口，顶多只算一个小码头，大轮船都不靠岸，只是停泊几条小船。辽阔江面铺满深红色的夕阳余晖，船来船往，不时传来"呜呜"的汽笛声，还有几只摇荡的渔船，有渔民站在船上撒网。这夕阳下的图卷，昭示着一条繁忙通道的活力。

第二次来到赤水港，是出来工作好些年后的事，采访这里的蚕桑生产。那时通了二级公路，但是进赤水村还是山路，早上从县城出发，一个多小时就到了。这时的赤水，街道如山路一样坑坑洼洼，到处都是杂草和垃圾，出奇的冷清，没有摆卖的摊点，也没有行人走动，那些店铺门已破烂，有的半垂着，有的已经脱落，店堂里积着洪水带来的厚厚淤泥，淤泥已经干硬，墙上耷拉着电线，壁灰剥落，断臂残腿的货架瘫痪在地。圩集成了村落，热闹被荒凉置换，商运被农耕代替，了无生机。我心里痛了一下，默默地看着，又默默地走开。

六年前一个早晨，我又一次来到这里，刚下车就被眼前的一切惊呆了。

朝阳下的赤水港，到处都是隆隆的机器声，到处孕育着生机，到处洋溢着昂扬的气势。红色的龙门吊塔临江而建，高大的吊塔高扬长臂，似乎要把整条西江吊起，往来频繁的车辆，一个个集装箱从车上被吊到船上，这个气吞江河如虎的深水港码头充满勃勃生机。吊塔后面是大片平整的工地，焊花四起，打桩机在轰鸣，运输车在来回奔忙，一幢幢厂房和办公楼正在兴建，一个临港经济区即将横空出世！

吊塔外西江上，一艘艘轮船把碧水犁翻，自由地穿梭。江面上并行横卧着两条巨龙，一条是溢湛铁路大桥，一条是包茂高速公路大桥，车流声、浪潮声、汽笛声演绎成优美的晨曲。

三十年河东三十年河西，世事兴衰变迁在这里轮番上演，从穷乡僻壤到乡镇小集市到荒凉村落，再到自治区重点港口的兴建，直至走进共和国的建设文本，上升为国家战略——如今已被列为国家三级口岸进行开发建设，成为"一带一路"西江黄金水道上正在建设的一个重要港口。赤水港被发展叫醒，挺起腰身，开启新的征程。

四年前，港口连接溢湛线的铁路建成，近百亩的铁路货运场恢宏大气，两年前，令人心潮澎湃的梧州西江机场建成，离赤水港仅 2 千米。货物从港口源源不断发往全国各地，水运、铁运是目前公认的最便宜的运输方式，赤水港开启了水铁路多式联运模式，上半年的货运量是去年同期的 214%。从这里去往北京、上海、重庆等各大城市两三小时就可以到达。从此，一个水陆空活力非凡的黄金港口挺立在世人面前！

　　就在我陶醉于这里的变化时，一个工人向我走来。来人叫黄逸华，是附近金板村的村民，原来在广州做电工，凭着他过硬的技术，一直很吃香。这两年赤水港开始建设后，他不想再在外奔波，就回来了，先是在货运站、机场做室内电线的规划和安装，现在是港口的一家饲料企业电工带班，深得老板的信赖。黄逸华不满足于窝在一个企业里过着"养兵千日用兵一时"的舒坦日子，他成立了一个室内规划公司，包括水电安装维护、室内装修等业务，企业跟他们签约后，就不用专门聘请水电工人。开始时，黄逸华所在企业的老板不但没有怪黄逸华"炒"了公司，反而对这种新的方式很感兴趣，并第一个与黄逸华签约。

　　临港经济区的建设工程越来越多，入驻的企业也越来越多，像黄逸华一样，很多村民都成了工人，有的进企业，有的进单位，有的进工地……每天早上，附近村的人们就往临港经济区赶，形成了一支浩浩荡荡的上班大军。港口的建设，给当地村民的生活带来了巨大变化。

　　柔和的江风迎面吹拂，灿烂的阳光铺满全身。一声汽笛悠然响起，声音清脆。刚诞生不久的赤水港还没有长大，但是每天货物的吞吐量已达数万吨，成为广西内河第二大港口。我突然想到了深圳市，当年也只是一个小渔村，如今已经成为中国最繁华的大都市之一。共产党领导下的新中国，又有什么奇迹不能发生呢？赤水港不久的将来保不准会成为第二个深圳呢！

江中有岛叫禤洲

吴献凤

爱上一道风景是如此简单，只是刹那的邂逅，便需要用一生来记住。翠竹勾勒的海岸线，氤氲着西江秀水淡淡云烟，偶有一两只白色鸥鹭悠闲飞过。这是一座闻着江风都可以做梦的岛，只因小时候偶然的相遇便一辈子爱上了她——这颗被称为"上苍遗落在浔江上的明珠"，广西河内的第二大岛，禤洲岛。

在青葱岁月里等待一场姹紫嫣红的花事，是幸福；在阳光下和四方文友一起寻梦，是幸福；守着一段冷暖交织的光阴煮着文字慢慢变老，亦是幸福。满载幸福的机船从藤县东山码头出发，穿越西江大桥向东驶去。文友分两排凭栏而坐，轻松愉悦的谈笑声和着船尾机舱里传来的"突、突、突"声随风荡漾在宽阔的江面上。

江平如镜，立在船头，视野竟能到达六七公里外的水面，而禤洲岛就出现在水天相接的地方。蒹葭萋萋，白雾迷离，有座秀岛，在水一方；水寒江静，竹翠林荫，细浪拍岸，雪白码头，男女老少，挽袖卷裤，洗菜洗衣，如珠般笑声散落在凝碧的水面上。禤洲的风情和江南水乡似乎完全不同。禤洲绿岛的美，优雅明朗，让人心醉，而江南水乡的美，却带有淡淡的忧愁。

船已泊岸，弃船登洲，踩在细小石子铺就的竹林小路上，脚底下发出"咯吱咯吱"的声响，如云水禅音散落在幽雅静寂的竹荫树丛中。绿竹婆娑，竹林中错落有致地分布着村民的楼房，其中不乏城里鲜见的小别墅，楼房前多有池塘。此时正值煦日暖冬，池塘里水干鱼现，鱼虾蟹虫在亮褐色的淤泥上跳跃着。池塘边晒着一竹竿鱼干。池塘里一家老小在捕鱼。七八个人卷起裤脚，挽着衣袖，拿着网兜铁桶在池塘中央两三处低水涡里捉鱼捞虾。两三个调皮的孩子追逐着欢蹦乱跳的鱼儿，活泼爽朗的笑声和溅起的朵朵泥花勾起内心沉寂许久的童趣，文友中几人欲脱鞋下塘，无奈靴装袜裹，身心不能同飞，只好架起长枪短炮，把鲜活的童趣留在记忆的镜头里面。

诗意襦洲秀美隽永，萧萧竹叶、悠悠白云。你无须跋山涉水，只踱步在林荫小路上，就可以邂逅一份纯净的美丽。移步岛内坡地，穿梭在茂密的荔枝林内，这些荔枝树都有着二十年以上的树龄，树冠如伞，墨绿色的叶子展示着顽强的生命力。襦洲荔枝又叫"六月荔"，因成熟季节在农历的六月而得名。炎炎夏日，三五好友，钻进荔枝林内，在清凉的树荫下捉迷藏、过家家、打泥仗，玩累了，就半躺在树下。低垂的荔枝果红彤彤的，非常诱人，张开嘴巴一咬，雪白的荔枝肉就落入口内。表姐是这方面的高手，她能把整颗荔枝肉吞入嘴里，而荔枝的整个壳留在枝上。一天内，我们能把树底下一圈的荔枝吃掉，只留壳在枝上，也因此被姑丈姑妈骂过好多回。我时常会被一些细小的事物勾起心底最柔软的回忆，为一朵花低眉，为一朵云驻足，为一颗荔枝感动。

站在坡地最高处，满眼都是墨绿色的荔枝林。半球状的荔枝树一棵挨着一棵，既没有重叠，也几乎不留一点空隙。荔枝林旁边是一片片碧绿的菜地，田田池塘穿插其间，点缀着幢幢楼房，好一幅乡间美景图！抗日名将石化龙将军的故居和著名的东方狮王训练基地就坐落其间。在襦洲，我们瞻仰了英雄故居，在那座白墙灰瓦的旧式小洋楼里聆听了石化龙将军的戎马经历以及其丰功伟绩。走廊、门窗、屋檐样式简洁明快，显得平实而淡雅，低调而沉稳，一如将军的为人，虽战功赫赫却务实稳重。而训练基地内锣鼓喧天，十来个小孩在教练的指点下练习敲鼓、打镲、舞狮等基本功，一起一落、一招一式间无不在显示着襦洲人民的坚韧不拔、艰苦奋斗、坚毅昂然的傲骨。训练队里最小的队员才 4 岁半，看他打鼓的那份狠劲，双目炯炯，站立有势，棍落声起，鼓声铿锵有力、干脆利落、刚柔并济，引得旁观者一阵阵热烈的掌声和欢呼声。在掌声中我仿佛看到了新一代东方狮王的崛起！

快乐的旅程总是让人留恋，即使万分不舍，还是到了分别的时刻。回程一路无言，只经过一处茅草房时，看到木头搭建的架子上躺着一个个巨型椭圆黑皮冬瓜，大家便又雀跃起来。纷纷或抱或摸或亲着胖嘟嘟、滑溜溜的黑皮冬瓜合影留念。

乘兴而来，兴满则归，独自立在船尾向东远眺，岛上那棵广西最大的千年木棉树如鹤立鸡群般矗立于翠竹林中，像一位神话里顶天立地的巨人屹立在江上。船逐渐驶远，翠竹环绕的绿岛在蔚蓝的江面上渐渐朦胧，江面上几只翩飞的蝶儿在明亮的阳光下升腾起灵魂的舞蹈。若隐若现的绿影沉睡在碧波荡漾的梦呓里，引领着我用尽一生的思念去爱恋她。

江中有岛叫禤洲

黄　静

　　浩浩浔江，薄雾袅袅，冬日淡红的阳光在轻纱曼拢中欲拒还迎，宽阔的江面犹如投下无数细碎的银针。一个小岛，以鱼的姿势匍匐在波光潋滟中，宽宽的鱼头吞吐着碧波，尖尖的鱼尾拍打着白浪，和着浔江或急或缓的脚步，吟唱着千年的歌谣。这个小岛，就是禤洲岛。

　　寒冬腊月，禤洲岛却丝毫不见颓败，大片大片的翠竹踏着微风婆娑着，妖冶着；深绿如盖的龙眼树和荔枝树下，雄鸡以一家之长的气势高昂着头迈着方步，母鸡带着一群儿女悠闲自在地觅食；菜地里，墨菜、生菜、白菜、芹菜茎壮叶肥，翠嫩欲滴，生机盎然。

　　岛上有一棵苍劲的木棉树，不知已昂立了几个春秋，粗壮的躯干十人才能合抱，刚劲决绝，直插云霄；肌肤沟壑万千，疖疤突兀；虬枝苍骨峥嵘，傲视苍穹。不知是树早已知道这方宝岛必定英雄辈出，故而早早觅地扎根；还是因了树的激励岛人发愤图强，英雄辈出？前有抗日名将石化龙，后有"东方狮王"禤洲狮队，一百多年来，岛民不屈不挠地书写着英雄的史诗，丰盈着禤洲岛英雄的风骨。

　　石化龙，清光绪十六年七月二十九日出生于美丽的禤洲岛，幼年进私塾，十九岁进梧州中学读书，其后一生追随革命的脚步，在部队中历任上校团长、少将参谋长、中将处长等重要职务。在艰苦卓绝的抗日战争中，石化龙勋劳迭著，先后奉颁陆海空军甲种一等奖章、抗日英雄奖章及四等云麾勋章、忠勤勋章等各一枚。尤其在震惊中外的台儿庄会战期间，石化龙担任第五战区兵站总监，亲自指挥、昼夜不绝地往火线上运送一百多万兵员、大批粮饷、枪支弹药、医疗器械和药品等，及时地供应了前方作战的需要，使台儿庄战役取得了具有历史意义的重大胜利。由于功劳卓著，第五战区司令长官李宗仁亲自给他颁发了"抗日英雄奖章"。

石化龙的铮铮铁骨一如岛上挺拔的千年木棉树，深深地激励着后人。拼搏、奋斗、不屈不挠成为小岛的风骨。如此看来，禤洲狮队作为一支农民狮队，闯出国门，享誉世界，斩获"东方狮王""世界狮王"的殊荣似乎又在情理之中。然而，并不是所有的情理之中都是必然事件，任何的收获都必定先有付出，只有他们自己知道，他们经历了多少血与汗的洗礼，经历了多少失败的伤心屈辱，才终于站上了世界舞狮事业的巅峰。

说到禤洲狮队，不得不提一个灵魂式的人物邓明华。

邓明华，1945年6月18日出生于禤洲岛一个中医世家，从小跟随擅长医术和武术的父亲学医、习武。改革开放后，邓明华和岛上许多年轻人一样远赴广东打工，后来为了照顾家庭，回到禤州。1988年5月，邓明华组建了禤州岛上的第一支少年武术队。可是由于不收学费，只收少量住宿费和伙食费，一段时间后，武术队出现了资金困难。这个时候，邓明华想起父亲说过，在两广，凡有武馆必有狮队，狮队可以增加收入。于是他带领16名学员到蒙江子孙堂跟随当时蜚声内外的朱甲华师傅学习传统舞狮技艺。之后，时任县体育局副局长廖金胜交给邓明华一盒广东舞狮比赛的录像带，作为学习参考。这盒录像带令邓明华大开眼界，原来舞狮还可以在梅花桩进行，太适合自己的武术队了！邓明华决定就在梅花桩上搞文章！

人家的梅花桩是钢柱，邓明华没钱，只好动员学生家长上山背木头，按照设计好的桩阵距离，把18根木桩埋到地下固定，用来训练。邓明华把这桩阵称为"十八罗汉桩"。有了十八罗汉桩，学员们更加兴致勃勃，积极训练。

资金短缺，学员却越来越多，购置了武术器械就买不起狮子了，他们便用旧箩筐做狮头，烂床单做狮尾进行训练。但是这些替代品是表现不出狮子的形态的，为了把狮子舞得更加形象、生动，邓明华在市场上买了一只猫，让孩子们用红色塑料袋引逗它，观察、模仿猫的动作、形态，揣摩动物的思维，总结出狮子的形态和动作要领，再用于训练。

就这样，凭着聪明才智和对舞狮技艺的执着追求，禤州狮队的技艺不断进步。1991年始，县里以禤洲狮队人员作为班底组建了藤县狮队，以舞狮艺人邓明华、体育局领导茹恩南、廖金胜等为领头人，经过多年的摸索，在传统舞狮的基础上，根据狮子的喜、怒、醉、乐、猛、惊、疑、动、静、醒、寻、望、探、烦等十四大神态，借用武术、舞蹈技巧、杂技的表现手法，正式推出了一个全新的舞狮内容——高桩狮。狮队的名气开始传到周边村镇和县省,多次应邀到外地演出,从 1998 到 2008 连续 11 年的春节,狮队都在广东中山市表演,每年的表演都获得观众热烈的掌声。

2004 年狮队远赴马来西亚云顶山参加世界狮王争霸赛,一举夺冠,被国际舞狮界冠以"东方狮王""世界狮王"的称号。狮队名声远扬,连外国人都跑来禤州这个小岛学舞狮了,邓明华照样不收学费,只希望他们回国后能弘扬中国的武术、舞狮文化,弘扬中国的国粹。

十多年来,狮队在传承和发展技艺的道路上又走过了许多坎坷。但是,禤洲岛的风骨只会随着时间的流逝而愈加坚贞。

此刻,冬日暖阳懒懒地笼盖着小岛,那个见证了许多悲欢血泪的训练棚里,第一代舞狮人和鼓手的后代正在认真地训练着。四岁的孩子,甚至连马步都未能扎稳,然而一招一式虎虎生威,风范卓然,那些稚嫩而严肃的小小脸庞,秉承了禤洲顽强拼搏的风骨,也让我们看到了藤县舞狮技艺灿烂的未来。

江中有座迷人的小岛叫禤洲岛,它的美不仅仅缘于北回归线从岛上穿过而带来的四季常绿、瓜果飘香,还缘于它是一座有故事的小岛,一座有风骨的小岛,一座令人敬仰的小岛!

江中有岛叫禤洲

甘丽云

深冬，我有幸参加藤县文联开展"江中有岛叫禤洲"文学采风暨"党员义工服务、文联送春联"活动。终于能踏上梦寐以求的禤洲岛。

因为渴望，所以满怀期许。我们一行人，加快步履来到码头。此时正是九点的冬晨，西江江面白雾弥漫，茫茫的一片。

我们随着船锚抛起的阵阵涟漪，向禤洲岛驰去。渐渐地近了，竹林的绿色慢慢放大，缓缓延伸，最后充满整个眼球，满目的绿色，如此清脆、鲜活，禤洲岛像一颗明珠，镶在这宽阔的西江上，与江水相映成趣，竟一点也不显得单调！近了近了，船快近禤洲的码头了，远远就看到一群勤劳的女子在码头边洗衣服。水灵灵的女子把全家人的衣服拎到江边，把沾着尘土的衣服在江水中清洗，然后拧干拎回家晾。这里女子勤劳，光凭头脑想象的是单调的，只有亲眼见到才能触动。她们站成一排，弯腰轻挥让衣服在江中游动，就是一幅恬静的乡村早晨图。船上有文人吟起："关关雎鸠，在河之洲，窈窕淑女，君子好逑。"洲，小家碧玉，是否有某个青年的恋人，在水一方呢！这种美是我们不经意邂逅所得，是亲近所得。只有走近，走进这大自然的禤洲岛才能见到。

禤洲岛属藤县境内一个自然村，是西江浔江段上的一个绿岛，位于广西藤县城东区约 15 千米处，岛长 5 千米。禤洲岛的村委李主任介绍说，全村分 4 个片，25 个村民小组。有耕地 1680 亩，禤洲岛 5500 多人，岛内设有小学 2 所，村民务工多，特别是开船者、水手、焊工居多；在家的就以种植为主，约有 800 亩菜地。岛上的龙眼、荔枝较多。每天清晨 7 点至 8 点就把新鲜的蔬菜运到县城里卖。来回 8 元的船费，约 40 分钟左右的时间；返回时闲日 12 点，圩日 1 点。当时我就奇怪地问，为什么这么早回来了。李主任说，形成习惯了，主要是村民们回来了还得锄地、种菜、浇灌，如果有事迟回的可以到污水处理厂码头，摩托车过渡五元一车，人就不用钱的。或许，这也是使岛上的村民有自己的规律生活，可以更好地耕种。

　　潿洲岛上周围都是竹，一幢幢现代的楼房掩映在翠竹绿树间，一条条水泥硬化的乡间小道，使寻常百姓家的房舍四通八达。翠竹绿影婆娑，阳光透过竹叶，斑斑点点地洒在地上。岛上天籁的声音，大约就是风吹竹叶沙沙声了。在这里，风是嫩嫩的，人是暖暖的，感觉惬意且舒适。今天天气也出奇地好，流动的白云在空中飘逸，充满了诗情画意。绿色的菜地在阳光下熠熠生辉，一片片岭南特有的名优水果——荔枝、龙眼树布满田野、山坡。

　　竹子一年四季常绿，充满了勃勃生机，给人们带来了一种美的享受。竹林在岸边，可以牢牢地保护泥土，不让岛上的泥土流失。而这些竹林，成了潿洲岛特有的风景。竹，四季青翠，傲雪凌霜，倍受中国人喜爱，与梅、兰、菊并称为四君子。"松竹越冬而不凋，梅耐寒而开花。"竹又与梅、松并称为岁寒三友，古今文人墨客，爱竹咏竹者众多。墨客把竹子空心、挺直、四季青等生长特征赋予人格化的高雅、纯洁、虚心、有节刚直等精神文化象征。

　　司马迁说："竹外有节礼，中直虚空。"道出了竹为人所喜爱的原因吧。人们爱竹，爱它的高大挺拔，爱它的顽强不屈。古人云："宁可食无肉，不可居无竹。"呼吸着带有竹叶清香的空气，潿洲岛就是天然的氧吧，一切烦恼统统被淹没了，只剩神清气爽。走在竹林下，伴随着风吹竹叶"沙沙"的声音，奏出了一曲美妙而动听的歌曲，它使你从来没有如此鲜明地感受过大自然的存在——居而有竹，则幽篁拂窗，清气满院；竹影婆娑，姿态入画，碧叶经冬不凋，清秀而又潇洒。李中在《庭竹》写："偶自山僧院，移归傍砌栽。好风终日起，幽鸟有时来。筛月牵诗兴，笼烟伴酒杯。"

　　穿行岛上，甜丝丝的清风徐来，浓郁的油菜花香，沁人心脾。成群的小蜜蜂低声哼着小曲儿，一只只蝴蝶在金黄的菜花上翩翩起舞，向人们展示着自己优雅的舞姿。远远看去，菜园像少女那轻盈飘扬的纱衣，黄绿相间，让我不禁看得目眩神迷。那油菜花、豆苗花的颜色更是各式各样、美不胜收。

　　漫步在村道，柔和灿烂的阳光洒在肩膀上、头发上，让人精神为之振奋，心情突然间变得舒畅开朗。心神一动，感到生活是多么美好，想不到冬天原来也如此醉人的。在潿洲岛，你只需要站在菜地里，站在竹林中就好了。潿洲岛所有的气息里都透着一股冬天特有的香甜，你要相信："春来之时春来，花开之时花开。"在硇洲岛的生活，你会想："虽抱文章，开口谁亲。且陶陶，乐尽天真。几时归去，做个闲人。对一张琴，一壶酒，一溪云。"

　　硇洲岛的真谛：你见或不见，硇洲岛都在这里，寂寞欢喜，不离不弃。夕阳西下的时候，茂密的竹林在风中摇曳着，发出沙沙的碰撞声，一阵夹着清香的风扬起一片片竹叶。"余霞散成绮，澄江静如练。"灿烂的余霞铺满天空，在清澄的西江，天上云霞与水中倒影相互辉映。踏上渡船，尽管依依不舍，可还是该回去了。

江中有岛叫襕洲

卢颖莹

南国之春，那个叫襕洲的江中之岛，该有着怎样的风情？

我们乘船前往，船过西江大桥不久，远眺前方，堆绿叠翠的一片绿洲映入眼帘，宛如一方绿色飘带，静静地泊在江面。

"襕洲岛到啦！"伙伴们是一阵欢呼。船泊石家祠码头，拾石级而上，终于踏上这个颇为神秘的小岛。

那环绕在小岛四周，仿佛一道翡翠玉带镶嵌于小岛的竹林，铺天盖地的绿，清雅幽深，使人强烈地感受到了南国早春的气息。到处弥漫着竹子的清香，更让人感觉沐浴在一个硕大的氧吧里。竹子连绵起伏，装点着小岛，也滋养着岛上寻常人家，据说乡亲们从竹子身上做文章，有不菲的收入呢。

从竹林穿过，在岛上的田埂漫步，只见一畦畦的菜地，高低错落，三三两两的乡亲们或荷锄、或肩挑于其间，一块块或大或小的菜地，在早春的暖阳里，是一簇簇的苍翠，绿意盎然，焕发着勃勃生机，放眼望去，碧绿的菜叶迎风摇曳，仿佛在招手欢迎我们的到来。

边走边看，迎面一位瘦黑的中年男子，肩挑两大篮刚刚采摘的水灵鲜嫩的小白菜，差点与我们撞了个满怀，男子喘着粗气，随之放下担子，我们便借机与之闲聊。男子姓邓，很健谈，几年来种植蔬菜，每年收入近2万元，这是今年他第一批次的采摘。像他这样专事蔬菜种植的，小岛上有好几十户的人家呢。

小岛的乡亲们，除勤劳加智慧外，更是得益于小岛得天独厚的自然环境。北回归线刚巧穿岛而过，肥沃的土地、宜人的气候，为乡亲们提供了优越的自然条件，小岛长年可种植不同蔬菜瓜果，质优而品富。

阳光煦暖中，我们流连于田间地头，我们陶醉于菜花飘香。"咚咚锵，咚咚咚咚锵"一阵悦耳的锣鼓声，穿林渡水，飘入我们的耳朵，"东方狮王在训练，走吧!"我们毫不迟疑地循着锣鼓声走去。

很快就到，但见场地里十来个四至七岁不等的小孩儿，有男孩有女孩，在一黑衣女教练的指导下，腾、挪、闪、跃，一招一式，险奇绝美，看得我们眼花缭乱，惊心动魄。随后，红的、黄的、黑的狮子一起舞动，孩子们互相吆喝着，喊声、鼓声，此起彼伏，一片热烈、紧张、喜庆。旁边是一精神矍铄的老者，他专注地看着每一孩子的动作，不时走入场内指点一二，原来，这就是著名的东方狮王大本营。老者即藤县舞狮技艺国家级非物质文化遗产传承人。利用训练间隙，我们与老先生闲聊，狮王走来的一路艰辛、一路风雨、一路辉煌，尽在先生平平实实的笑谈中。无数次跌倒爬起，无数次纵横捭阖，一支农民舞狮队成就的"东方狮王"蜚声中外，已是小岛一张极其亮丽的名片。一代一代的狮王，在创造辉煌的同时，也成就了自己。他们当中有些人，到香港、澳门甚至是东南亚等地，或当教练，或组建舞狮队，将中国舞狮文化广泛传播，也为自己、为小岛创造了可观财富。

观看完"小狮王"们的训练，我们绕过鱼塘、古树、竹林，一排房屋横陈眼前。小巷一侧，一幢中西合璧的两层老房子尤其庄重肃穆，房屋青砖垒砌，粉墙苔痕斑驳，门窗古朴老旧，门额上"化龙将军府"五个大字，沧桑遒劲，气势逼人。这是著名抗日将领石化龙将军的故居。走进将军府，犹如走进岁月深处。

一代抗日名将的石化龙故居檐阶上有两副著名的楹联："顾我藐躬费几许经营始克落成湫隘室，勉尔小子需万分发奋务期达到专门家。""枥伏旷观雄心未老，蜗居小筑容膝易安。"前一副楹联昭示了将军的故土情怀，对晚辈寄予殷切期望，后一副则显出他的胸怀大志，家国情怀云天外。这位清末国民革命家庭出身的军人有着非同寻常的政治智慧，从早期护法战争到投身李宗仁统一广西和北伐战争的民主革命，后又参加抗日战争，为国家民族贡献了毕生精力。

石化龙的小儿子石嘉鸿回忆，父亲戎马倥偬一生，同时对子女教育甚严，殷望子女为国贡献力量，子女遵嘱，在各类经营专业上均有成就。将军还热心教育事业，先后在家乡捐资筹办"禤洲小学"，接办平旦中学（后改为复兴中学），在部队复办"业勤学校"，殷勉家乡学子和军人子女"上游小子永进发荣光，南斋学童远志扬正大"。将军在教育事业上的义举和贡献，着实令人由衷敬仰。

　　一座将军府，两代世间人。可以说，作为涠洲岛的标志性建筑，将军府经历了历史的风风雨雨和世事变迁，见证了石化龙卓著的功勋，更见证了中国发展的百年岁月。老屋已经失去当年的辉煌，因日晒雨淋而呈现出斑驳的灰白，可世人依然能在想象中缅怀它昔日的辉煌。

　　我想，历史不会简单地重复，辉煌的历史也是，而"东方狮王"正是这辉煌在今天的延续。

　　我们来到一棵根大数抱的木棉树下，但见老树粗壮挺拔，枝丫峥嵘，直插云霄，英雄霸气，满树翠绿的叶子，蓝天丽日下，迎风摇曳，一树的灿烂，一树的美好，就像我们对于生活的向往。

埌南

>> 埌，当地话为『山脚下的坡地』的意思，因此埌南过去又叫地坡，这，注定了埌南的一方水土必然是山水相依而又幽篁清远的。

走进埌南

——重逢在记忆里的相遇

蒙土金

埌，当地话为"山脚下的坡地"的意思，因此埌南过去又叫地坡，这，注定了埌南的一方水土必然是山水相依而又幽篁清远的。这样的意境，使得埌南沉浸着一种激越的诗情和恬静的画意，它们在岁月里相得益彰，历久弥新。

一、水声清色白石河

在我的记忆中，白石河是一条水声清色、嘉木森森的河流。

白石河是浔江的第三大支流，发源于埌南镇屋勤村交刀界，从埌南的交刀流经礼贤、屋勤、屋蒙、江莲、共和、古弄、仁者、昙任、双底、新也、凤凰，再到塘步的律村、大地、立新、岳底、汗池、佛子坡，然后在南安村的上江口注入浔江，全长 69.95 千米，流域面积 335.2 平方千米。白石河还有着众多的支流，如石子河、黎寨河、大寮河、界田河、白土河、大涩河、莫埌河、洲冲河等，这些纵横交错的河流，构成了埌南的血脉，营养着埌南丰腴的土地，使之成为藤县产粮最多的农业大镇，更是名副其实的稻米之乡。

走进埌南，我首先是沿着白石河开始的。

那是 1979 年的 9 月份，刚刚年满 15 周岁的我考进了一所叫作"埌南中学"的高中，我要沿着蜿蜒曲折的白石河畔，从塘步镇一个叫神田的村子走进埌南去，开始为期 2 年的高中生涯。我清楚地记得，当时的白石河水是清澈而欢快的，水流不急也不缓，在拐弯的地方还时不时会蹿起一朵朵的浪花儿。白石河给我印象最深的，是两岸茂密的修竹，还有土名叫"四经木""水壳木"之类的野生灌木，偶尔还可见到一两只叫"水鸭"的野鸭子从灌木丛中飞出，把我的心情也激动得如同野鸭子的翅膀一样，"扑棱、扑棱"地颤抖个不停。

沿着白石河走进埌南，水车是别具一格的风景。这种由我国古代劳动人民发明的灌溉工具，最早出现在东汉时期，是中国农业文明和水利研究的重要见证。水车又叫天车，高10米左右，由一根长5米、口径0.5米左右的车轴支撑着24根木辐条，呈放射状向四周展开，每根辐条的顶端都带着一个刮板和水斗，刮板用来刮水，水斗则用来装水。河水冲来，借着水势运动的惯性，条辐缓缓转动，一个个水斗装满了水逐级提升上去，到了顶端水斗又自然倾斜，将水注入渡槽中，顺着水渠流去灌溉农田。有水车的地方河面一般都比较宽阔，而且要用木桩在河里拦起一条用稻草或蕨草围起来的坝子，让河水向水车的一侧流去。在走进埌南的途中，便可时不时在白石河里见到这种水车。据说水车最初是由子贡发明的。《庄子·外篇·天地篇》中记载说，子贡在南游途中路过汉阴，看到一老翁吃力地抱瓮灌溉，既辛苦又事倍功半，于是告诉老翁一种省力的工具叫作"槔"，它的制作方法是"凿木为机，后重前轻，挈水若抽，数如沃汤"，这便是水车的雏形。白石河里的水车鸣转，吱吱欸乃，随着溅起的朵朵浪花，愉悦着我们的心情，驱走了饥渴，仿佛让我们看到前路已不远，正如宋代诗人卫泾在诗中描述："雨断风回忽报晴，山颠初日挂铜钲。云烟藏迹千峰翠，草木增华两眼明。桑野枝空蚕杼歇，溪泉溜急水车鸣。鸟啼花笑浑如喜，此去山斋只一程。"给了我们一程又一程前行的动力。

白石河也是一条旖旎多情的河，它一路婀娜而来，到了埌南双底村这个地方，便遗下了一片叫"双底石子滩"的滩涂，河里的石块由于长年累月的冲积而聚集成滩，色彩斑斓，珠圆玉润，河岸的黄花绿叶倒映水中，映衬着白石河在双底段的独特风情，让路过的行人久久不愿离去。而当白石河流到了一个叫凤凰的村子时，村子倚靠着的山峰恰似一只腾空飞翔的凤凰，它对着白石河留恋的神情，不知是凤求凰还是凰求凤，而白石河也好像是要与凤凰做伴一样，特意缠绕着村子形成一个大大的圆弧，落下了一个多情的凤凰湾之后，才一顾三盼地依依不舍而去。据当地人说，在这凤凰湾中，有着一母九子十只凤凰，还真的值得每一位走进埌南的人细细地去追寻呢。

白石河的一级支流叫石子河，它发源于尖峰顶靠同心镇的一侧，从古笔村汇入白石水库后，经过新光村的金斗、沙黄至洲村，在新也汇入白石河。白石水库是白石河上游的一座以灌溉为主，兼有防洪、发电、供水等综合利用功能的水利工程，集雨面积为54.7平方千米，总库容为1705万立方米，正常蓄水位83.5米，洪峰流量为每秒756立方米，洪水总量为2070万立方米。白石水库湖面宽阔，清澈凝碧，两岸森林密布，翠绿清幽，水库中有一个小岛突屹其中，仿如仙界秀子端坐在水面上，宁静而安详。白石水库是一处十分难得的僻静处所。漫步于岸边的山径上，于水静风清之中人世间的烦躁杂念顷刻间便会消散得无影无踪，人的意境也如同进入了庄周梦蝶一般。

沿着白石河走进埌南，我用了整整两年的时间。这是我第一次离开家乡外出求学，在这个过程当中我见证了白石河的春秋冬夏，也见证了白石河水的荣辱丰竭，收获了同学的情谊，更深深地记住了如海的师恩。

二、漫漫黄沙说沙黄

沙黄村是埌南镇的一个自然村，距镇政府驻地约5千米，全村共435户1954人。

我第一次走进沙黄，还是在埌南中学读书时与一个叫文安的同学蹬着自行车去的，准确地说是经过并在那里歇息，然后和文安到他的一个亲戚家去讨粥吃。那时候骑的大约是凤凰牌或永久牌之类的自行车，而且大都是由文安同学骑，我在后面坐，这主要是由于我的骑车技术不过硬，加上身体比较单薄。依稀记得当时还有一个同班的女同学是沙黄村的，只是毕业以后再也没有见过了。

再次走进沙黄，是随着新光村的支书甘营全去的。甘营全是一名退伍军人，曾参加过唐山大地震的救援工作，写有《唐山大地震——铭刻心中的记忆 谨以此文悼念唐山大地震的死难者并纪念参加抗震救灾的战友》，记录了30多年前那场大地震中惊心动魄的救援时刻，字里行间渗透着人民子弟兵的铁骨柔情。再次走进沙黄，重新唤起了我对沙黄的点滴记忆，一草一木倍感温馨。

沙黄村庄秀美，历史悠久，有着许多神奇美丽的故事传说。

就在沙黄村入口，牌坊正对着的地方，有一座山叫皇殿山，这山得名的由来，源于一个在藤县、苍梧、岑溪等地流传已久的传说。说的是在很久很久以前，有一位头发胡子花白、精神矍铄的老先生在经过沙黄村时，正好天黑了下来，一户农家见状，便热情地收留了他，十分周到地安排好他食宿，使得这位老先生十分感动，便主动提出要给这户农家点一卦"山"（当地称安葬祖先骸骨的坟墓为山）。点完"山"后，又开了一个"吊宫"的日课，并特别叮嘱这户人家，要等到有四种奇异的征兆出现时方可下葬。这四种征兆分别是：一是人头戴铁帽，二是马骑人，三是鲤鱼打鼓，四是鳖上树。这户人家一听，感觉到这是根本不可能的事，但老先生交代他们不用担心只管去做就是了，并且一定要等到这四个征兆全部出现才能下葬，下葬后第二天就要在坟墓上淋水，一直淋到第七天便会有一支笋冒出来，再继续淋上七七四十九天，然后把这支粗壮的笋拔起朝着北方奋力扔去就可以了。这户人家将信将疑地按照老先生的吩咐去做，果然在下葬的那天天快亮的时候，天昏地暗、乌云密布，一场大雨倾盆而至。到了中午时分，一些从圩中赶集的人陆续回来了，只见一个买了口大铁锅的人，来到河边就卷起裤脚，把铁锅举过头顶蹚过河去，第一种征兆灵验了；又过了两个时辰，又一批赶集的人回来了，其中有一个人从集上买了一只小马驹，在过河的时候，他把马托着在肩膀上走过去，第二个征兆又灵验了；再过了两个时辰，不知是从哪里来的一帮"八音"吹奏者也经过这条河，一个吹鼓手把鼓绑在腰间，过河的时候正好一条鲤鱼跳起碰到了鼓，第三个征兆也灵验了；这样一直等到了傍晚，这时又有两个专门从事捞鱼捉鳖的人回来了，他们到了河边想坐下来休息一会儿，便把捉到的鳖用绳子扎住挂到一棵树上。就这样，四个征兆竟然一一灵验了。于是，这户人家马上落葬，但在淋水的时候，淋着淋着记不得是第几天了，结果在还未到四十九天的时候，这家人便把笋拔了起来朝着北方扔去，这一扔正好扔到了当朝皇帝的洗脸盆上，皇帝急忙召来国师询问是怎么回事，国师掐指一算说是在广西梧州府一个叫沙黄的地方，有一座皇殿山，上有帝王之气，于是便派人斩断龙脉，在山腰处挖了一个大坑，两边各插下一支铜笔，破了皇殿山的风水，从此再也不能出皇出帝了。

虽然这是一个带着神话色彩的故事传说，但皇殿山的山腰直到现在还存留有一个大坑，清晰可辨。这个传说体现了中国民间千百年来对皇权的敬仰和崇拜，同时也从另一个侧面说明了沙黄村人类活动的悠久历史。

无独有偶，在沙黄村还有着一个叫"圣石"的传说。说的是盘古开天地的时候，有感于沙黄这个地方的天地灵气，于是特地再遗下一块巨石来让它与沙黄世代相伴，这块巨石便是"圣石"。现在这块巨石就安静地卧在沙黄村尾一个山嘴上，它突屹于地面，高15米、宽9米，威严肃穆，蔚为壮观。

再次走进沙黄，我们更惊诧于在一个叫地莲塝的地方，有一处保存十分完好的古遗址。这处古遗址表露出来的是一个地下通道，通道由古砖砌就，这些古砖呈红色，长 15 厘米、宽 5 厘米，每块砖的侧面都有着十分细腻的美丽纹饰。这个通道建于何时？究竟是一个古代的城堡抑或是古代驿站没落沙黄？我们均不得而知。但据村中老人们说，当年在无意中发现这处古遗址时曾进行了试掘，挖出的很多砖块现在还堆在洞口，同时还发现了一个陶罐，陶罐里有一个黑色状的坚硬如舍利的珠子，只可惜这个陶罐当时被人打烂连同珠子一起丢弃了。从挖掘出来那些砖的花纹来看，它与贺州"临贺古城"城墙砖的制作方式十分相似，而"临贺古城"建于西汉元鼎六年（公元前111 年），是广西著名"四大古城"中唯一保存十分完好的一座城池，为国家重点文物保护单位。据"临贺古城"的有关记载，城墙始建于东汉中晚期，初为长方形夯土墙，四周为版筑夯土墙，五代时先属后楚、后属南汉，南汉时期在城墙的内墙包砌红色花纹砖。而赵佗于汉高后五年（公元前 183 年）建南越国，称南越武帝，同年建苍梧王城，其时南越国占地"东西万余里"。

地莲塝，是否就是一朵隐藏于地下的莲花，它究竟隐藏着多少不为人知的秘密？又隐藏着多少人类文明的瑰宝？看来唯有通过考古专家的考古挖掘去考证了。但这些世代相传的历史传说和古遗址的发现，不正也说明了这个叫沙黄的地方很早便有了人类的活动，是一块深受古老文明滋润的湿地吗？

三、岁月留香存墨砚

走进埌南是不能不走进界垌的，因为在这个上界之垌中遗留有一个神仙的宝物，在界垌的历史里岁月留香。

这个宝物就是世间少有的墨砚石。墨砚石长在界垌村背靠着的后主大山一处沉龙过脉的地方，四周一片平缓，唯于此突屹之中长出一块如铁似石的圆石，在圆石的正中间有着一个圆圆的洞，无论春夏秋冬，又无论天气多么干旱，洞里的水始终是满满的、清凉的，甚为神奇。据传，墨砚石旁还有一座亭子，只是随着岁月的久远不知在哪朝哪代湮没了。到了 2003 年，由梧州市文联牵头，召集有识之士集资恢复了这座亭子，并取名为"墨砚亭"，亭名由著名书法家、广西壮族自治区顾问委员会原主任黄云先生所题。

关于墨砚石还有着一个凄美的传说。说的是在远古的时候，在藤州十都（现埌南镇）有一个穷苦的书生与母亲相依为命，这个书生十分俊秀聪颖，但就是不愿外出赶考功名，因为他担心母亲会因此更加劳碌辛苦。就这样一年一年地过去了，在老母亲的一再逼迫下，他只好收拾行李、拜别母亲去赶考了，并且榜上有名高中进士，可是当他衣锦还乡的时候，他的母亲却因为积劳成疾，等不到儿子回来便离开了人世，书生悲痛欲绝，在山坡的这个大石旁盖了一座亭子纪念他母亲的恩德。亭子建好后，第二天大石上便多了个口子，有水源源不断地从大石的口子中流出来，有人说那是书生思念母亲流下的不竭泪水，也有人说是书生要把他所有的聪明才智都化作泉水，世代滋养十都的后人，使之能发奋努力、聪明伶俐。

果然，在埌南的历史上就不乏俊杰贤良，到了清光绪年间，藤县十都的陈功、陈德全祖孙三代均为称雄梧州五属的"学霸"才子，一时被传为佳话。

陈德全的爷爷陈功是当时闻名苍藤两县的举人，他的父亲则是方圆数十里人人尊敬的教书先生，年少时的陈德全更是聪颖过人，有着过目不忘的本领。有一年冬天，十二三岁的陈德全随母亲去舅舅家探亲，见到舅舅家的书柜里有很多书便随便拿了一本在火炉边看了起来，火炉里的木炭快烧完了，他便把看着的书看完一页撕下一页扔到火炉里。等到舅舅回来的时候一大本书已烧得所剩无几，气得舅舅抢起手掌劈头盖脸就要打下去，只见陈德全双手护着脑袋，仰面望着舅舅争辩着："你那本书都这么旧了，我重新写一本新的还给你不行吗？"还未等舅舅答应，陈德全已飞快地从书柜里拿出文房四宝，不一会工夫便从头到尾一字不漏地把那本书重新默写了出来。到了参加县试的时候，由于初次出远门加上一路贪玩，以致延误了时间，到达考场时已关上了大门。陈德全急中生智，他一边双手猛捶大门，一边高声喊道："你们有没有搞错呀？考第一名的还没有进去就关了大门啊！"主考官听罢心里不由得冷笑起来："这是何方神圣，竟敢如此狂妄？"于是开口问道："你是何方人士？姓甚名谁？欲要考试，先过口试！"陈德全闻言，马上双手合掌于胸，十分虔诚地答道："十都陈德全是也，敬请主考官大人赐题。"主考官随即吟出一副长联对首："田种桑桑养蚕蚕作茧茧抽丝织出绫罗一匹匹。"陈德全略加沉吟，随口答道："山生草草养羊羊生毛毛作笔写出文章第一一。"主考官一听感到此人不但才思敏捷，而且对仗工整，不禁喜上心头，遂破格让陈德全进入试场应考，而陈德全也不负厚望，果真考取了县试的第一名的好成绩。

同样是这个墨砚石的缘故，曾经饰演过杨过的香港影视歌三栖明星古天乐在 2009 年的某一天也走进了埌南，并专程来到界垌拜谒墨砚仙石，他深深地为传说中书生的贤孝所感动，捐资 15 万港元为埌南的双底小学新建了一座两层 4 间教室的新教学楼。从 2009 年开始到 2013 年古天乐先生在全国各地捐建了 61 所（处）学校或校舍，其中藤县的便有埌南和岭景的两处。

我想，墨砚石水满而不溢、遇干旱而不枯，这种奇特的现象是否喻示着十都埌南这方山脚下的坡地所蕴藏的特有品质？这种品质自然而然流露的光芒，留香岁月，温暖人心。

四、黎寨瀑布蝴蝶飞

虽然曾多次走进黎寨，但每一次都会有不一样的感觉。

第一次走进黎寨，是缘于 17 年前的一次高中同学聚会。我们到学校去拜访了当年的老师之后，埌南的同学热情地邀请大家到黎寨一个叫蝴蝶谷的地方走一走，去领略那谷中彩蝶纷飞的绝妙景致。那是我第一次感受黎寨的安静与清幽，而更令我意想不到的是，一位与我从高中到中专连续四年的同学竟然就是黎寨人，让我一下子便读懂了"山水养人"的特有含义。当然，多次地走进黎寨也与我的一位作家朋友有着千丝万缕的联系。当年这位叫桂海的作家在这里当了四年的第一书记，我们跟随着作家书记的脚步也踏遍了黎寨的山山水水，至今仍忘不了桂海书记在黎寨村里带领人们种佛手、种草蔻、养香猪的忙碌身影，至今仍忘不了大型爱心节目《第一书记》里那个 13 岁的小女孩罗金英的笑脸。一次次地走进黎寨，一次次体现在惊喜之余的惊喜，总让我们难以忘怀，忘不了那份远离喧嚣的宁静和曲径通幽，忘不了这里遍布着的原始植被，忘不了藤蔓密布中的奇珍异卉，忘不了一"爽"又一"爽"的九曲飞瀑和蝴蝶翻飞。

黎寨村的人口并不多，仅 2600 余人，但却有着 2.45 万亩的山林，这绿色的天然氧吧无疑是大自然对埌南的一种恩赐，据说负离子的含量竟达到了每立方米 12.5 亿个呢。在黎寨村里一些地名也很特别，如观塘、冲表、山心、对黎、寨贝、公腩、那蓬、坡平等，这些地名明显地带着骆越文化与壮文化的印记，或许在远古的时候这里就曾经是骆越先民们的聚居之地呢。

尖峰顶是黎寨村的一个地理性的标志，这座巍峨的大山高 785 米，处在藤县埌南镇的黎寨村与苍梧县新地镇、岑溪市安平镇以及本县的同心镇的交界处，从外表看尖峰顶仿佛就是一座倒挂着的香炉挂在暮色苍茫的群山之中。"日照香炉生紫烟"，亚热带湿润季风气候在这里形成了"冬短夏长、秋夏相连、气候温暖、雨量充沛以及光、温、水同期"的气候特点，天然地使黎寨成了发展观光旅游和现代农业的一个绝妙去处。因此，一个叫"蝴蝶谷漂流风景区"的观光旅游景点便浑然天成地坐落在了黎寨村里。"蝴蝶谷漂流风景区"距梧州市区 48 千米,拥有桂东南地区最大的天然瀑布群,漂流水程 4 千米,落差 230 多米。除了爽心瀑布群以外,景区还开设有特色农家宴、木屋住宿、深谷冲浪运动、顶湖垂钓、烧烤场、森林探险等原生态的绿色观光项目,令人流连忘返。蝴蝶谷,顾名思义是因蝴蝶而得名的。蝴蝶是鳞翅目动物的总称,身上有着许多条纹,翅膀和身体还有着大量的花斑。蝴蝶的品种很多,全世界目前大约有 1.4 万多种,生长于我国的有 1600 多种。蝴蝶谷里的蝴蝶有花粉蝶、栀子灰蝶、蓝凤蝶等 10 多种,每当清早和傍晚,蝴蝶谷里便会有一群群的蝴蝶翩翩起舞,它们在花丛中追逐,在水波上飞舞,色彩斑斓,令我们目不暇接。这时,一曲小提琴的《梁祝》在耳畔袅袅响起,如烟如梦,如泣如诉,仿佛梁山伯与祝英台的千古爱情故事也浮现在眼前一般。

"水流花谢两无情,送尽东风过楚城。蝴蝶梦中家万里,杜鹃枝上月三更。故园书动经年绝,华发春唯满镜生。自是不归归便得,五湖烟景有谁争?"蝴蝶谷的蝴蝶就是如此的幻美,它不但停留在庄周的梦里,更在这谷中僻静清幽的景致里。

蝴蝶谷的水和白石河的水也是一脉相承的,它飘逸在悄无声息之中,去留有意,宠辱不惊,形成了在当地称之为"爽"的一簇又一簇的瀑布群,竟有 12 处之多,这 12 "爽"的瀑布有的小巧玲珑,有的气势恢宏,有的吴侬细语,有的瀑声如雷。蝴蝶谷,总是这样的曲水流觞,自然纯净,于盈盈曲水与绿绿繁花之中给人以一种世外桃源般的感受,惬意而脱俗。

埌南是需要走进去的,因为埌南是只可意会而不能言传的,只有走进埌南才能用心地体会埌南!

蝴蝶谷：与自然的纯美约会

李燕霞

似曾在梦中，遇到过。那样的纤尘不染，雅意生趣。它用所有的时光固守着自己最原始、最富有的本真，宁静、清幽，原始、生态。蝴蝶谷，当你在某个不定的时空与它欣然遇见，便注定了那是一次完美的邂逅，一次纯美的约会。

谷之幽

蝴蝶谷景区位于广西藤县埌南镇黎寨境内，离梧州市约 50 千米。

仿佛没有季节的更替，在这个精致的景区里，你触目所及的永远是各种或浓或淡或深或浅的青绿。这里山谷狭长深幽，婉转曲折；流水潺潺，飞练成瀑，即便是最炎热的夏季，也始终保持着一份沁人的清凉。拾步谷中，那森森乔木、嶙嶙怪石、盈盈曲水、郁郁繁花，无不被天工神笔点染得精美自然，仿佛每一处景致都饱蕴着诗意，横生着野趣，"可爱溪山秀"，沉浸其中，你会深深地体会陶渊明那句似淡实浓的绝句"此中有真意，欲辨已忘言"是何等的精妙。

蝴蝶谷的阳光是带着香草气的，蝴蝶谷的清风是挟着微醺醉意的，当你在这纯山净水中聆听着一段水声，踩着细碎的阳光走过一座精致的小桥；或是在水边的凉亭里坐着打上一个小盹；或是偶遇一只在路边蹿过的小松鼠，你都会觉得特别的惬意。

蝶之美

缘于蝴蝶谷极佳的生态环境，这里的动植物品类异常丰富，动物种类达数十种，植物种类也达上百种之多。而蝴蝶却是这山谷中最美丽的精灵。每年的 4 到 10 月份，这里总有成百上千各色各样的彩蝶成双成对，翩翩起舞。

它们时而嬉戏追逐，翻飞于万绿丛中百花间；时而婆娑起舞，轻盈柔美，点落在清泉绿潭上，形态可掬，楚楚动人。"流连戏蝶时时舞，自在娇莺恰恰啼。"蝴蝶谷便是因了这些色彩斑斓的精灵而得名。蝶水瀑、蝴蝶潭……谷中的景致也因了它们而相成意趣，相得益彰。

"药径深红藓，山窗满翠微。羡君花下酒，蝴蝶梦中飞。"读着唐人的诗句，看着纷飞的蝴蝶，心里，会有别样的感觉，梁祝化蝶的深情，庄周晓梦的疑惑，似乎都在那些绚丽的花斑里，变得迷离起来。

水之韵

水因山而清秀，山因水而灵动。蝴蝶谷的流水是懂得顾盼生姿，熟知五音相和的。

清澈的溪水从山顶的山心湖出发，沿着溪谷一路奔流而下，于山势高低、起承转合间从容流淌、跌宕腾挪。它们时缓时急，有屈有伸，有俯有仰，有强有弱，有疏有密，仿若书在山间的古典大篆，丰神流动，庄重典雅；又仿若弹奏在天地间的靡靡清音，婉转清越，荡气回肠。

在山的怀抱里，它们为湖为潭为瀑为溪，时而清澈澄明，平滑如镜；时而凭空漱玉，入潭凝碧；时而如帘坠落、气贯长虹；时而纤柔飘逸，如烟如尘；或唯美，或空灵，或雄壮，或激荡，无不意韵生动，柔肠百转，从容坦荡，风华人间。

在这里，人们隐约能聆听到俞伯牙《高山》和《流水》的琴音，以及钟子期"巍巍乎……潺潺乎……"的赞叹；在这里，即便不引曲水以流觞，人们亦能体味到欧阳修所说的那种醉翁之意……

漂之乐

美是多样的。蝴蝶谷的静让人回味深长，蝴蝶谷的动却让人激情飞扬。

冲浪漂流是景区里最具特色的项目，景区内拥有十多处天然瀑布形成的瀑布群，以及落差最大的、最刺激的深谷冲浪环境。这里，最刺激的漂流冲浪区长达 1.5 千米，漂流落差 230 多米，分布有 3 米以上的梯级瀑布 15 级、滑水槽 28 道，最长的水槽滑道长达 130 米。当你在最优美的环境里享受最刺激的运动时，那种生命的享受简直美到了极点。

坐在橡皮艇里，人随船顺水而下，遇到滑道较短，水势平缓之处，则可轻划浅荡，任其自漂，悠然自得；而每遇滑道较长，坡度较陡，落差较大之时，则惊心动魄，刺激非凡，那种从高处急速而下的惊惧兴奋，常让你既销魂爽心又痛快淋漓，所有的烦恼，顷刻间便被洗涤得荡然无存。

而夜漂蝴蝶谷，则是另一番风味。顶着皓皓明月或满天星斗，在迷离璀璨的灯光里，看着流萤飞逝，听着虫鸣蛙叫如梵天清籁般次第传来，再在潺潺的水声里激情勇漂，那是一种怎样唯美与激情的享受？

景之醉

"醉翁之意不在酒，而在乎山水间。"蝴蝶谷的美，美就美在她那令人飘然若仙的意境和心驰神往的情韵。这种意境和情韵并不是凭空而来和一览无余的，是与山山水水交融璧合，而又无处不生、无处不在的。

景区里那些精致的小木屋是山中最美的点缀，它们依山就水而筑，楼阁帘栊，绿树掩映，浑然天成的小桥、流水、人家，俨然一处很美的童话仙境。"金风细细，叶叶梧桐坠。绿酒初尝人易醉，一枕小窗浓睡。"躲在元人的词境里，躺在别致的小屋中，在山水相依中恬然入睡，在鸟鸣蝶舞中翩然醒来，大自然的美景妙韵仿佛全浓缩在这里。

蝴蝶谷的美是无可比拟的，那样纯美的遇见，那样惊心动魄的邂逅，想了会醉。青了山，绿了水，牵了一生……

一个村庄的内涵

黄　静

　　村庄的外貌都是相似的，村庄的内涵却各有各的不同。

　　沙黄村的内涵，是我一直想去探索的。

　　第一次听说沙黄村，是 20 年前。产科病房门口 1 号床上躺着一个沙黄村的小媳妇，她的女儿比我的女儿晚出生两天。小媳妇说，他们沙黄村有一块很大很大的石头，据说是盘古开天时跌落的；有一条地下密道，据说是专门给皇帝送信用的；有一个神奇的龙脉山，据说差点出了皇帝的……

　　我双眼发亮：这是一个有故事、有内涵的村庄！连忙请她细细道来，然而，她却语焉不详、前后矛盾，最后腼腆地说："我也不是很清楚，要家里老人才讲得好听。"这是城里长大的我第一次对一个村庄产生了好奇。

　　第二次与沙黄村结缘，是 3 年前。在一场农村的酒席上，旁边坐着丈夫的同族姐姐，她说她嫁到沙黄村。沙黄村！尘封的记忆一下子复活了，我兴奋地问："沙黄村是不是有一块很大很大的石头？"紧接着我就"巴拉巴拉"地把小媳妇的话复述了一遍，然后热切地看着姐姐说："你给我讲讲那些故事呗！"姐姐满脸的皱纹如波浪一般荡开，说："你知道的比我还多呢！"我不禁大失所望，心里猫抓似的难受，就好像破案的人，明明已经感到真相呼之欲出，但就是拨不开最后的一点迷雾。

　　今天，我终于来了！神交已久的沙黄村如想象中一般，秀丽而优雅。宽阔的田野里，金色的稻浪微波荡漾，戴着草帽的农人专注地挥镰收割；排列整齐的屋舍前，老人慢悠悠地卷着土烟，小孩尖叫着跑过弯弯的村道；一条不宽不窄的小河从村中施施然而过，洗衣的妇女刷着裤脚的泥巴，聊着家常；横跨小河的石拱桥上，两条狗一前一后悠闲地走过……

　　那块号称"梧州第一大石"的巨石浑圆突兀，悬立于林荫密匝的半山腰，石下有缝，可容一人侧躺。石上密布青苔，被层层树叶分割得细碎的阳光投射其上，一如缀满晶莹的翡翠。据说盘古把天和地分开，用力撑起天时，一块巨石从天而降，掉落地面。不知道为什么它不愿随天上升，而要窝在大地的怀抱？不重要了。重要的是，这块巨石成了佑一方平安的灵石，沙黄村风调雨顺、土地肥沃，俨然一方乐土，吸引着越来越多的人停下迁徙的脚步，修建定居的房舍，也引起了牛鬼蛇神的窥觑。1924年六月初九，一个炎热的夜晚，300个土匪骑着高头大马趁着夜色欲闯沙黄村抢劫，村民自发组织起来，用石头镰刀顽强对抗，激战一个晚上，土匪落荒而逃。晨曦初起，村民们扶老携幼，围着巨石焚香拜谢，在巨石下设酒席庆祝胜利。为了纪念，遂定下以后的每年农历六月初十为该村的胜利节。流传至今的不仅仅是节日丰盛的酒席，还有沙黄人正义的风骨、不屈的气概。这样的风骨和气概使沙黄人在新的历史时期创造出了眼前悠闲而幸福的生活。

巨石下，一条小渠流水潺潺，倚靠着自家院墙的村民和善地笑着应答我们的拉话，一位年纪相仿的大姐热情地邀约我们"入屋吃粥啦！"那似曾相识的乡音令我心中一动，她会不会就是二十年前那腼腆的小媳妇呢？那个小我女儿两天的女孩也在读大学吗？有心相询，却连人家的姓氏都不记得了，罢罢罢，就让这动听的乡音伴着她们屋前涓涓的流水，清澈我们的心田吧！

地下密道的入口非常隐秘，从路面向下看，就是一长满荒草的深坑。拨开荒草，可见高5厘米、长15厘米的砖块，砖块的侧面有着清晰的稻穗状花纹，密道就是由这种砖块砌成的。据传密道建于隋末唐初，专门用于给皇帝送信。这个传说比较靠谱，隋末丧乱，群强并起，逐鹿中原，及至李唐初建，尚有数十股割据势力，军队总数是唐军的数倍。四周环敌，想要政权稳固，首先要逐一削平割据，统一局面。在这种情况下，唐王朝修建送信密道以便及时掌握各地的情况是非常必要的。今天，目睹群山环伺中的隐秘入口，不禁佩服送信人在乱世中不顾个人安危、追求国家和平统一的不凡勇气和铁血担当！

传说能出皇帝的皇殿山，因为龙脉被破坏而前功尽弃。有什么关系呢？沙黄村一样风景秀丽，沙黄人一样过得惬意而满足。

一个有内涵的村庄，就如一个有内涵的人，了解才能发现，咀嚼才有韵味……

青山秀水蝴蝶谷

周羽兵

闲来无事，挑了个春日的周末，约上几个朋友来到藤县黎寨村的蝴蝶谷。人们都说那里的青山秀水与都市的钢筋森林相比是另一种味道。论风景，蝴蝶谷的春天不乏青山秀水，阡陌桑田的景致，那些深藏其间的古树老藤，那地方世代相传的淳朴民风，才是我一直想去蝴蝶谷走走的原因。

初识蝴蝶谷，是广告照片，惊叹世界竟有如此美丽的地方。古藤老藤，素朴的溪涧潺潺地流淌，飞溅的水花和挥划的漂流桨、幽深的栈道，这一切让人产生一亲芳泽的冲动。

下了车顺着乡间小道来到村口，几棵硕壮的香樟树昂然立着，巨大的华盖姿态优雅地伸展着，几百年如一日荫蔽着树下的村舍和过往的百姓。

我们先是去了黎寨，这村名让人误解为黎族人聚居的地方，其实都是典型本地汉人土著，是一个名为"冼村"的行政村下一个自然村屯。蝴蝶谷——一个春意盎然的名字，难怪一直有人对那里的春色赞叹有加，浔江支流白石河不动声色地把冼村这个行政村分割成几块，一个个小村寨散落其间。

早上的蝴蝶谷，恬静而甜美，溪边捣衣的村姑，溪流中悠闲的橡皮艇，两岸青山翠绿，碧玉般的溪涧弯弯流淌在吊脚楼下，身心忽然放松起来，心情阳光了许多，这才是我梦中寻觅的蝴蝶谷。

正值景区休假，此时的蝴蝶谷少了夏天那份喧嚣，更多了一份难得的幽静。这边时不时响起几声犬吠，那边又隐隐传来几声鸡鸣，的确有点世外桃源的味道。游走其间，只见家家户户门上贴着的楹联，在春天日渐灼热的阳光里呈现光鲜的色泽。景区里极为安静，穿行在纵横交错的巷道里，半天也看不到一个人影，唯有自己的脚步声在泛着微光的水泥路上轻声回荡。

逐水而上，溪涧两边落英缤纷。脚下踩着春天的地毯，软绵绵的，沙沙作响。且行且拍，进入蝴蝶谷景区的大门口才遇到几个挑担的农人，跟着他们的脚步来到景区附近的山地耕作。放眼十几米开外的深谷岸，入眼的尽是"青山隐隐水迢迢"的景致，近处是一群十多岁的小男孩在嬉水。胆子大些的或水性好一点的扎个猛子在水里凫出老远；胆小些的，在近岸处自顾自地扑腾，间或打几回水仗；有促狭的则几人合伙把不谙水性的同伴按入水中。蝴蝶谷的春天在这些半大孩子的欢笑声中显得鲜活水灵。

一路前行，春光更浓。正思忖着，只听同伴惊喜地说看，蝴蝶！顺着同伴指向的地方，只见数只彩蝶在花丛中翩翩起舞。从小在乡村生活的我，儿时看过电影《梁山伯与祝英台》，一曲《化蝶》把爱情演绎得如此荡气回肠。久住城里的我这一回真实地见到这小生命，自然是喜不自禁。记忆深处还残存着小孩子捉了蝴蝶做标本的那篇课文，拥有一个这样的标本曾是我那时的梦想。迫不及待地捉了三五只装在饮料瓶里，我终于也有了这样的标本。看着那点点倩影在瓶子里上下舞动，竟有些难言的激动。想不到幼时的梦在蝴蝶谷圆了。

顺着岸边一条蜿蜒的山路我们爬到了半山腰，头顶是参天大树，是野藤枯枝，遮天蔽日，仿佛走在时空隧道中。路边草丛中不知名的虫子吱吱地叫着，像是欢迎少有的访客。溪水时而缓缓地深流淌，涓涓地响着，时而冲下几米高的断石崖，势不可挡。置身此地，犹如与世隔绝，没有汽车的响声，只有虫鸣鸟叫。没有人群的嘈杂，只有是涓涓的流水声。没有高楼大厦，只有大树野草。这里没有俗世的纷繁，只有翩翩起舞的蝴蝶和幽谷。停下来休息的时候，曲径通幽处，一缕阳光铺着枯藤小道，那份幽静是喧嚣都市无法比拟的。可能是旅游的淡季吧，景区处于半放假状态。耳边只是流水声和布谷鸟的鸣叫，整个景区静悄悄的，只是多了几个在景区务工的村民，吸着烟，用平和的眼光打量着我们这些外乡人，脸上挂着浅浅的不易察觉的笑。

为追拍几只蝴蝶闯入一户农家，顺势与村民攀谈了几句。当地淳朴好客的风俗并无多大改变，热情的村民甚至竭力邀请我们在他们家用午餐。眼前幽谷飞瀑小桥流水，看着村民发亮的眼睛和眉飞色舞的神情，不禁为他们的热情所感染。

不知不觉间已近正午，返回岸边，原先嬉水的孩童已经悄然散去。潺潺流水的低吟浅唱，再一次被揉碎在橡皮艇的划桨声，和着远处漂流游人隐约的笑声，愈发显出这地方的静幽。

春风轻柔地拂过来，乡间的路带着一丝甜甜的清香，驱走了春日的燠热。

稻田里的蛙声此起彼伏，不知名的小虫轻声伴唱，颇为悦耳。渐渐适应了春晖的环境，静默地走着。农历正月的日光，无遮无拦地直泻而下，给静谧的山村笼了一层薄薄的灿烂轻纱。阳光照在流水，波光粼粼，很美，像天使顽皮地眨眼。索性停了步，一心一意低头拍摄，看到那些熟悉的山山水水，便有如老友重逢般，心生喜悦。

离开蝴蝶谷之前，忍不住回望了一下这个青山环拥的小村子。远远望去，一色的青翠使其显得沉稳而不失亲和力，蝴蝶谷透着一种从容的淡定，在等着对她情有独钟的游客。夹杂其间的是村民们越建越高的新楼，村民说前几年一些经济能人对景点有了开发意识，出资将这里开发成旅游景点。现在在景区里外都可以找一份称心的工作，总比远走他乡打工要强得多。看着眼前一切，村民脸上透出一种满足，喜悦地沉浸在属于他们幸福的天地里。

辗转回到城里，望着一城的璀璨灯火，步履匆匆的行人带着漠然的表情，突然觉得现代都市的喧嚣和世事繁俗，让人产生遥远与陌生的现代病。或许，静谧祥逸的蝴蝶谷，才是世人心灵的归宿吧！

奔向清幽的蝴蝶谷

杨琼凤

　　年末为各种考核材料忙得晕头转向的时候，我特别向往奔向清幽的蝴蝶谷，觅一处纯净的地方，把心安放。

　　一个天气晴朗的周日，和一群文友从县城出发，驱车一个小时左右，就来到了蝴蝶谷。红色的大字"蝴蝶谷"映入眼帘，上面有一个蝴蝶形状的标志，标志下面写着生态旅游度假区。蝴蝶谷位于梧州市藤县埌南镇黎寨村，景区内拥有十多处天然瀑布形成的瀑布群，以及落差最大、最刺激的深谷冲浪环境。蝴蝶谷溪水发源于尖峰顶，漂流落差 230 多米，全程水路 3.8 千米，约 2.5 小时。此外景区内设有特色农家宴、木屋住宿、山顶湖垂钓、烧烤场、森林探险等。

　　走进蝴蝶谷，橘红色的木屋静静地点缀着青翠的群山，"万绿丛中一点红"显得格外醒目。越往山谷里走，越觉得幽深，一米多宽的羊肠小道，迂回曲折而上，林间随处可见古树参天，碗口粗的古藤缠绵，溪水清澈冰凉。沐浴着一阵阵清爽的山风，诗意飘逸，整个人似乎把所有的烦恼抛弃到九霄云外，变得纯粹而安详，静静地享受大自然的朴实和静谧。转过几个弯的山径，听到了瀑布的声音，心中萌动一阵喜悦之情，加快步伐向前走去，终于看到了瀑布。一帘白帐从高处飘洒而下，碰撞石头溅起朵朵水花，夹杂着清凉的风，阵阵水花飞飘而来，落在头发上，落在脸颊上，落在衣服上，沐浴在湿润的水汽中，闭上眼，张开双手，想象着如一只蝴蝶，轻舞飞扬！

　　继续沿着石级而上，星星点点的阳光，透过茂密的树叶，洒落一些斑斑驳驳的影子。累了，坐在石阶上，大家开始畅谈文学。同行的郭大哥说："创作，就离不开写人、写自然，人是离不开自然的，好的作品都能够给人以美的感受，把读者带到一种环境比较好的地方去，通过你的文字能够感受到你所看见的优美风景，感悟你的文学灵性、自然灵性，在心灵上有一种愉悦的享受。""蝴蝶谷是个美丽的地方，只要用心去感受，用心去触摸，就会发现一面你所不知道的美。"吴大姐接过话题说，其他文友也纷纷敞开心扉，聊生活、谈创作。

　　远离俗世的纷杂，听不知名的鸟儿欢唱，听潺潺的流水声，把文学交流、创作放在无功利的状态下，也是最美好的状态，静谧祥和的蝴蝶谷会让你得到心灵的释放。当你觉得现代都市的喧嚣和世事繁俗让人产生遥远与陌生的时候，不妨奔向蝴蝶谷，去寻觅一帘幽梦。

蝴蝶谷的山水清韵

曾春凤

早在十年前，被誉为"天下最爽"的蝴蝶谷冲浪漂流，我就体验过它激情飞扬的动感一面。如今，隔了一段琴瑟年华，我和几位文友，循着爽心瀑布溅溢的一丝清凉，前往蝴蝶谷消暑，探幽。这又是怎样一程回味悠长的山水清欢呢？

蝴蝶谷位于藤县东南方 35 千米外的垾南镇黎寨村。汽车穿过金波荡漾的稻田，绕过鸡犬相闻的村落，涉过蛙声起伏的塘基……近了，蝴蝶谷的娇姿丽影已隐约可见：号称"藤南最高峰"的尖峰顶巍峨伟岸，气势不凡，与之偎依的蝴蝶谷植被丰茂，青翠欲滴，远观，恰如娉婷少女飞扬的裙裾。一抹夏日风情，清润了我们的眸子。

漂流冲浪一族，大多午后才活跃。早上的蝴蝶谷显得有些冷清，抬眸远览，但见狭长幽深的山谷薄岚氤氲，古树参天，老藤缠绕，山花烂漫，草木清香混合着负离子的气息，如一壶香气袅袅的新茶，教人沉醉不知南北。潺潺流水声于山谷深处隐约回响，似一支欢快悠扬的乐曲，牵引着我们的脚步。

漫步石子铺就的曲径，藤蔓青萝拂拭游人衣裳，古朴别致的吊脚小木屋客栈，明窗净几，修竹掩映，透着"禅房花木深"的清雅；独具匠心的玲珑曲栏，衬着小桥流水的灵动，更添几许韵味；姹紫嫣红的野花，东一簇，西一丛，在最美的年华纵情妖娆；难分难舍的古藤缠树，演绎着一幕幕荡气回肠的旷世传奇……此时，阳光透过繁密的枝叶，洒下金光点点，踩着斑驳的林荫，影在移，景在换，恍惚间似乎走进一幅色彩斑斓的油画中。

只顾贪恋眼前风光，却忽略了听觉的享受。当"山光悦鸟性"的诗句从我的脑海闪过时，蝴蝶谷就像通了电源的播放机：高低起伏的鸟鸣声，清脆悦耳，有的婉转悠长，情切切意绵绵，有的窃窃私语，唠唠叨叨如拉家常，也有想说些体己话儿的，"啾——"一声扑腾到另一枝丫上，和知心的小鸟耳鬓厮磨一番，吴侬软语几句，又"啾——"的一下双双飞走。除了麻雀、鹧鸪、斑鸠和不知名的小鸟，唱得最欢的要数知了了，它们可不像小鸟那般低调，那得意劲儿就像刚获了金奖的歌唱家，兴奋地站在高枝上不知疲倦地卖弄着歌喉，时有山风袭来，哗哗的树叶如掌声响起，越发让"歌王"倍受鼓舞。好一组和谐的天籁之音，听着听着，渐渐使人返璞归真，宠辱皆忘。

时值盛夏，日照渐强，草木被蒸发出醉人的幽香，遮天蔽日的树荫下，蝴蝶谷似乎忘了季节的更迭。这清幽纯净的世界，让人遍体生凉，心旷神怡。循着湿漉漉的青石板拾级而上，一条贯穿整个峡谷的瀑布溪流、冲浪滑道，就不经意地遇见了。

溪水不算十分清澈，两岸水草肥美，灌木丛生。一种叫萝显木的白色小花簌簌而下，水面落英缤纷，暗香浮动，果真是"落花有意流水无情"吗？我一时发起呆来。还没有人开始漂流，流水少了载舟的负担，流得更自由欢畅。溪道时阔时窄，时缓时急，时安静时喧哗，流水遇到大石头时，不争也不辩，只调皮的转个圈，继续前行。怪不得老子说："上善若水，水善利万物而不争，处众人之所恶，故几于道。"山川河流，皆是地上的文章，处处暗藏人生哲理，流水更是一位智者，不留恋温柔乡，不与顽石辩错对，只有一副滋养万物的慈悲心肠。

"哇！瀑布！"前方文友的惊呼，打断了我的沉思，不由加快脚步。果然，爽心瀑布从尖峰顶的悬崖峭壁飞泻而下，喧声如雷，似千军呐喊，万马奔腾，震耳欲聋。一幕水帘，就是一幅巨大的白布带，一头撞到凸起的岩石上，瞬间被撕扯成大大小小的几缕，水花四溅犹如万斛晶珠，阳光下折射出梦幻般的光芒；这瀑布，又像是谁在天幕撕开一道缺口，千万朵白云汇聚成团，从天空翻滚而降，落入碧绿潭中，随着河流远去。临此佳境，不禁想起唐宣宗李忱和禅师黄檗两人合作的诗句："千岩万壑不辞劳，远看方知出处高。溪涧岂能留得住，终归大海作波涛。"瀑布有高远的志向，溪流也有它的追求，真是一滴水中可观照出百种人生轨迹呢。

我们走累了，坐在平坦的大石上，仰看流云舒展，侧听风过树梢，心中滋生无限闲情。忽然，看见一对彩蝶翩然飞舞于林间，斑斓纤薄的羽翼，似一曲《梁祝》煽动的音符；又长又弯的触角，勾勒出一种"庄生晓梦迷蝴蝶"的幻境。蝴蝶谷因春花烂漫，蝴蝶成群飞舞而得名，夏季的蝴蝶难寻芳踪，这一偶遇，美了我们无尽的遐想……

蝴蝶谷山清水秀，不染俗尘，她以一派天真烂漫的女儿娇态，在藤南一隅顾盼生辉，韵味绵长，让我们流连忘返。

埌南清韵

罗金霞

在清简如水的日子里，总有一处明净的风景，遥遥地向我招手。于是，踩着柔软的光阴，在流火七月，着一袭素衣，撑一把阳伞，匆匆赶赴有着"画里乡村、碧水青山"的藤县埌南。

埌南，一个婉约的田园小镇。曾在梦里与它相遇千百次，冥冥之中，仿佛早与它结下了三生的缘。只是兜兜转转，过尽千帆，如今才清晰地见着它的容颜。

漫步在埌南的巷陌与村落之间，静静地感受着朴素的民风和淡雅的山水，一种游子归乡的柔情在心头氤氲，一种熟悉的温暖包围着本已薄凉的心。

这里，看不到古老的城墙，摸不到沧桑的秦砖汉瓦。只有大大小小的现代村落，散落在绿树掩映的原野；还有那远山的薄岚和空气中飘浮着的稻谷清香。

小桥流水，屋舍俨然，漠漠水田，白鹭低飞，一幅意境悠远的丹青在人们的眼前铺展。生活在丹青里的人，守着这片土地，过着清淡如茶的日子——天真活泼的孩童追逐嬉戏。强壮有力的农夫，在田里推开新篇章。朴素的洗衣妇人，在河中泅开了涟漪。村头老树下，几位白发老妪，围坐在一起，摇着蒲扇，谈论着东家长西家短。门前石阶，苔藓苍绿，述说着这里的过往。一位老人坐在阶上编织竹筐，薄薄的篾片在他灵巧的双手里上下翻飞，似编织着未来。一条老狗，卧在他身后的不远处，淡然地看着从眼前走过的过客……

在埌南这一片恬然的田园风光里，可以选一处临水的农家乐，品一杯陈年老茶，说不定还能偶遇一段爱情；也可以光着脚丫，走过白石河的那片石子滩，或者站在岸边，看翠色的水鸟掠过河面，听身边古老的水车"吱呀吱呀"地弹奏着年月久远的歌；又可以穿过田野巷陌，越过村落，抵达不染风尘的世外桃源——黎寨蝴蝶谷。

蝴蝶谷，是埌南的颜，是埌南的魂。因谷内有成群的蝴蝶飞绕盘旋而得名。这里，青山拥翠，峡谷幽深，古树参天，藤萝绕枝，鸟语鸣涧，激流飞溅，瀑布成群。

穿行在蝴蝶谷迂回的山径，当灵逸的山风撩起人的发梢，拂动人的衣衫，这时，飞花舞影动，蝶随花飞，一种古老的诗意扑面而来，有庄周梦蝶的逍遥，有梁祝化蝶的灵气。

在这里，阳光是薄浅的，它试图用光芒照射那些潮湿晦暗的角落。但多情总被无情恼，山谷总保持着自己那份清幽与凉意。阳光无奈，只能透过树叶的缝隙，摇落一地斑驳，以示心碎；再者就是逗弄一下清澈的溪水，留下一汪粼粼波光。

蜿蜒曲折的溪流，水声潺潺，激起碎玉飞花，泠泠之音，似古琴弹奏，时而悠扬，时而顿挫，时而深沉，时而激昂。站在溪旁的小木屋上，竟傻得痴痴地想：若架上一支横笛，与它和曲一首，谁的曲调会更悦耳呢？可是即使什么也不做，于月朗风清之夜，万籁俱静时，就坐在溪旁的小木屋里，静听这清冷的水声在幽林山谷里回荡，心境，亦会至清无尘。

在埌南，随处可见芭蕉舒卷，竹木扶疏，屋舍幽径，溪流环绕。走进这里，就像走进一幅幅山水画里，这画里有人家、有传说。

这里的传说，悠远绵长，被岁月浸染得古老而神秘。盘古开天辟地时留下的圣石，盘桓千古，巍立在山口上，守护着这一方水土。那陡峭的石壁上一道道被风雨冲刷出来的痕迹，可就是当年盘古留下的斧印？

流传在皇殿山上的风水传奇，故事跌宕起伏，情节引人入胜。若是当年的农户记清了日子，也许一统天下的皇帝就会诞生在这里，中国皇族的历史可能就会被改写。只可惜，当年的农户太过急功近利，皇殿山被破龙脉之日，他的皇权之梦破碎，他是否为之而捶胸顿足、悔恨不已呢？如今，故事的余温犹在，可是那一杯茶却已凉得透彻。

墨与砚，自古以来，生死相守，它们就像一对相恋多年的恋人，不分你我。那年，天上文曲星钟情于凡间的某一女子，可是人与仙殊途，这样的爱情总是让人悲伤。文曲星万般无奈，唯一能做的是留给女子一个砚台，让女子能一慰相思之苦。可是文曲星走后，女子日日以泪洗面，泪水滴在砚上，化为墨。而砚台也化为一个高约1.5米，4人合抱方拢，斧凿难毁之坚石。这就是埌南镇界垌村墨砚石的由来。

倚在墨砚石旁，手指抚过石上嶙峋的沧桑，心头微颤。那石上洞穴内旱不干枯、涝不溢出的墨色之水，可是痴情的见证？疾风过处，啸声悦耳，可是文曲星和他爱人在呢喃而语呢？抬眼望，依稀中，仿佛看到两个互相依偎的身影，那可是千百年前的才子佳人在相守相依、互诉衷肠？

"亭，停也。"在墨砚石旁边，一座小巧的亭子，仿佛想留住行人的脚步，用它丰富的故事，装满行人空空的行囊。而我的行囊，被埌南的青山、绿水、村落、溪流、小桥、木屋、石头和传说，装得满满的，它们婉约成一首诗，旖旎成一个梦，飘散着淡淡的烟火味道，随着时光的流淌，质朴成一个旧梦。我将携着它，奔向下一个征程。

记忆深处的蝴蝶谷

黄锦飞

初遇蝴蝶谷，是三年前。那是一场美丽的邂逅，是一次难忘的经历，蝴蝶谷从此留在我的记忆深处。这三年来，每逢酷暑，我便想起蝴蝶谷，渴望投入她清凉的怀抱。

蝴蝶谷位于广西藤县埌南镇黎寨境内，距离梧州市区 50 千米左右。蝴蝶谷溪水发源于藤南最高峰——尖峰顶，景区内拥有由十多处天然瀑布形成的瀑布群，以及落差最大的最刺激的深谷冲浪环境，因此冲浪漂流是景区内最具特色的项目。谷内分布的瀑布 3 米以上高度的就有 15 个，设有 28 个水滑道，最长的水滑道长达 130 米。这样得天独厚的自然资源，如此动人心弦的漂流胜地，让我大开眼界、叹为观止。朋友说，蝴蝶谷每年都吸引着众多游客前来漂流。我想，人们喜欢漂流，享受那一份快感与恣意，也许是漂流的非凡刺激与痛快淋漓把人的烦恼也冲走了吧。

我们进入山谷，拾级而上，走走亦停停，沉浸在这条幽谷之中，把全部的身心交给它。

慢慢欣赏，细细体味。如果说她的灵动让人心潮澎湃，激情飞扬，那么她的清幽则让人心旷神怡，回味悠长。

漫步谷中，乔木森森，蝴蝶翩翩，聆听着大自然演奏的动人交响乐：瀑布激荡，溪水淙淙，蝉鸣鸟啼，顿生一种"蝉噪林逾静，鸟鸣山更幽"之感。身处如此仙境，顿感远离了凡尘俗世的喧嚣与繁杂，人心也变得安定与平和、惬意与悠然，自然而然也就褪去了燥热与烦闷。

蝴蝶谷狭长深幽，婉转曲折，人在谷中漫步，全程需两三个小时。山谷之内，古树参天、密密匝匝，遮天蔽日，人在谷中行，仿佛走入了原始森林，绿树婆娑，走到茂密处甚至"暗无天日"，稍微疏朗之处，明媚的阳光穿过树叶的缝隙留下斑驳的树影，风移影动，珊珊可爱。走累了，就停下脚步，细数阳光，闻闻花香，或者发发呆，拍拍照，抑或是走上那座别致的小桥，看四周风情万种，听溪水欢快流淌。

谷中水汽蒙蒙，草木莹莹，空气中弥漫着满满的负氧离子。沐浴在这方清新中，让人忍不住频频想要深呼吸，把这"仙气""灵气"吸入体内，涤荡身心。如此几次，便神清气爽。

"蝴蝶谷"，名字就很浪漫，富有诗意。这里的确充满着诗情画意。流水潺潺，山花烂漫，彩蝶蹁跹。山牡丹、牵牛花以及各种不知名的野花争奇斗艳，五色缤纷，香味扑鼻，引来阵阵彩蝶时而在花丛中流连忘返，时而翩翩起舞。蝴蝶种类之多，数量之盛，是我闻所未闻、见所未见的，"蝴蝶谷"由此得名。置身谷中，恍若仙境，身心舒展，平静而充实。

远方的来客，如果您贪恋山谷美景，不必急着离开，可以在景区内的小木屋住下来，吃吃农家宴，泡泡温泉水，到烧烤场烧烤，去山顶湖观光。

这几年在生活与工作之中穿梭忙碌，没能有合适的机会再访蝴蝶谷，但我永远忘不了蝴蝶谷那一抹凉。

大黎

>> 大黎镇坐落在梧州市的西北面，与蒙山、平南、金秀等县相邻，历史悠久，人杰地灵，是一块有着光荣革命传统的神奇而美丽的土地。

风雨如磐忆故园

——革命老区大黎镇的红色记忆

蒙土金

　　藤县大黎镇坐落在梧州市的西北面，与蒙山、平南、金秀等县相邻，历史悠久，人杰地灵，是一块有着光荣革命传统的神奇而美丽的土地。从太平天国的石达开、罗大纲、陆东浩到大黎开展宣传活动开始，一直到辛亥革命、抗日救国、解放战争以及建国初期广西声势浩大的剿匪斗争，大黎人民在那风雨如磐的烽烟岁月里，以石劳岭般坚韧不拔的意志前赴后继，谱写了一曲又一曲激荡着人间正气的壮丽凯歌，传唱着的红色记忆，声声不息。

民主革命的仁人志士

　　1905 年 7 月，孙中山在日本黑龙会领袖内田平良的牵线下回到日本东京，倡导筹备成立中国同盟会。1905 年 8 月 20 日，中国革命同盟会（由兴中会、华兴会、光复会合并而成）在东京赤坂区正式成立，孙中山被推举为总理，黄兴被推举为执行部庶务。

　　兴中会是于 1894 年由孙中山在美国檀香山倡议创建的中国近代第一个民主革命团体。1895 年 1 月，孙中山从美国抵达香港后，与杨衢云、陈少白、陆皓东、郑士良等人会商计划在港、穗等地筹建兴中会机构。2 月 21 日，兴中会总会在香港中环士丹顿街 13 号正式成立。此后，孙中山、陆皓东、郑士良等不断地往返于港、穗之间，在广州建立了兴中会分会，并相继建立秘密据点 10 处，在防营、水师和广州附近的会党、游勇、绿林中进行联络和策反活动，最后总会决定于农历九月初九日（10 月 26 日）举行起义，并由陆皓东设计了由青天白日组成的起义旗帜。重九前夕，清两广总督谭仲麟得到英国当局电报，又有知情者告密，获悉兴中会即将举行起义的消息，遂出动军警搜查起义据点，缉捕起义人士，先后抓捕了陆皓东等会党人士 70 余人，起义随之失败。陆皓东在狱中遭受了严刑逼供，但他宁死不屈，愤怒地斥责说："今事虽不成，此心甚慰，但一我可杀，而继我而起者，不可杀尽！"1895年11月7日，陆皓东在广州英勇就义，被孙中山称之为"中国有史以来，为共和革命牺牲之第一人"。

陆皓东，生于1868年9月30日，本名陆中桂，字献香，号皓东，广东香山县翠亨村（现中山市南朗镇翠亨村）人，其父陆晓帆长期在上海经商，家业丰厚。陆皓东的曾祖父与大黎古制村陆氏的先祖原是嫡亲的两兄弟，当年为逃难而兄弟分手，大黎古制村的陆氏从广东搬迁到广西梧州、藤县和平五屯等地，最后来到大黎古制村落籍定居，而陆皓东的曾祖父则辗转来到了香山的翠亨村，兄弟落籍定居后还经常相互往来，互相提携，当时大黎古制村的陆氏利用本地山多适合种植玉桂的特点，在村后山种植了大片的玉桂，这些桂皮就是通过陆皓东的祖父贩运到广州去销售的，所以大黎古制村陆氏的生活一直过得比较殷实，这在他们当初建下的4座12间三进式的青砖灰瓦的祖屋便可以得到见证。陆皓东虽然没有在大黎古制村出生、长大，但他与大黎古制村的陆氏同根同宗、兄弟情深，大黎古制村的陆氏早已把他当作亲兄弟一样看待，在陆皓东的介绍下，大黎古制村在日本留学的陆培昌、陆成林、陆成杰等4人一早便在香港加入了兴中会的组织，后又转为中国同盟会会员。在资产阶级民主革命时期，大黎镇连同陆培昌等人在内共有12人加入了孙中山的中国同盟会，这在两广所有的乡镇中也是并不多见的。

辛亥革命后，陆成林后来参加了北伐战争，在战斗中壮烈牺牲。同时参加过北伐战争的还有大黎古制村的陆章光，陆章光18岁时经陆更夫引荐，北上桂林参加了李宗仁、白崇禧的桂系部队，北伐战争中作战勇敢，不怕牺牲。在一次战斗中，他冒着枪林弹雨勇敢地把不幸中弹负伤的李宗仁转移到安全地带，受到了李宗仁的高度赞扬，被任命为警卫连长、营长。在台儿庄战役的一次战斗中，他突然与一小股日本兵相遇，机智沉着地打尽了最后一粒子弹，当十几个日本兵号叫着把他包围起来，妄想活捉他的时候，他等到敌人走近身边后猛地抄起一根木棒朝对方横扫过去，硬是活生生地把十几个敌人打倒在地上，他的英雄事迹至今仍为后人所传颂。

在民主革命的时期，为探索挽救国家、民族危难的途径，大黎还有许许多多的仁人志士，他们不惜抛洒头颅和热血，用自己的血肉之躯挺起了一座又一座通往共和国黎明的不朽脊梁。

抗日救国的烈火怒焰

大黎有一所古老的学堂叫"赋玙学堂",它建于1825年,是太平天国李秀成、陈玉成、陆顺德、李世贤等人读书练武的地方,也是抗日联军、联军敢死队和湄江游击队的根据地,在整个抗日战争期间,大黎共有陆超、陆章光、陆盛英、郭隶修、江秀辉、江德雄等150多人参加了为挽救国家民族危亡而与日本人展开的殊死拼杀。

陆超,原北伐军敢死队队长、国民党中央委员,藤县、蒙山、荔浦、平乐、昭平县抗日联军总司令。1943年桂林、柳州沦陷后,荔浦、平乐、蒙山、藤县等地相继告急,陆超将抗日联军司令部搬到藤县大黎的"赋玙学堂",动员了大黎、东荣、宁康、同和、陈塘、大塘、马练、水晏等地的热血青年876人参加抗日联军,其中大黎镇就有陆喜昌、陆日昌、陆南昌、郭住年、江李超、陆乡里、陆惠高等人。在陆超的带领下,抗日联军组织了3000多名战士通过长途奔袭,一举击破日寇设在荔浦县杜莫圩的防线,击毙日军大佐、炮队队长等敌人200多人,受到了国民政府的通令嘉奖,授予青天白日勋章一枚。当年冬天,抗日联军奉命转移到大黎休整,在"赋玙学堂"开设"敌后抗战游击训练班"培训敌后抗日骨干,开展"打鬼子,捉汉奸,保后方"的备战运动,增强广大民众的抗战意识。正是由于大黎人民的积极备战,日本人始终不敢贸然进犯大黎,使大黎成了桂东南地区唯一没有沦陷的乡镇。后来,由于战事的需要,陆超带领的抗日联军离开大黎开赴蒙山,由陆章光率领的大黎抗日游击队(又叫抗日联军敢死队)继续留在大黎开展抗日救亡活动,他们组织进行捐款捐粮,号召广大青壮年踊跃参军支援前线,动员青年妇女缝衣纳鞋,宣传张贴抗日标语,有力地支援了前方的抗日战争。

江炳华,未满18周岁便参加了陆章光的抗日联军敢死队,先后参加了蒙山县城、文圩、佛子岭、黄村保卫战等大小战斗36次,在大黎解放后,他又参加了中国人民解放军,并于1951年出国参加抗美援朝,亲历了上甘岭战役,成为少有的参加过抗日战争、解放战争和抗美援朝战争的革命老人之一。

大黎人民在抗战中英勇杀敌的事例不胜枚举。如陆南昌,1941年参加抗日联军,他胆量过人,枪法极准,在蒙山县保卫战中独身一人消灭了敌人设在大榕树下的机枪岗哨，在新圩战斗中身中六弹壮烈牺牲，牺牲时还保持着战斗的姿态，圆睁着双眼怒视敌群；陆惠高，黄埔军校第 10 期预科班学员，在 1939 年的安徽保卫战中任国民革命军连长，他战斗负伤仍不下火线，坚持指挥战斗到结束；陆业昌，他足智多谋，在蒙山大塘一带设伏，一举活捉日军副官等 8 人，缴获枪支 7 支。

类似这样的事例还有很多，这些知名的和未曾留下名字的大黎儿女，他们将与全国所有的抗战英烈一样，永远地镌刻在祖国历史的丰碑里。

解放初期的血色烂漫

1949 年 11 月 29 日上午 9 时，由中国人民解放军 40 军杨迪率领的某连从梧州溯江而上抵达藤县县城的北门码头，藤县宣告解放。12 月 9 日，41 军 154 师民运科长赵唯理带领 16 名由部队转业的干部来到藤县组建县人民政府，赵唯理任县长。1950 年 1 月 5 日，华东三野某团政委张开诚调到藤县任县委书记。当时，县人民政府的主要任务是建立区、乡基层政权，征粮支援前线，并为正在藤县剿匪的部队提供军饷。

为了迎接广西和藤县的彻底解放，在中共蒙昭工委的领导下，大黎籍的湄江游击队负责人江世忠于 1948 年 12 月 3 日秘密回到大黎，在"赋玙学堂"召开秘密会议，商讨发展地下党员和游击队员以及如何开展下一步的革命斗争等有关事宜。在江世忠的发动下，陆盛昌、江竟明二人加入了地下党组织，陆太昌、黄自新、江定雄、郭旭权等 18 人加入了游击队。12 月 8 日，湄江游击队大黎独立分队（后改为湄江游击队大黎中队）在"赋玙学堂"正式成立，并迅速发展到 20 多人，为以后解放军进驻大黎肃清匪患奠定了基础。但桂系军阀在衡宝战役后并不甘心于失败，白崇禧于 1949 年 10 月 16 日逃回桂林秘密策划实施所谓"敌后游击计划"，选定游击根据地。1949 年 12 月 1 日，杨创奇召集大瑶山地区各匪首在大黎开会，宣布成立"反共救国军第三路军司令部"，由杨创奇代行"总司令"职务。1950 年 2 月起，一批国民党匪首、特务相继云集大黎，商议"反共救国"事宜，计有匪"新 1 军军长"余铸、匪"48 军军长"杨创奇、匪"48 军副军长兼 173 师师长"卢英龙、匪"48 军 174 师师长"徐威卫、匪"48 军 174 师副师长"邓恭岳以及黄品琼、黄杰生、李风、黄祝龄、胡家龙、莫昌朝等纠集的土匪 5000 余人，他们或分散逃避对付我主力进剿，或集中攻击我地方武装和零星部队，或攻击我区、乡人民政府和农会组织，疯狂地对我新生的人民政权进行反扑。1950年3月18日，解放军461团某连在平南与大黎交界的地方剿匪时遭到大批土匪的围攻，突围时17名战士打散后战斗至弹尽粮绝被土匪掳去，关押在大黎伪"乡政府"和大地主江汉才的炮楼里，情况万分危急。驻蒙山的解放军435团二营获悉此情报后派出3个连的兵力星夜赶往大黎施救，于次日拂晓前攻克了土匪炮楼，并活捉了匪首江汉才等土匪30余人，把土匪准备在天亮后就要杀害的17名解放军战士解救了出来；同年10月，解放军435团一支侦察小分队在执行侦察任务时于武林岭附近遭到土匪伏击，因寡不敌众李超光、黄礼先等9位战士不幸落入魔爪，后被余铸等土匪杀害于大黎江边的三坡洲。1950年10月10日，余铸在大黎成立伪"藤县政府"，自任"县长"，物色当地的大地主江英为"副县长"。1951年1月1日，黄杰生在孟塘（现宁康）江口成立第二个伪"藤县政府"，也宣布自任"县长"。这些土匪拦路抢劫、杀人放火、侮辱妇女、无恶不作。据不完全统计，自1950年起，藤县被土匪杀害的解放军指战员46人，工作队员15人，农会主席、民兵队长21人，青年工作团员5人，民兵4人，一般群众250多人，剿匪成了藤县压倒一切的中心工作。1950年12月17日，梧州地委和军分区成立剿匪临时工委，由赵唯理同志负责藤县大黎的剿匪工作。1951年1月8日，广西瑶山地区的剿匪统一大行动开始，藤县人民政府出具封江令，中国人民解放军145师435团、461团开展对盘踞在大黎的土匪进行了集中进剿，肃清了大股的匪徒，但化整为零的小股土匪仍四处流窜。在解放初期大黎剿匪期间，县长赵唯理带领县武工队、县民兵支队、县青年工作团曾先后三次挺进大黎，开展艰苦卓绝的剿匪和征粮工作。

1950年2月10日，赵唯理县长在太平区区长、解放军462团副营长朱福堂率领的武装陪护下第一次向大黎出发开展征粮工作。他们于当天晚上歇宿于东雅乡公所，第二天横渡三江口后于下午3时抵达大黎，驻扎在由古庙改建而成的乡公所内。但以恶霸地主江汉才为首的土匪势力却扬言要"悬赏大洋五千活捉赵唯理"，并暗中策划于12日晚上围攻乡公所。赵唯理县长通过去探亲的当地干部韦琼伦获悉这一情报后当机立断于半夜里撤出大黎。晚饭过后，赵唯理叫大家装作若无其事的样子，有人哼着歌儿，有人打开背包准备睡觉。9时过后，大地万籁俱寂，赵唯理指挥工作队员借着夜幕的掩护沿着原路迅速向太平撤离。当他们越过了大黎峡口，来到了平安村洲村河的小桥时，听到远处响起了土匪们攻打乡公所杂乱的枪声。所幸的是，他们及时得到了情报，早已撤出了大黎。

就在赵唯理县长安全撤出大黎后，由梧州军分区指导员姜子学和解放军462团一营三连排长刘武顺带领的19位战士及工作队员却于3月13日在孟塘乡遭到了土匪的猛烈围攻，下落不明，最后导致15位解放军战士和2名工作队员壮烈牺牲。3月18日，坡头组的青年工作团员胡建华下村工作回来途中又遭到土匪袭击牺牲。为了打击大黎反动地主武装的猖狂气焰，寻找失踪战友的下落，解放军435团、461团、462团分三路挺进大黎、孟塘剿匪。赵唯理随同462团于3月20日凌晨出发第二次挺进大黎，于21日晚上到达平南大同村，途中曾遭遇土匪阻击，双方激战3个多小时后土匪溃逃而去。在大同村里经过细致地做该村旧村长的工作，及时地解救了孟塘土匪暴乱时失散的解放军副班长吴振兴。22日继续向水晏、孟塘方向推进，早上9时尖刀班经过大同河桥时再次遭到土匪伏击，解放军排长宋全恩和一名炊事员不幸牺牲。26日下午，部队抵达水晏圩外围，并于途中与土匪激战半天，击毙土匪20多名、活捉40多名。28日中午到达平桂村，路遇461团的4名战士护送解救在孟塘土匪暴乱时被抓走的机枪手孙宝善回来，同日赵唯理与剿匪部队一起回到太平区。

1950年秋，原广西省委和广西军区作出了要在1951年4月底以前肃清全省股匪的指示，为贯彻上级的指示精神，藤县按照"党政军民财，五管齐下剿匪反霸；工农商学兵，同心协力撒网张罗"的工作方针及时组织成立了民兵支队和剿匪土改工作队，做好了大清剿的各项准备。12月22日，在藤县中学举办了剿匪土改工作队训练班，学习结束后除抽取1/4随县委书记张开诚到三堡区搞土改试点外，其余分为大队部和4个中队，由赵唯理县长带领大队部和第四中队开赴大黎剿匪，同时将原武工队班子转为新组建成立的大黎区政府班子，由傅玉江任区长，苏炳枢任副区长。1951年1月20日，由赵唯理率领的民兵支队、县武工队、剿匪工作队大队部及第四中队从东荣横渡三江口第三次向大黎进发，于21日抵达大黎，其中剿匪工作队大队部与执行军事进剿任务的435团指挥部驻扎在郭永祥院子内，民兵支队队部驻扎在国安村江瑞芝的院子内，民兵队伍则分散驻防在附近的周边，武工队驻扎在江汉才的炮楼里。经过工作队的宣传发动，长期遭受压迫剥削和匪害的贫苦农民纷纷起来揭露地主恶霸的罪行，要求严惩匪霸，退租退息。1951年1月29

日，在大黎召开了由大黎、坡头、孟塘等地群众参加的"万人大会"，对 8 名罪大恶极的匪首恶霸进行公审后执行枪决，极大地震慑了土匪，鼓舞了群众。2 月 18 日，经孟塘乡剿匪工作委员会查明，在孟塘暴乱中致使我 15 位解放军战士壮烈牺牲、2 名工作队员惨遭杀害的主谋是恶霸地主肖廉明、反动旧乡长覃霭芝，剖腹杀害 2 名工作队员的凶手是肖国受和肖廿一，这些罪恶分子经公判后均得到了应有的惩处。

由于充分发动群众，布下了天罗地网，匪徒们只能隐藏于深山之中，惶惶不可终日，在我剿匪军民的强力进剿下最终走向途穷末路："匪新 1 军军长"余铸在逃窜途中被太平镇表平村民兵活捉，后在平南县被枪决；"匪 48 军副军长"卢英龙在大黎古湾冲的破庙里被活活冻死；"匪 48 军军长"杨创奇从孟塘逃到象州县后被我军擒获；匪首黄杰生隐伏于古龙与昭平交界处最后被我剿匪民兵击毙；杨光在被迫投降后，痛改前非并有立功表现，得到从宽处理，改造好以后被任为自治区文史员，藤县大黎的剿匪斗争取得了彻底胜利。

在那风雨如磐的岁月里，大黎共有 1876 人投身于革命的滚滚洪流中，其中 183 人献出了宝贵的生命，仅人民解放战争和抗美援朝就有 130 多人投身其中，牺牲者 65 人。在这当中，有栏杆拍遍、易水悲歌的呐喊，有折戟沉沙、慷慨赴义的悲壮，有铁马冰河、枕戈待旦的苦战，有红旗漫卷、所向披靡的豪迈。这就是大黎，一块传唱道红色记忆的革命老区，这种记忆，正如自治区政府原主席陆兵的题词一样，在历史的长河里"浩气长存，彪炳千秋"！

山村里，有丰碑

郑彬昌

深春时节，相约几个朋友去藤县大黎镇大黎村探访那些为了民族独立而不屈不挠的灵魂。汽车爬上又长又陡的桐油界，到达大黎村的时候，天空下起了雨，时大时小，飘飘扬扬，烟雨朦胧。或者这是巧合，而我宁愿相信这是要渲染一种伤感的气氛。

很多次到过大黎。以往，或者跟随着别人，或者带着任务，来去匆匆，没给别人留下记忆，也未曾收获意外和惊喜。今天，我放慢脚步，在大黎村的村巷里漫步，寻找那一段段远去却依然清晰的记忆，感悟那一颗颗已消逝却始终澎湃的灵魂。

深春的大黎，青山叠翠，田野放绿，空气湿润，有种凉丝丝的畅快和不断进行深呼吸的欲望。身心得到放松，乡村美景触发了灵感，随行的朋友伴随着车窗外不断变换的景物，欢快地说起话来。

随着车子的停歇，一座青砖和泥砖混搭的古旧瓦房进入视线。随行的村支书陆梅天指着房子说：这是赋玙学堂。

赋玙，是指习文学武的人犹如晶莹的美玉，比喻品德高洁的人，陆梅天解释说。赋玙学堂就在大黎村车田屯，已经历风霜雨雪200年，学堂不过四百多平方米，分前后座，六间房，中间有个小天井，四合院结构，除了墙脚和外墙是青砖外，其余都是泥砖。

在我的印象里，泥砖房能经受住一个世纪风霜雨雪的侵蚀，已经是国宝级别了。是什么让这个学堂抵挡住两个世纪时光的侵蚀，且依然屹立在村民的心中？

学堂虽简朴，但不平凡。里面的文物和文字资料，记述了学堂的辉煌和传奇。

1825年，大黎村古制屯陆氏族人抱着让本族弟子启蒙的初衷，建造了这所学堂，取名"赋玙学堂"，希望后人学好诗词文体和武术，像晶莹的美玉，成为社会和国家的大器。学堂开设有修身、国文、算术、读经、史学、体操等科目，文武思想兼修，这在当时实属罕见。近 200 年间，学堂培养出文武举人 6 人、秀才 7 人，举世闻名的太平天国忠王李秀成、英王陈玉成、来王陆顺德、侍王李世贤以及 4 位同盟会会员、183 名中国共产党早期党员和抗日将领，他们都曾在赋玙学堂读过书、习过武。

参观完赋玙学堂，我们一行随着陆梅天往学堂后面的山坡走去。走了不到 50 米，转过几棵树木，一座纪念碑毫无征兆地出现在我的眼前，我一下子无法止住惊诧和好奇。

走上斜坡，出现一个 80 来平方米的小平地，这就是车田烈士陵园。陵园外面是一排柏树，陵园右里角是纪念碑，碑高 3 米，碑体镶贴着昂扬热烈的红色大理石，上书"人民英雄永垂不朽"八个行书大字。碑两旁各有一个小花圃，里面是柏树和胭脂花、一叶青。地已经铺了水泥，刚下的雨让地面有少许积水，湿漉漉的，成了我此刻的心情。碑后左侧，清明时人们到此祭拜英烈焚烧的香烛残脚还在。陆梅天告诉我，这纪念碑是 1954 年建立的，是被列入民政部记录并在其官网发布的纪念碑！

这里到底发生了什么感人的故事和传奇呢？

1943 年夏，抗日战争进入关键时期，桂林、柳州相继沦陷，藤县、蒙山、荔浦、平乐告急！北伐军敢死队队长陆超临危受命，出任藤县、蒙山、荔浦、平乐专区抗日联军总司令，司令部就设在大黎村的赋玙学堂。大黎及周边村约 900 名热血青年参加了抗日联军。

1943 年秋，盘踞桂林的日本军队试图取道蒙山经大黎南下，夺取位于平南县的军用机场，然后与日本军队占领的广州机场，构成空中运输线，支撑其北方漫长的战线供给。

接到上级指令，陆超率领 3000 多抗日将士，奔袭 200 多千米，在蒙山县杜莫一带，与日军展开激战。战斗中，来自大黎村古制屯的陆章光，身上所有的弹药都打光了，被十几个日本兵包围，叫嚣要捉陆章光。陆章光就地抡起一根木桩，一番勇猛搏杀，竟把十几个日军全部活活打死。这次战斗，抗日联军击毙了包括日军炮兵连队队长江川一郎大佐在内的日军 200 多人，取得了重大胜利，给日本侵略者以沉重打击，受到国民政府的嘉奖。

当年冬天，抗日联军奉命转移到大黎山区，开展全民抗日宣传活动。部队在抗战司令部赋玙学堂前的地坪上进行训练，开设敌后抗战游击训练班，开展"打鬼子、抓汉奸、保后方"的战备运动，号召广大青壮年踊跃报名参军，动员青年妇女缝衣纳鞋、张贴抗日标语，激发民众的抗日热情。

从1943年秋至1945年春，抗日联军先后与日军进行了蒙山县城争夺战，以及黄村、文圩、佛子岭等大小战役36次，击毙鬼子、汉奸560多人，使日寇闻风丧胆，收复了蒙山县城等广大地区，阻击了日军侵占大黎的图谋。大黎地区成为桂东南唯一没有沦陷的乡镇，紧紧握住了蒙山通往平南的交通咽喉，打破了日军南下构建空中运输通道的阴谋，为北方的抗日作出了重大贡献。

解放战争时期，地下党员江世忠、彭贵康秘密回到家乡大黎，组建湄江游击队大黎中队，中队以赋玙学堂为指挥部，召开秘密会议，商讨发展地下交通员、地下党员，开展革命斗争。湄江游击队大黎中队经过两年多的发展，队员发展到30多人。在解放军进驻大黎的清匪战斗中，队员们积极协助解放军搜集情报、当向导、参加战斗，使剿匪工作得以顺利进行，为大黎的解放立下汗马功劳。

1949年10月的一天早上，早起的大黎村百姓看到一队头戴红星帽、缠着绑腿的解放军机警地在村巷中行走。上午10时左右，在武林岭上突然响起激烈的枪声。原来，解放军在岭上遭遇大队国民党残余势力组成的土匪，发生激战。解放军利用有利地形进行还击，击毙众多土匪，战斗一直到下午两点，终因寡不敌众，被迫撤退。撤退中，有9位解放军战士不幸被俘。土匪把这些战士押到伪乡政府进行审讯，要他们说出解放军的兵力部署、指挥部、枪支弹药等情况，并许诺：只要投降，就每人奖赏黄金一斤、白银二百两，并给以官位、美女……面对敌人的威逼利诱，战士们不为所动。匪首余铸见软的不行，就吩咐土匪施以钉竹签酷刑进行逼问，每问一次，如不招供，就将竹签插入战士们的手指头。9位战士每人的十根手指和脚趾，都被竹签插了个遍，血流满地，惨不忍睹。指头连心痛，但是战士们没有一个人喊痛，更没有说出半点军事秘密，宁死不屈。匪首百般无奈，恼羞成怒，把9位解放军战士押到大黎江边的三坡洲上杀害。那时，天空乌云翻滚，突然下起倾盆大雨，烈士们的鲜血染红了黎江水。夜里，村民群众趁着天黑，冒死把9位烈士的遗体偷运出来，拔掉竹签，擦掉血迹，以最隆重、最崇敬的方式——帮战士穿上寿衣，埋葬在梅雷岭上。

他们是真正的战士！无畏的勇者！

总有一些战士，让我的思绪无法平静，眼泛泪光。

江炳华不满 18 岁就参加抗日联军，随后加入抗日联军敢死队，先后参加蒙山县城、文圩、佛子岭、黄村保卫战等大小战役 36 次，身负枪伤 33 处，几乎每一次战斗就负一次伤。1951 年参加抗美援朝，在上甘岭战斗中激战 7 天 7 夜，粒米未进滴水不沾，先后获得二级勋章和二级英雄称号，后来负伤退伍回家务农，极少与外人提起那些曾经的辉煌。

陆盛昌，湄江游击队大黎中队中队长，在抗日战争和解放战争中屡立战功。在解放大黎的战斗中，他乔装打扮成土匪，深入石劳岭土匪第九军据点，摸清敌情，和解放军里应外合，一举歼灭了大黎的顽匪。新中国成立后，陆盛昌甘于平淡的农家生活，没有自恃有功而向党和国家伸手要待遇和享受，始终保持着一个军人的情怀。

在各个革命历史时期，大黎籍 876 名将士先后牺牲，为后世矗立起巍巍丰碑。藤县人民政府于 1954 年 10 月在车田屯牛栏坪立碑纪念，彰显他们对革命做出的巨大贡献，供后人瞻仰缅怀。2012 年 10 月，车田烈士陵园列入中华人民共和国民政部先烈网。

记录这些，不是回顾苦难，而是为了苦难中那些不屈的灵魂。

记录这些，也是弥补自己曾经的浅薄和无知。

劳峰为证，黎江有泪，历史不会忘记！回眸那战火纷飞的年代，仿佛又听到黄村隆隆的炮响，看到佛子岭上猎猎的旌旗，还有战士们英勇不屈、赴汤蹈火的身影。

英雄不死，忠魂长存！

东荣

>> 早春二月，我们追随着春的脚步，来到了藤县东荣镇这片荡漾着初春气息的土地，在这里见证东荣镇春日融融的景象，以及东荣人那种时不我待、只争朝夕的精神风采……

最是一年春正好

——东荣早春探访录

蒙土金

早春二月，我们追随着春的脚步，来到了藤县东荣镇这片荡漾着初春气息的土地，在这里见证东荣镇春日融融的景象，以及东荣人那种时不我待、只争朝夕的精神风采……

一、蕴藏在民居中历久弥新的创造精神

中华文化博大精深、源远流长，在上下五千年、纵横八万里的风云际月里，涌现了孔孟老庄、程朱陆王等一大批思想巨匠，留下了浩如烟海的文化典籍和文物遗产，成为中华民族最独特的精神标识与文化基因，这种在波澜壮阔的历史中创造的华夏文明，是中国人民在几千年的历史长河中点滴创造、绵延汇聚而发展形成的，凝聚着一代又一代劳动人民的聪明才智和辛勤汗水。

黄氏在东荣镇护安村坡治组创建的民居宗祠，无疑是汇聚中华文明历史长河中一滴璀璨的露珠。

坡治组是东荣镇护安村的一个自然村，这儿自古以来山环水抱、物华天宝，山清水秀、物产丰富。据藤县《黄一本堂宗谱》记载，坡治黄氏的入乡始祖为黄甲第，原籍广东翁源县，于明崇祯十五年（1642 年）考中禀膳生，至清顺治十四年（1657 年）考取丁酉科第二十三名举人，提取知县，升任云南省江昌军民府，致仕（退休）后迁居广西藤县县城登俊坊，其后裔黄献球再从登俊坊迁至大黎里班逻村（现东荣镇护安村）居住。黄氏的先人们在东荣镇护安村这块富饶美丽的土地上秉承耕读传家的优良传统，革故鼎新、自强不息，在开发和建设美好家园的农耕劳作中始终怀抱着对小康生活的梦想，一代又一代地繁衍生息。到了黄焕这一代的时候，护安黄氏家道殷厚，富甲一方，据说自和平镇屯江以上至平南县马练乡水晏圩以下沿江两岸的田产均为他们所有，每年的田租收入达到 150 万斤。家道厚然而置宗祠，他们顺理

成章地选定了护安村一个叫坡治的自然村作为建立黄氏宗祠的处所,并在清乾隆年中期的时候由黄焕牵头建成了三座气势恢宏的四进式黄氏宗祠,耀目着250多年的辰光历史,灿烂在唯美的岁月。2012年3月,坡治黄氏宗祠被藤县人民政府列为县级重点文物保护单位。黄氏宗祠占地面积2270平方米,三座房屋以巷道分隔,每座房屋结构相似,均由三开间四进、天井以及两旁的厢房组成,硬山顶,砖墙承檩,砖瓦木结构,绿琉璃瓦当剪边,屋檐下有传统的花鸟壁画,花鸟山水灰雕卷草博古筑脊或镬耳垂脊,整座宗祠庄严肃穆、古朴典雅,保存完好,于一砖一瓦中渗透着护安黄氏先人们的创造精神和聪明才智,至今仍令我们叹为观止。

如今,护安的黄氏已在这里繁衍生息了20多代,人口达到了6000多人,坡治也在代代相传的生产生活中创造发展成了一个和谐美丽的村庄。我们徜徉于"黄氏宗祠"之中,暖暖的春日照在我们的身上,把投到地面的影子拉得很长很长。恰巧一只呢喃的燕子从我们的头顶掠过,飞向祠堂中座的厅屋,只见莺飞草长,微风吹拂着嫩黄的柳丝、青的草、绿的叶,好一派明媚的春光景象,正如元代诗人乔吉在《天净沙·即事》里写的:"莺莺燕燕春春,花花柳柳真真,事事风风韵韵,娇娇嫩嫩,停停当当人人。"这或许就是对坡治当下景色的绝好描摹吧!

二、"天人合一" 自然和谐的人文情怀

东荣镇地处藤县北部,位于东经111.2度、北纬23.9度线上,辖14个村(社区),属亚热带季风气候区,全镇山峦起伏,林木茂盛,河流纵横交错,水资源丰富,森林覆盖率与河流最大径流量分别为76.5%和3000m/s。境内河流几乎贯穿全镇,其中大同河流经护安、昨雅、三江等村,大水江流经夏垌、华安、甘塘、上峡、坡头、均常、东荣、大带、思排、三江等村,并在三江村与大同河汇合成东荣河,为浔江主要支流之一的蒙江上游重要的一段。东荣镇这种不可多得的特有地形地貌,使它自然而然地养成了山水相依,天人合一的和谐天性。上峡村的三角湾、坡头村的爽头瀑布、思排村和护安村的古民居、均常村的古树群以及在民间中流行的"二月二"吃社茶,"三月三"吃黑米饭、制黄红饭,端午节包粽子、拜大夫,中秋节吃月饼、拜月亮等无不渗透着温馨和谐的人文情怀。

我们走进了与大水江唇齿相依的均常村,为的就是与那一棵棵陌生而又

　　熟悉的古树赴一次春天的约会，去聆听那些古树婆娑曼舞、摇曳多姿的低吟浅唱，去追寻那棵生长了 500 多年的"古榕王"的参天神韵。

　　春日里的大水江依旧展现着它千年不变的容颜，哗哗的流水拍打着河的两岸，仿佛在去留无意间透着笑看云卷云舒的那份从容与淡定。古榕树生长在大水江的堤岸，不知是天然的地貌生成还是一代又一代人们接力守护的缘故，一直狭窄的堤岸到了生长着古榕树的地方便突然豁然开朗了起来。古榕树躯干挺拔，高大苍虬，枝繁叶茂，直插云天。然而，古榕树又仿佛是要与大水江相依相恋的一般，它靠江一侧粗大的枝丫条条垂向江面，多情的枝条在微风中不时地轻拂着清清的河水，仿似在赴一场亘古不变的吻约。据介绍，古榕树周长 13 米多，树干中的树洞竟然可以容纳得下七八个人呢。有山则名，有水则灵，这棵历经 500 多年岁月沧桑，在风雨中始终屹立不倒的参天古树，作为自然变迁和人类历史演替的见证，它既是大自然的恩赐，更是人类精神家园的厚重寄托和心灵慰藉，它满眼苍翠、生生不息的伟岸身躯，生动地传承和演绎了中国人"天人合一"的传统文化和生命哲学，它既生长在历史里，又生长在现实中，更生长在东荣均常村人们的心目里，它就如一棵保一方平安的神圣生灵，成为人们共同的生命记忆和永远的牵挂。

　　就在均常村与这棵古榕王仅一河之隔的鸡堂自然村，还有着一大片红荔木、山荔枝、海红豆，并且树龄都在 200—300 年之间。它们成群结队，有的生长在房前屋后，有的生长在坡头地尾，有的生长在离村不远的山中，与原野、与村子、与房屋、与人类就这样自然和谐地融合在一起，彼此欣赏、互相眷恋、和谐共存，漫浸着岁月的风霜，伴随着这座叫鸡堂的村子一起成长。

　　"天人合一"既是一种思想，更是一种存在的状态。孔子在《论语·阳货》中说："天何言哉！四时行焉，百物生焉，天何言哉！"讲究的就是人与自然、人与社会的和谐友善、共生同荣。这种思想由我们的先贤们提出、孕育与发展，植根于中华民族坚实的大地，直到今天仍然值得我们倍加呵护和十分珍惜。

　　我们从鸡堂自然村回来经过古榕树的时候，正好一阵清风徐徐吹来，古榕树摇动着硕大的枝丫，簇簇的新绿随着清风微微摆动，仿佛在向我们这一行人频频致意。东荣镇随行的同志告诉我们，东荣镇及县里的相关部门正在制订规划，一个保护古榕王的项目很快就要实施，包括建设河堤挡土墙、水泥硬化地面、种植绿化花卉以及完善群众的文体娱乐设施等等。到时，这块生长着500多年古榕树的地方将会建成一个乡村的小公园，成为美丽乡村建设的一个缩影，我们期待着，也盼望着。

在东荣，不仅仅是均常，也不仅仅是鸡堂自然村有着这种人与自然"天人合一"的和谐情怀。我们凝望着苍翠的远山、墨绿的原野、如歌唱般欢快的流水，这一切的一切，无一不洋溢着人类自我完善、热爱生命、热爱自然的人文情怀，这种情怀深深地感染着我们，也给我们以深深的力量。

三、与时俱进的新农村与新产业

踏着城镇化的脚步和推进乡村振兴战略的实施，东荣镇新农村建设正方兴未艾，已建成的有夏垌新村、大带新村，正在建设的有东荣易地扶贫搬迁新村，这些新村依托新的支柱产业支撑，实现了"搬得出、住得进、留得住"的目标，成了新农村建设的一种"东荣模式"，为当地群众所称道。

大带新村初建于2012年，是从比较偏僻分散的深山中集中搬迁建成的新村。新村建成了，是否留得住村民？他们会不会倒流回去？带着这个疑惑我们再度来到了这里。几年的时光沉淀，当我们再次走进大带新村的时候，只见一幢幢崭新的房子并排而立，宽阔的街道两旁种满了鲜艳的花草，人们灿烂的笑容满是幸福的获得感，大带新村在荡漾的春意里显示着勃勃的生机。我们一问，原来这完全得益于大带新村"柠檬圆梦"特色示范基地产业支撑的缘故。为了实现新村新产业的目标，东荣镇经过反复的科学论证在大带新村积极引进柠檬产业，最终成功培植形成了"立楚柠檬合作社"，合作社带动了周边的群众入股，其中贫困户就有20多户，并吸纳了100多万元的扶贫信贷资金，采取"基地+合作社+农户"的模式，对参与资金合作和土地流转的农户（贫困户），由基地提供技术、培训、就业等服务，形成了合作社与农户（贫困户）利益共享、互惠发展的共赢局面。现在"柠檬圆梦"基地共种植四季香水柠檬590多亩，使搬迁的新村有了新的产业支撑，搬迁的群众实现了在家门口就业，新村的群众自然也就住得进、留得住了。

东荣镇共有5个自治区级贫困村，现尚有939户3717人未脱贫，结合脱贫攻坚及早谋划易地扶贫搬迁新村建设是东荣镇党委、政府时不我待、毫不懈怠地不变初心。于是，他们从2017年12月开始动工，实施建设总占地面积62亩，其中一期用地面积35亩、建筑面积5000平方米共70户的易地扶贫搬迁新村。我们在新村建筑工地上一边行走，一边倾听东荣镇党委书记潘启潮的介绍，深深地感受到当地党委、政府在不折不扣地落实党中央的决策部署，为改善贫困群众的人居环境，实现脱贫致富奔小康路上的坚实脚印。这一份为民情怀，既是我们党的宗旨所在，更是我们一切基层干部的责任和担当。在东荣易地扶贫搬迁新村的建设工地，我们感受更多的是一份期盼、一份欣慰：一个地方要脱贫，一个地方要发展，除了要有落地的好政策，更需要的是贯彻落实这些政策的实施者！

东荣镇有一个叫大那的工业区，这个工业区就坐落在东荣村，昌顺隆古典家具厂是这个工业区其中的一家企业。家具厂于 2012 年由广东"搬迁"回东荣，因为在广东创业发家致富的老板是东荣人，他对家乡有着不舍的情结。家具厂占地 1500 平方米，是一家集设计、生产、销售一条龙的企业，主要生产各种古典以及定制的红木家具，这些饱含中国传统文化色彩又美观实用的家具匠心独具、流光溢彩，它们让我们在东荣镇的小山村里深深地感受了仿如大都市企业豪华产品般的风采。

新村带动新产业，新产业支撑着新村的成长和发展，这就是东荣的新农村，这就是东荣新农村的模式，这种模式因地制宜且容易复制，值得借鉴。

四、建设中的镇区休闲公园

习近平总书记在第十三届全国人民代表大会第一次会议上的讲话指出："让全体中国人民和中华儿女在实现中华民族伟大复兴的历史进程中共享幸福和荣光！"总书记的这段话饱含着共产党人的为民情怀，掷地有声、温暖人心。为了使总书记的讲话精神在东荣镇落地生根，乘着全国"两会"的东风，早春二月，东荣人在行动。

东荣镇城区后背有一大片荒山地是属于东荣村小带第 2、第 4 村民小组的集体土地，但一直都没有找到好的出路荒废着，尽管党委、政府提出了多个利用方案，但群众都不接受。新年伊始，梧州市委提出了要在全市范围内开展城乡环境卫生集中整治月活动，结合城乡环境卫生集中整治和镇区提质升级改造一起谋划这片荒山的综合利用方案不就是一个好的方法？东荣镇党委、政府的思路马上豁然开朗了起来，一个贯穿扶贫攻坚、产业发展、乡村振兴在内的"扶贫与产业相结合、休闲与观光相结合"规划方案日趋成熟了起来，他们迅速行动，春节刚过就立即派出几组干部力量分头推进：一组迅速进村入户宣传发动群众，就产业发展和公益休闲公园的规划设想、征租地等事宜广泛征求群众的意见，并取得了群众的大力支持；一组马上与正在建设中的"圆梦柠檬"生产基地联系、沟通合作共赢事宜；一组则迅速联系广西著名的旅游策划公司——广西博途旅游规划设计有限公司谋划高起点的公园建设和镇区提质升级改造规划。目前，在这片镇区后500多亩的山地上，280多亩的柠檬示范园里勃勃生机的柠檬树正在散发着淡淡的柠檬清香；公园的登山道路、山顶露台的土方开挖已经全部完成，路坯已具雏形，第一期绿化种植的219株六旺树、90株木棉树、83株桂花树、48株紫荆花正在茁壮成长。我们想象着当休闲公园建成的时候，硬化、绿化、美化、亮化了的环山道路上绿树掩映，而漫山遍野的鲜花在次第开放，此时此景，公园里每一个闻着花香、沁着绿意的人们，无论是在公园里漫步行走，抑或健身娱乐，那盛开的笑脸一定是满满的幸福味道。

东荣在变化。"三年一小变，五年一大变"，既是东荣镇人的美好愿景，更是党委、政府的奋斗目标。从群众在镇区后背山公园建设开始时的抵触、不配合到主动无偿献出山地支持公益事业，体现的不仅仅是群众思想观念的转变，更是党委、政府贯彻落实党的群众路线和群众观点的一次升华和飞跃。一切为了群众，一切依靠群众，只要深入了解群众、全面依靠群众就没有办不好的事情。

"万树江边杏，新开一夜风。满园深浅色，照在绿波中。"最是一年春正好，我们在东荣镇满目春光的春色中感受着春天勃勃生机的灵动气息，以及在这愈演愈烈的春色中所带来的深刻变化……

浮生半日品东荣

唐冬玲

东荣，位于藤县北部，与蒙山陈塘镇接壤，从县城驱车前往仅需一个小时。至于为什么不叫"北荣"而叫"东荣"，其实也没有什么奥秘，据《藤县地名志》记载："村东有地约 15 亩，名东荣坪，建制村后命名为东荣村。"而东荣镇政府驻地坐落于东荣村，因之名为东荣镇。

一

很喜欢"一念间"：得失一念间，进退一念间，善恶一念间，荣辱一念间……坚守了光明，走对了方向，则清风自来、花草自芳。东荣的"荣"和"魅"，正在东荣人"绿水青山就是金山银山"的信念之间，并且，东荣人还在为之奋斗，东荣镇也因之蓬勃。且听，他们是这么说的："当然不会砍（古树群），为什么要砍？它们都长这么大了，还在继续和我们一起成长。""（我们镇）要实现'三年一小变，五年一大变'的目标，带领群众与生态和谐共赢奔小康。"

古民居静默以待，古树群伸手相招……感受到了东荣的召唤，我们决定相约东荣。能成行，也在一念之间。

这一天的相约，来之不易：年前，就开始约；其间，三易时间、人员，均未成行。直到这一天，三月末，一个恰好的日子。

这一天，融融的春阳洒在我们脸上，脸颊上的茸毛也显得金灿灿的，温暖而满足；这一天，徐徐的春风跟在我们身边，轻扯着我们的衣角裙摆，轻轻地呢喃着：我要去东荣，我要去东荣……这一天，怀着或许可成行的心态，一群伙伴们微信相约，居然有 10 多人响应，大家"说走就走"，齐赴东荣，品味东荣之"荣"之"魅"。

东荣之荣光，在于护安村古民居、三江村革命老区……东荣之魅力，在于均常村的数百年古树群、大带村的新村新业……

二

从东荣镇政府向大黎镇方向出发，大约二十分钟，我们来到了护安村古民居群。民居群就在路边，刚下车，黄氏后人就过来和我们握手："你们辛苦啦！大老远的开车到我们村，你们辛苦啦！欢迎欢迎！这边走这边走……"

精美的雕花，斑驳的砖墙，布满墙边的绿苔，攀附墙体的枝丫……历史的沧桑氤蕴在古民居的空气中，无处不在。勾檐、雕花、壁画，记载着曾经的繁华；倾颓的墙体、破败的窗棂、凹凸的地面，诉说着时间的落寞。

六七座古民居均为坐北向南方向，如经历了世事沧桑的老人家一般，沐着暖阳，在干净的村道边静默着，最宽处距村道距离约三四米，黄氏宗祠就坐落在这几座古民居的中心。宗祠大门上方，书写着"黄氏宗祠"四个红底明黄的大字，门的左边墙上，是藤县人民政府立的牌子，上书"藤县重点文物保护单位""坡治黄氏宗祠"等字，并有宗祠的简介。宗祠始建人为黄焕公，始建于清嘉庆年间，宗祠占地 2270 平方米，由三座房屋组成，以巷道分隔，均由三开间四进、天井以及两边厢房组成。每座房屋的结构类似，勾檐、硬山顶、砖墙承檩，砖瓦木结构，绿琉璃瓦当剪边，屋檐下有花鸟壁画带，花鸟山水灰雕卷草博古筑脊。

步上石阶，我们走进了古朴而厚重的古民居。墙体是用青砖砌成的，表面已凹凸不平，墙脚处也长满密密麻麻的青苔，从墙脚到屋顶的砖墙呈现着从苍青到浅青色的渐变色，加上墙缝间白色的浆，形成了一幅淡淡的水墨风格的画，只是并不精美，像是孩童随意的涂鸦。再往上，是约半米多高的花鸟壁画，图案已模糊，但隐约可辨；瓦面是青黑色的，一行高一行低的交错排列，滴水处是绿色的，有凸起的简单线条，颇具美感；屋顶上也有半米高左右的花鸟立体壁画，以枣红色作底色，画的内容多为盛开的花卉、梅花鹿、凤凰等吉祥图案；檐角是勾起来的，以圆润的线条往上勾起 90 多度，尾端还有一个小圆圈。房子里住着曾经的辉煌和饱满的回忆，看得出清洁过的样子，废弃的木料随意堆放在院子里。其中的一面墙壁，从墙的两米多高的地方，长出来一棵树，不见枝叶，只有根须。成人拳头大小的树根透墙而出，随之分成三股根须牢牢地沿着墙面生成而下，直到深扎地下。三股根须间分别形成了约 30° 和 15° 的两个角度，颀长而坚挺，其中两股刚好像一个人打开两腿直立的样子，另一股则在一旁支撑，还有无数的小须根自由生长，生命力的顽强可见一斑。不知他们是否也明白"一个好汉三个帮"的道理，从而团结协作、坚韧不拔？

黄氏以耕读传家，至今，已在这里繁衍生息了20多代，人口达到了6000多人。子孙中，有1人于清道光年间高中武举人，有27人为飞行员、教授、局长、乡镇长等。如今，黄氏族人仍在这片土地上生生不息、奋斗不止，就像那一棵透墙而出但仍努力扎根的树，以努力传承、开拓着家族的荣光。

三

从护安村顺流而下，车程约12分钟，就是三江村。三江村坐落于大水江与大同江交汇处，沿大水江北上可达蒙山，大同江往西可通大黎、同和，到三江汇合，南下通太平、濛江注入西江，是曾经的水上交通要塞。沿着水路的村道旁，修竹连片成林，与浅浅的河滩相映成趣。冬春时节的河滩温柔而多情，河面一般宽约2米，清透的河水抚摸鹅卵石，在卵石上方无声地打个滚后，又欣然起步。河边的苇草梳理着自己，不时以水为镜，欣赏自己娇俏的身姿。您要是还在烦恼周末去哪里出游的话，这里一定可以作为您或者呼朋唤友，或者一家几口烧烤、戏水的佳地。

新中国成立前后，因为水路繁忙，三江村是土匪作乱的主要地方。

覃庆荣是三江村那坡组人，1945年，他才16岁。因为熟悉地形、人又机灵，我军选中他当向导。1945年4月，日军从321国道经过东荣。自卫队收到消息后，在同冲东炮岭架起土炮，土炮里面装满了火药和铁碎，向日军开炮，打得日军措手不及。日军看到我军炮火威力奇大，以为自卫队用的是新式武器，丢下三具尸体，便仓促逃跑了。目睹这一幕的覃庆荣感受到了自卫队的智慧、无畏，坚定了要加入部队的决心。他经常为部队送信给太平驻军，是一名出色的通信兵。

1949年，三江村及周边土匪出没。解放军决定派军进驻，清剿匪患，还百姓以安宁生活。当年4月，解放军一个营进驻下雅村，主要清剿乐中、大黎、宁康、平南各处土匪。5月，东荣蛇背匪首覃十七带着20多个土匪到下雅抢船。土匪划竹排而过时，被下雅村民覃崇山发现了。他马上联系了覃德芳、覃健三、覃汉三、覃福三等十余人，用土枪、猎枪射击匪方，土匪始终没法登岸，只好撤退。因匪患严重，当月，解放军连长朱福堂带领一个排进驻三江村，随即在石碗顶与土匪头黄品琼激烈交火。由于土匪众多，地形不熟，朱连长率部退至三江村布坊，等待大部队到来。9月，解放军增员部队401团到三江。之后，第一任县长赵唯理靠前指挥，亲自布署剿匪工作。

如今的三江村，风景优美、生活安定。汩汩流淌的三江水，细语着昔日军民团结打鬼子、剿匪患的英勇；婆娑起舞的竹林，讲述着军民鱼水情深的故事；勤劳善干的三江人，正在谱写着以农家乐带动新农村建设的动人乐章。

四

从三江村出来后，沿321国道往蒙山方向，20来分钟后，就可以来到均常村。这里，没有枯藤和昏鸦，只有聚朋而居的老树，有钢筋水泥筑就的"小桥"，有风情依旧、潺潺润物的流水，有与大自然和谐共存的人家……

历经了数百年风雨的古树，您也许已见过多次，不甚新奇。但近百棵集中生长于一处的、相伴相邻了200多年的古树，您见过吗？如果答案是肯定的，好吧，您厉害了，小女子佩服。对于我来说，这是第一次，真的。这里，500多年的古榕王，200—300年的红梨林、山荔枝、海红豆……让我一次览尽，在这个名为东荣的小镇，在这个名为均常的村庄。

古榕王树干周长约13米，部分枝丫横斜水面，与东荣河相伴相依。水因树多了绿意，树因水多了灵动，相得益彰。古榕春意正浓，新绿簇簇，更似10多岁水灵灵的小姑娘，而不是已有500多年高龄的老妪，令人不得不惊叹于大自然的神奇，以及水对于生命的滋润。只有当您把目光从新叶中挪开，挪到她嶙峋的枝干时，才会确认：好吧，这的确是一株老树。古榕中有一树洞，能容纳七八人进去避雨而不湿。据说，20多年前，这个树洞还只能容纳两个人。噫——岁月无声，大地有痕。

一江之隔的鸡堂自然村内，江边直线距离约一两百米，红梨木成群结队，很是壮观。一个村落里，近百多株红梨，长成参天大树，经历数百年风霜，也看着小村庄一步步地发展，记载下两三代人的离合悲欢：小儿的新生、老人的离去；房子从砖瓦房，到如今的高楼；人们从务农，转向务工……旁边的房屋里走出来一个阿姨，问我们喝水吗吃粥吗。我们笑着打趣，这里这么多树，阿姨你烧柴方便啵。阿姨说："我们的柴火是去那边山上砍回的杂树啦。这里的树不能砍的啦。当然不会砍（古树群）啊，为什么要砍？它们都长这么大了，还要陪着我的孙儿一起成长啦。"也许是因为村民的照料、爱护，也许是想更长久地陪伴着自己的伙伴，也许是因为想守护这一方土地，这群古树历经两三百年风霜而不屈，反而越发的郁郁葱葱。走进其中，只觉岁月益发静谧幽深而美好，到了 6 月，想必就是"蝉鸣林更幽"的意境了吧。

或许，再次相见，这里已硬化林荫小道，建好健身、娱乐设施，乡村游已成规模……

五

大带新村卧在一个山坳中，沉静而安详，其间又透出一股股蓬勃生机。

新村共安置搬迁户 53 户，暖黄色外墙、统一设计的三层半小楼，整整齐齐地分成六七排矗立着，像列阵的士兵，又像享受阳光的农人。屋角因地而建的花圃中，不知名的花草正热烈地芬芳着。只需要有限的土地、阳光、水分，他们便可至美，并不苛求昂贵的花肥，亦不介意游人是否如织、蜂蝶是否群拥。只在合适的季节、应开放的时间，默默吐艳而并不炫耀。一切，但求本心，不忘初心，仅此而已。

不远处的农田，是新村创立的"柠檬圆梦"特色示范基地，约 590 亩。基地成立了"立楚柠檬合作社"，吸引了 100 多万元的扶贫信贷资金，团结了 20 多户贫困户，社员间利益共享、互惠发展。基地中，柠檬早已丰收，只有少部分迟熟的还在叶间探头探脑。有绿色的，与绿叶融为一体；偶有黄色的，为整幅绿色的画作添上一抹亮丽。还有些一枝双生，相互扶持、相互打趣。圆梦，圆梦。圆我金榜梦，圆我新居梦，圆我花烛梦，圆我小康梦……以小我之梦圆，圆我中华之"中国梦"。

这里出产的柠檬，个大味正。当地人自创的蜂蜜柠檬水，远近驰名。把柠檬切片，一杯放一两片——可别过多，过犹不及；以温开水冲泡——千万要有耐心，别用热开水，会变苦，"心急吃不了热豆腐"；再辅以半勺蜂蜜——酸甜可口、老少咸宜的蜂蜜柠檬水新鲜出炉啦。既可减脂美容，又可增加酒量，您喜欢吗？据说，有客人尝了后，从此情有独钟，不再喝其他饮料啦。

六

东荣镇政府后面，有一片 500 亩许的山地。这里，将发生一个振奋人心的巨变，扶贫攻坚、产业发展、乡村振兴将在这里成家：硬化、美化、绿化、亮化环山道路，间种桂花、六旺、木棉等树种，建设山顶公益休闲公园，开发柠檬产业……

目前，占地280多亩的柠檬示范区正在那里散发着清淡的柠檬香，一个个或青或黄的柠檬正在枝叶间探头探脑，观察着自己的家，窥视着这个全新的世界。公园的登山道路、山顶露台的土方开挖已经全部完成，第一期绿化种植的450多株六旺树、木棉树、桂花树、紫荆花正在茁壮成长。试想，当我们迎着朝阳，或者沐着余晖，柠檬香、桂花香、梅花香等芳香盈鼻，满目青翠随着凉风扑面而至，远山近屋一览无余……呼吸间，都是幸福的味道；触目间，都是盛开的笑脸。您也会爱上她的，像我一样。择一人白首，择一地安居，这里，或许是我们的选择之一。

工作、生活，其实也是心灵的行走与修炼：俯仰无愧天地。东荣的"荣"和"魅"，在山水之间，在村落之中，在勤劳之时，更在东荣人"三年一小变，五年一大变"的愿景和奋斗中。

好大一棵树

卢瑞昌

"在一个地方河面变得窄了。一簇簇的绿叶伸到水面来。树叶绿得可爱。这是许多棵茂盛的榕树。但是我不知树干在什么地方。我说许多棵树的时候，我的错误马上就给朋友纠正了，一个朋友说那里只有一棵榕树，另一个朋友说那里的榕树是两棵。我见过不少的大榕树，但是像这样的榕树我却是第一次看见。"

这是作家巴金在《鸟的天堂》里对"有数不清桠枝，枝上又生根"的大榕树的惊异。说句实话，走进东荣镇，来到均常村，我也是第一次看见这样让我惊异的树。

那是一片开阔的空地，地上落叶满地，好像铺上了一层黄绿相间的地毯，踩上去软绵绵的。空地四周是一张张长方形的石桌、石凳，还有一排炉灶。问及村中人，说是每年逢年过节，村里人都会聚集于此"拜社"，聚餐，共祭神灵，祈福求平安。

哦，原来这是一棵神树！但见地上鞭炮纸满地，树根前插满了香，还留下大量的纸钱烧过后的痕迹。可以想见，在这里祭奠时的场面是多么的宏大，多么的壮观。可惜真不凑巧，我们没有赶上时候。

榕树真的很大。我们试着合围，啧啧，足足拉出了八个成年人！粗壮的树根，一条条硬朗的筋骨爆出，好像一条条硕大的铁轨镶嵌上去似的。树冠更大了，十多条发达的丫枝，有的直耸蓝天，"欲与天公试比高"；有的旁逸斜出，伸出健壮的臂膀一探大地的奥秘。那斑斑驳驳的树皮，明显地透露出年份的信息。每一条裂痕，每一道皱纹，都写着"经风沐雨"，都刻着"老当益壮"，也记着"坎坷辛酸"。有一根树杈，有人戏称为"象鼻杈"，极像一头饥渴的大象一甩修长的鼻子，快要触到均常河的水面了。树叶很茂盛，很葱绿。站在树根下仰望苍穹，很难看见巴掌大的天空，更别说看见游走的云朵。这时，东风吹拂，满树摇曳，沙沙作响，时不时惊飞栖息枝头欢快歌舞的鸟儿。融融的春日透过叶子缝隙洒下点点金黄，熠熠生辉，真是"绿榕阴里均常村"。某帅哥忍不住一手叉腰做啸呼状，往枝头上狂唤几声，那不知名的鸟儿"扑棱棱"飞得更洒脱了。更为神奇的是，树根里开了个树洞。一个老婆婆介绍说，她嫁到此地时，那树洞已经可以容下两三个人了。那老婆子连比带画的，声音很是响亮。虽然满头银丝，满脸皱纹，可是精神矍铄，身体相当硬朗。再看看那洞，好奇的我们迫不及待地像小孩子一样一个个钻进去，嘿嘿，足足容下了六个人！一个同行的活泼可爱的女孩子，还试着转转身，把屁股扭几扭，惹得大伙哈哈大笑。

大榕树临近均常河。听村里人说，以前榕树根底下就是一个渡口，叫神榕渡。村民们要渡过对岸去，就在此地等候竹排、船只。清清均常河，流光溢彩，淙淙地奔向东南。虽说不是"水面初平云脚低"，倒也是显出春水荡漾。那层层的涟漪，引起人们无限的遐想：竹喧归浣女；参差荇菜，左右流之；渔歌互答，此乐何极；小小竹排江中游，巍巍青山两岸走……那动人的画面，定会浮上心头。横跨均常河上的，是一条笔直宽阔的大桥。矗立桥头，凭栏远眺，任清风拂面，赏田园风光，亦不失为人生一大幸事。再细赏那亭亭如盖、翠绿欲滴的大榕树，心底越发肃然起敬。

可以说，榕树在我们的生活中随处可见。但是他曾经带给我们无限的乐趣，带来无限的向往。"池塘边的榕树上，知了在声声叫着夏天……"活泼轻快的歌谣在编织着我们七彩的梦幻；"住所左近的土坡上，有两棵苍老翁郁的榕树，以广阔的绿荫遮蔽着地面。我常在清晨或黄昏带着小儿子到这里散步。摘一片绿叶，卷制成一支小小的哨笛，吹出单调而淳朴的哨音。"黄河浪笔下的榕树，是浪漫而又多情的，勾起了多少人多少美好的回忆。我想，在大榕树庇荫下的东荣人，像均常的名字一样，均衡，平常，那是一种情趣盎然、恬静自适的生活。也许，这也是我们每一个人所追求的。

回首凝望大榕树，不禁脱口而出：好大一棵树！

古龙

>> 穿过古龙的峡口走进了『隋化里』里，去领略它的旖旎风光，探寻它的过往今昔。

"隋化里" 里话古龙

蒙土金

藤县古龙镇古称"隋化里"，据清嘉庆二十一年（1816年）辑《藤县志》记载，全县设3厢、10坊、6乡，"隋化里"为宁风乡五十二都。春夏之交，我们一行穿过古龙的峡口走进了"隋化里"里，去领略它的旖旎风光，探寻它的过往今昔。

文物古迹里的灵明慧光

古龙是一块在远古时就有了人类活动的福地，至今仍留下不少远古时代人类活动的遗迹，它们展示着凤翎龙睛般的灵明慧光，恒久地滋润着这里的山山水水。

早在1963年，广西博物馆文物工作队就对藤县进行了为期一个多月的田野考察，共发现了藤县境内新石器时代的文化遗物12处、古城址4处、古窑址6处、古墓葬8处等一批文物古迹。这些最新出土发现的远古时期的磨制石器和铜鼓、铜镜等文物做工精细，造型优美。在这些精美的文物当中，有相当部分就出土自古龙，其中在区公所（现镇政府）驻地附近、授三公祠往马河方向的路边分别发现石铲各1把，在古龙村、泗州底村发现冷水冲型铜鼓各1面，在田心村大塘豚发现北流型铜鼓1面，这些石器和铜鼓现分别存于广西博物馆和藤县博物馆。据有关专家考证这些文物的年代铜鼓为东汉早期，而石铲则为公元前2000年到1万年之间的遗物。这些文物的出土发现，昭示着在远古时代的"隋化里"便一直有人类活动以及由此而产生的人类文明开化的程度。

而更让我们的眼睛为之一亮的是古龙窑址的发现。广西博物馆文物工作队在1963年的文物普查中发现了古龙窑址之后，又于1964年9月派出专家对古龙窑、中和窑、雅窑进行了考古复查和试挖掘，并于1973年10月28日的《中国新闻》（第 6940 期）做了报道，引起了史学界和考古学界的高度重视，此后，中山大学、故宫博物院等单位也派出了专家、教授到来挖掘和考察。

古龙窑址坐落在古龙镇忠隆村中坡自然村马鹿头岭的东坡中段，生产的产品主要为陶品，生产的年代大约在东汉到南北朝时期，距今已有将近两千年的历史。1963 年 12 月，梧州地区文物工作队曾进行试挖掘，清理废窑炉 2 座，发现窑炉 6 座，古窑址中窑炉分布集中，窑室呈马蹄形，窑内有大量水波纹的陶片、平足碗残片等遗存；1981 年，广西博物馆又派出 2 名专家再次到古龙窑址进行挖掘考证，挖掘出几只基本完好的陶碗和一些黑色的状如算盘珠子模样的东西。从忠隆小学退休的黄老师今年已满 87 岁，他绘声绘色地向我们讲述了当年专家挖掘考察的情景，那点点滴滴仿佛还在眼前一般。同年 8 月 25 日，古龙窑址被广西自治区人民政府定为自治区级重点文物保护单位，保护的范围为：中坡村背马鹿头岭东坡，东端从中坡村后 250 米山势拐弯处起直至北端，南北从坡脚直至坡顶。

据史料记载，陶器中的水波纹饰最早出现于浙江余姚的河姆渡古人类文化遗址中，它体现了人类早期对江河、海洋水的崇拜和赞美。古龙窑址及水波纹陶器的发现，证明了"隋化里"是一块很早就有了人类在这里生活、栖息的地方，他们以勤劳和智慧在这里创造了灿烂的文明历史，是岭南大地上较早地接受和糅合了中原文明的南方湿地之一。

庙会："北帝出巡"和"舞豹节"

古龙旧时叫"隋化里"，又分"上里"和"下里"，是藤县、苍梧、昭平三县六镇经济、文化交流的中心，孕育了有许多神奇美丽的民间传说，如"太安公的故事""覃千户传奇""北帝出巡"和"舞豹节"等，而"北帝出巡"和"舞豹节"更是具有浓郁的神话色彩和特定的地域风俗的神奇传说。

北帝即真武大帝，又称玄天上帝、无量祖师等，是中国神话传说中的北方之神，为道教中赫赫有名的玉京尊神，民间称荡魔天尊、报恩祖师、披发祖师。据传真武大帝是盘古的儿子，生有炎、黄二帝，曾降世为伏羲，为龙身，属中华之祖龙。真武大帝形象威武，其身长百尺，披散着头发，金锁甲胄，脚踏五色灵龟，按剑而立，眼如电光，身边侍立龟蛇二将及记录着三界功过善恶的金童玉女。每年的农历三月初三，"隋化里"里都要举行盛大的庙会活动。盆地里的人们一早便聚集到大庙中，焚香膜拜之后由人们抬着北帝在盆地里逐村逐峒巡游，八位道家人士吹奏着"八音"紧随其后，以祈求风调雨顺、人寿年丰。这种盛大的庙会活动叫作"北帝出巡"，一直延续到后来成为固定的"北帝节"，到中华人民共和国成立前仍久盛而不衰，体现了古龙自远古时期便深受中原文明的影响。

而"舞豹节"的传说则反映了古龙在"隋化里"的年代里艰难的岁月变迁历史。"隋化里"的区域定义大概出自秦朝时郡县制的行政区域命名，据史书记载，古龙盘地群山环绕，植被茂密，到处是原始森林，"科藤围数寸，重于竹，可以为杖……葭苇、藤类（以白藤为甚），蔓延他树以自长养。"而且"化里之民，结栅而居……考其所以然，盖地多虎豹，不如是，则人畜不得安。"这说明"隋化里"虽然在秦朝时就划定了行政区域，但由于这里山高林密，真正有驻扎军队时已到了隋朝的时候，所以聚居在这里的百姓常年遭受到豺狼虎豹的袭扰，人畜安全经常遭受严重的威胁，在隋以前约有七成以上的青壮男丁在外出劳作之时葬身于虎豹之腹，人们每每谈豹色变。那时人们的防范措施就是每天劳作之后回到家中便早早关闭门窗，把小孩和老人从早到晚都关闭在屋子里。但豹子伤人和危害牲畜的事还是时常发生，于是受害人家的家属只好到位于大庙坡的庙里烧香拜佛，求告神灵，祈求神灵保护平安，以得到心灵的安慰。这种仪式开始时是由受害村民的家属肩挑头顶贡品来到庙里跪拜神灵，由庙里的住持为受害者村民的亲属"请神"，然后由神灵（主持）与村民之间以一问一答的形式开始祈求，一般先由村民述说受害情况，希望得到神灵保护的意愿，神灵根据村民的诉说提出具体的要求，村民按照神灵的旨意去做，每接受一个神灵的指示都要在地上洒下一小杯酒以示对神灵的尊敬，这样一问一答式的对话完成后，请神者再三叩其首拜谢神灵，之后大庙的主持便从道袍中拿出早就准备好了的令符（图案为豹子）送给村民，叮嘱村民把令符贴在家中大门的右侧，这样豹子看到了自己的图案就不会翻墙入院伤人了。

但显然这只是人们的心灵慰藉，豹子伤人的事件还是时有发生，甚至在个别年份还特别多，这种现象被"隋化里"的人们称之为"豹反"，即豹子经常出没伤害人畜的意思。村民们百思不得其解，最后归咎于这一年大家没有诚心拜神礼佛的缘故，因为豹子每晚从大山出来进入村子时，都要经过各村村口的"村主社"，得到"社主"的同意后方能进村，一些村的村民由于忙于生产疏于拜"社主"而触犯了神灵，所以这一年便造成"豹反"。于是这些村便在每年的农历七月十六日，由地保带领大家于"村主社"共同举办一个大型的祭祀活动，备足生鸡、大米、五谷等祭品，聘请道行高的道士主持，他"手执铜剑（剑柄端有环型铁圈，圈上左右各套三个铜钱），顶于其胸，跪于社前，口念咒语，为民请命，此神乃玉皇大帝是也"。并将"风调雨顺""五谷丰登""六畜兴旺""早生贵子"等的令符烧给神灵，这样的活动在"隋化里"各个村子里分别一直延续着。到了明代中后期，这种分散的集体无意识行为逐渐演变成了一套固定的求神降灾形式——"舞豹"，"舞豹"的具体做法是，从每年的七月十三日开始做准备，由乡丁地保分村负责做好筹备和宣传，由大庙的住持负责准备"舞豹"的人员和道具，并宰杀好一头大黄牛作为祭品，到了七月十六日上午十点左右，村村寨寨和从各地远道而来的群众便聚集到大庙前的广场，庙内则锣鼓喧天，香烟缭绕，到中午十一点大庙门户洞开，一行身着道袍的道士从庙内鱼贯而出，一只披着豹皮的"豹子"则低头闭目地漫步跟着道士们走到广场中间，三声号炮之后，道士们各按站位落签定符，然后由三位道士进行"舞豹"演出，只见昔日威风凛凛的"豹子"此时俯首低头站着，在"豹子"前面的道士手执铜剑用三指按住豹头，左右两旁道士分随站立，后面一帮道士双手合掌，口里念着法经道语，绕着广场慢步行走，其他的道士或打令牌，或吹符水，如此反复，整个表演大概持续一个小时才结束，这就是古龙有着浓郁地域风俗特色的"舞豹节"。

由于三月初三的"北帝出巡"和七月十六的"舞豹节"庙会活动围观的人数众多，也带动了当地演地戏、卖武、商品贸易等其他活动的开展，逐渐演变成为古龙特有的盛大商品交易节，推动了古龙商品经济的发展。清嘉庆《藤县志》载，当时的古龙市与赤水圩、安城圩、白马圩、窦家市等为全县最负盛名的 18 个圩市之一。我们来到传说中"隋化里"大庙的旧址，只听到古龙中心小学里传出阵阵的琅琅书声，我们也只能穿过历史的风烟，去揣摩当年大庙里香火鼎盛的情景。

庭院深深耀古宅

在古龙，有两座古建筑分别被广西人民政府和藤县人民政府定为重点文物保护单位，在藤县众多的古村落里也并不多见，这两座建筑就是"授三公祠"和"莫乃群故居"。

授三公，原姓陆，名授三，于明朝天顺年间从濛江古厚村搬迁到古龙胜山村居住，其第四代孙登选公随母黄氏改姓黄。授三公祠始建于清宣统元年（1909年），是藤县大红八角的始祖黄海臣为纪念其先祖授三公而建，是古龙、平福、濛江等地黄姓人的宗祠。授三公祠坐落在古龙盆地正中，四面群山环抱，藏风聚气，天地人和，占地面积1800平方米，采用中国古代传统的建筑方式建造，结构科学，做工考究，由三进三开间左右两耳房组成，第一进为头座，又叫门楼，依次为二座和三座，青砖青瓦，硬山顶，抬梁穿斗式结构，整栋建筑由8条花岗岩方形石檐柱、16条直径30厘米的圆木杉柱承檩，博古花鸟灰雕筑脊，镂耳垂脊，木雕花鸟动物图案板饰檐口，卷棚式檐，之间有回廊、天井、月洞门，布局精妙严谨，古朴典雅，"渔樵耕读""竹林七贤""孔融让梨""渭水访贤""夜宴桃李图"等壁画以及龙凤、麒麟等瑞兽雕刻栩栩如生，十分秀美，不愧是一座集文化艺术和人文历史于一身的优秀建筑。

授三公祠的大门和头座还镌刻着两副对联，传说为建祠时由黄海臣亲笔所书，联为：

河南传世胄；

江夏乐长春。

文望出吴都，祖有德，宗有功，木本水源，振古风猷传奕叶；

恩波溯江夏，流之光，积之厚，瓜绵椒迭，换新云瑞荫孙枝。

授三公祠曾一度作为古龙的粮食储备仓库和八角叶粉厂厂址，虽历经岁月沧桑，却以遗世独立的芳姿无时无刻地让人感受到独特的文化魅力。2001年4月，这座百年古祠被藤县人民政府定为县级重点文物保护单位，2009年5月，又被广西壮族自治区人民政府定为自治区级重点文物保护单位。

另一座古建筑是莫乃群故居，又称六合堂，为古龙兰田村莫氏第七代裔孙莫盈公创建的祖屋。

六合堂建于1850—1860年间，占地面积1755平方米，为三进方形围屋式结构，外围为夯土二层结构楼房，东南西北四角各设碉楼，四周厢房相连，称之为走马楼，四面城楼均留有炮窗，墙厚90厘米，正大门加装硬木推龙门。内屋由一院、两进三开间、一天井、两厢房构成，悬山式，砖墙承檩，砖瓦木结构，第二进明间有双龙抱珠神龛，前院和天井铺设卵石地面。院子里的房子都为二层砖瓦结构的房屋，但明显比其他一般的房子要高，颇有一番深宅大院的味道，房檐和屋顶上雕刻着各种形状的装饰，有莲花形房檐，但均未曾着色，整体显得庄严、朴素、静穆，门和门槛都很高，昭示着莫家的门庭显赫，最大的厅堂上悬挂着"钜鹿堂"三个巨型木雕大字，"钜鹿堂"乃莫氏最早的堂号，说的是莫氏为颛顼帝的传人后裔。

据说古龙大山以前多匪患，因此各村各寨的大户人家都兴建有各式炮楼碉堡，自练乡勇配备武器以自卫，但由于岁月的变迁这些昔日的碉楼大都已荡然无存，唯独保存下来的也只有六合堂的炮楼了。相传，民国十八年（1929年）的时候，盗贼烽烟四起，到处打家劫舍。一天，窝藏于马叫大山中的贼王罗鸡率领贼众抢劫与兰田相邻的峥顶村，只见峥顶村里火光冲天，妇女、儿童哭喊之声连连，六合堂中人见状便奋勇出手相救，他们通过炮楼开炮轰击众贼，贼匪见有人相助不敢恋战遂逃遁而去，使峥顶村免过了一难。

莫乃群（1911—1990年），出生于古龙兰田村六合堂，是广西当代著名的民主人士、学者和社会活动家，也是一位在金融、新闻、书法、史志学等多个领域有精湛造诣的文化人，其一生胸怀坦荡，鞠躬尽瘁，为中华民族的革命事业以及新中国的建设奋斗了一生，为广西政治经济、历史文化事业发展作出了卓越的贡献。莫乃群在未满周岁时其父被贼杀害，由母亲一手抚养长大。9岁入读私塾，1926年就读于省立梧州第二中学，受到进步思想的影响；1931年赴上海在《申报》流通图书馆指导部工作，阅读马列主义著作；1934年秋赴日本留学，参加中国留日学生进步组织"科学社会研究小组"；1937年1月回到上海，在生活书店工作；1938年4月在第五路军原总政治部编译科任科员，后调第十六集团军政治部特派员办公室任干事；日寇犯桂南后于是年11月到《广西日报》负责撰写评论；1942年到广西大学任教，1943年回《广西日报》任总主笔；1944年秋，与陈劭先、欧阳予倩等人在昭平创办出版《广西日报》昭平版，为总主笔，积极宣传中国共产党的抗日主张，并于昭平黄姚加入了中国民主同盟；1945年任《广西日报》总编辑；1946年离开桂林到广州办报后到香港《新生日报》负责撰写社评；1949年任香港《文汇报》主编；1950年1月从香港回到广西南宁，历任原广西省交通厅副厅长、原广西省政府副省长、广西区人民政府副主席、广西区政协副主席、广西区通志馆馆长、广西区文史研究馆馆长等职，是一到六届广西和全国人大代表、一到六届广西政协委员，1987年7月加入中国共产党，主编有《广西文史资料选辑》《广西历史人物传》《广西地方简史》《桂苑书林》等书，出版有古体诗《晚晴集》一书。

　　莫乃群在繁重的政务之余还十分关心家乡文化事业的发展，1984 年，他欣然接受藤县人民政府的邀请，联合中国科学院历史研究所、北京大学历史系、中国人民大学清史研究所、北京市社会科学研究所、广西史学会等单位在藤县举办了"纪念袁崇焕诞辰四百周年学术研讨会"，亲笔为藤县新马村重修的"明督师袁公崇焕故里纪念碑"题写了碑名，并泼墨挥毫写下了"故里丰碑意倍亲，辄从爱国识忠纯；辽东战守筹三著，天下安危系一身；回救京师成大捷，横扫敌阵等轻尘；河山赖有英雄气，常使风光物色新"七律书法作品一幅，这幅书法作品与沙孟海、李雁、帅立志、麦华三等书法大家的墨宝一起现存于藤县博物馆。

　　莫乃群故居山环水抱，风景秀丽，六合堂的传人秉承先祖莫盈公以善为本，以文立身的良好家风，历来门第书香，人才辈出，全堂现有人口 260 多人，除著名的民主人士莫乃群外，还有国民党原台南空军司令莫乃典、原广西农学院院长莫天砚、广西区政协社会法制委员会专职副主任莫雁诗等一批俊杰彦秀。2012 年 3 月，莫乃群故居被藤县人民政府定为县级重点文物保护单位。

　　庭院深深耀古宅，授三公祠和莫乃群故居这两座百年老屋以其古朴典雅的建筑风格，在古龙的岁月长河里栉风沐雨、流光溢彩。

黄海臣与古龙大红八角

　　话古龙不能不说到大红八角，而说起古龙的大红八角又不得不提到一个赫赫有名的历史人物——黄海臣。

　　古龙与藤县其他大多数乡镇所属的南亚热带季风气候截然不同，它属于中亚热带季风气候，全年平均降雨量 1480 毫米，气候温润，雨水充沛。这里山高坡斜，其中有海拔 737.8 米的三县顶一座，海拔 600 米以上的登苗顶、神仙顶、犀牛顶、黄练顶、佛修顶等 5 座，其他 500 米以上的高山 5 座，属于典型的"九山半水半分田"的地方，如何切合古龙的地形地貌、气候特点寻找到一个适合古龙发展的特色产业成为古龙历代有识之士的苦苦追求。

　　黄海臣，原名黄凤祺，又名黄士喜，授三公的第十二代裔孙，生于清同治三年（1864 年），卒于民国十四年（1925 年），于清光绪十五年（1889 年）中己丑恩科 17 名举人，历任广东翁源、鹤山、东莞等县知县，为政清廉，生性耿直，因直言桂系军阀陆荣廷为"绿林"出身恐遭到报复而留洋游历，定居于马来西亚吉隆坡，初以卖字为生，并出刊过字帖，后得到当地华侨郭甘的帮助，从事橡胶种植、加工业，取得可观收益。在倡导筹建"授三公祠"时，目睹家乡的贫穷落后，他经多方考察了解认为马来西亚种植的大茴（八角）比较有发展前途，大茴是香料、药材、食品加工的重要原料，种植成本不高，收益期较长，而且古龙盆地的自然气候条件与马来西亚十分相似，便于民国元年（1912 年）从南洋（马来西亚）带回了八角良种到古龙齐村种植，开创了藤县种植八角之先河，被人称为藤县八角的"始祖"。引种八角成功后，黄海臣又与黄介持、粟祚昌、高阜民、高闰光等人于民国二年（1913 年）共同筹集广西通用毫币 4500 元，以每 5 元为一股计 90 股呈请政府立案批准，在古龙齐村成立属于私人合营性质的合兴林业股份有限公司，大力营造八角林，不久，又与黄伯洲、粟祚昌等人在小娘山推广种植八角。1952 年 10 月，古龙齐村合兴林业股份有限公司的八角林和其他林木及"祀庄"部分由国家接管，成立公私合营八角林场，其中属贫下中农部分，由公司承认其股份给予分红，至 1956 年还本付息清楚，全部划为国有，改名为"国营藤县林场"。此后，藤县一直致力于推进大红八角的规模种植和营销管理，分别于 1958 年 2 月组织全县青年 3200 多人到古龙齐村一带种植大红八角以及油桐、松、杉等树，仅 10 天时间造林达 10 万亩；1959 年 2 月再次组织青年 2300 多人到齐村造林，共造林 3.5 万亩；1960 年 2 月第三次组织青年 1600 多人，在齐村一带造林 2.5 万亩，并于 1958 年将"国营藤县林场"更名为"国营藤县共青林场"。到 1960 年，全县有八角林 12480 亩，其中共青林场 8000 多亩；经过不断的发展，到 1987 年古龙乡共有八角林 13690 亩、共青林场 10387 亩；再到 2000 年的时候，梧州市委、市人民政府提出了从梧州市倒水镇起至黄村镇止沿 321 国道线 100 千米范围内种植八角 100 万亩的"百里八角长廊"的种植规划，更是极大地促进了古龙八角规模种植的发展。如今，藤县八角有林面积共 46 万亩，占广西的 13.5%，而古龙八角有林面积达到 18 万亩，占全县的 39.13%，年产八角 6000 吨（干果）以上，占全县总产量的 80% 左右，占广西总产量的 11% 以上，成了全国著名的八角之乡和广西最重要的八角流通集散地。

藤县本没有大红八角的原生树种，由于黄海臣的引种和合兴林业股份有限公司的原始推广，使大红八角在古龙的土地上生根发芽，成了中国大红八角第一乡。黄海臣，他的名字也必将如这漫山遍野的八角一样，永远地芬芳在古龙的岁月里。

一座古宅一风骨

吴献凤

莫乃群故居，这座位于古龙镇合隆新营村的百年老宅，不知有多少人，带着敬仰与膜拜的心情来跟它相会。巍峨的城楼、斑驳的土墙、风化的裂痕，似乎在向世人诉说着老宅过往的历史。

踏上石阶，推开厚重的城门，阳光洒进来，跳跃在天井那些排列整齐的鹅卵石上，照耀在屋檐下长满苍苔的青砖身上。我顺着阳光，走过层层鹅卵石，踩着青苔痕，捡拾着关在楼台深处的古老片段。

莫乃群故居又名六合堂，建于晚清，占地面积1755平方米，方形围屋结构。外围为夯土二层结构楼房，东南西北面各设有碉楼；内由两进三开间、三天井、两厢房构成。外围夯土墙坚厚，能抵御外敌的侵犯。民国十八年，天下大乱，贼寇四起，到处打家劫舍，邻近唯独六合堂安然无恙。六合堂人善良大方，讲义气。在那个动荡不安的年代，利用自身的优势，救助善良的村邻四舍，因而远近闻名。

怀着敬佩的心情跨过内大门，又一鹅卵石铺就的天井展现在眼前。沿着天井外壁走，穿过横廊，走进二座。二座中间有一排屏风，推开屏风，内又设一天井，这一方天井还是用鹅卵石铺就，与前两方天井不同的是，此天井中心的鹅卵石排列成一朵怒放的菊花形状，外观上就更美了。

摸着斑驳的青砖，循着苍苔的痕迹，环绕天井漫步。良久，立于天井菊花中心，仰视长空，看深邃的天空云卷云散，翻涌的云浪如同风起的时代，历经沧海桑田，这座百年老宅依然静静地站在这个山环水抱、八角飘香的地方，默默守候着："你见，或者不见我/我就在那里/不悲不喜/你念，或者不念我/情就在那里/不来不去/你爱或者不爱我/爱就在那里/不增不减/你跟，或者不跟我/我的手就在你的手里/不舍不弃/来我怀里/或者/让我住进你的心里/默然相爱/寂静喜欢。"

安然处世，不争不辩，静享岁月，我想这应该就是六合堂给后人留存下来的优良风气。正因如此，六合堂的家风端正，人丁兴旺，人才辈出。

莫乃群在六合堂出生、成长，是广西当代著名的民主人士、学者和社会活动家。民国时曾任广西大学教授、《广西日报》总编辑、香港《新生日报》主笔、《文汇报》总编辑。新中国成立后，曾任中国民主同盟会中央常委、中国书法家理事、原广西省人民政府副省长、广西壮族自治区人民政府副主席、广西政协副主席、广西通志馆馆长、广西文史研究馆馆长、广西地名辞典委员会主任等职，是第一至第六届的全国人大代表。他在金融、新闻、书法、史志学等多个领域有深湛造诣，一生坦坦荡荡、鞠躬尽瘁，为广西政治经济、历史文化事业的发展作出了卓越的贡献。

六合堂后来命名为"莫乃群故居"，这也正体现了人们对莫乃群的敬佩与怀念之情。

远去的永远是历史，今人只是在遗迹中寻找过往的蛛丝马迹。主屋正中那个巨型木雕"二龙抱珠神龛"，雕工精细，其花鸟虫兽栩栩如生，上有一副对联：派承钜鹿家声远，脉接宣乡世泽长。友人们围着神龛，细细端详、评论、揣摩。我绕过人群，悄然退出，想寻找那根牵动心灵的丝线。

跨出后门，站在屋檐外凝思。方正平整的青砖整齐划一地垒砌成一面高大的墙壁，砖块与砖块之间的白色黏浆像一根根拉直的白线，我不由想起女儿上幼儿园时画的房子。那时，女儿刚学画画，用彩笔一笔一画地在勾好外线的房子上画瓦片、画砖块，画好后还叫我评分。看着那排列得整整齐齐的砖、瓦，我心里在想，这也只是出现在初学者的那种严谨的画里罢了。如今，在这里，竟也可以看到如此简单严谨的构造。

两个并不起眼的黑色实木窗棂镶嵌在巨墙中，如点睛之笔，竟把这沉闷的墙壁给点活了。我细细摸着窗棂的棱角，发现窗棂分两层，内层是活动窗格，左右移动便可改变房间的光线。平时打开内窗，内外两层窗格重叠在一起，阳光就可以透进来；反方向推动内窗，里面的窗格刚好填满外窗的空隙，房间里的人就可以休息了。

透过窗棂，穿越时光，不经意间进入一段旧时的岁月。莫乃群站立窗前凝神沉思。案上，茶烟缭绕、墨香芬芳。沉思片刻，执笔，挥毫写下"淡泊明志""宁静致远"几个大字。笔力坚挺、力透纸背，一如莫老先生的为人，正直不阿、光明磊落、高风亮节的一生……

临别前，看着那么多离去的背影，我相信，作为藤县文化的传播者，我们还会重来。那时，六合堂纵然被历史风烟冲洗，更陈旧沧桑，但是，它的风骨一定依然温润如昔，启迪后人思想。

记住那座老屋古宅

周羽兵

第一次到藤县古龙镇合隆村新营自然村，第一次感受这座诞生了广西当代著名的民主人士、学者和社会活动家莫乃群老屋古宅的神圣，一个个关于这位官员学者集于一身的名人故事让我倍感亲切，内心激起提笔写点东西的冲动。

细读着门前藤县文物保护单位的石刻，拿着这名曰"六合堂"老屋古宅的简介，"颐养在时光深处的古宅"泛着岁月的沧桑。族人记忆犹新，遥想当年这位德高望重的老学者回乡省亲，一步一步踩着木梯向老屋古宅里的神龛敬上三炷檀香，老人对先祖的恭敬备至，对延师崇学的精神是如此顶礼膜拜，对这座老屋古宅的恩泽是如此感恩戴德，将《朱子治家格言》中"祖宗虽远，祭祀不可不诚"诠释得是那么完美，让人们不禁对这位德艺双馨的老人肃然起敬。

1989年秋天，我的舅父莫北石（原藤县麻纺厂基建科科长、原藤县工程师办公室主任）在参与修辑《藤县莫氏宗谱》时到自治区首府南宁市拜访退休在家、颐养天年的莫乃群老人。老人热情接待来访宗亲，欣然为我的舅父莫北石题写了一幅书法——北石同志雅正《凤岭高登演武》："钱王英才康王弱，一样江山两样才。"并送四册作品集《晚晴集》惠存。舅父如获珍宝将书法装裱装框后于中堂悬挂，作为传家宝给子孙后代留下一笔巨大的精神财富。这就是我对出自书香门第的莫乃群"为人正直，以善为本，以文立身，勤俭持家，德艺双馨"的第一印象。

这座晚清的建筑山环水绕，风景秀丽，家风端正，人丁繁衍，培养出莫乃典、莫天砚、莫雁诗、莫善治、莫善谟等不少对国家对社会有贡献的知名人士，这座建筑与莫乃群这个耳熟能详的名字一样名声在外，传为美谈。

莫乃群早年远渡东瀛求学，后参加中国民主同盟，新中国成立后身居高位，学术著作颇多，为宗族乃至世人倡导尊师重道之风树立了楷模，也给这座老屋古宅增添了一层神圣光彩。

如今合隆村新营自然村里的老屋古宅，和岭南众多的古村落里的老房子一样，静静地伫立在疯长的现代建筑群里。这次藤县作协组织到古龙镇隋化里文化采风活动，莫乃群故居就是其中一个景点，我才有机会在短时间内探访这座保存尚好的老屋古宅。老房子的建筑风格是三进围屋形式，博古花鸟筑脊、曾经金碧辉煌而巧夺天工的木雕神龛、岭南民居特有的趟栊，都是断代的标志，晚清建筑无疑。

门楼、厅堂、回廊、天井，还有厚厚的墙体、当年防匪的碉楼和炮窗，不同的格局，相似的韵味，每个古村落的老宅子都是一帧古香古色的岭南水墨。看古村落的老屋古宅和欣赏艺术珍品是一样的，只宜一件一件地细细品赏。与现代喧嚣的都市相比，老屋古宅总给人沧桑厚重的感觉。村里的人和老房子一样，脑子里装着对老房子往事满满的记忆。

老房子不远便是村口，几棵壮硕的香樟树昂然立着，巨大的华盖姿态优雅地伸展着，树荫下摆着几排圆圆的竹条，被坐在这里乘凉聊天的老人、大人和小孩磨得光滑锃亮。几位莫姓长者，或垂暮或花甲，或健朗或枯瘦，热情与每一个采风的文友攀谈，这老屋前树荫下便是他们人生高峰论坛。说说当年莫乃群的父亲英年早逝，母亲含辛茹苦将其抚养成人，教他读书识字，在书香门第的良好家风熏陶下令他懂得为人处世的道理。夸夸宗族上的人才精英，在经营各业皆有成就，实乃宗族之福、民族之幸。骂骂当年日本鬼子和匪盗流寇猖獗，烧杀抢掠，无恶不作，没人性。其间夹杂着些格言警句："人在做，天在看。""积善人家必有余庆，积恶人家必有余殃。"挺有哲理的。问起岁数，他们都爽快说出一个让你惊叹的数字来，高寿！

进入这座老屋古宅，一进门，只见两边贴着的楹联在初夏日渐灼热的阳光里更加呈现其光鲜的色彩：

院纳祥光年年顺景财源广；

门迎春风处处行善福气多。

再跨二进门，两边十四字长联：

忆大祖勤俭持家筹谋有备兴六合；

冀后昆正直为人荣德尚文振家声。

三进门的厅堂墙上两边的对联：

> 顺潮流以德立身春永驻；
>
> 遵祖训与善同行福常临。

以及木雕神龛上的对子：

> 派承钜鹿家声远；
>
> 脉接宣乡世泽长。

　　且不说楹联上的文字有家族标榜之虞，仅就联的立意深浅，文字巧慧而言，我更喜欢莫氏族人传承"为人正直，以善为本，以文立身，勤俭持家"的家风，把厚德载物、善恶有报的道理用得如此自然贴切。莫氏后裔把对先祖的敬慕和对后人的鞭策全融入浅白的文字里。听村里一位长者说，这就是叫钜鹿堂，又叫六合堂老屋古宅的家风，好！

　　这遗世独立的老屋古宅，这数幅笔墨未干的对子，以及一个个关于莫乃群勤勉读书、治学严谨的故事，一个个关于他在抗战时期与难友深入敌后以笔为枪，对倭寇侵略行径口诛笔伐，唤醒国人奋勇抗战的故事，一个个关于他为官清廉、福泽乡梓，为族人学习楷模的故事。故事的本身寄托着人们对"为人正直，以善为本，以文立身，勤俭持家"的期待和希冀。同时关于这座诞生名人老宅子的一切，关于一代学者莫乃群种种轶事，只要能让我们记住这里，让我们懂得莫乃群就是中华民族人文星空中的一轮皓月，良好的家风便能得以传承，足矣！

　　记住这座老屋古宅，有空到藤县走走，到古龙镇走走，到合隆村新营自然村走走，有空学学莫氏宗族的家风，不管你是干哪行哪业，不管你得意还是平凡。

访莫乃群故居

杨琼凤

在一个阳光灿烂的周日，和一群文友走访莫乃群故居。莫乃群故居坐落在藤县古龙镇合隆村。从县城出发，道路顺畅，水泥路一直通到莫乃群故居的门口，所以没有感觉到坐车的颠簸，心情也是顺畅的。在莫乃群故居门前的空地停车，映入眼帘的是传统的土坯房子。门口有一个牌子写着："兰田莫乃群故居"。2012年3月30日藤县人民政府公布莫乃群故居为县级重点文物保护单位，并公布了保护范围和建设控制地带。

莫乃群是藤县古龙镇合隆村新营自然村人，是在金融、新闻、书法、史志学等多个领域有深湛造诣的文化学者。民国时曾任广西大学教授、《广西日报》总编辑、香港《新生日报》主笔、《文汇报》总编辑等。新中国成立后，曾任中国民主同盟会中央常委、中国书法家理事、原广西省人民政府副省长、广西壮族自治区人民政府副主席、广西政协副主席，广西交通志馆馆长、广西文史研究馆馆长、广西地名辞典委员会主任等职，第一至第六届全国人大代表。

走进莫乃群故居前院，最让我好奇的是天井上的小石块，这些石块大小不一，以细长为主，看是错综排列，却有着花纹的美感。在天井的中间，用小石头铺设一环又一环的圆圈，圆圈由内往外层层扩大，层层叠叠向外延伸，圆形渐渐变得模糊，方形渐渐显露出来。看着看着，方形也显得模糊了，只见叶子般的条纹了。一块块细长的小石子，就像叶子一样有序地排列着，有着柳条般的婀娜多姿。在藤县的传统房子里，天井是重要的一部分。天井是活动的小空间，比厅屋的位置低，通风透气、方便排水，通常成了洗菜、洗衣服的地方。莫乃群故居的天井，因为长期无人居住，看起来干爽通透。

从天井步上沿阶，砖瓦结构的房屋，显得比一般的房子高，房檐和屋顶上都有各种形状的修饰，这些没有着色的莲花型雕刻，显得朴素、静穆。门口两旁有幅红纸写的对联："顺朝流以德立身春永驻，遵祖训与善同行福长临。"莫乃群的侄孙莫嘉华说："作为莫乃群的侄孙，时时遵祖训，以德立身。"古老的趟栊门上，一根根圆木依然结实牢固，在悠悠岁月中，经历无数的洗礼，还保持着一贯庄严的架势。门框边上，涂着的红色线条点缀着紫檀色，显得格外醒目，多了一点活泼的色调。高高的门槛，彰显着门庭显赫。

我们跨进门槛，来到前院的大厅，紫檀色的屏风，阻挡了视线。从屏风两侧的门进去，左右两边各有一间房子，这两间房子很对称，门的颜色和屏风的颜色相近，门槛边上依然是红色线条点缀着紫檀色，和大门保持着统一的格调。据说，辈分较低的晚辈或未出阁的女孩通常是住在前院的房子。

从前院进来，又有一个天井。这个天井也是用卵石铺成，花样与前院天井一致。天井两端有回廊，用两根圆圆的柱子支撑着上面覆盖的木条和瓦片，保留着晚清的建筑风格，可以觅见历史的痕迹。从天井步入后院的厅屋，端庄大气的神龛雕刻着精致的图案，朴实而庄重。神龛两侧雕刻着一副对联："派承钜鹿家声远，脉接宣乡世泽长。"钜鹿，是秦代县名；宣乡是指莫家先祖——唐岭南首魁状元莫宣卿的家乡。从这首诗句里，我读出了莫氏家族繁衍兴旺、人才辈出的原因。这首对联和后院厅屋大门的对联相呼应："忆太祖勤俭持家筹谋有备兴六合，冀后昆正直为人崇德尚文振家声。"

从后院屏风旁的右门走进去，就是莫乃群出生的房间。后院大房，往往是身份比较尊贵的人居住，是身份的一种象征。尽管房子的采光不是很好，光线从木条做成的窗户微弱地透进来，但仍然让人感觉到蕴含着八角香味的赤子降生的灵气。

从藤县历史名人莫乃群的故居走了一圈，我深深感受到莫家大院隐含着的文化底蕴，百年风雨洗礼过的古宅风格让我留下深刻的印象。

百年古祠耀流年

——授三公祠素描

罗金霞

听说，那里风景如画，山如列障，马水当前，两峰护后，左峰如青龙，右峰如白虎，前有案山，后有靠山，中有明堂，水流曲折。于是，在一个有阳光的初冬午后，足跟叩响了那个带着八角浓郁香气的小镇的青石板。这里，就是有着"中国八角之乡"美称的藤县古龙镇，授三公祠就坐落在这个小镇上。

站在高处鸟瞰，环顾四周，授三公祠果然坐落在一个山环水抱的好地方：蓝天衬着四面绵延不绝的群山，白云悠悠浮于山峰之间，群山下开阔广袤的田野散落着一排排错落有致的现代民居。恢宏轩昂、庄严肃穆、古典优雅的授三公祠被这些民居簇拥其中，显得遗世而独立，有清清小河从它的前面环绕流过。

授三公祠，占地约 1800 平方米，离国道 321 线约 500 米，始建于清光绪年间，是藤县大红八角"始祖"黄海臣为纪念其先祖授三公而建，故名"授三公祠"。授三公，原姓陆名授三，因后代玄孙随母黄氏改姓黄，所以授三公祠是陆黄二姓宗祠。据悉，授三公于明朝天顺年间搬迁到古龙定居，经过 400 多年的繁衍生息和艰苦创业，逐渐发展成为本地的一大望族，其中最有声望、贡献最大的是倡建"授三公祠"的黄海臣。黄海臣于两广总督陆荣廷主政期间，曾先后任东莞、翁源、鹤山三县县长，为政清廉，后来厌倦了尔虞我诈的官场生活，遂出洋游历，在南洋（新加坡）经营橡胶林，晚年目睹家乡贫穷落后，经多方考察，从龙州引种八角回藤县古龙镇种植，并成立股份制公司，开藤县大红八角种植先河，被人称为藤县八角"始祖"。古龙镇也因此成为全国著名的"大红八角之乡"。

授三公祠古建筑结构宏伟，匠心独运。为三进三开间左右二耳房，第一进叫头座，又称门楼，依次为二座和三座。青砖青瓦，硬山顶，抬梁穿斗式结构。整栋建筑内有 8 条花岗岩方形石檐柱，使用 16 条直径 30 厘米的圆木柱承檩。博古花鸟灰雕筑脊、镬耳垂脊、木雕花鸟动物图案板饰檐口，卷棚式檐。之间有回廊、天井、月洞门，布局精妙严谨，雕龙画凤古朴典雅。内墙遍布"渔樵耕读""竹林七贤""孔融让梨""渭水访贤""夜宴桃李园"等人物描画形象生动、画工精美的壁画，还有雕着龙凤、麒麟等神兽图案的木雕雕花。属于典型的清代南粤建筑风格。

伫立授三公祠大门前，一种古意扑面而来，让人倏然觉得置身于时光之外。屋脊上状似镬耳的山墙古朴典雅、浮雕鲜明，虽然经了岁月风雨的侵蚀，却依然色彩艳丽，屋檐下雕刻着精致的花草虫鱼图案的板饰，檐口线条流畅优美。门前一对威风凛凛的石狮，以闲适的姿态，雄踞左右，坐看人间烟火。两根质地坚硬、色泽美丽的方形花岗岩石檐柱矗立在石狮旁。正门的门廊上书着"授三公祠"四个气势恢宏、运笔遒润的大字，门两旁镶嵌着一副石刻对联，据说是黄海臣的亲笔题书，上联是"河南传世胄"，下联是"江夏乐长春"。门廊的正上方，是一幅画工精美的壁画，画的左右书着《兰亭序》其中的一段文字："是日也，天朗气清，惠风和畅。仰观宇宙之大，俯察品类之盛。所以游目骋怀，足以极视听之娱，信可乐也。"檐下斗拱，雕刻着栩栩如生的飞龙和舞凤。

迈过大门约50厘米高的花岗石门槛，就走进了授三公祠的门楼，门楼大厅由六根楹柱支撑，左右各两根直径30厘米的圆木、各一根花岗岩方形石檐柱。在头座和二座之间隔着一方四四方方的天井，天井两边是走廊，走廊旁边是月洞门，可由月洞门走进耳房。二座由八根楹柱支撑，左右各三根圆木、各一根花岗岩方形石檐柱，一扇如屏风的红漆木门把二座与三座隔了开来，高大的门框上边是镂空雕花的窗格。听说在封建社会，这扇门平时不开，只有县级以上的官员才能从此门进去，平常人只能从两边走廊的侧门进去。三座和二座一样的格局，不同的是，这里有神龛、香炉，供桌，神龛上供奉着授三公的画像、牌位和他支下宗亲的牌位。

走进授三公祠这个古老的院落，仿佛走进了悠悠的百年历史。抚摸着一块块青砖，不由感慨万千。据说，这里的每一块砖都是经人工磨制，再配以糯米浆、石灰砌建。看着形态各异的花岗岩做成的柱脚垫着一根根高大的楹柱，完美地支撑着造型优美的斗拱，托着一根根排列有序的横梁；凝视着精致绝伦的灰雕、木雕，观赏一幅幅画工精湛的壁画，就像翻着一页又一页的艺术史书。

　　授三公祠，这座建筑科学、做工考究、屋顶雕龙画凤、内墙以儒家典故诗画装饰的古建筑，在 2009 年 5 月 4 日，被广西壮族自治区人民政府评为"区级重点文物保护单位"。它对研究人文风情有重要的价值，是珍贵的文物资料，是古代劳动人民智慧的结晶，是凝固的古文化艺术，是古代历史留下的立体诗，是灿烂的、源远流长的中华文化。它代表着古代人们的审美和文化，更代表着一个时代的文明。这座承载着深厚历史文化的百年古祠，透过时光的薄薄帷幕，正向人们娓娓地诉说着它往日的风情，向世人闪耀着它熠熠的光辉。

和平

>> 去追寻一个消逝于岁月里的古城梦幻，去怀想一段挥之不去的翰墨流香，去品味一种和平大地上葛色天香的芬芳气息。

有一种芬芳的品味叫葛色天香

——和平时节访和平

蒙土金

和平一词最早出现在《易·咸》的"圣人感人心而天下和平"句中，从字义上的理解应为政局安定、没有战乱，温和、和顺，和谐、和睦，平和、安静的意思。因此，和平原本就是一个蕴含着美好、和谐的词汇。金秋时节，我们在藤县文联的组织下，踏进了作为地域概念的"和平"——藤县和平镇，去追寻一个消逝于岁月里的古城梦幻，去怀想一段挥之不去的翰墨流香，去品味一种和平大地上"葛色天香"的芬芳气息。

一、五屯古城里的历史荣光

五屯，坐落在和平镇屯江边的一座历史古城，是明朝中期广西的一处军事重镇。据清同治版《藤县志》记载："城为砖砌，周三百三十丈，有串楼二百九十九间，东门二，南、西门各一，皆有楼濠，深一丈，宽一丈。"由此文字可窥见五屯城当年的威严与繁华。我们今天重新走进五屯故城，试图抖去岁月的尘埃，去追寻那座成型于元代晚期、鼎盛于明朝的古代城池曾经有过的辉煌和在特定历史条件下的那段荣光。

元朝时期，藤县、平南、桂平等地是瑶民聚居的地方，由于瑶民与元军时有冲突，在大德年间（1297—1305 年）终于爆发了黄德宁领导的宁凤乡大壬里（现古龙镇一带）瑶民起义，并迅速攻占了五屯等地（当时称五隘），起义军与官兵一直拉锯对峙。至正七年（1347 年），元朝派南丹大总目校尉官覃普伟率兵围剿，瑶民败退被迫潜入大瑶山（现金秀瑶族自治县），覃普伟功升世袭千户，并招四方佃民开垦五屯。因为该军垦区处在蒙江河和平段的河边，所以蒙江河在这里又叫屯江。明洪武元年（1368 年）朱元璋派杨景定广西，檄诸"夷"归化，覃普伟之孙覃福集属民归顺。洪武四年（1371 年）覃福上书中书省参政高杰具陈守五屯策略得到批准，遂招兵 800 多人编附桂林中卫左所报效。洪武八年（1375年）在五屯设千户所，授覃福为千户率其属垦守五屯。由于从五屯出屯江到蒙江经浔江往下可直达梧州府，往上经浔江过黔江可达桂平、武宣直至柳州等地。因此，五屯遂成为明朝驻守广西西江流域的一处重要军事据点。

而在距离五屯城不远的黔江中下游武宣至桂平之间长百余里的地方，两岸崇山峻岭，江水迅疾，在桂平的碧滩与弩滩间，有藤粗大如斗，连接两岸让人们赖以渡江，故此江峡段被人们称为大藤峡。大藤峡，又叫断藤峡、永通峡，以其为中心，包括广西东南部的浔州府、梧州府与平乐府西部及柳州府南部方圆600多千米的地方，统称叫大藤峡地区。明朝时朝廷较早地便在这一地区实行了"改土归流"政策，并用武装夺取瑶、壮居民的土地，又利用食盐垄断和专卖，对当地居民进行苛重剥削，甚至以封锁食盐进入广西作为逼迫瑶、壮居民就范的手段，因此激起了大藤峡地区瑶、壮族人民的激烈反抗。明朝时期，生活在大藤峡一带的瑶族、壮族民众先后举行了多次声势浩大的武装起义，前后经历250余年之久。洪武十九年（1386年）生活在桂平、武宣一带的瑶民在罗渌山的带领下发动起义，控制了大藤峡一带垄断桂平至武宣的水路航道达数十年之久。正统七年（1442年）蓝受贰、侯大苟又率众起义，到正统十一年（1446年）队伍壮大到万余人，建立了步兵、骑兵和水军等体系，再到景泰年间（1450—1456年）起义军控制了梧州、浔洲、柳州等州县，至天顺七年到成化元年（1463—1465年），起义军一路从梧州攻至广东的肇庆、罗定、阳江等地；一路从北流攻至陆川、博白、化州等地；一路经富川到贺县（现贺州）入湖南江华、宁远、桂阳等地。嘉靖年间（1522—1566年）到天启年间（1621—1627年）大藤峡的农民起义仍然烽火不断。从洪武四年（1371年）开始到崇祯末年（1644年）结束，大藤峡大大小小的农民起义有数十次之多，其中规模较大的就有14次，迫使明王朝先后派遣数十名御史、总督、总兵率军60多万人前往大藤峡地区进行围剿，而从五屯出发和曾在五屯屯兵的明朝领将中就有覃福和韩雍等人。

覃福（1351—1386年），字伯福，广西藤县宁凤乡人（现和平屯江），五屯千户所千户、五品军功。洪武八年（1375年）覃福于当地招募壮丁864人从军，在五屯千户所实行屯兵制，兵壮们农时耕种，农闲时训练兵器战法，战时则集结作战。所有兵壮编入军籍，子孙世袭为伍。洪武十九年（1386年），覃福受朝廷派遣从五屯千户所领兵前往进剿大藤峡起义，在追击途中因中埋伏被乱箭击伤坠马身亡，后被明太祖敕封为"忠毅武德将军"。覃福在五屯长期屯兵、设防、警备，客观上促进了五屯及其周边地区的社会安定，也推动了当地农业生产的快速发展。

　　韩雍（1422—1478年），字永熙，江苏长洲人（现江苏苏州），为明朝中期著名的将领、诗人，历官大理寺少卿、兵部右侍郎，明武宗时追谥为"襄毅"。成化元年（1465年），刚即位的明宪宗朱见深狠下决心，决定着力平息大藤峡地区的"瑶乱"，于是任命都督同知赵辅为征夷将军，右佥都御史韩雍协助治理军务，率领大军16万人开赴大藤峡地区征剿侯大苟的起义军，以总兵欧信等为五哨，从象州、武宣攻其北面；自己与赵辅率领都指挥白全等为八哨，从桂平、平南攻其南面；以参将孙震等为二哨，从水路进攻。经过近一年的征战，韩雍攻破了大藤峡的核心地区九层楼，虏获义军首领侯大苟等780余人，并命人斩断大藤，改"大藤峡"为"断藤峡"，在其地置武靖州，又奏请朝廷准许分设广东、广西两巡抚，进一步加强朝廷对大藤峡等地区的控制。后来，韩雍升迁为左副都御史，提督两广军务，在两广镇守多年。韩雍在征剿大藤峡农民起义期间，曾把五屯作为其第五屯兵的驻地，并于成化二年（1466年）开始修筑五屯城，逐步完善五屯城的相关军事设施，使之成为一座军事城池。后来，以兵部尚书总制两广、江西、湖广军务的王守仁又于嘉靖八年（1529年）奏请朝廷再度增筑五屯城。此时城墙为砖砌，城周长1090米，南北长383米，东西宽158米，占地100多亩，有串楼299间，共有东、西、南、北城门4个，城内有街道、商户、两府衙门；城外紧邻东门南侧是白石巡检司衙门，周边建有三界、北帝、城隍、镇江、覃福等五庙，还有游天府、观音阁、护城河、校场坪、炮台、烽火台、拆垛台等设施。整座五屯城的防卫依山傍水，临屯江边还依次建有镇江、保池、五相、天子、渡口等五个码头，成了明朝中后期在藤县的一座颇具规模的军事要地。

　　"千里莺啼绿映红，水村山郭酒旗风。南朝四百八十寺，多少楼台烟雨中。"当时的五屯城作为明朝的重要军事设施，对于巩固明王朝的统治和加强对南方地区的控制起到了相当重要的作用，只是随着封建王朝的覆亡，五屯古城最终也完成了它的历史使命。当我们在和平年代走进这座明代当年重要的军事城池时，只见屯江边上斑驳的古码头犹存，饱经岁月沧桑的古城墙遗址犹存，只是屯江水流无声、清净凝碧，一片宁静祥和的景象代替了昔日的刀光剑影，此情此景我们不禁想起了猛陵山人苏时学《爻山笔记》中的诗句：

"翡翠何年贡，安沂旧著名。石如中妇艳，水比圣人清。五隘秋无警，三江夜有声。渐看氛祲息，藤峡已销兵。"这，不正是对五屯古城的绝好描摹？

二、流淌在村庄里的文脉飘香

当五屯古城里的硝烟散尽，和平镇的日子总是那样的平和而又宁静，这种平和宁静的日子散发着翰墨的飘香弥漫在村庄原野，牵引着我们的脚步，让我们不由自主地走进了都坡村走进了荔枝村。

都坡村，屯江边上的一座山水相映、瓜果飘香的村子，就是这样村落竟然完好无缺地存留着一座建于220年前的文昌阁，究竟这是一种怎么样的因缘际合造就，这不得不令我们大为惊讶。

文昌阁坐落在都坡村一座叫紫微山的山坡上，占地面积18.8平方米，由都坡邓氏十一世祖邓斐爱于清嘉庆二年（1797年）牵头择地修建，文昌阁呈六角形共三层，砖木石结构，锥形瓦面，圆窗、密檐，六角攒尖顶，宝瓶圆光刹，高16米。地层壁厚约78厘米，为六隅青砖错缝叠砌，往上层缩级内收，阁顶呈锥形，土瓦盖面。文昌阁古朴秀雅，首层圆拱门上方雕刻着阳文楷书"宏开文运"，落款为"大清嘉庆丁巳二年季秋谷旦：都坡邓姓鼎建"；二层门额内书"文昌阁"楷体字样；三层圆窗筑长方竖匾，正中为行楷"魁星楼"三个字。阁内为木板楼面，层与层之间由木梯相通，各楼层内均有山水、花鸟壁画。藤县人民政府于1998年将其列为县级重点文物保护单位。紫微山依山傍水，绿树成荫，重峦叠嶂，前有屯江潆绕，后有帝殿倚靠，气势磅礴，确是一处风景宜人的风水宝地。

文昌，即文昌星、文昌神，又叫文昌帝君，一般地认为他是主管考试、命运，及助佑读书之神，是读书文人、求取科举者所最尊奉的神祇。文昌封为帝君，并且又称梓潼帝君，是将文昌神与梓潼神合为一神。《明史》中的《礼志》记载："梓潼帝君，姓张，名亚子，居蜀七曲山，仕晋战殁，人为立庙祀之。"为纪念张亚子的忠勇，后来历代皇帝多有敕封，到元仁宗延佑三年（1316年）的时候，加封他为辅元开化文昌司禄宏仁帝君，于是梓潼神张亚子遂被称为文昌帝君。又据越西厅志记载："张亚子晋太康八年，七十一化降生在中所卢林沟张老夫妇家中，后勤学苦练，羽化成仙。"因此越西作为张亚子的诞生地，文昌帝君影响深远，历史悠久，而全国各地历史上兴建的文昌宫、文昌阁、文昌殿更是难计其数，但由于岁月的变迁，存留下来的也已寥寥无几，在都坡村的紫微山方圆数百公里中，保存如此完好的文昌阁恐怕也唯此一座了。

或许真的是邓斐爱修造的文昌阁感动了文昌帝君，还是都坡村的邓氏历来就有勤奋好学的传统，使都坡村人在科举考试中多有榜上题名，以至到了清咸丰三年（1853年），也就是紫微山的文昌阁建成56年后，都坡村的邓国光在癸丑年高中进士，成为藤县历史上有科举制度以来的第17位进士。在邓国光高中进士前后，和平还分别有荔枝村的卓僴、卓诚，从屯江村搬到和平村居住的王敩成高中进士，一里四进士这不能不说是一种奇特的现象了。除了都坡的文昌阁外，在和平圩还建有一座财神阁，是和平圩的商家们敬神的地方，这些商家们发达以后想扩建财神阁，但那地方却是属于都坡村邓姓的，他们虽多次出高价购买也未能如愿，后来找到王敩成出面去疏通，都坡村的邓氏敬仰于王敩成的才学和为人，经王敩成一说后竟然不收分文把地让给了和平圩的商家，财神阁得以顺利扩建，扩建完成后还特地邀请王敩成在石柱上刻了一副对联：

> 何须明月扬州，到处常缠十万贯；
>
> 只此清风江上，买来不用一文钱。

横额上写着"生财有道"。从文昌阁到财神阁，这看似并不相关联的两件事其实却有着极大的关联，这不但体现了都坡村邓氏对钱财的淡泊，更体现了他们对人才的敬仰、对知识的尊崇，这种家风遗训的延续最终传承成为飘香的文脉滋润着这一方水土，绵长而悠远。

文昌阁，就这样在都坡村的历史里流香岁月。

荔枝村，同样散发着如荔枝般的芳香。

在这座仅400多户2400多人的村子里，竟然矗立着四座能完整体现清代中晚期建筑风格的古屋，古屋里由清朝各个年号的皇帝"诰命""敕命"授予和"诰封""敕封"的学位牌匾"文魁""亚元""进士"，官位牌匾"文林郎""内阁中书""资政大夫"，军功牌匾"赏戴蓝翎""御赐花翎"等各种牌匾共有19块之多，并且村中至今还保存着两本如传家宝一般的书稿，叫《致远堂诗集》和《致远堂文集》，见证着这座村子尚文好学的鼎盛文风。这种文风从卓凤仪创办教书育人的"蒙舍"开始，一直到以后的"大馆书房""登瀛书舍""杏花书舍""卓立荔枝学校"，卓氏的历代子孙孜孜不倦地秉承了崇文向善的家教遗风，以致历代人才辈出。在清朝年间，这座村子里的卓氏子孙们就走出了2名进士、4名举人，实现了读书人祖孙三代致仕的梦想，同时还为其他卓氏子孙培养了"秀才"20多人。我们翻开《致远堂诗集》《致远堂文集》里的书香墨韵，随意撷取卓偁、卓杰、卓诚、卓其炤、卓德善等人的一些诗文，也能体会到荔枝村中经年不绝的家国情怀和良好家风。

卓偁，字毅夫，号宽甫，清乾隆丁酉年（1777年）出生，嘉庆庚申年（1800年）亚元、庚午年（1809年）恩科进士，钦点内阁中书，充方略馆校，理文渊阁检阅，国史馆校对，协内阁侍读，山东登州府海防同知，诰授奉政大夫，晋封朝议大夫，历掌教藤州、梧州传经，桂林秀峰各书院共18载。

壬午北上和四弟韵兼示五六弟

一

天上秋凉一雁归，同群日里看云衣。
循陔每羡乌能养，遵渚长吟鸟倦飞。
讵意桂枝香月殿，又寻棣萼赴春闱。
知途老马风尘惯，躞蹀雄心尚不违。

二

草草何殊一梦归，尘囊抖擞换朝衣。
十年我似宾鸿至，八月人如客燕飞。
幸有芝兰生座砌，欢承菽水侍庭闱。
别来一事询吾弟，诸子传经孰不违。

家园即事

一

荔枝庭树鸟思归，放学儿童各振衣。
客笑屋宽鞋易烂，人趋令急步如飞。
高年清昼闲摊饭，低语黄昏敬字闱。
早晚风炉煨榾柮，瓶笙按候奏无违。

二

鹅群鸭队日忘归，闲傍芦花刷雨衣。
款客池鱼凭去取，窥人簷鸟自鸣飞。
秋场稼影连墙屋，晚塾书声达寝闱。
更爱鸡笼兼石甀，朝来爽气总无违。

步四弟六一原韵

已周花甲又添年，重见壬寅岁度鹯。

旬内阴凝愁腊雨，朝来日出喜晴天。

兰芬桂香皆同庆，梅瘦松高窈自怜。

白发老兄为弟寿，长吟诗句仿前贤。

卓杰，字颖夫，号豪轩，乾隆丁亥年（1767 年）出生，乾隆五十七年（1792 年）壬子科举人，陕西山阳怀远县知县，即升放同补商州、直肆隶州敕封儒林郎。

慈母九十寿辰燕集屋脊数百志喜

燕喜当年鲁颂庚，吾家燕集满檐楹。

时因白发慈亲寿，天使乌衣子弟鸣。

青鸟变为元鸟至，九龄定见百龄盈。

千秋异事今须记，援笔题诗表子情。

附卓儞原韵

燕贺曾闻大厦成，今因慈寿集檐楹。

三千结实将桃献，九十长春以鸟鸣。

拜舞喧声群季乐，团聚和气一堂盈。

康强自有无疆福，百岁休微验物情。

卓诚，字裕成，号允斋，清道光丁酉年（1837 年）出生，同治二年（1863 年）癸亥恩科进士，钦点即用知县，分发广东署理兴宁县事，敕受文林郎。

入县学文山叔作诗致贺敬和原韵

福由祖造数由天，敢谓生儿可象贤。

贻厥多方存旧业，绳其远武在初筵。

猥其济笔同三世，只恐偷闲过少年。

是否家声能不坠，惟将诗礼晶庭前。

卓其炤，字兆清，清同治庚午年（1870 年）生，光绪十三年（1887 年）丁亥科廪生。

步和文山叔祖贺游泮原韵

桐树翘首叹长天，闻道民歌太守贤。

公望公才欣竹茂，率亲率祖愧芹筵。

一窗力努三千字，万里眼穿十万年。

　　欲知腾欢频点颔，何时驻足凤池前。

卓德善，字兆龙，号光田，清同治廪生。

山居

一

　　幽居雅爱翠微间，明月清风共往返。

　　不与云霞争出海，宁储霖雨在空山。

二

　　海云蜃楼总不关，卧龙岗上屋三间。

　　闲云在岫无殊我，有待风来始出山。

　　这些掩映在致远堂里的诗章，尽管相隔了几代人，但透过这文字里的墨香，我们依然可以触摸到荔枝村里卓氏子孙们尊老爱幼、扶掖后辈、心怀广远、谦逊好学的人文情怀，这种情怀至今还在荔枝村里散发着芬芳，久久不散。

三、弥漫在和平大地上的"葛色天香"

　　走在和平的原野大地上，随时随地可以感受到一种挥之不去的气息弥漫着芬芳，这种芳香叫作"葛色天香"。

　　粉葛，又叫葛根，为藤本植物的根块，是我国南方一些省区的一种常用蔬菜，具有滋身健体、抗衰老、抗压、降糖、抗脂、增加皮肤弹性、润肤等功效，葛根中所含异黄酮不但具有滋养皮肤、恢复皮肤弹性的作用，还可以减缓骨骼组织细胞的老化，有助于钙质的吸收，减少骨钙丢失，增加骨密度并阻止骨骼的中空消融，从而远离骨质疏松。葛根中的活性成分能够预防心脑血管等疾病以及有效缓解更年期综合征，是中年女性日常保健、提高生活质量的理想选择。更令人意想不到的是，女性常吃葛根，不但可以美容，还可以促进胸部的发育和生长，达到丰胸的效果。

　　和平镇有着种植粉葛的悠久历史，自晚清以来便是藤县大肉粉葛的传统种植基地，到二十世纪八九十年代和平粉葛以立体种植为主，当地农民在发展高产、优质、高效、安全的农业生产实践中，利用科学技术优化产业结构，选择适应当地生长的经济作物如粉葛、香芋、蔬菜、生姜、瓜果、红薯等进行间种、套种，形成了一种立体种植的模式，被当地农民称之为"八宝田"，这种"八宝田"每亩产值达一万多元，又被称作"万元田"。

　　进入21世纪以后，和平镇逐渐摸索走出了一条以粉葛种植为主导的特色产业发展之路。目前，这个有着4.4万亩耕地的乡镇种植粉葛的面积就超过了2.5万亩，年总产量达至6.5万吨，全镇有粉葛种植合作社50多家。2004年被自治区认定为"无公害蔬菜示范基地"，2007年获得农业部"无公害农产品"认证，2013年获农业部"全国一村一品示范村镇"和"国家科普示范园"称号，2014年获自治区人民政府授予"广西粉葛之乡"称号，和平作为全国种植面积最大的粉葛基地之一，名副其实地成为粉葛种植的专业镇、示范镇。我们循着葛色天香的芬芳气息一直往"万家欢土特产专业合作社"的粉葛种植基地走去，汽车行驶在笔直的田间道路上，一陇陇翠绿的葛田在我们面前掠过，虽然已是中午时分，但蓝天白云缭绕下的绿色原野上所特有的、天然的葛色馨香仍然沁透了我们的肺腑。就在万家欢土特产专业合作社的田头，藤县文联各协会的文艺家们一边兴致勃勃地仔细聆听着和平镇镇长朱炳新的介绍，一边贪婪地大口大口呼吸着葛田里的清新空气，或"咔嚓、咔嚓"地按动相机的快门，生怕错过了最美好的一瞬，或细细地辨析粉葛的一枝一藤、一叶一芽，为写生创作积累好素材。通过听取介绍、实地察看，我们深深地感到万家欢土特产专业合作社做得真的不简单，这家由村党支部牵头引导13位种植大户领办、周边群众积极参与，以生产资料、土地、资金等要素入股组建起来的专业合作社，是集农业生产资料供给、农作物生产技术指导、农产品销售于一体的新型经济合作组织，它采取"营销+种植"的经营模式，以服务农民、致富农村为目标，经过两年多的发展，目前该合作社已有社员254户，每年合作社的基地种植粉葛7000多亩，与广州市江南水果批发市场建立了长期的合作关系，销往国内、国际市场的粉葛达1万多吨。

　　说到今后的打算，万家欢土特产专业合作社的社长张传家满怀信心。他说，万家欢土特产专业合作社与藤县绿野葛业有限公司正在注册商标，下步将着力打造和平鲜葛、绿野葛粉品牌，建设粉葛精选、清洗、检测、包装、冷藏等设施，开发葛粉、葛片、葛根茶、葛粉挂面、葛根粉丝、葛粒、葛根酒、葛糕、葛饮料等葛系列产品，将鲜葛粉和葛系列产品销售到全国各大超市及国际市场，按照"公司+合作社+生产基地+示范户"的运作模式，把绿野粉葛推向全国、走出国门，不断提高葛系列产品的附加值。

　　葛色天香，一种带着和平气息的葛香，正在和平的沃野大地上漫延，这种原生态的葛色原香，芬芳宜人。

荔枝村：那些隐藏在朴实中的辉煌

李燕霞

一

对于荔枝村的走访，是和藤县历史文化研究会的会长黄子光先生一起的。这位可敬的老先生，从领导的位子退休下来后，十几年里一直坚守着他的文化情怀，在搜集、整理和挖掘藤县历史文化上做了大量的工作。关于荔枝村的很多历史资料，便是由他及夫人卓兰荪女士一起整理挖掘出来的。

荔枝村在更早之前，被称为荔枝峒。它是那种南方常见的小村庄，富裕起来的农民盖起了漂亮的钢筋水泥楼房，楼房前后有果树，有小块的菜地，间或，还会出现一张鱼塘，某些果树或楼房的旁边，不时还会发现一些泥房子，大多是没拆的祖屋，或整洁或残旧，都在阳光下温和地晒着太阳。

黄老领着我们向村中最大的那几间卓姓老屋走去。这个村庄所发散出来的魅力与荣光便是由这个族姓与这几间老屋开始的。

没来之前，我曾经想象过它们的样子，作为朝廷高官的故居，想必一定是金碧辉煌、雕梁画栋的，所以，当黄老指着前面的一座泥房子告诉我，这便是凤仪公的老屋时，我愕住了。

面前的老房子土墙青瓦、杉木门窗，应该是两百多年的老房子了，时光的积淀在它身上留下了鲜明的痕迹，历史的斑驳早已渗透到每一块泥墙、每一片瓦缝里，显得沧桑而陈旧。如果不是门口高悬着"内阁中书"的牌匾，我实在看不出它与其他农舍有何区别。我记起黄老说过的一句话，他说，荔枝卓家最大的特点就是恭俭循良。面对这座房子，我开始理解他的话。

跨过门槛，走进屋里，眼前豁然开朗，虽历经剥蚀，但房子的结构还在，石阶、门楼、天井、客厅、堂屋、厢房，走了一进，还有一进，虽然简朴，但依然能感受到一种阔大的气势，一种特有的雅意。引人注目的是，在房子的几进门楼上，挂满了各色牌匾，"大夫第""资政第""贡元""进士""文魁""亚元""御赐花翎""赏戴花翎"……林林总总，每一块牌匾都满含分量，每一个木刻雕字都在诉说着这座房子的厚重与辉煌。这些牌匾都是凤仪公的子孙的，后人把它挂在这里，是要表达对凤仪公的敬意，因为没有他的开塾倡学，义方课训，就不会有子孙后代的这些荣耀与辉煌，就不会有荔枝村的文气清扬。

凤仪公少年聪慧，在他之前，祖辈们都以务农为生，少有文化，到了他，偏爱读书写字，于是，乾隆四十年（1775 年），父母把他送到了本县从化里欧村举人陈儞家里，让他师从陈儞，学习四书五经。

念书后的凤仪用功刻苦，深得老师赏识。几年后，他又考取了县学并获得了茂才（秀才的别称）资格。回来后，他立志教学，便与父兄商量，在村中自己开办起了学舍，招收弟子，课书育才，并取名蒙舍。当时，附近村落都没有人开办学舍，所以，除自家的子侄外，周边自然村（木依、石桥、志成等村）的孩子都到荔枝峒来求学，荔枝峒蒙舍成了附近唯一的育才基地。

用今天的话来说，凤仪公绝对是一位杰出的教育家，因为，在他的教育下，他的儿子、孙子、曾孙频频中举，连续三代有人入朝为官，这样的教育成果对一个偏僻农村来说，是令人惊讶的，乡里无不轰动，传为佳话。

他的长子卓杰在蒙舍受学后，在乾隆五十七年（1792 年）考出乡试中式，就壬子科举人，中大挑一等出宰陕西，历任陕西省山阳、怀远等各县知县，后又借补商州直隶州知州，敕封儒林郎（从六品）。由知县而知州，为官 30 年。

其三子卓儞也由此走出，并应试中了秀才，嘉庆十四年（1809 年）又中己巳科第六十四名进士，钦点内阁中书，历任侍读、文渊阁检校，朝廷内用十五年，后选授山东登州府海防同知，诰授奉政大夫（五品），晋封朝议大夫（从四品），最后又诰封资政大夫（二品）。

其四子卓佣，在嘉庆壬戌年童试中考取全县第一，高中秀才，次年又选入国子监读书为岁贡生，后任山西襄垣县知县，敕授文林郎（七品）。

其孙卓熙泰（卓佣之子）学成后，中道光二年（1822 年）壬午科第廿一名举人，乙未大挑一等，分发山西省，历任榆社、屯留、乡宁、漪氏、荣河、浑源等县知县，历署平阳、蒲州、太原府，钦赐花翎，补授泽州府知府，署河东兵备道兼管山西、陕西、河南三省盐务，诰授朝议大夫（从四品），后又诰授中宪大夫（四品）、晋授中议大夫（从三品）、晋授资政大夫（二品）。

其曾孙卓诚（卓侗之孙）为同治二年（1863年）癸亥科第四十七名进士，钦点即用知县，分发广东，历任兴宁、清远、新兴等县知县，敕授文林郎（七品）。

而前文所说的"贡元"匾就是卓侗成为岁贡的学位牌，"文魁""进士"匾则是卓杰中举的学位牌，"亚元"匾为卓侗中举的学位匾，"大夫第""资政第"则是他们因官阶而获授的宅第之称，也是标识此宅为大官人家之宅（清从五品以上文官之宅才可称大夫第）。"御赐花翎"是熙泰在山西为官时受赐的奖赏，"赏戴花翎"是卓诚在广东新兴县任上时因功而受的奖赏。

在列举这些史料的时候，我仿佛又听到了蒙舍里琅琅的读书声，看到了讲台上须发飘飘、手持书卷的凤仪公，看到了屋里挑灯夜读的卓家子弟，看到他们跋涉赶考的身影，看到他们赴任施政的豪迈……

我的心里肃然起了一种敬意，这样的教育与成就，是要有极大的智慧与付出足够的心血的。从荔枝村的这个院子出发，他们带着读书人的梦想，一步步走到了省城、京城，又一步步地走向他们的履任之地，可以说，那样的求取、跋涉与所得是充满苦乐曲折的，但是，他们却走得那么好，那么远，那么坚定。我相信，在他们的背后，一定有一种朴实而坚韧的信念在支撑着他们，而只要有这样坚韧的信念，无论在哪个时代，哪个村落，都是可以成就辉煌的。

二

晋武帝司马炎曾对大臣说过一段为官之道的话："为官长当清，当慎，当勤。修此三者，何患不治乎？"由于此"清""慎""勤"三字富有哲理与警示作用，成了许多为官者的第一箴言，且屡被后人提及。清康熙帝更是经常亲书"清""慎""勤"三字，"刻石赐内外大臣"用以激励官吏约束自己。

凤仪公也把此三字引为自家庭训，用以时时告诫子孙。其长子卓杰在嘉庆十二年于陕西山阳县等地为官，其三子卓侗次年出任朝廷"内阁中书"时，他就以此三字告诫儿子俩。到其孙卓熙泰在道光年间中大挑一等于陕西为官时，卓侗（熙泰之父）又时时邮寄庭训告诫儿子要"恪守三字之箴"。同治二年，其曾孙卓诚于广东省为官时，父熙泰亦叮嘱诫儿要传承"三字箴言"祖训，不要衰败官誉。

事实上，卓家子弟也一直遵循祖训，严守三字箴言，清廉一生，勤政为民。这一点，从上面我们所说的老房子就可见一斑。

除了凤仪公的老屋，我们随后还去了卓儞公及卓诒公的老屋。它们都保存得比较完整，建筑结构大相径庭，在岁月的剥蚀里还守着最初的原貌。门楼上，也都挂着牌匾，"观察第""中宪第""崇祀乡贤""进士"……卓家的授封匾有一部分挂在了这两间屋子里，据黄老说，现在荔枝村共有各种牌匾17块，封诰碑6块。除"中宪第"大门是青砖构造外，其余所有的大夫宅邸全是泥砖、瓦木构建。

应该说，在明清的大官里，能保持操守的人并不少，但在几千年"光宗耀祖"思想的浸淫下，即使清廉者，亦大多注重自家老宅的构建，即便不雕梁画栋，庭院重重，亦大多砖石灰墙，鲜有泥墙之类，卓家几代为官，能始终保持如此之简朴，实属不易，其中的大情大操与大智大慧，值得玩味。

关于他们的为官清廉，勤政为民，史料上有很多记载。

嘉庆年间，卓儞在京供职十五载，一直严于职守，兢兢业业无一失误。其时，他还兼管理广西驻北京会馆（香炉营四条胡同）多年，积有资金盈余，他用于拓地重修会馆，添置分寓，丝毫不做己用，受到了同乡京外官员们的称赞，称之为克己奉公的好榜样。在他调任山东海防同知时，不足一月，因父逝回乡，又因母亲年老而不愿再复原任，先后掌教于藤州、梧州书院及桂林独秀锋书院。因他官高学广，生平德行品望为桑梓所钦，受到地方各级官员敬重，但他从不串插官衙干预公事，有人欲依凭他的声望送重金，请为说官买职，他律己严明，一律固辞不受。鉴于他生前的孝友、笃纯、德高望重，清道光年间本县举人苏时学等人为他请奏入崇祀圣庙乡贤祠，同治辛末年（1871年）被奉准，前面说的"崇祀乡贤"匾即是卓儞公的。

卓熙泰在山西省署任河东兵备道兼管山西、陕西、河南三省盐务事时，每年允许开销公款白银三万两，历任官员均照例开销，有的还亏空。熙泰遵循庭训，可支可不支的予以节约，在任两年中，为朝廷节省大量开支，共存得库银六万两留予后任。咸丰初年，熙泰因父母相继病逝，从山西回家服礼（守孝），时值地方匪徒动乱，盗贼猖獗，扰及乡梓。藤县知县令各地组织民团防御，并推举他为全县团总，担任起清剿匪贼的职责。时年8月，知县张鹏万奉省台之命，率领清军与民团联合，前往县北部三江水口，阻击从平南县流窜过来的逆匪，双方激战，清军与民团最终获胜，各地匪贼相继平息，熙泰由此获朝廷"赏赐花翎"嘉奖。

卓诚在广东新兴县任知县时，德政亦颇有名声。他在任期内，严除地方械斗，剪除匪患，栽培贤士，发粥赈饥，平反冤案，深得民心。光绪初年，山西省大闹灾荒，他动用了当地的钱粮支持山西赈灾，得到了灾民的感谢却受到了新兴当地官员的非议和诽谤，并以"莫须有"之罪名状告于朝廷，使其遭到免职。后经山西抚台及其他官员的奏禀，阐明真相，不仅得到平反复职，而且钦加同知保升知府，并给予"赏赐花翎"的嘉奖。当他升任离县时，得到邑民赠匾相送，颂以"爱日长留""群黎遍德"等语。饯行送别十余里，鞭炮之声仍不绝，所过城乡，均悬挂红条，书上"卓青天""卓父母""盗息民安"等恭词。

有官威，有良德，这是卓氏一门几代官共有的特色。清同治年间藤县知县边其晋曾专门有诗以赞："循良卓氏两代同，西晋南粤表清风。忆昔君捷南宫日，此地霜花满地红。"堂堂知县如此专门评价，可见卓氏一族在藤县及周边县治声誉之高了。

<h2 style="text-align:center">三</h2>

在荔枝村，除了那几间高悬匾牌的宅第，还有一座建筑特别显眼，那就是村中的荔枝小学。

这所在池塘边倒映着影子的学校，特别之处就在于学校大门主体建筑，是民国时期典型的中西合璧式的风格，青砖、拱门、尖顶，上面用繁体字写着"广西藤县荔枝小学"字样。这样风格建筑的小学，在县城里也不多见，保存至今的更没有，而存在于这个小村庄，充分说明，在民国时期，荔枝村的教育之风也是相当鼎盛的。

其实，荔枝小学在成为"广西藤县荔枝小学"之前，它的前身是"卓立荔枝学校"，再在此之前，道光年间它的全名是"登瀛书舍"，比"登瀛书舍"再之前，乾隆六十年时是"大馆书房"，"大馆书房"之前，被称为"蒙舍"。也就是说，在民国前，凤仪公创下的学舍，从未停止过办学的脚步，一代又一代，薪火相传，不断绵续，不断扩大，直至最后竟以家族的名义建起了一所属于这个村子的学校！这样的教育坚持，这样的文风传扬，于卓家，于荔枝村，实在是令人景仰！

那些任教者中，除凤仪本人外，他的儿子卓杰、卓偁、卓倜等后来也曾执教，由于教风严谨，人才辈出，附近平南、蒙山等县治不少人亦纷纷慕名前来就读。据不完全统计，清代卓凤仪家族，除了培育自己的嫡子嫡孙考取四位举人（卓杰、卓僴、卓熙泰，卓诚），其中二人（卓僴、卓诚）考取了进士之外，其余子孙获取生员（包括贡生、廪生、监生、庠生等，统称秀才）资格的就有20多人。民国时期，荔枝村人口仅500人，走出读大学的就有5人，中学也有10多人，新中国成立后，从这所学校走出成长的更是人才辈出，源源不断。现在为鼓励子孙后代发奋读书，卓家还专门成立了一个资助学子发奋读书的机构——树人堂。

如果说"清、慎、勤"已成为卓家的庭训，那么，这种对教育的重视和文风的传扬，也成了卓家的一种精神。

卓僴因父逝回乡，因母亲年老而不复原任后，受邀在藤州书院、梧州书院，桂林独秀峰书院掌教共有18年之长，培育了不少良才，桃李天下。中国1300多年的科举史上，广西共出状元10名，而卓僴在独秀峰书院执教时，临桂学生龙启瑞便是在他的调教下高中了状元，后出任山西巡抚。而这个高徒在文章方面也颇有成就，他与吕璜、朱琦、王拯、彭昱尧并称"岭西古文五大家"，又与王拯、苏汝谦并称清代广西"三大中兴词人"，留下了一批文质兼美的文学作品，是产生了全国影响的广西古文家、诗人。

卓熙泰在山西襄垣县任职时，发现该县人才缺乏，于是捐资千缗，买地数亩，兴建书院，训课童生，又使得该县文风丕振，人才辈出，应试者多登科甲。为了感恩，该县恭恭敬敬立下卓熙泰长生位于书院，以使民众年年供奉敬仰。

……

对教育的尊敬就这样一直流淌在荔枝村的上空，并附着在了卓氏子弟流淌的血液里，带着这样的敬意，他们开创出了另一种辉煌……

关于荔枝村，似乎总有说不完的故事。新中国成立后，藤县境内的第一面五星红旗就是在这个村子上空升起的，旗杆就插在荔枝小学里。二十世纪五十年代，在进行清剿土匪，建立农协的工作中，荔枝村又成了县党政军驻藤北片开展工作的试点，办公地点就在荔枝小学里，时任县长赵唯理就在那里住下蹲点，开展工作……

回程时，透过车窗我再次凝望这个朴实的小村庄，阳光下，它显得纯和、宁静，关于这个村子的那些辉煌，关于这个村子的那些神韵，就在那样的祥和中，在阳光下淡淡地散开了……

粉葛之花

孙燕凤

眼前这个小巧的女子，说话轻声细气，仿佛怕惊醒、弄疼这个敏感的世界似的。然而外表柔弱的她，凭着对家乡及粉葛的满腔热爱，传承祖业，造福一方，在家门口闯出了致富路。

1989年吴凤梅出生在我国著名的"粉葛之乡"广西藤县和平镇双垌村，闻着葛香来到这个世界。从春天种下葛苗，到冬天挖葛，一年中大部分的时间都能看见地里青绿色的葛苗，一蓬蓬，一丛丛缠绕在竹竿上，像卫兵列队一样整齐划一，充满生机和活力。

那是葛农们的希望所在，也是孩子们游玩的乐园。凤梅打小就喜欢在葛田里奔跑，因此没少挨爷爷骂："丫头，破坏了葛苗，看不饿死你！"

是啊，葛养农，农种葛，粉葛是当地葛农主要的收入来源。粉葛全身是宝，人生病可以治病，肚子饿了能吃饱，当地家家户户离不开粉葛。

看着长辈们一年四季辛辛苦苦在田里地头忙活，育秧，培土，施肥，好不容易等到挖葛，还要费劲地往家里搬运笨重的生葛，小小年纪的凤梅暗暗发誓：长大了我也要帮爷爷种粉葛，卖了粉葛给爷爷打酒。

眼看着爷爷老了，干不动了，父亲接过了爷爷手里的锄头，也到田里捣鼓粉葛，用以支撑一家大小的生活。脑瓜灵活的父亲不但自己种粉葛，也收购乡邻的粉葛，走南闯北去推销，成为当地有名的收购销售大户。由于和平粉葛无渣，甜度适中，父亲的生意出奇的好，家里的日子一天天好起来。

此时的凤梅刚刚初中毕业，看着父亲外出贩卖粉葛，让一家人过上了好日子，她觉得父亲是了不起的人物，说什么也要跟随父亲去闯荡世界，不愿上学了。

家人好说歹说，见无法动摇她，就让她在家跟着他们学习怎样把当地粉葛推销出去，发展地方产业。

从此，年仅十五岁的凤梅告别了学校，一脚踏入了社会这所大学堂。

沈从文说："我读一本小书的同时，也读一本大书。"小小的凤梅也开始读"社会"这本大书，因为对粉葛有着天然浓厚的感情，在别的女孩子去广东、去深圳见识外面的花花世界时，她选择了在家门口创业，用全力去拥抱她从小热爱的粉葛世界，闯出了一条祖辈们没有走过的路。

起初，她跟在父亲屁股后面跑，学习怎样收购粉葛和出订单，慢慢地，耳濡目染，生意场上的套路竟也学得一二。十九岁那年，父亲拿出一本存折，叫她独自去云南收货款，对她说："总共是这么多货，除了成本，你要收回多少才不亏本，你自己要有数。"她牢牢记住了父亲的话，一个人坐上长途班车，第一次出远门。

几经辗转到了目的地，见到客户，她煞有其事地跟对方算数：粉葛多少斤，多少钱一斤，我这么辛苦跑一趟，你总得让我赚一点吧。结果，存折多出了8000元，她喜滋滋地回家了。

后来每当和人谈起，她都笑言自己命好，碰上了好时代，天时地利人和。小小年纪的她天生是块做生意的料，精明过人，初露锋芒。

看着父辈们只是单纯的种鲜葛，产品单一，市场竞争力不强，本地鲜葛拉去外地，简单的加工后摇身一变成为别人的"特产"，凤梅心中有一种隐隐的痛，她立志要改变这种局面。

2015年她和父亲筹建了广西藤县绿葛葛业有限公司，开始大量收购粉葛，年收购量达到了5000到8000吨，并对粉葛进行初加工，生产了葛粉、葛根茶、葛粒。这些产品一经投放市场，好评如潮。

但凤梅的眼光远不止于此，目前的产品都是以保健养生为主，如何更进一步研发，让粉葛走进千家万户，走得更远，这才是她心中的梦想。

自古以来，粉葛都是药食同源的产品，何不做成面条，既能饱腹又兼具保健功能？

心中的理想火苗一旦被点燃，便爆发出了惊人的力量，哪怕前面是刀山火海，也要闯过去。

她马不停蹄去外地考察，回来后着手在村里租了6000多平方米土地，建起了简易厂房。一番折腾下来，原有的一点积蓄很快用完了，顿时一筹莫展：设备的钱从哪来？她开始了艰难的筹款。

亲朋好友都觉得她活折腾，以现在的收入，足够过上许多人望尘莫及的好日子，何必去负债冒风险？村里也有人瞧不起她，认为一个弱女子，又没读几天书，有那么大的能耐开厂做葛粉面条？

一直信任她的老父亲站了出来："丫头别怕，这个行业人家已有先例，你熟悉粉葛，做事细心又有权谋，你会成功的。"

父亲的鼓励犹如给凤梅插上了展翅腾飞的翅膀，更加坚定了她的决心。请专家，跑银行，关键时候，公司获得了政府一笔产业补助，设备终于如愿买了回来。

2017年在历尽艰辛后，她的葛粉面条正式投产。

当一根根细小的葛粉面条新鲜出炉时，凤梅不禁喜极而泣：这小小的面条，举重若轻，承载了几代人的梦想，如今终于变为现实。从此，人们的餐桌上出现了葛粉面条，打破了以往的传统吃法，在一年四季任何时候，都可以吃上粉葛产品，这在从前是想也不敢想的事情啊。

"一花独放不是春，万紫千红春满园。"她的成功给了当地人启发，多家粉葛加工厂如雨后春笋般冒了出来。一时间，在政府的扶持下，当地大力发展粉葛产业，小小的粉葛变成了黄金葛，乡亲们走上了共同富裕的道路。

然而，2020年春节，一场让人猝不及防的新冠疫情，使本地葛产品滞销，货款回收困难，乡村企业一度陷入困境。凤梅和大家急得像热锅上的蚂蚁，关键时刻政府组织了银企合作活动，凤梅果断地向银行贷款130万元，顺利地渡过了难关。

一方有难八方支援。富裕起来的和平人民时刻关注着疫情，纷纷解囊相助，凤梅也毫不犹豫捐出了4吨鲜葛送往武汉。在广西百色的疫情中，她再度出手相助，义无反顾捐赠了3吨鲜葛，一时传为佳话。

"没有大家，就没有小家，吃水不忘挖井人，我们企业家也要回赠社会，知恩图报。"这就是凤梅的家国情怀。

正当她踌躇满志准备大干一场时，家中突遭变故，作为公司法人代表的父亲病倒了。上有兄长，下有弟弟，由谁掌管公司的未来？尽管公司业务一直都是她在经营，但此刻兄弟姐妹难免有了想法。凤梅心乱如麻，好几次都想放手算了。

她漫无目的地走在村道上，正值金秋时节，凉爽的秋风飘来葛苗的清香，轻拂着她清瘦的脸颊。顿时她眼前一亮，心底泛起了一股柔情：面前530亩粉葛基地一片生机盎然，丰收在即，它是公司与广西农科院、广西大学合作研发的新品种基地，肩负着政府交给的研发、培育和推广的重任，有多少葛农正在等待着，那是种下的新希望啊！

她幡然醒悟：在这片热土上，她所做的一切关系着千家万户，自己就是排头兵、领头雁，肩负着神圣的使命，要把家乡的特产推销出去，哪能临阵退缩呢。

为此，凤梅先后发展了电商业务和寻求与政府平台公司合作，为粉葛产品打开了一条条通道，商场、宾馆、饭店，以及区内外，到处都有本地的"葛宝宝"。

那一根根爽滑的葛粉面条，一杯杯清甜的葛根茶，似乎在向世人诉说着她的深情和守望：她让传统的鲜葛华丽转身，变成千娇百媚的"葛宝宝"，圆了在家乡创业的梦想。这是一场时间的较量，付出了青春年华的守望，青丝熬出了白发，"衣带渐宽终不悔，为伊消得人憔悴。"

十多年的奋斗，为凤梅赢来了诸多殊荣：2019 年全市农民丰收节获得个人种植能手，2021 年参加自治区农民工创业比赛获得一等奖，2021 年她的公司获得"自治区巾帼示范基地"称号。如今，公司的葛粉面条年产量达到了 1000 吨，走进千家万户，给人们带来福祉。

创业者永远在路上。她深知，本地葛产品尚缺少深加工，落后的乡村物流和单一的农产品，制约着粉葛产业发展，可谓任重而道远。

展望未来，凤梅一脸憧憬："我心中有一个梦，要把粉葛做大做强，让葛宝宝走出国门，走向世界。"乡村振兴，匹夫有责。但愿这朵在中国粉葛之乡的大地上盛开的粉葛之花，在国家产业政策的助推下，开得更加明艳动人，花香千里。

葛香缕缕总是情

甘丽云

  此去和平，专为粉葛。刚过立冬，虽然早晚凉意已生，但今天晴空万里，正值晌午，真是"十月小阳春，无风暖融融"。暖色在和平的天地万物之间弥漫，像个略施粉黛的女子，不艳不妖，还有一丝秋天犹存的温婉。念了好久，错过了多个机会，如今，终于实现了和平粉葛之约，心生欢喜，在初冬的暖阳中，脚步也轻盈起来。其中的美好，往往伴随着等待。并且，酝酿的时间越长久，结果就越觉得珍贵。

  和平，一个稳定安静的名字。我站在和平镇的粉葛立体种植基地，一眼望去翠绿万顷，生机勃勃。粉葛的叶子绿得耀眼，这满田绿是一种宁静的色彩，像是女子的衣裙，随风摆动，也像波浪，一波一波荡漾。《采葛》这样写："彼采葛兮，一日不见，如三月兮。彼采萧兮，一日不见，如三秋兮。彼采艾兮，一日不见，如三岁兮。"至于采的是粉葛，是萧（蒿），还是艾，都不重要，重要的是，不管我在采什么，心里面想的都是你。爱与思念，都寄于葛，后来我们常用"一日不见，如隔三秋"来表达思念。而现在，生命的情感在绿色的葛叶中得到激情燃烧，心灵也在冬日的暖风中变得纯洁，思念也可以是绿色的，也可以是绵长的。

  我走近用手抚摸粉葛的颈，闻到了她柔暖而湿润的气息，带着葛香，带着泥土的芬芳。我在想，粉葛的叶子为什么这么绿呢？也许因为叶子是粉葛生命的依托，也是健康的保证吧。往田里走，那一道道绿色的粉葛叶子，变成了无数翠绿的屏风，屹立在我面前。"立冬，十月节。立，建始也；冬，终也，万物收藏也。"此时的粉葛的叶子依然绿得很，虽然可以收获，但一般要长到深冬时节才开挖。葛农提前在房子旁边盖好一个大棚子，用泥土和着粉葛进行收藏。闲着又去看看，望着一根根胖胖的粉葛，就会露出舒心的笑脸。人们对粉葛的深情，就在这里涌现了。

粉葛适应性强，在向阳湿润的荒坡都可栽培。土壤以深厚、肥沃、疏松的夹沙土较好。而和平镇地属丘陵，有两个小盆地，土地比较平坦，土质肥沃。地处亚热带，气候温和，雨量充足，海拔 414.4 米。水资源丰富，气候温和，四季分明，满足粉葛的一切生长条件。和平还有较大的水利工程和平电站、罗意滩水轮泵站和座洞水库灌区，灌溉面积约 1.7 万亩，为粉葛的种植提供了保障。加上当地党委、政府高度重视，致力把和平镇打造成为中国著名的"粉葛之乡"。以劳动、创新、快乐的理念，全面贯彻落实党的十九大，积极实施乡村振兴战略，成立了"广西藤县葛色天香粉葛产业核心示范区"。

事物一旦离开了具体的生活场景，离开了地域文化的浸润，作为过往的人只能浅尝辄止，很难领会食物的"地道"。食为天性，在和平生长的粉葛，有着不一样的"粉"。如果你静静地咀嚼，轻轻地回味，定然有非比寻常的风味，吃得到的是一份暖胃的享受。不知不觉，已近傍晚，起了凉意的风。于是，不由得想念一家人围着一大锅猪骨粉葛汤的温暖时光。猪骨香与粉葛清甜缠绵在锅盖，雾气氤氲馨香，绕转的是馋猫般的嘴。来一碗热气沸腾的葛汤，轻轻地尝一口，软绵绵滑溜溜。清而不淡，鲜而不腻，咬一口粉葛，立即被满满的淀粉包围，清新的香气从喉咙升到鼻腔，轻盈得冒泡。暖意从胃里漫延至心中，仿佛一整天的疲惫都消失了。

粉葛全身是宝。人们毫不吝惜地赋予它种种美誉："南方人参""植物黄金""长寿粉"。明朝著名的医学家李时珍在《本草纲目》中这样记载："葛根，清风寒净表邪，泻胃，养颜美容之药也。"葛根含有丰富的葛根素，生物碱、铁、钙等微量元素和 17 种氨基酸元素，集营养、美味、食疗于一身，是天然的功能性保健食品。和平盛产粉葛，并制成了多种多样的食品：葛根粉丝、葛根面、葛根茶、葛根粉……食物的品尝，注重的是地道。和平就是"地"的因素，要吃出味儿，还有"道"的追求，其最直接的吃法是煲汤、焖、炸……

在琳琅满目的零食里，我最喜欢是吃炆粉葛片。比原材料更值得关注的，是工序、火候、咸淡。先将粉葛刨皮后洗净，用快刀切薄片，尽可能薄，这个刀功定然是要好的。再放进菜篮子晾干水分，往锅里加油，烧热就倒进粉葛片。慢火煎，这时候最考验一个人耐性了。一定要慢，有耐心，不能操之过急，因为一不小心就会焦了。当粉葛片煎至两边金黄色，放少许水开上蚝油、些许盐（盐不能多，因为粉葛本身有甜味的），从上面撒落。然后放上葱、芝麻（炒香的），盛出放在洁白的碟子上。黄澄澄的粉葛片，静静地躺在碟里，色味俱佳。仿佛在向你说：嗨，我来了！在冬日暖暖的午后，捧一本书，惬意地依靠着藤椅，放一块粉葛片入嘴，酥脆到咔咔响的粉葛片，旁边的人远远都能听到，一口一片，粉葛片在嘴巴里翻滚，混合着香浓的味道，香味充盈着整个空间，让你感觉一下子爽到脚趾头，如果搭配一杯啤酒更是绝佳。

冬天已经到来，谁不期待晚上喝一碗暖暖的排骨粉葛汤呢？或是约上三五友人，炆一碟粉葛片，在有阳光的午后，聚一起聊聊人生，轻诉心事。这一份粉葛的情愫，愿你我都能珍惜。

大美葛田

卢颖莹

周末，我们来到素有"中国粉葛之乡"美誉的藤县和平镇，便立刻被眼前的场景震撼住了。崇山峻岭之间，葛田居然可以这么任性地一望无际。

原来，那便是该镇数百户农户参与的"万家欢土特产专业合作社"万亩粉葛种植基地。

和平有葛田，美若水墨画。九月的和平，广袤的葛田，一条条可通汽车的田间水泥硬化路，取代了曾经宽不盈足的阡陌。农舍周边，道路两旁，一块块葛田横平竖直。田垄上，一根根竹竿支撑起了葛藤，一丛丛的，由绿点连成绿线，一条条的绿线，又连成一片片翠绿。轻轻地，它们依偎着和平这片良田沃土，如同天上掉落人间的一块块翡翠，纯净得未曾沾染一丝世俗尘埃。当雨过天晴，当微风吹过，那原本乖巧的翠绿葛叶，就像恍惚间被惊醒的鱼儿，叶浪翻飞之间，闪闪烁烁一片，原本平静如水的葛田，瞬间便幻化出绚丽夺目的光彩，让置身葛田深处的我们，不由自主地发出一声又一声由衷的感叹。那些不知名的鸟儿，也欢快地在葛田上空自由翱翔。

望着鸟儿飞起处，我们正要向竹林边上的葛田走过去。这时，一阵嘹亮接着一阵温婉的牛哥戏调子，恰好穿林过垄传入了我们的耳朵。几位姐妹忍不住一阵雀跃，蹦到地头处那泥垛子上，学着江湖女侠的模样，踮起脚，张开掌，猫着腰向歌声响起的方向望去。一男一女两位荷锄的中年农人正走出竹林，沿着光洁的田埂，健步向我们走来。

原来，我们身处的这片葛田，正是唱牛歌戏这对夫妇家的，主人姓李，也是粉葛专业合作社的社员。寒暄之后，李伯伯夫妇走进葛田，先是掐掉一些茎藤上的芽尖，又清除葛藤底部的枯藤黄叶，然后将左边一行葛藤向右边理顺，又将右边一行葛藤向左边理顺。见我们疑惑不解的样子，李伯伯朗声说道，尽管粉葛耐寒耐旱粗生滥长，可要获得高产，那也得及时修枝剪叶，去掉多余的枝蔓，减少养分消耗，让保留下来的叶子充分进行光合作用。听了李伯伯的一番话，我们异口同声地问，他是不是学相关专业出来的？这时，不待李伯伯答话，陪同我们参观的"万家欢土特产专业合作社"的理事长解释说："镇政府好几年前就成立了粉葛产业发展办公室，大力推广'公司+合作社+生产基地+示范户'的产业模式，并且粉葛专业合作社在政府的大力支持下，逐步摸索出了一套全国领先的粉葛高产栽培技术。"李伯伯也笑道："我们合作社的人，随便哪一个，到了别的地方，都可以当粉葛技术员。"

告别李伯伯夫妇，我们跟随和平镇朱镇长来到了一处所在。只见一长溜白墙房子前面，平阔的广场上，迎面伫立着一块高大的黄蜡石，石上镌刻了六个红色大字，在蓝天白云的映照之下，那"广西粉葛之乡"更加龙飞凤舞。原来，这儿是和平镇粉葛核心示范区产品展示馆。2014年，自治区人民政府授予和平镇"广西粉葛之乡"荣誉称号。2016年12月，和平镇又获得自治区人民政府授予"广西县级现代特色农业示范区"殊荣。2017年2月，和平镇被梧州市人民政府命名为"梧州市现代农业特色（核心）示范区"。这个建于万亩葛田之中的展示馆，非常的独特，值得天南地北的客人前来一睹其风采。而展示馆里面的摆设，简约之中又透射出葛乡独有的气息。朱镇长亲自给我们介绍展台上那些葛系列产品，什么葛粉啊、葛粒啊、葛片啊，还有葛根茶、葛粉挂面、葛根粉丝、葛根酒、葛糕、葛饮料，什么美容美颜的啊，壮腰健肾的啊，延年益寿的啊，琳琅满目，五彩缤纷。我们一行人纷纷向着朱镇长竖起大拇指，称赞和平镇粉葛的产业化，赞叹和平镇的葛农创造了一个又一个奇迹。

"葛色天香，真是葛色天香啊。"厨师大叔两眼珠子瞪着那些五颜六色的葛系列产品，忽然就嚷嚷起来，逗得同来的人都笑了。直到从展示馆出来，我一个人沿着葛田大道溜达，心里还一直纳闷，厨师大叔你一个粗人，怎么也想起那么文雅那么诗意的字眼啊。实在想不通，我就自嘲地一笑："也许是'种而优则文'吧。"同来的好姐妹见我嘀嘀咕咕地独自往葛田深处走去，就追上来问我在干啥，我抿嘴笑笑说，到葛田里"找美"。"什么葛田里'找美'啊？"看见她撇撇嘴一脸不解的样子，我也懒得跟她讲明白。其实，爱好摄影的我，在这次跟大伙一起来看和平葛田之前，也曾在春夏秋冬不同季节独自来过和平探寻葛田之美，而每次来和平看葛田，我都能发现一个又一个新的"美点"：

　　和平葛田之美，我看到了"地利美"，本来岭南地区便是崇山峻岭密布的所在，而和平这块盆地，竟得以连片几万亩沃土，这是个奇迹。

　　和平葛田之美，我看到了"宽厚美"，粉葛能够生长的地域十分广泛，但在和平这里，独能长出如此神奇的大肉粉葛，这不得不说是上天厚待和平人。

　　和平葛田之美，我看到了"勤劳美"，粉葛从春天开穴插苗，到夏秋的修枝剪叶，再到冬天根茎饱满膨胀，每一个季节都能看见葛农穿行于葛田的忙碌身影。

　　和平葛田之美，我看到了"成熟美"，每年年底，葛田里人头涌动，一墙一墙的粉葛，整整齐齐地码放在田间水泥硬化道路两旁。南腔北调此起彼伏，就在你来我往的讨价还价声中，一车车鲜粉葛已经装上了货车，日夜兼程向天南地北开去。葛田里，欢声笑语一片。

　　这次来和平看葛田，看到了葛农老李夫妇的辛勤劳作，感受到了合作社理事长对种植粉葛的满满信心，我又发现了和平葛田的一个新"美点"：那便是当地党委政府尽心尽责帮助葛农发展葛产业的"为民之美"！

　　不知不觉间，西天晚霞映红了广袤的和平葛田。我转身往后一看，和平地界公路边上，"粉葛之乡"的金字招牌，依旧像我们来时那般，熠熠生辉。

岭 景

>> 岭景的冬，犹如一幅水墨。登高望远，天是清澈的，山是褐色。是日天气晴好，伫立高处远眺天地间的山峰，那苍茫大地，那万山归秀的美景，心里顿时生出许多的怀想来。

飘香的鹿伏岭

蒙土金

翻开《藤县志》（清嘉庆版），一段关于鹿伏岭的文字赫然入目："鹿伏岭在三十都，高百余丈，绵亘十余里，中为鹤仙顶，多古松盘屈石上，其山之南窦家司窦公之墓在焉。"这或许是鹿伏岭见之于县志的最早记载。鹿伏岭群峰耸立、巍峨雄壮、婀娜多姿，自古以来有白鹤纷飞山间、梅花鹿蛰伏岭头，终年云蒸霞蔚、仙气缭绕，奇珍异卉姹紫嫣红、芳香四溢，蔚为奇观。初冬时节，我们来到了昔日的三十都岭景镇大益村，沿着盘亘山道登上了鹿伏岭的高山峻岭，去品味蕴藏在这群山里窦家司墓及其后人的那段流光岁月，去欣赏今非昔比后漫山遍野里茶叶的嫩芽新绿与馥郁芳香，去领略新时代里大益人在脱贫路上"一个也不能落下"的动人情怀。

一、流香在岁月里的文化传奇

鹿伏岭是一座底蕴深厚的山。

鹿伏岭为大容山之余脉，海拔 572.8 米，生成于距今约 1.95～1.37 亿年前的侏罗系，上组为紫红色泥质粉砂岩和砂质岩互层，下组为紫红色砾状岩含砾粗—细粒砂层，底部为砂砾岩夹透镜状泥灰岩，整组山脉北东走向、倾向北西，倾角 25～35 度，为藤县南部第二高峰。登上鹿伏岭顶，向东可以看到大寒岭，向南可以看到容州府，向西可以看到平南县，向北可以看到浔州府，古人曾留下"鹿伏岭头十头牛，一头睡栏九头游，明师吾点千年在，条条牛尾向浔州"的偈语，为鹿伏岭的秀丽景色平添了许多神奇的色彩。除了这条千古偈语之外，鹿伏岭还有着扶娘塘的传说及商朝古墓、窦家司墓等许多的历史古迹，折射着厚重的文化遗光。

扶娘塘是鹿伏岭山顶上的一口大水塘，塘宽几万平方米，水深十几米，扶娘塘下水流清澈，沙滩显露，塘岸丹霞赤壁，奇峰突屹，翠竹松涛，藤蔓如帐，火树银花，美不胜收。在塘的正中央，还有着一块状如巨龟形的大石，重逾百吨，傲然屹立，石背上刻着棋盘，楚河汉界、古诗词等清晰可见，传说这是远古时候鹿伏岭上仙人们下棋对弈的地方。扶娘塘的得名还有着一个美丽的传说，说是在上古时候有一个看牛的牛郎把牛赶到山中放养，在大雾笼罩之际突然发现自己竟然身处于一座宏伟的青砖碧瓦、亭台楼阁之中，院子里琳琅满目，美女们载歌载舞，一派富庶繁华景象，待到云雾散去，一切复归宁静，牛郎方知这乃上天的神仙之境，后来人们便把鹿伏岭中的这一片山叫作了扶娘塘，一直沿袭到如今。

在鹿伏岭的大竦冲里还有着一座传说是商朝时的古墓，我们随着"福鼎茶场"的管理人员老梁来到了墓地，只见芳草萋萋，一尊凿有一口小井的大石横亘在墓前，见证着在岁月流光里的古往今昔。古墓不知什么时候曾被人盗挖过，据说曾有人见过一些陶器、陶罐之类的东西，陶器的出现是人类社会从旧石器时代向新石器时代过渡的主要标志之一，如果此古墓确有古代的陶器作为陪葬品的话，则足可以证明鹿伏岭这个地方确实是有着悠久的文明历史了。

虽然"商朝古墓"只是大益村人世代相传的一个传说，并无考证的依据。但在鹿伏岭的黄练山上，"窦家司墓穴"却是真真实实地存在，据说这是"窦家封司"的窦圣父亲的墓穴，而"窦家司"作为朝廷封赏的世袭司衙就设在北流河与思罗河交汇的地方。

"窦家封司"说的是唐朝天宝年间，鹿伏岭山脚下的村子有个4岁的小男孩叫窦圣，由于父亲早故，他与母亲相依为命。一天傍晚，一个精通堪舆的风水先生寻龙点穴来到窦圣家投宿，见窦圣长得仪表堂堂，颇有王者之气，就对窦圣的母亲说："在鹿伏岭上有一穴福地，你可以把窦圣的父亲葬在那儿，日后必有大富大贵。"说完又嘱咐窦母说："葬下两年后坟前有竹子生长，你要悉心培土，益盛阳气，则你必大贵矣！"窦母按照风水先生的话一一去做。第二年清明扫墓时，坟前果然长了竹子。拜祭的时候，窦圣和母亲刚把茶酒鲜果等贡品摆好把香枝蜡烛点燃，不料竹梢一扫便给扫灭了，母子俩只好又把香烛重新点燃，谁知一阵风吹过竹梢一扫又把刚点燃的香烛扫灭了，如此这般三番四次，窦圣的母亲显得不耐烦了，于是拿起柴刀一把将竹梢砍了，就在砍断竹梢的一刹那突然间天昏地暗，狂风大作，窦圣跟着砍断的竹梢一起飞向了天空中，等到狂风过后，窦圣早已不知去向。窦圣的母亲不见了儿子，急得号啕大哭，这时风水先生安慰她说："你的儿子已经到了京城，此刻正得到皇上的恩宠呢！"窦圣的母亲说："我不想要皇上有多恩宠，我只想要回我的儿子。"风水先生见窦母态度坚决，只好作罢说："如果你想儿子回来也不难，只要在明年重阳节的时候把坟前长着的竹子烧了就可以了。"

窦圣这随风一卷可不得了，他不偏不倚被大风卷到了京城皇宫的御花园里。正在御花园里赏花的皇上与皇后，突然见到一个眉清目秀的小孩从天而降，认定这是上天的旨意，便把窦圣留在了身边读书识字、学习宫廷礼仪，当作太子一般看待。第二年重阳节，皇上与皇后携众大臣和窦圣等人一起在御苑的西岭登山赏菊，就在大家游兴正浓时，窦圣突然头痛得满地打滚，哭闹不停，口口声声说要回鹿伏岭母亲那儿去。大家叫遍了所有的御医用尽了所有的药方都不见效。这样足足过了一个月，皇上没有办法只好派出一批批御官到各地去查查窦圣的来由底细，其中到岭南的一路御官回来禀报说："窦圣乃岭南苍梧郡镡津县鹿伏岭人，其父早逝葬于鹿伏岭之扬幡地，家中只有老母亲在堂，有家山风水庇荫。"这时窦圣得知母亲的消息后头痛状马上消失了，他向皇上、皇后拜叩说："承蒙皇上、皇后宠爱恩重如山，孩儿将没齿不忘。只是老母亲年事已高，孤苦伶仃，还望恩准孩儿回去侍奉母亲，待它日长大一定好好为皇上效劳！"皇上见窦圣一片孝心，虽然心有不舍但还是恩准了他回乡孝敬慈母，于是就对窦圣说："难得你一片孝心，就随了你的心愿吧。我封赐你一个官位，让你世代承袭，你要好好孝敬母亲，爱惜黎民百姓，做一个为朝廷分忧的好官！"说罢就让人拿出一大批各式的御封印信给窦圣挑选，窦圣随便在其中的印信中拿了一个出来，皇上一看，那是一个地方的小官印，本想封个大一点的官位给窦圣，但既然他已经选了便不好再说什么，遂命掌印司马刻上了"敕封布政司理窦圣印"几个字，并命六部各派一司马随窦圣回乡省母和择地立司行使事务。

窦圣一行一路南还，从京城过长江入漓水溯西江经藤州驿上北流河一直来到思罗河口，只见此地两河交汇，群峰拱围，固若金汤，大家都认为这是建司署的好地方，遂决定于此地建立窦家司署衙门，又飞布告示镡津、容州、苍梧、北流等地为窦家司辖地。窦圣自皇上敕封窦家司后，重教化、感愚顽、兴水利、减赋税，在位60余年一直为官清正廉洁，体恤民间疾苦，政声显赫，颇得辖地黎民百姓的称颂。窦圣死后，窦家司一直世代袭荫，直至元朝时才由外姓人继任。

鹿伏岭因为它的山川秀丽孕育了一段历史上的人文佳话，又因为窦家封司和窦圣的德政仁厚在人们心目中的丰碑流传丰腴鹿伏岭的文化内涵，从而在历史的长河里岁月流香。

二、飘香在岭顶上的"福鼎"茶业

鹿伏岭是一座嘉木芬芳的山。

中国是茶的故乡，最早发现人工种植茶叶的遗迹在浙江余姚的田螺山遗址，距今约 6000 多年的历史。又据《神农本草经》记载："神农尝百草，日遇七十二毒，得茶解之。"这是古代关于茶叶功效的起源，距今也有 4000 多年。茶叶适宜在降水充沛、年温差小、昼夜温差大、无霜期长、光照条件好的砖红壤、砖红壤性红壤、山地红壤或山地黄壤中生长。鹿伏岭正好地处亚热带上，气候温暖湿润，年平均气温 22℃，年平均降雨量 1350 毫米，平均湿度 78%，由于相对湿度大，气流遇山地抬升面气温下降，水汽凝结形成云雾，年有雾日达到 189 天以上，是适合茶叶生长的不可多得的地理气候环境，所以岭景与周边的金鸡、象棋、新庆等地成了藤县历史上的茶乡。时至今日，这些地方的普通农家还保持着饮茶的习惯，无论你走进任何的一家一户，热情好客的主人都会为你奉上一杯芳香扑鼻的热茶。

鹿伏岭种茶的历史可以追溯到隋唐以前，但那时还不叫"茶"，"茶，或归于瑶草，或归于嘉木，为植物中珍品。"（《载敬堂集》）这就是"茶"别称"嘉木"的由来。鹿伏岭上一度嘉木森森，茶香四溢，就是到了 20 世纪五六十年代末，一些原始的茶树品种还衍生在鹿伏岭上，只是随着林种的更替和岁月的变迁，这些茶树逐步淡出了人们的视野。但鹿伏岭确实是一座天生就与茶有缘的山，于是在时代行进到新的世纪以后，一个全新的叫"福鼎茶场"的专业茶园终于又以崭新的面貌重新出现在了鹿伏岭的大辣冲里。

"福鼎茶场"于 2000 年开始开发种植茶林，整个茶园面积 33.28 公顷。"福鼎茶厂"于 2003 年开始投产，生产的主要品种有"岭鼎玉剑""岭鼎玉珠"和"岭鼎有机六堡茶"等。大辣冲海拔 512.8 米，早晚间云雾弥漫、露珠滴翠，日间有阳光漫射，光照充足，"福鼎茶场"这种独特的地理环境和气候条件，使它的茶品刚投放市场就广泛地得到了人们的青睐，这些茶品具有色泽润翠、香气浓郁持久、汤色清澈、醇厚甘甜的特点，在历次的国际、国内名茶评比中屡屡获奖：2004 年"岭鼎玉珠"在四川雅安举行的国际名茶评比中荣获金奖；2005 年"岭鼎玉珠"在美国纽约举行的国际名茶评比中荣获银奖；2006 年"岭鼎玉剑"在香港国际名茶评比中荣获银奖，"岭鼎有机六堡茶"通过了中国农业科学院茶叶研究所的质量验证；2008 年"岭鼎玉剑""岭鼎玉珠"在广西春茶节"桂茶杯"名茶评比中荣获一等奖……

无疑，2000 年开始开发的"福鼎茶场"是鹿伏岭上的嘉木在千百年后的再度逢春，因为如果没有"福鼎茶场"的重新开发，那么鹿伏岭中的"嘉木"将永久地沉香在岁月的尘埃里，可幸的是有了一群对茶文化情有独钟而又独具慧眼的年轻人，他们从柳宗元曾经当过"市长"的柳州城来到鹿伏岭，唤醒了过去了千百年的茶乡。

我们随着经营"福鼎茶场"的林栋志、王威先生沿着曲折的盘山道路登上了大辣冲顶，放眼望去，只见远近的群山逶迤，错落有致的茶林沿着山坡的走向蓬勃在一级级的坡地上，满眼翠绿、遍布馨香，如此震撼的"梯地"场面丝毫不逊色于 AAAA 级景区的龙胜梯田。

我们在采风中与林栋志、王威边走边聊，聊着、聊着，想不到竟"刺探"到了他们恢复壮大鹿伏岭茶乡一个更大的"野心"——建设藤县福鼎有机茶现代农业示范区，这是鹿伏岭上嘉木馨香的一个凤凰涅槃般的华丽转身，如此胆识，令我们惊叹不已。

藤县福鼎有机茶现代农业示范区以现有的"福鼎茶场"作为依托，核心区共种植茶林 3000 亩，其中一期 800 亩、二期 1000 亩、三期 1200 亩，同时核心区还可以辐射鹿伏岭周边的乡镇村屯种植 5000 亩。整个园区规划建设期为 5 年，其中 2018—2020 年为建设期，2020—2022 年为巩固期。茶园按照"高标准、高要求、高质量、高品质"的经营理念，以"福鼎茶"为商标，重点打造"绿茶"和"六堡茶"两大系列有机茶，开发高香型"岭鼎玉剑""岭鼎玉珠"和"岭鼎有机六堡茶"三大系列有机茶品种。同时在茶园的发展思路上，把茶业产业与旅游业有机结合起来，在茶园内高标准配置基础设施，发展乡村旅游和乡村精品客栈，建设茶文化主题生态观光主体庄园，大力推介鹿伏岭优美的环境形成的生态、民俗、文化和农业观光，使茶产业与旅游业有机地融合起来。

从鹿伏岭上的"福鼎茶场"上下来，我们又来到了天鼎茶业有限公司的大益茶厂，走进车间观摩制茶的工艺流程，回味刹青过后仓库里一堆堆茶叶散发出来的缕缕清香。最令我们惊奇是天鼎茶业着力推出的"有机六堡茶"

产品，它巧妙地将鹿伏岭生长的茶叶中富含的茶多酚、茶色素、茶多糖和氨基丁酸等元素与六堡茶独特的发酵技术完美结合起来，使之在健康保健方面的功效发挥到了极致。有研究表明，鹿伏岭茶园的茶叶生产出来的六堡茶具有抗氧化、降低心血管发病概率、减少体脂形成、改变肠道菌群生态等多种功效，充满着食疗的神奇。

"客来正月九，庭迸鹅黄柳。对坐细论文，烹茶香胜酒。"鹿伏岭既是一座鹤飞鹿伏的山，又是一座有着独特韵味馨香的山，这种馨香既在历史中悠远，更在现实中飘扬。

三、脱贫路上馥郁芳香的醉人情怀

鹿伏岭是一座情怀温暖、心系乡亲的山。

鹿伏岭下的大益村是广西"十三五"的贫困村，全村分为 4 个自然村屯共 41 个村民小组，2017 年末全村共有 1078 户 3794 人，而在 2015 年开展精准识别时贫困户有 199 户共 795 人，贫困发生率 20.95%。为了兑现我们国家在 2020 年把贫困发生率减少到 3% 以下的庄严承诺，鹿伏岭下的党组织、帮扶联系人、社会各界人士和派驻村的第一书记围绕脱贫摘帽的目标，因地制宜、分类施策，谱写了一曲扶贫路上你帮我拉的凯歌，此情此景，真挚感人，余香弥厚。

驻村的第一书记是一位姓陈的文弱女子，早几年大学毕业后来到藤县潭津中心校任教，2018 年被选派为大益村新一轮的第一书记。陈书记情系"三农"，热爱扶贫工作，对大益村的脱贫攻坚了如指掌，她娓娓道来："经过大家的共同努力，大益村 2016 年、2017 年连续两年脱贫了 69 户 241 人，预计今年可脱贫 108 户共 500 人，脱贫后全村的贫困发生率在 2.64% 左右。"说到脱贫工作，陈书记总有说不完的话题，她说特别令她感动的是村两委干部在扶贫道路上的团结与互助、专业合作社对村特色产业的牵引和覆盖、"天鼎茶业"和"福鼎茶场"对贫困户的扶持和对扶贫事业的鼎力相助，以及家庭、丈夫对自己工作的支持和无怨无悔的付出，所有这一切都令她心存感激，倍感温馨，她身置其中，仿佛就如鹿伏岭上的茶香一般，芳香宜人。

要顺利实现脱贫，增加贫困户的稳定收入是关键中的关键，因此，大益村在脱贫攻坚中逐步发展生猪、优质稻、茶叶、柑橘等支柱特色产业，并成立了茶叶、水果、橘红、食用菌、农机等 5 个的农民专业合作社，在村中先富起来的甘宇明、黄记馨、甘保信、黄永光等人的带领下，走上共同富裕的道路。

鹿伏岭不会忘记一度陷入贫困的乡亲，"福鼎茶场"就是脱贫路上其中的一股坚强的力量。陈书记说，"福鼎茶场"主动吸收大益村委集体入股，使大益村委每年的稳定收入在4万元以上，同时率先在鹿伏岭上建立了"千亩有机茶扶贫产业基地"，还吸纳了村中的28户贫困户通过土地入股、小额贷款入股的形式入股经营扶贫产业基地，从而进一步增加了他们的经济收入。大益村原有劳动人口1748人，其中常年外出务工就有1039人，"福鼎茶场"的"千亩有机茶扶贫产业基地"建立以后，优先安排周边的贫困户到扶贫基地来务工，现在大益村里常年在基地务工的贫困户有五六十人之多，而且扶贫基地采取了灵活、贴心的用工模式，进一步激发了贫困户务工的红利。这种模式就是贫困户"农忙时可以在家里做农活，其他时间可以在基地里务工"，这样既做到家庭和务工两不误，又增加了贫困户的收入。我们采风的时候在扶贫产业基地里见到了一位黄姓的贫困户务工人员，她高兴地告诉我们："我是从去年从广东回来的，在这里干了大概一年的时间，每天的工资100到120元，老板还包早中晚三餐。"黄大姐的满足之情溢于言表。我们说："和去广东打工对比，收入的情况如何呢？"她说"表面上看在广东打工工钱可能会稍高些，但在广东照顾不到家里，更照顾不了孩子，应该说还是在这里务工更划算些，更何况这儿的老板人好！"

"老板人好"！这既是务工的贫困户对扶贫产业基地创业者发自内心深处的赞叹，也是"天鼎茶业"和"福鼎茶场"一种情系扶贫的情怀，这种情怀令人心暖。

鹿伏岭可以见证，"福鼎茶场"可以见证，在不久的将来，大益，作为贫困村，历史将会掀开新的一页。

鹿伏岭上飘"福鼎"

卢瑞昌

"像宝塔一样，增强了田园造型美；像山鹰展翅，盘旋于天地之间。那些长长的曲线和波浪线，使人联想到这样的梯田好像是天上飘落的彩带……"曾经有人这样描写龙胜的梯田。我想来一个"移花接木"，鹿伏岭上的"福鼎茶场"正具备这样奇妙的神韵。

福鼎茶场，单从名字上看，就气势磅礴非同凡响。何为"鼎"？古代煮东西用的器物也。何为"鼎"？比喻王位、帝业也。字典里如是说。试想，"那一朵人间最美的绿色之花"在"鼎"中翻波涌浪，茶香飘溢，弥漫天地，福荫万代，泽被千秋，那该是吾辈何等的福气啊。再看茶场的栖居之所——鹿伏岭，像充满童真的童话，似梦似幻。鹿伏岭是何许岭也？有人说，它是"鹿"群居生息之所；也有人说，它是"禄"聚拢集之地。它坐落在藤县岭景镇大益村，乃藤南第二高峰，海拔500多米。此地山高林密，湿度、温度俱佳。最为关键的是什么呢？种植福鼎茶的师傅告诉我们，鹿伏岭这片肥沃的土地属于丹霞地貌，天然赐予的红土壤最适合种植福鼎茶。是啊，"一方水土养一方人"。福鼎茶在藤县找到了自己的归宿，落户岭景大益，真是益及万民，藤县之幸也。于是，闻着茶香，我们深入林场腹地，一睹福鼎茶场之芳容。

走进福鼎茶场，映入眼帘的是"千亩有机茶扶贫产业基地"的巨幅标语，红底黄字，在阳光下熠熠生辉。千亩有机茶？是的，千亩！放眼望去，整个鹿伏岭被人工开掘出一层层梯田，绿油油的福鼎茶一阶阶一排排整齐划一地植根在梯田之上，在眼前晃动着婀娜的线条。那真是"远望梯田叠交错，犹如海上层层波。借得大海万条纹，高山海浪势磅礴"。从下往上看，梯田像鱼鳞，错落有致。从上往下看，梯田像一把巨大的梳子，比邻有序。登高俯瞰，梯田又犹如一条条翻滚的龙脊嵌在苍茫的原野中，绿中带黑，绿中又泛着点点金黄，如绸缎飞舞，呈螺旋状扶摇直上，突然又加快脚步冲山下去，煞是好看。虽然规模上它与"龙胜梯田"还有一定的距离，可是眼前仙境一般的美景不由得你不啧啧称赞：高低起落接田畔，依山就势形各异。满坡梯田波光粼，身临其境入桃源。

沿着"之"字形的山路往上攀登，我们似在绿色长廊中徜徉。福鼎茶的芬芳直袭鼻息，清新淡雅，沁人心脾。也许有人会问，那梯田中黑色的长条形的带子是什么，万绿丛中又因何会泛着点点金黄。随行的技术人员解开了我们心中的疑窦：那黑色的薄膜是覆盖土地、保养土地用的，主要是防止杂草肆意疯长影响茶树的成活率。至于那一点点黄色呢，是挂在树枝上的"杀虫纸"，凡是靠近茶树意欲侵犯茶叶的虫子，在这种纸发出的神奇功力下都会一命呜呼。哦，难怪这里的福鼎茶长势如此喜人，原来是有"护身符"啊。

"绝岭谁开万亩田"。这一片神奇的土地上的尤物，它出自谁的大手笔？他就是广西梧州市天鼎茶叶有限公司董事长林栋志。林董名如其人，志向远大，热爱林场事业，是一个精明能干雷厉风行的年轻小伙子，浑身上下散发着青春的活力和昂扬的斗志。他说，下一步会扩大规模，在原有茶园面积基础上，2018 年新种 500 亩，2019 年种植 1000 亩，2020 年新种 1200 亩，分三年时间完成 3000 亩茶的种植。2020 年后，这里将是集观光旅游、品茗休闲于一体的旅游胜地。展望未来，一切都显得是那么的激动人心。当我们登上山顶"一览众山小"的时候，眼前的观光台仿佛在验证着林董的"远景规划"。林董还告诉我们，福鼎茶场从 2000 年开发种植，2003 年 7 月开始投产，已历经十八个春秋了。十八年来，他和他的团队们以"愚公移山"的精神"叩石垦壤"，开拓进取，铸"玉剑"，育"玉珠"，以特色产品打造良好的生态环境。最让人欣慰的是，"大益人"受益了，特别是那些贫困户。勤劳善良的"大益人"参与到茶场的管理种植等工作中去，农忙时就在家里干活，其他时间都在茶场工作，收入不菲，改善了生活环境，提高了生活水平，真真正正地把茶场变成了"扶贫产业基地"。听到此处，我想，"福鼎"之"福"的个中含义，已不言而喻。林董以及他的精锐之师，是在用实际行动"发展壮大村级集体经济，助推脱贫攻坚"，以核心示范区建设推动了农业提质、农民增收，真正做到"特色产业化"。

从茶场回来，我们再次品尝了曾荣获国际名茶评比金奖的"岭鼎玉剑"。袅袅升腾的雾气中散发缕缕清香，隐隐中仿佛看见福鼎人为福鼎茶场辛勤劳作的场景，于是赋诗一首：层层叠叠鹿伏岭，绿浪翻波福鼎茶。特色产业脚生云，茶叶飘香醉人间。

鹿伏茶香说故事

甘丽云

当奔波填满了生活，在千亩茶园的邀约下，我们欣然前往。

初冬，我与文友一起去参观福鼎茶场。福鼎茶场就坐落在广西梧州市藤县岭景镇的鹿伏岭上。鹿伏岭是藤县、平南县、容县三县之交界地，海拔572.8米。鹿伏岭的山峰巍峨秀丽，形态壮观，气势磅礴，用"横看成岭侧成峰，远近高低各不同"来描述，再贴切不过了。

车子从大益村委办公楼旁边蜿蜒曲折而上，同行的茶场老板林栋志跟我们说，这条路是藤县2018年第一批财政专项扶贫资金建设的项目，昨天才开放，我们是第一批客人。车子顺着山路徐徐而上。唐姐姐把车窗打开，说要呼吸下这山间的负氧离子。阵阵山风吹来，挟着高山的雾气，沁人心脾。我们深深呼吸，连同山岭的云雾味儿。此时凉风习习，有种"身在此山中，云深不知处"的感觉。

不知不觉来到茶园，首先映入眼帘的是一大片绿色的梯田，一层一层。一行行茶树，好像一条条绿色的丝带，密密地伸展着，多么养眼的绿呀！我仿佛看到这样的一幅画："新竹背篓采茶女，俏影丽容赛繁花。笑语绵甜悦山鸟，欢歌纵情破雾纱。艳唇云鬟迎晓日，红颊褶衣送晚霞。纤手筛取嫩瓜片，屈身烘得细黄芽。"采茶女迈着轻盈的脚步款款而来，伴随着一阵阵悦耳动听的歌声，那身段，那笑容，让人沉迷于那抹茶香里，不知归路。

鹿伏岭的山顶，云雾蒸腾，雄伟的山体景观、神奇的气象奇观巧妙地融为一幅水墨画。这时又勾起了童年那些回忆：我们曾经一起骑自行车去鹿伏岭砍柴、摘牛柑子、寻水葡萄、采野山楂和稔子、爬树掏鸟窝，人与柴一起滚下山坡……

小学四年级那年，我刚学会骑自行车，周末经常和玲子、妮妮等去鹿伏岭找野果吃。虽然在门口能看见高高的山头，但从家里骑自行车，约莫要半个小时。满山都是翠绿葱郁的松树，鹿伏岭的几个山头，分别为石村、大益村、新村、南荣村各自所有。我们一般是从石村的木冲塘往鹿伏岭，到扶娘塘的旁边，去寻找牛柑子、黑口子、栗椎、小柿子、野山楂……

初冬，我们最喜欢上鹿伏岭，因为霜打过的牛柑子最甜，咬起来沙沙作响。这牛柑子圆圆的，果皮光滑滑，果肉半透明，大的有拇指大。还没熟透时，苦涩中还感受到有点果渣。第一口咬它的时候，苦苦的，涩涩的；再咬第二口时，反而感觉它美妙的清甜，慢慢轻嚼时，越嚼越有味道。过后唇齿留着清香，喉咙也感觉清爽凉快。常吃牛柑子，可以润肺化痰，生津止渴，降低血压，增进食欲。你若是个不怕苦涩的人，慢慢地把汁液吞下去，之后就会有一股清爽甘甜的津液从口腔、舌下渗涌而出，感觉到的是先苦后甜，令人畅快淋漓，把你带进另一种奇妙的境界。将它洗干净晾干，再放盐腌几天，水分慢慢渗出了，吃起来又甘又甜。要是再放些辣椒一起腌，好味儿——辣得爽脆。

这些美好的记忆，源于鹿伏岭的生态环境被保护得好。我们小时候常常爬上一个叫大辣塘的地方，上面盖着两层水泥楼，那是鹿伏岭林场的办住场所，后来林场解散了，这楼也荒废了。20 世纪 90 年代大量采伐林木，林业局也不再划拨职工工资到林场，林场随之解散，当年翠绿的青山变成一座座光秃的山头。

在鹿伏岭山顶上有一口大水塘，叫扶娘塘。塘宽几千平方米，水深十几米，扶娘塘水清见底，倒映青山，也是一处美妙景致。塘里成群的鱼儿聚集在水面，吐着水泡，时而藏在水草底下，时而倏地游走。一阵微风拂过，水面泛起粼粼波纹，像一幅迎风飘舞的绸缎。水塘岸是丹霞赤壁，翠松婆娑，修篁掩映，清泉瀑布，飞玉喷珠，在阳光的照耀下，闪烁着美丽的光泽，令人应接不暇。"色如渥丹，灿若明霞。"可谓是天外有天，山外有山，山里有塘，塘里有鱼，泉水涟涟。更是有"溪边照影行，天在清溪底。天上有行云，人在云里行"的景致。夏天时，清风徐来，清爽怡人，是避暑的好地方。塘中"卧"着一块龟状的巨石，重 100 多吨，石背上刻有棋盘、古诗词等，传说此处古人曾藏银于地下，在大石背上刻上藏银标记。扶娘塘的由来还要追溯到古代的一名看牛的少年。传说从前有一名少年在扶娘塘看牛，突然一阵大风吹来，大雾笼罩，看不清高低远近。于是眼睛发困，不知不觉睡着了。醒来时发现自己竟然身处一座宏伟的青砖琉璃瓦、四周亭楼雅阁的院子里。

院子里奇珍异品满目琳琅，应有尽有。院中有一美女翩翩起舞，舞姿美妙绝伦，少年不知不觉跟着跳起来，两人相牵相扶，配合默契。"扶娘塘"之名由此而来。

小时候听我爷爷说，村子的人把鹿伏岭叫"高岭"，至今仍沿用。传说，从前有对夫妇，其妻咳嗽，久治不愈，便想去感受下天地的灵气。沿着思罗河途经岭景镇时，见到几座山岭高耸入云，山上云雾缥缈，像人间仙境一样。他们顺着山脉而上，看见清澈的水从岩缝间涌出，涧水潺潺，汇成溪流，唱着歌儿叮咚、叮咚奔流而下。男人俯下身子，捧起泉水喝了个痛快，惊叹："好凉快啊！"男人把水装给女人喝，女人心情顿时好转，像享受醇美的仙水，脸色也红润起来。在山林里深呼吸，空气中带着泥土的气息，加上小鸟儿叽叽喳喳地唱着，让人感觉分外舒畅。于是，夫妇俩决定在此定居。

他们在山岭上盖了一个茅屋，房子旁边种了一些茶叶。有一天，一个风水大师经过，善良的夫妇沏茶邀请他坐下喝茶。洁白如玉的瓷碗中，片片嫩茶像小小的月牙儿，色泽墨绿，碧液中透出阵阵幽香。大师品尝了一口，只觉得唇齿留香，茶味甘醇，回味无穷。于是竖起拇指，大赞妙哉妙哉！

男子陪他登上岭顶的瞭望台，俯瞰足下，只见白云弥漫，云雾萦绕，峰峦叠嶂，像一只只大水牛在睡觉。突然看见两只梅花鹿，跑到前面转个圈，撒个娇，又欢快着跑远了。大师于是诗吟："鹿伏岭头十只牛，一只睡栏九只游。明师不点千年在，条条牛尾向浔洲。"男子回去说给附近的村民听，大家觉得非常神奇，有个族老提议把高岭改叫鹿伏岭，大家都赞成。后人有诗云："鹿伏山上山伏鹿，亭楼雅阁雅楼亭。花满山间山满花，频来宾客宾来频。"

夫妇俩不断扩大茶叶种植规模，在鹿伏岭种出来的茶，镇上的人们都抢着购买。就像韦应物的《喜园中茶生》写的一样："洁性不可污，为饮涤凡尘。此物信灵味，本自出山原。"因为茶树是自然之物，生长环境也回归自然。鹿伏岭地处亚热带，气候温暖、湿润，冬凉夏热，年均气温22℃，年平均降雨量为1350毫米左右。清晨云雾弥漫，雨量充沛，昼夜温差大，最宜茶树生长。所以茶叶色泽青翠，闻起来清香扑鼻，尝起来醇香回甘。

后来林场没有了经济效益，无法对采伐之地更新造林，逐渐形成了荒山。林场采取出租方式，吸引社会有志向造林的经济能人承租造林，从2000年起，投资商与林场签订了租赁林地合同，投资发展种植茶叶，藤县福鼎茶场就此应运而生。

　　生态标准原则，就是以自然、社会和人的和谐统一为主题，发展循环经济，也有渴盼为大山继续发光发热的愿望。在鹿伏岭建设生态茶园，把荒山改造成为绿色的海洋就成了一幅宏伟蓝图。这里的茶树叶片肥厚，叶质柔软，色泽润翠，香气浓郁持久，汤色清澈，滋味醇厚甘甜，名扬国内外。

　　站在茶园里，一股淡淡的清香扑鼻而来，令人心旷神怡，深吸一口气，微风从脸上掠过。想象在午后，一鼎清凉的水，碧色的叶子，沏一壶溢香的茶，氤氲的水汽里弥散着如烟雾般迷蒙的记忆。安静地看着一片片茶叶，在澄澈的杯中一次次地翻滚和沉淀，茶韵潜入心扉的深处，抛开浮华躁动之心，"无由持一碗，寄与爱茶人。"茶是故乡醇，而茶与鹿伏岭有着不解之缘。正如蒙土金老师笔下描述的《千年六堡千年茶》一样：

　　　　座座峰峦披绿霞

　　　　绵绵茶园如诗画

　　　　一杯香茗一生情（啰喂）

　　　　茶如琼浆润齿颊

　　　　茶香里有我们永远的梦

　　　　茶香里有我们不变的家

　　　　茶香里有我们不变的家……

岭鼎茗香秀深山

周羽兵

不知怎的，突然怀念起曾经去采风的那个小镇来，那是初冬的季节。

岭景小镇在一条二级公路旁，目的地却在小镇的大山深处。弯弯的路，黄叶满地。路边，三三两两的农家小楼错落有致。印象最深的，是茶场，大山腹地那满山满岭的茶垄茶畦，让人不禁想起"春共山中采，香宜竹里煎。凝成云雾顶，飘出晨露香"的茶诗妙联来。

那梯岭，初种的茶树竟然在冬季萌芽，都是岭南温暖的气候使然。不时有文友在茶垄面前停下脚步，把一畦又一畦的茶苗细细端详。

柴米盐油酱醋茶，开门七件事。品茗是一件雅事，小镇盛产茶叶，冬日郊游，到大山深处一探种茶采茶制茶的物事，也是难得的快乐时光。

文友们徒步爬上高高的鹿伏岭，一位同行的摄影发烧友升起无人机，摄影作品里的梯岭茶畦层层叠叠，磅礴壮观，足可与天下闻名的龙胜龙脊梯田媲美。

岭景的冬，犹如一幅水墨。登高望远，天是清澈的，山是褐色。当日天气晴好，伫立高处远眺天地间的山峰，那苍茫大地，那万山归秀的美景，心里顿时生出许多的怀想来。

站得高看得也远，隐隐地可以望见毗邻的平南县大坡镇，举头红日白云底，万里河山在一望。暖阳普照，洒落在清静的小镇。突然觉得小镇堪比古时候小姐的深闺，香茶不怕山路远，岭鼎茗香秀深山。就这样在茶山上漫无目的地走着，最喜欢的，是与制茶师傅聊聊，师傅的杀青、揉捻、渥堆、发酵等一套制茶技艺堪称一绝。让人记牢那句匠心金句："坚守虔诚质朴的匠心，执着专一传承手艺，守护茶厂的原汁原味。"

在茶厂的会客间里，高朋满座，"谈笑有鸿儒，往来无白丁。"都是志同道合的文友。红泥小火炉，荡出缕缕茗香，也是人生一乐事。生活虽不能完全避开车马喧嚣，但品茗人的幸福，是在心中修篱种菊，享受"问君何能尔？心远地自偏"的宁静惬意。

岭景的冬，都在品茗的过程中淋漓酣畅。那样多的品种，那么多的滋味，总可以找到一种情绪让人回归本真。我想，要是没有醇厚而甘鲜的"岭鼎玉剑"和"岭鼎玉珠"，要是没有这山高地肥的地理优势，要是没有云雾缭绕、雨量充沛、昼夜温差大的高山气候环境，要是没有泛着时光的清茶，岭景小镇就少了许多的雅事，少了许多的宁静。

漫步在鲜有人影的梯岭，透过茶垄，看金阳挥洒在小镇。或许，一离开，就有一辈子忘不了的往事。

福鼎茶厂老总姓王，创业事迹在小镇上妇孺皆知，本着"书香道德经，茶是岭鼎醇"的理念，将农博会的金奖银奖屡收囊中，相信不久后的鹿伏岭，更是嘉木森森，茶香四溢。

窗外不是春日胜春日，"集茗茶神韵，会四海宾客。"王总以茶待客，从"白鹤沐浴"（洗杯）到"品啜甘霖"（喝茶），品味着这独特感受，交杯换盏，间或浅斟低吟。只见他轻轻闭上双眼，小啜一口香茗，酿就了心底那份对茶独特的情愫，真是"莫道醉人唯美酒，茶香入心亦醉人"。

王总赠的那几包茶叶，我最是喜爱，回来后，常与茶友一起"为品清香频入座，欢同知心细谈心"。

香茗虽然只是偶尔在与雅士共享，可一直在心里藏着。壶在心中天在壶，心在壶中地在心。藏着那把壶，藏着那包茶叶离开了小镇。走啊走，走过风雨走过彩虹。香茶迎故人，共煮三江水。"岭鼎玉剑""岭鼎玉珠"色泽翠绿、茶汤碧绿清澈、香气高雅、鲜醇爽口，实让人难以忘怀。从此，家里那间小小简陋的茶室里多了一份欢歌笑语。

在青峦叠嶂的小镇，不怕潮湿的梅雨季节。"春风又绿江南岸"，又一年的春天来了，油菜花儿烂漫着，春晖依旧缠绵着。曾经的小镇，如烟云，从眼前一幕幕闪过。

小镇的茶，小镇的情，活脱脱一段精美的段落，写在心底，怎会淡去。

家乡鹿伏岭的迷人风光

李元京

你见过层层梯田高入云霄吗？你见过茶场高入云霄吗？你见过云雾飘绕在茶场上吗？

今天我们就到了鹿伏岭茶场观看了这茶场壮观的场景，梯田层层叠叠，高入云端，有高山仰止的感叹。梯田上有的茶已有一米多高可采茶了，有的新开挖，更显出梯田的线条层次美，像五线谱，飘逸在这高山上。一条水泥路盘绕而上，通往高山顶。到了冲岗扎口塘看到的风景很美。有两张大水塘，一张荷吐嫩叶，如一枚枚银币铺撒广大的水面。新开的梯田展现在山间，感到高山之上有高山。沿着坡道通往山顶，山顶有大水箱。这时看到远处的鹿伏岭主峰乌纱顶很有层次感，以它为中心，万山盘旋舒展，苍山叠翠。再看西边的茶场，云雾自深谷飘逸而上。公路弯弯曲曲，茶场和公路都变得虚无缥缈起来。云雾很快飘到山顶，茶场变成了轻纱笼罩的天宫仙境。千亩茶场在这轻纱里温柔美丽，如处子一般洁白羞涩。

山脚下有"千亩有机茶扶贫基地"标示，这广阔的茶场成了周边县镇旅游打卡地。我们在四月天来，一番雨过，山峦变成披面纱又婀娜多姿腰肢的姑娘。沿水泥路一路攀登，曲折而上，风景这边独好。

鹿伏岭是藤县南最高峰，海拔约 572.8 米，横跨五六个行政村。大年初一，从村里步行上岭。草木茂密，鸟声啾啾，隐约听到流水的潺潺声。

过了冲河公路不再荒芜，行行歇歇，终于到了在村里能望见很遥远的扎口塘——福顶茶场。挨东面山长着成林的八角树。

二十多年前初一早上和堂哥爬山到这里，那时满山松树被砍伐光，这里草屋门口有副对联，写得很贴切的，只记得"开天辟地银锄落"这样高山入天处开荒造林的意思。西边为新开垦成梯田的茶园，层层梯田直通云霄，很是壮观，而池塘枯荷使壮观高山又有一种水的柔美。到了峡口见到好些从山北平南县开摩托车上来的观光者。周围村民很多来爬山游玩。向北望极辽阔，一览众山小。茶园直通到山脚。很是壮观，感到梯田叠叠而上升上云天之感。北面坡种了茶。是大益福鼎茶场。

从那向东沿公路行一大段到扶娘塘，那是高山上的一个山寨。系林场所在地，建有房屋。分田前夕林场解散，由我们村种田，有好几十亩田，经常放牛到这山寨，牛不容易走失。我们下山去不远，到大坡圩玩、吃粉、看电影。而今不见了昔日耕种的肥沃农田，因开公路填埋了，剩的成了塘或草坪。这些田种糯米稻最好，因山高阴凉，每年都收获很多，做柔软糯米饭的，父亲叱牛犁田耙地，我们从小冲里拔秧插田，背打谷机上这三里多路是艰难的。暑假在山上割松脂，有两三合抱才过的大松树，被林业部门钉有油松种树的，每一两天可得一二两松油。而这松林漫山遍野郁郁葱葱。每天可到高冈顶可遥望大坡泗罗河周边远景。

扶娘塘扎口塘隔一山高高在大山上，有水田，在南北两边望去都高高在上，在山北平南大坡可望到，高入云天，下坡路长很多。据说以前是土匪寨，据传土匪藏有金银财宝的。高山峻岭确是易守难攻的山寨。扶娘塘口有巨石，长五六米宽三四米，底下可作屋避雨，有小石作桌，和大石一样刻有棋盘。据说也刻有藏宝的偈语。传说看牛人在下雨后看到大雾进去有一个宫殿，那是一座非常美丽的宫殿，里面有两个漂亮的娘子在织布。因此叫扶娘塘。

三十多年前曾在那里放牧、耕种、割松脂，假期里每天清早爬上高山峻岭，傍晚听着蝉声唱着乐曲下山。今天再登临不胜感慨，生活好了，田荒芜了，路也荒芜了。青少年时期山岭上的劳作经历化成了浓浓的乡愁，那青翠的群峰里有我们勤劳的身影。

现在，六堡茶种植正在如火如荼在开展，漫山遍野的茶场将展现鹿伏岭更迷人的风光。

天平

>> 这里曾经是古藤州一个繁华的驿站，这里曾经养育了一个叫袁崇焕的民族英雄，这里有着一所建于晚清与民国时期的村级小学和中学……

冬至访莲塘

蒙土金

冬至日,太阳直射在地球的南回归线上。这一天,南宁来的诗人、自治区文联副主席石才夫和《美术界》的主编孟远烘在梧州与诗人盘妙彬会合后,驱车来到古藤州秀气的临江小镇濛江,从这里再转乘小船和我们一起去探访天平镇的新马莲塘村,因为这里曾经是古藤州一个繁华的驿站,这里曾经养育了一个叫袁崇焕的民族英雄,这里有着一所建于晚清与民国时期的村级小学和中学……

一

新马在古时叫白马,又叫四十三都白马汛,是古藤州一处重要的水上门户和驿站,而莲塘村就恰到好处地生长在白马汛浔江河段一个山环水抱的地方。在这里,浔江水从平南方向一路滔滔东来,进入到莲塘村的时候仿佛有一种天然的眷恋一般,情有独钟而又温顺地绕拥着这方叫莲塘的村落,形成了一个缠绵的圆弧之后才恋恋不舍地向东而去。据说,秦始皇初年,大将赵陀平定岭南时行军至此时喜得白马一匹,遂将此地设为白马驿。以后的历朝历代,亦多有军旅从这里经过。唐卫国公李靖率军抚慰岭南诸郡,曾在白马驿屯军,并留下了"南白马,北白马,白马双英甲天下,状元下马,元帅上马"的偈语;宋代名将、枢密使狄青南来广西征讨侬智高反叛以及明朝两广总督韩雍征剿大藤峡侯大苟瑶民起义,也都曾在白马驿安营扎寨。正是这种特有的地形风貌注定了这一方水土的兵家冲塞和钟灵毓秀、人杰地灵。

走进莲塘村里,首先映入我们眼帘的是一座古香古色的祠堂。这祠堂叫作"何氏宗祠",建于 20 世纪 40 年代,是当时莲塘村的乡绅何杞倡议由西江流域的藤县、苍梧、蒙山、昭平、平南、桂平、贵县(现贵港)等地的何氏族人集资兴建而成的。建筑面积 1000 平方米,为典型的南方四合院风格,前两座后三座，中座为祠堂，祠堂庭院开阔清幽，富丽堂皇而又庄严肃穆。类似这样的古建筑在莲塘村还有许多，就在离何氏宗祠不远处还有一间只剩下了一座的古屋，仍然保持着明清时期的建筑风格，高深的门楣，门槛两边的石墩和墙上的雕梁画栋清晰可见，是何积深当年的府宅。何家崇文尚武，人才辈出，清朝时的何宏元曾任陕西省西安府同知、兵部武库司郎中、云南省开化府知府；其子何斗光被封为蓝翎兵部武库司郎，何昌光任云南省开化府知府。何宏元因教子有方被封为"荣禄大夫"。在整个清代，何氏家族共有15人被封为"大夫"以上的称号，其中"奉正大夫"7人、"中议大夫"3人、"荣禄大夫"3人。到了民国时期，何寿谦（何宏元的孙子）为北京大学第一届的文学学士；何标（何宏元的曾孙）为原广西省政府保送清华大学的学生，后又留学美国，获纽约大学、哥伦比亚大学硕士学位。此外，还有团（县）长5人、桂系第三路军司令1人、国民党空军中将1人、陆军少将1人，真可谓书香门第，人才辈出。

从何氏宗祠走出，我们沿着村边行走，只见周边一条条通向江中的古码头条石斑驳，在冬日的暖阳下见证着岁月的沧桑。紧靠江岸上两廊还覆盖着瓦面的街市虽然空空如也，但透过两旁吊脚骑楼式的房子，我们仍然可以想象到它当年繁荣昌盛的景况。同行的县博物馆周馆长告诉我们，"白马汛"是一个崇文尚武、商文并重的地方，历史上便是一个商贸集散地，外出搞运输和商品流通的人特别多，别看这样的一个小村子，过去这儿店铺林立，街市上"广元兴""昭在铺""晋兴铺""培生堂"等堂铺人头汹涌，客似云来。就是到了中华人民共和国成立以后，供销社、工商所、食品站、粮所、市场等设施也一应俱全，俨然像一个建制乡镇的模样，还被人称为"小香港"呢！

我们站在江边，凝望着一江碧水，只见蔚蓝的江面上有几只洁白的白鹭在悠然地转着圈儿，江水波光潋滟，微风熙拂，让我们从莲塘的清秀俊美中最初地触摸到了莲塘厚重而饱含文化张力的悠远历史。

二

造访莲塘村，不得不提到一个在中国历史上赫赫有名的人物——明崇祯年间的兵部尚书、蓟辽督师袁崇焕。

袁崇焕（1584—1630年），字元素，号自如，明万历四十七年（1619年）进士，为杰出的军事家，曾取得"宁远""宁锦"两次大捷，亲率九千精兵对决皇太极十万大军解京师之危。后来因遭崇祯猜疑和中皇太极的反间计，被以"叛徒"等众多罪名磔身于北京的菜市口，直到清乾隆年间（1736—1795年）重修明史，乾隆批阅了当时大量的内部档案资料得知真相始被平反，而此时时间已过去了整整152年。

袁崇焕以一介书生投笔从戎，单骑出关，他提出了"以辽土养辽人，以辽人守辽土；且战且守，且筑且屯；守为正着，战为奇着，和为傍着；以实不以虚，以渐不以骤"正确的军事思想，迅速扭转了边陲的危局，收复了许多失地，稳定了局势，个中过往，可谓壮怀激烈。然而，袁崇焕最后却非战死沙场，而是死于自己忠心报效的帝君之手，呜乎，其冤莫大焉！然而袁崇焕又是一个历史上极具争议的人物，其籍贯多有争议，其功过多有争议。

袁崇焕籍贯何处？学术界和地方曾有不少争议，大致上有东莞说、平南说、藤县说三种。现在，莲塘村建有广西藤县袁崇焕纪念馆，馆名由著名的明史专家阎崇年先生题写，纪念馆面积不大，仅551平方米，陈列馆面积335平方米，以袁崇焕的成长脉络为主线，以大量的照片、文物为载体，向人们展示着袁崇焕在这里生活的点点滴滴。简朴的纪念馆就如眼前的莲塘村一样，简静自在，淳朴自然。除纪念馆外，这里还有着袁崇焕的几座祖墓，其中祖父袁西堂的墓就在离莲塘村不远处的山上，而袁崇焕的父亲袁子鹏则葬在与莲塘村隔江相望的对岸一个叫"放炮岭"的地方，墓碑中清晰地刻着"明诰封光禄大夫讳子鹏袁府老太公之墓"，墓碑的序文是："世祖西堂公之子，西堂公由广东东莞县于嘉靖六年（1522年）至广西梧州府藤县四十三都白马汛。鹏公妣何氏葬唐冲袁屋坪。公生三子六孙，长子崇焕赐进士出身，拜三边总制，当朝诰恩赐封碑。"而远在北京的孔庙里，也立有自隋开科取士以来历代进士的题名碑，在明万历三甲第四十名进士袁崇焕的名下，则清楚地刻着"广西藤县"。由此，袁崇焕生于莲塘、长于莲塘当属无异议了。

袁崇焕文功武略，就如同其生于斯又长于斯婉约秀丽的莲塘村一样，他一生忠勇却又不乏铁骨柔情，这在他留传下来的诗句中得到了充分的印证。在莲塘村的广西藤县袁崇焕纪念馆里，我们透过袁崇焕那些泣血的诗章，仍然可以触碰到他心底里对故土和亲人们那如游丝般的戏栗。如《边中送别》："五载离家别路悠，送君寒浸宝刀头。欲知肺腑同生死，何用安危问去留。杖策只因图雪耻，横戈原不为封侯。故园亲侣如相问，愧我边尘尚未收。"又如《临刑口占》："一生事业总成空，半世功名在梦中。死后不愁无勇将，忠魂依旧守辽东。"再如《忆母》："梦绕高堂最可哀，牵衣曾嘱早归来。母年已老家何有，国法难容子不才。负米当时原可乐，读书今日反成灾。思亲想及黄泉见，泪血纷纷洒不开。"字字句句，透过了400多年的历史沉淀，仍然可以看见袁崇焕那颗如莲花般洁白的赤诚之心。

袁崇焕功过如何？我们想，历史是最好的判官。袁崇焕当年浴血奋战的对手是清朝的前身后金，而清朝在灭亡了明朝立国后，到乾隆帝时却亲自下诏为自己的敌人袁崇焕平反："乾隆四十七年十二月初四日，奉，上谕。昨披阅明史，袁崇焕督师蓟辽，虽与我朝为难，但尚能忠于所事。彼时主黯政昏，不能罄其忱悃，以致身罹重辟，深可悯恻……"战场上殊死征战、你死我活的对手，到头来却为自己的敌人平反昭雪，这在中国几千年的封建社会历史当中，恐怕绝无仅有了。袁崇焕以自己一生的忠勇无私与铁肝义胆让敌人也为之动容，这又是一种何等的情怀！而当袁崇焕磔身于北京的菜市口，只剩下那颗不屈的头颅孤零零地悬于高杆之上的时候，有一位姓余的义士冒着被诛九族的危险，在夜半更深的时候偷偷地取下了袁崇焕的头颅埋在了自家的后院，而且一代又一代地为袁崇焕守墓，到现在已经传了整整十七代，而他竟连自己名字也没有留下，这又是一种何等惊天动地的义举！这一切的一切，应该说历史已经对袁崇焕千秋功罪做了最好的评说。

莲塘村生长和养育了袁崇焕，袁崇焕的精神不死，他长在中华民族浩然正气的精神家园里，也随着时光的漫浸在莲塘的岁月里熠熠生辉。

三

在莲塘，我们还惊诧于在这个自然村中竟然还分别有着一所历史悠久的小学和中学。小学建于1906年，由莲塘村的举人、原广西省参议员何寿谦与留学日本回来的何宗羲发起倡议，用何氏祠业收入的一部分作为办学基金兴建而成，当时的校名叫"白马开明高等小学堂"，这所百年老校现在已经演变成了如今的"新马中心小学"。与之比肩的还有一所中学叫作"开明中学"，它是在1941年中国抗日战争进入艰苦时期创建起来的一所村级中学。当时我国的大部分国土沦陷，在日寇的铁蹄之下，广东等地的一些高级知识分子和进步人士为了躲避日寇的迫害从广东流亡到了广西，他们有一部分溯江而上留居于藤县新马莲塘村。为了使这些进步民主人士工作有着落、生活有保障，由何杞（曾任省立梧州师范校长、梧州高中校长、藤县县长）、何宗羲（留学日本）、何宗淇、何标（留学美国）、何汉辉（空军中将）、何克夫（十九路军团长、原广西省政府咨议）等人倡议筹办。学校在 1941 年春开始招生，首招学生 280 多人，并迅速吸引了西江流域的藤县、苍梧、岑溪、蒙山、平南、桂平、武宣、象州、容县、北流等地的学生前来就读。到 1943 年，学校发展到了 12 个班共 700 多人，教职员工 50 多人。学校的第一任校长由何杞担任，教导主任由李廷熙（中山大学毕业、曾任藤县中学校长）担任；第二任校长由何宗羲担任，教导主任由林汝鉴（中山大学教授）担任，教师绝大部分为从广东疏散上来的进步人士。开明中学创办时为私立学校，经费来源为学生学费收入和何氏祠业收入，新中国成立后因经费原因曾一度停办，1958 年天平区政府在原开明中学旧址上重建"新马农中"，1970 年改为"新马初中"，1991 年恢复"开明中学"原名并一直延续沿用至今，为公立中学。

开明中学从创办到现在已走过了 70 多个年头，培养出了一批又一批优秀的人才：李象河，云南大学享受国务院特殊津贴的博士生导师、物理学专家、教授；叶孟德，中山大学教授；何家骧，广东水电研究所主任工程师；卢延岳，广西壮族自治区水电工程师；何开华，鞍山钢铁厂工程师；何秋华，武汉电力厂工程师；何家骧，广东省二轻工业厅副厅长；傅耿，广西壮族自治区检察院副检察长，等等。现在的开明中学也秉承了创办伊始的优良传统，传承着莲塘村文风鼎盛的风气，每年招收 9 个教学班，学生近 500 人，教学成绩年年位列前茅，尤其是美术和体育生在县里更是一枝独秀，考上县示范高中同类生的人数一直为各乡镇初级中学榜首。无疑，当年何寿谦、何杞、何宗羲等人在莲塘创办的小学、中学是发扬和传承耕读传家的"开明"之举，它衍续着莲塘鼎盛的书香文风，如一个飘浮在水汽雾凇中透明的梦一样幽篁而清逸。

不知是莲塘村的历史底蕴深厚，还是冬至日白天的日子确实太短，莲塘村的风光我们远远还没有看够，但无奈日头早已西斜，我们只好匆匆回程。

岁月静好，无边风光的莲塘村深深地镶嵌在我们的记忆中。

这一年，岁值丙申；这一日，正值冬至。

罗漫山：抵不住的浪漫与悠然

李燕霞

大凡是山，给人的感觉总是雄伟巍峨的，像父亲般透着稳重和刚劲，然而，对于罗漫山，我更愿意把它比作一个温婉雅致的女子，嵯黛峨绿，灵秀俊逸。

罗漫山，光听名儿，就能生出无限的遐想，有这样动听名字的山总是充满情致且善解人意的，它并不隐秘，也不藏身僻地，只大大方方地端卧在天平镇的南梧二级公路边，离藤县县城仅 20 千米。

阳春三月，阳光总是特别的明媚，缕缕金光温柔地挑拨着心底的那份喜悦，当几缕春风迎面而来时，更撩起了内心那份出游的冲动，于是攀上罗漫，觅那一路春光，便成了心底挥之不去的惦念。

出游的那个清晨，刚好下了一阵细雨，把整个世界飘洒得朗润而清凉，内心的那份兴致也被点染到了极致。春神对罗漫山总是格外眷顾，才是早春，山上已是锦绣成堆。凝重的、鲜亮的深深浅浅的绿，饱满地、真真切切地侵入山的肌肤。老树新柯，连同那拥碧的野草，无不自得其乐，充溢着强烈的生存欲望和生存快感。轻抚这些亮绿的枝叶，直达内心的是一种柔软而坚韧的力量。由于才下过雨的缘故，那些鲜嫩的叶尖上还垂挂着水珠，点点滴滴，像珍珠，像翡翠，欲滴欲落，令人心醉。在这满目青翠中，还点染着各色野花，红、黄、蓝、紫、白，草低虫吟，花动香浓，飘逸出"野花向客开如笑，芳草留人意自闲"的恬淡意境，如擎出一个古代馨香的故事。

在罗漫山，最吸引人的要数那漫山的杜鹃了。那耀眼的鲜红一丛丛、一簇簇地熙熙攘攘地挤闹在一片溢碧滴翠、森森绿意中，如丹霞般耀眼，呈现出静态的喷涌之势，连刚洒下的阳光也被熏染成香的。微风过处，花瓣如蝶之双翼微微煽动，妙不可言。置身这杜鹃花丛，耳盈鸟语，目满青枝，绿红相扶，异馥诱人，即使再忧伤的心灵，也会贮满光辉，也会在短暂的瞬间里物我两忘，使自己的身心与大自然拥抱在一起。

罗漫山的情致还在于山上那些形态各异的石头。相对于树儿、花儿们的浓妆淡抹，光彩照人，它们显得朴实而憨厚，它们静静地散落在山间，摆着自己喜欢的姿势，看天高云淡，守花红柳绿。人们依着它们的形态，给它们取了很多动听的名儿，仙桃石、五经石、望归石、花和尚……每座石头、每个名字的后面，都藏着一段优美的传说，感染着你的视线，丰富着你的想象。在这些奇石中，最让人动心的就是那被喻为天下第一吻的接吻石了，两块人形姿态的石头相对紧贴着，像一对情深义重的夫妻正在互拥着，深情相吻，无论是沧海桑田还是世事变更，他们都从不放手，相知相爱，一往情深。这样的矢志不渝，会让你生发许多感慨，你会觉得爱情其实很美好，守在自己身边的那个人是值得自己一辈子去相爱、去珍重的……

叮咚的泉水是这山中跳动的音符。泉水从山缝中流出，涓涓滴滴，汇成细小的清流，从大大小小的山石上淌过，纤柔轻盈，美丽动人，悠悠地舒展于雄伟的天地之间，偶有落花至，远逐流水香，缓缓地摇曳出一汪浓浓的诗意。当这清流从乱石丛中穿过，从山崖上跌落时，便化作了一条条细细的悬泉，优雅、娴静而又飘逸。在半山腰处，有一个聪明泉，泉水清得见底，蓝得透亮，轻柔柔，静幽幽，蹲在边上，掬一捧喝上一口，那清冽之气瞬间浸入肺腑，凉凉地酥酥地抚触着身上的每一条神经，让你迷醉得仿佛跌入了一个童话世界，再也不愿出来。

一座山如果单单只有花草树木和山泉嶙石，那也显得太普通了点，罗漫山的别致就在于在登到山的三分之二处，往一个开阔的入口进去几百米的地方还静卧着个古老而宁静的小村子。那里房屋错落，树木掩映，阡陌交通，鸡犬相闻，活脱脱一个现代版的世外桃源。无论是在田间挥锄的农民，还是在田头嬉闹的小孩无不悠然自在，自得其乐。他们心满意足地享受着这山带给他们的恩惠，用汗水织耕着属于自己的生活，一代又一代，繁衍不息，梦幻不息。山因人而灵动，人因山而富足，人和自然和谐相处，共同擎出一个美妙的境界。这样的境界，常让往来的游人升腾起一种说不出的感动，而后便是心灵的静化，甚至织成内心深处那份有关生命的禅境。

罗漫山，这个秀丽端庄的女子，这个有着恬淡优雅气质的女子，她以她独有的魅力征服了每个游人的心。是的，这样一座优雅而美丽的山，谁能抵挡得了她的那份浪漫与悠然呢?

三益村的热浪

孙燕凤

　　这是一个面临西江的美丽小村落——藤县天平镇三益村。码头上有着历经几百年沧桑的木棉树和榕树，像伟岸的英雄一样雄赳赳、气昂昂地站立在江边，守望着气势磅礴、浩浩荡荡的西江，与村子深情相依。江水日夜奔流不息，仿佛在唱着高亢的号子："海纳百川，力争上游。"

　　是啊，这是一片火热、力争上游的土地。12月，我跟随县作协的同志们第一次踏上这块热土，虽然时值隆冬，还是感受到一股股热情扑面而来。

　　村委何主任热情地接待了我们。这是一个风风火火的女汉子，黝黑的脸庞，略显肥胖的身材，说话大声且快，滔滔不绝地给我们介绍该村产业发展情况。这里背山面江，空气好，环境好，是种植砂糖橘、沃柑等水果的天然好场所，几年前被外地老板看中，流转土地种植了砂糖橘、沃柑、百香果、牛大力、坚果。一石激起千层浪，当地的农民也跟着种植，特色产业如雨后春笋般迅猛发展，规模达4000多亩，成为远近闻名的产业种植村落。

　　我们迫不及待要去一睹砂糖橘和沃柑的芳容。从村委出发，沿着曲折、泥泞的山路前行，映入眼帘的是漫山遍野的砂糖橘和沃柑，约有1700多亩，又是一个红红火火的丰收年！但见一只只个头饱满、橙红的沃柑，一簇簇挂在枝头，仿佛天地间挂满了小巧玲珑的红灯笼，正在欢天喜地迎接新年的到来；不耐寒的砂糖橘则被主人披上了一块块白色的塑料薄膜，远远看去像一间间雪白的小房子，果树上结满熟透了的砂糖橘，密密麻麻地拥挤在一起，头挨着头，脚靠着脚，像一屋屋穿着鲜艳服装的小人儿。

　　我忍不住摘两个砂糖橘尝鲜：皮薄，清甜，喉咙瞬间清爽舒服，一股清凉沁人肺腑，真是自带三益村特有水灵清润的风味！而沃柑虽然刚刚进入成熟期，还不是采摘的最佳时候，但也别有一番味道：汁多，甜中带一点点的酸味，天然纯正！就像生活苦中有乐一样，苦乐参半。

　　谁说不是呢？这其中的甜酸苦辣，三益村驻村工作队员、也是我县作协主席郑彬昌同志最清楚不过了。从脱贫攻坚到乡村振兴，走村入户，协助土地流转，排解矛盾纠纷……三年的驻村生涯，千帆过尽，终于迎来三益村江河秀丽、百业兴旺的一天。

　　"眼前这条长 2 千米的产业道路尚未硬化，目前项目已上报，无论如何也要争取下来，更好地服务山区群众。"郑主席语气坚定地说。为此他和当地干部一趟趟跑有关部门，一次次上报材料。

　　"路通财通。我在这里也种植了 50 多亩砂糖橘和沃柑，盼望道路早日修好，既造福一方群众，又能吸引更多的老板来三益村投资。"憨厚的村民唐洪标说出了果农的心里话，咧嘴笑笑。

　　道路建成的那一天，又是一朵美丽的产业花开！

　　告别了甜蜜的砂糖橘和沃柑产业基地，我们一行人来到西江边长郎峒一处空地，听说将在这里建设我县 LNG 新能源船厂，由当地人引进新能源造船技术，初期规划用地约 30 亩，投资额不低于 5000 万元。该项目正在紧锣密鼓地进行中，已完成了部分场地平整。

　　如此大型项目落户三益村，必将为村民创造更多就业机会，福佑子孙万代，真是三益村民的一大益处了。到时造船的叮当声，恐怕连西江中沉睡的龙王也要来看热闹呢！浩瀚的西江孕育了三益村的弄潮儿，"爱出者爱返，福往者福来"，一粒种子交给大地，大地为之长出一片绿洲。这一片热土，终归是地杰人灵，英才辈出。这是一件多么美好的事情。

　　如果说火热的产业热潮和招商引资项目是三益村掀起的两股热浪，那么建设美好家园无疑是最大的巨浪、最美的花朵。

　　三益村江口片是一个有着 1000 多人口的村民小组，长期以来村民们都热心于改造村容村貌、美化生活环境，投工投劳、捐资捐物等公益事在这片热土上蔚然成风。自打列入镇级新农村建设示范区后，村民们的热情更是空前高涨，家家户户自觉出人出力，热火朝天地干起来：拆除老旧房屋、草棚、广告牌，清理池塘、沟渠、卫生死角，拓宽村道，砍除竹子。昔日的臭池塘、污水沟、乱搭乱建的草棚没有了，取而代之的是整洁的村道，干净的宜居环境，平整开阔的土地。

　　这一切深深地打动了我：是什么使这里的人们如此的自觉、不等不靠？是对美好生活的向往，是如西江一样阔广的胸怀和纯净的心灵，是新农村建设的机遇，使他们以前所未有的热情拥抱新时代，向党和人民交出了一份满意的答卷。

这真是一片神奇的土地，借助特色产业腾飞的翅膀，利用招商引资的契机，抓住乡村振兴的机遇，三益村脱颖而出，男女老少投身到脱贫攻坚和改造家乡面貌的洪流中。

浪花朵朵，那是三益村一波又一波新农村建设的热浪，唤醒了千年沉睡的西江，从浪花里飞出欢乐的歌！

三益村里果飘香

卢瑞昌

在藤县天平镇，有这样一个美丽的小村庄，叫作"三益村"。对于这个名字，我们每一个作协的会员都是充满着好奇之心的。这名字，到底什么意思呢？不会就纯粹是一个小村庄的符号吧？"三益"，应该是益处多多之意吧？再者，"三益"谐音"三亿"，难道不正好说明这个村庄奋斗目标之明确吗？2020 年 1 月 6 日，带着种种疑惑或者兴味，踏着新年的脚步，我们藤县作协一行 20 多人，在蒙主任的带领下，前往三益村，一睹那里乡村振兴的新面貌。

三益村，距离藤县县城 40 千米左右，那是一个山清水秀人杰地灵的地方。挂钩三益村的驻村干部郑彬昌是我们作协的主席。郑主席告诉我们，以前的三益村是一个相当落后贫穷的小村庄。自从党中央发出"乡村振兴"的号召以后，这个村子充分利用自己独特的地理环境，积极开展种植养殖的工作，全村面貌日新月异，人民生活水平蒸蒸日上。"走，我带你们去一个地方，那是一个连空气都充满甜味的地方。"在他的带领下，我们直奔三益村的永义塘。

果然，刚进入永义塘路口，一股清新的香气随着微凉的北风扑鼻而来。"哇——"我们禁不住发出啧啧的称赞声。但见狭长的永义塘里，密密麻麻地挤着一棵又一棵果树，它们的头顶，披着一张张阔大的塑料薄膜，正像千军万马在风雨中披着雨衣急行，绵延不绝地向前奔跑着。风来了，薄膜鼓着腮帮子准备一跃而起，忽然又伏下身子，有节奏地一张一弛，仿佛在跳着动感十足的迪斯科。我们随着薄膜的起伏不由自主地扭动身子，那颗律动的心也仿佛与它们融在一起。

"摘果子啰！"还没等郑主席一声令下，早已按捺不住的我们就纵身冲进果林的怀抱，一睹那神秘的薄膜下的芳容。果子真多，真漂亮！你看，一颗颗黄澄澄的沃柑，露出圆溜溜的身子，像一只只黄灿灿的灯笼缀满了枝头。有的在枝头趾高气扬，似乎要冲破薄膜直窜云霄。有的成熟稳重地挂在树中间，好像在和我们深情地打着招呼。有的谦虚地俯下身子，吸收着大地母亲传送的清爽气息。它们一颗挨着一颗，笑着，闹着，在风中争先恐后地炫耀自己美妙的身姿。我们的四周，都被这浓郁的芳香包围着，空气中满是诱人的甜味。"这个最漂亮！"大美女小甘不知道十二生肖是不是属猴的，第一个扬手就摘了一个，迫不及待地往嘴里送："嗯，嗯，真甜，真甜！比初恋还甜！"一旁早已垂涎欲滴的我们，欢呼着，尖叫着，奋袖扬臂，分享着三益人的劳动果实。整个永义塘，摆开了一场自然的、绿色的果子盛宴。

有一位诗人这样写道："……沉寂了几千年的这面山、这条峒/在精准扶贫的声声号角中/不再沉寂……在这个叫作三益的村落/穿过了金色的季节/收获甜蜜的味道/那就是三益的味道……"

好一个充满诗意的"三益的味道"！

郑主席告诉我们："这里是三益村砂糖橘、沃柑的种植基地，占地面积总共有3000多亩，是三益村'5+2'特色产业之一。你们现在所在的永义塘，种植面积就有500多亩。今年，是三益村持续发力推进脱贫攻坚决胜全面小康之年，9个多月来，围绕与全国同步脱贫和实现全面小康社会的目标任务，全村上下在上级党委政府的领导下，群策群力，团结协作，奋力拼搏，克难攻坚，光是种植砂糖橘这一块就取得了较好的成绩。目前，正是果子飘香的季节，紧接着客商就会源源不断地走进三益。丰收在望，也希望各位多多宣传，以促进三益村的乡村振兴，让三益村的每一位村民多多受益，真正走上脱贫致富的小康道路。"

郑主席的一席话，让我们感到多年来广大农民们在乡村振兴的道路上所取得的骄人的成绩。我们曾经去过藤县金鸡镇平山村，300多亩中药材种植产业扶贫创新示范基地里，满山遍野的百部、五指毛桃等中药材吐露着芬芳，长势相当喜人，那是"平山的味道"；我们曾经去过濛江镇那塘村，那里有5000多亩的砂糖橘，亩产高达7000多斤，飘香的果子让每一个村民脸上绽放着花一样的笑容，那是"那塘的味道"……勤劳勇敢的中国农民，在党的扶贫政策的指引下，靠着自己勤劳的双手，酿造着一个又一个"中国的味道"，走出了一条又一条"脱贫致富""振兴乡村"的道路来。习近平总书记说得好："绿水青山就是金山银山。"有了绿水青山，用好绿水青山，每一个村民的家庭自然就迎来"金山银山"。只要我们每一个人努力奋斗，勤勤恳恳，积极投身到乡村振兴的洪流中，我们的生活，必定会像这三益村的果子一样甜蜜。

醉在荷花深处

甘丽云

今天藤县文联组织去天平镇新马村采风，我特别兴奋。藤县天平镇新马村，距离县城 42 千米，是抗击后金入关保卫京师的民族英雄、明末兵部尚书、督师袁崇焕的故里。

村子中间有一个很大的池塘，自然成为村中一景。荷花的盛况，用"接天莲叶无穷碧，映日荷花别样红"形容，是最恰当不过的了。

荷花又名莲花、水芙蓉，李时珍《本草纲目》解释说："莲茎上负荷叶，叶上负荷花，故名。"荷花全身皆宝，藕和莲子能食用，莲子、根茎、藕节、荷叶、花及种子的胚芽等都可入药。由于"荷"与"和""合"谐音，"莲"与"联""连"谐音，中华传统文化中，经常以荷花作为和平、和谐、合作、合力、团结、联合等的象征，赏荷也是对中华"和"文化的一种弘扬。出发的前一晚，文友琼凤对我说，她前几天去了新马村。荷花很茂盛，让人过目不忘。如果从那个荷塘书屋的窗户看过去，很美！很美！我当时就想到那首《莲的心事》："每天仰望你绿色的窗子，无声的呼唤你名字。"想象窗外一阵夏风徐徐而来，吹过水面泛起的涟漪，拂过亭亭玉立的荷花，轻轻地摇曳着，所有烦恼，都在唐诗宋词里慢慢风干，剩下的美好，便像清泉流入心田，淡雅的，香甜的，沁人心脾。

怀着对荷花期盼，我们向天平镇新马村进发啦！在村委门前一下车，我们就兴奋得大喊大叫。这里的天特别蓝，天幕上嵌着一轮白炽的太阳，几缕飞云在头顶上飘游。新马村就在西江旁边，江上船只来来往往的，对面青山秀丽相映成一幅水墨丹青画。将人带到一个"青山相待，白云相爱"，看"日月长，天地阔"的好地方。我情不自禁拿起手机，拍了拍景色，又自拍。唐姐姐笑着说："瞧，你这急性子的，等下还有更美的呢。"

果然，我们一路向前，走过一条宽敞的水泥路，看到在柳树围绕下有一方大大的池塘，我晓得，那就是荷花池啦！我快步跑去最前面："哗！"炎炎夏日，正是荷花最旺盛的时候，碧波之上，似层层绿浪，荷叶如片片翠玉。碧绿的荷叶像个大玉盘衬托着荷花，美丽绝伦。绽放的荷花，在阳光中亭亭玉立，犹如众星拱月一般，美极了。微风拂过荷花温和的笑脸，便随风起舞；而含苞待放的荷花，有点儿害羞，却又不失优雅。

一阵习习凉风夹带着荷花的清香，按捺不住了，向着我们飘来，那阵阵荷香，把我一身的热气和烦躁吹散了。我深深地呼吸，一种不可名喻的惬意感弥漫全身。阳光与清新淡雅的荷花香合而为一，悦心醒神，我的心如穿行晨曦林间，万物初醒，神清气爽，余韵悠长，几分意趣，几分怡然。干净悠然的荷香，弥漫着、扩散着。最好的画面便是这"小荷才露尖尖角，早有蜻蜓立上头"，那才露出两三片花瓣，露出了嫩黄色的小莲，还有那调皮的蜻蜓……好像在捧着清香的呓语、在做梦。一只彩色翅膀的蝴蝶在荷花间飞来飞去，好像要和荷花比美。又像是要告诉我们，要敢于穿梭于鲜花与污泥之间，要忘记他人的眼光，去寻找自己的香。荷叶与蓝天融合在一起，阳光映照下的朵朵荷花，红得那么娇艳、那么明丽。应是沐浴的仙女，含笑伫立，娇羞欲语；嫩蕊凝珠，盈盈欲滴。

"江南可采莲，莲叶何田田，鱼戏莲叶间。鱼戏莲叶东，鱼戏莲叶西，鱼戏莲叶南，鱼戏莲叶北。"汉乐府这样写的。这新马村的荷花，一望无际的碧绿，荷叶浮出水面，挨挨挤挤，重重叠叠，迎风招展。莲叶下自由自在、欢快戏耍的鱼儿，感受着村子那种安宁恬静，自己的心情也随着变得轻松起来。在强烈的日光中呈现一种逼人的绿，仿佛每一片叶子都在竭力释放能量，透亮的叶脉间，隐藏着无尽的夏意。微风的吹拂下还有种"池面风来波潋潋，波间露下叶田田，谁干水面张青盖，罩却红妆唱采莲"的诗情画意。

唐代王昌龄的《采莲曲》写道："荷叶罗裙一色裁，芙蓉向脸两边开。"美与大自然融为一体，我没见有采莲女子，却能想象她们在花中若隐若现、若有若无，是花在与人比美，还是人与花同时现出了笑容？人似花，花似人，这画面，动人。如果你在岸边吹一管箫，声音随清风传散，留下的，定然是悠悠不尽的情味。对于久居闹市的我们，能"偷得浮生半日闲"，让自己的感官慢慢恢复敏感。暂忘世间的纷纷扰扰，独享此刻的安静。原来我们所求的并不多，也就是这样小小的欢愉，酷暑里的凉意罢了。

"笑语盈盈暗香去"，闻见荷花淡淡的清香，荷花池里花瓣湿润甜美的味道。迎面走来一个女子，裙子边系着一个香囊，侧身闪过，便闻一种淡香。那淡雅的香气，就是来自身上佩带的香囊。民间素有"戴个香草袋，不怕五虫害"的说法。古人用荷叶制成香囊，驱蚊防虫，养性宁神、辟瘟除秽。中国最早的诗歌集《诗经》中就有关于荷花的描述"山有扶苏，隰与荷花""彼泽之陂，有蒲有荷"。荷花是洁净高雅之香，亦是美好女性象征。村中女子，佩带的香囊，应该是愿世间平平安安，香气和福泽能伴左右。我也想，和亲友、爱人，踏着爱与希望，在夏日里漫步寻香。

　　来到何家祠堂前，看红色的曲栏贯通，脚底下流水，周围的楼房耸立，高低错落，造型古朴淡雅，精美别致，青青杨柳轻拂下的池塘，与湖中荷花相映成趣。配上这湛蓝的天、洁白的云、浓绿的叶、红粉的花，使人想到"绿树阴浓夏日长，楼台倒影入池塘"。听何锦奋老师说，新马村原来叫藤县四十三都白马莲塘，这荷花池村里人叫莲塘，过去村中有 10 多个莲塘，奇山秀水。清代的何寿谦，在参加举人考试时写的履历中的村名，就是"四十三都白马圩莲塘村"。驻村一书记韦小雨接着说，这个荷花池原来是新马四组 20 多户人的，后来由新马自然村出资约十二万元买下来，现是新马自然村集体所有。占地约 10 亩，莲塘书舍由天平镇政府筹集资金 42 万元建成，现在准备打造为袁崇焕廉洁精神教育基地。

　　"清水出芙蓉，天然去雕饰。"这是荷花的真实写照。"出淤泥而不染，濯清涟而不妖，中通外直，不蔓不枝，香远益清。"一旦跃出水面，一点也不脏，就闪出艳丽夺目的光辉，高举出淤泥而不染的品格。宋代周敦颐的《爱莲说》中的荷花："出淤泥而不染，濯清涟而不妖。"它的根就深深地扎在那里，秀美的、干净的、大方的。明督师袁崇焕蒙冤入狱，仍慷慨激昂，坚贞不屈，留下"但留清白在，粉骨亦何辞"的心语，教人深思。1941 年在新马村筑立了"明督师袁公崇焕故里"纪念碑，何杞作对联以赞颂："一塔表孤忠，白马江边留胜迹；千秋传信史，幽燕城下想英风。"2006 年 1 月时任审计署副审计长、曾任云南省委书记的令狐安在袁崇焕故里下了《谒袁崇焕故里》："金瓯难补庙堂昏，独守孤城倚栋臣。宁远报捷才具显，平台奏对智谋深。蜚言成虎和悲咽，柴市磔身带忿吞。众喙漂山多冤死，每读明史欲断魂。"这荷花，不正是袁崇焕伟大的爱国主义传统精神吗？不正是爱国、勇敢、求新、廉贞人生的精华了吗？

荷花池边有一棵大榕树，树根旁写着"明督师袁公崇焕手植榕"，立有一块碑文上刻着袁崇焕作的诗《榕生》："榕树生在粤中，人以不才弃……"有几个老人坐榕树悠闲下着象棋，还有围着几个小孩儿，在榕树边的石凳上，听白发老爷爷说袁崇焕的故事……一只大黄狗静静仰卧在旁边，闭目养神，仿佛它也在聆听。一切都互为彼此风景，无论外界如何喧嚣，新马村一缕轻烟起，便又到黄昏时。

"人之初，性本善。性相近，习相远……"忽闻一阵读书声飘来，原来是从开明中学传出来的。开明中学创办于 1941 年，至今历经半个多世纪，为国家培养了一批优秀的各项专业人才，是藤县教育局辖管下的一所全日制公立初级中学，现在依然书声琅琅，传承着袁督师的高风亮节精神。在学校大门右联写着："开心传艺栽桃育李千秋业"，左联写着"明理攻书快马加鞭万里程"，中间写着"开明中学"几个大字。大门鲜红明亮，红旗飘飘，在蓝天白天下，熠熠生辉。开明中学的校歌作于民国 1931 年："开明开明复开明，带西江，依南岭，堂堂正正……督师袁崇焕山海关杀敌震辽东，迄今封碑傍江处……"多年前，袁督师或许也曾手捧诗书，一身白衣，移步到荷花池。踏在开明中学校园，领略督师爱国情怀，故园、故土依旧在。回望历史，想着袁督师心怀国家大事，就是有着荷花的品格。

李清照在《如梦令·常记溪亭日暮》写："常记溪亭日暮，沉醉不知归路。兴尽晚回舟，误入藕花深处。争渡，争渡，惊起一滩鸥鹭。"我也想跟三五文友，提一壶梅子酒，携一碟炒花生，一起在荷丛中荡舟。不小心"误"入荷花深处，于是最近距离抚摸着荷叶，闻着荷花的清香，沉醉不归。那"乱入池中看不见，闻歌始觉有人来"的情景多么美妙。而新马村的荷花，行走在唐诗宋词中，千年百年来，依旧是我们心目中永恒的风景。

也许，我不能"惊起一滩鸥鹭"，而我的心，却已沉醉在荷花深处。

秋读罗漫山

黄盛后

罗漫山，一座浪漫神奇的山，一座既有风景又有故事的山，如同一本充满诗意的天书。我不是第一次登上罗漫山，但每一次登山都有不同的感受，不同的理解。

正值深秋寒露时，暑末还带着些许炎热，而雄奇的罗漫山上仍是草木繁盛，郁郁葱葱。我跟随文友们驱车沿着南梧二级公路，来到罗漫山脚路口停车场，以为还像以往一样步行上山，3.5千米长的山路免不了一身汗。不想"先头部队"说，罗漫山公路早已水泥硬化，小车可以直接开上去。我把车挡位拉到最低速的上坡挡，排量小的车在坡陡的地方还是会有些吃力。一路蜿蜒曲折，一路笑声洒满风景，终于到了山门"风柜口"平台。

果然是"风口"，山上空气清新，草木芬芳，树荫下，清风送爽，落叶飘零，秋韵浓浓，略有萧瑟。极目远眺，山峦沟壑，重叠起伏，南梧二级公路和一些村道绵亘蜿蜒。雾气笼罩下的村庄，隐隐约约，静美如画。近处山坡，碧绿与浅黄相间，秋色错落有致，随意飘散，仿佛是山的律动，心胸顿感辽远开阔起来。

接待我们的是村里导游李汉海，一位回乡的退休干部，还是那么充满活力，用本地白话既唱又说，满怀激情地向我们介绍罗漫山上的情况。以前上罗漫山可没人这么详细地介绍过，也不知道还有这么多新奇的传说故事。

位于藤县天平镇境内的罗漫山，南梧二级公路从北侧山脚经过。罗漫山面积20平方千米，主峰大王顶最高海拔452米。罗漫山上唯一的村庄——罗万村，有人口1200多人。罗漫山风景区划分为接吻石、狮子尾、云沙爽、王公堂、皇帝地坪、丹竹洞、环村、大浪口和打豹狩猎等九个景区。

李汉海带我们从风柜口左边小路往接吻石景区走去，一路介绍沿途景点景物、花草树木。盘石榕、香樟树、大果红花油茶、发财石、情人路、山神……山上古木杂树，葳蕤茂盛，遮天蔽日。水泥筑成的椭圆形步汀石，沿路点缀，引导游人，质朴自然，踱步而行，别有情趣。

路边几棵大果红花油茶树吸引文友们，茂密的枝叶间零星地挂着柚子般大小的油茶果，红黄鲜亮，十分可人。或许是第一次见到这样大的油茶果，一些文友们兴奋得大呼小叫，纷纷拿出手机拍照留影。

李汉海介绍说，罗漫山东面还有一大片野生大果红花油茶林，大果红花油茶是罗漫山独有的珍稀树种，冬春时节茶花绽放艳丽无比，具有极高的观赏价值和经济价值。大果红花茶油，其不饱和脂肪酸，比普通茶籽高25%，营养成分更高。据说，罗万村的村民是在明朝年间从天平村陆续迁来罗漫山的，那时已有大果红花油茶，可谓历史悠久。如今已形成油茶种植产业基地，广西六道香茶油公司的原料就是产自这里。2016年，六道香茶油公司采用"企业+基地+农户"模式，在藤县天平镇罗万村开展合作，引导44户村民参与种植茶树。公司主要经营项目是油茶苗的培育与推广、山油茶精深加工系列产品的研发，现已投资约8000万元，计划拥有茶林面积约10万亩，年产山茶油可达2000吨，让金色的茶油从这里源源不断流淌，茶树成了这里村民的摇钱树。我作为电视台记者，曾两次到罗漫山采访拍摄大果红花油茶丰收景象，虽然数量不多，还未成基地，但第一次见到在自然吐纳中天生天长的大果油茶也十分震撼。

我们来到罗漫山大石牌北端的龙门景区。一座大石崖耸立，两崖间挤压着一块门样欲坠的岩石，形如皇宫大门一般，当地人叫"龙门"。龙门紧闭，传说要等到真龙天子到来才能够打开它。龙门脚下四季清泉常年点滴不断，形成一小水池，称为龙泉。

为什么罗漫山上会有这个龙泉呢？据记载，明朝风水大师廖白云曾到罗漫山考察，留下题词：罗漫山高似龙楼，龙行止步石牌头……龙楼，就是龙居住的地方，罗漫山龙泉就是龙喷出来的津液。津液汇聚就形成龙泉。1930年出生于罗万村的李象河，从小就随家人躲避盗贼，住在龙泉上方的御林楼，因常饮龙泉水，得到龙的庇护，曾经被土匪连打数枪而安然无恙。后来上学读书时聪明过人，大学毕业后，在云南大学任教至博士生导师岗位，直到退休。李象河是中国著名微波通信专家，曾获得1978年中国科技大会奖，是享受国务院特殊津贴的科学家。据他说，罗漫山是藏龙宝地，龙的津液汇聚成龙泉，饮龙泉水，就有龙气滋润身心，必然胸怀坦荡，心胸开阔，启蒙智慧，头脑开窍，事业成功。李象河还赋有诗："龙泉之水天上来，龙泉之气漫山生，饮此龙泉水，心境天地宽。"

听完李汉海的介绍，罗漫山似乎因龙泉而有了灵气。滴滴答答的泉水不停地顺岩石滴下，聚水成池，池水静谧，冬暖夏凉。手捧品尝，泉水清凉如饴，甘甜可口，沁人心脾。如用这里的泉水泡茶、酿酒，该是茶香酒醇，更为地道了。

在观美人平台，最吸引人的当数那棵近百年迎客松了，在石头夹缝中顽强地生长，让人不禁想起清代诗人郑板桥《竹石》中的诗句："咬定青山不放松，立根原在破岩中。千磨万击还坚劲，任尔东西南北风。"

这棵松树，扎根在一块突出岩石的石缝里，树干粗壮有力，盘虬卧龙般蜿蜒曲折，如盆景，姿态优美，枝叶向外伸展，像在迎接着每一个来到这里的人。秋意绵绵下，仍然枝叶茂盛。李汉海说，这棵迎客松树龄超过五六十年了，主要依靠山中阳光雨露和少量腐质泥土的营养生长，能长得这么高大，虽不及黄山迎客松，也算是神奇了。罗漫山因这棵迎客松变得清秀，更有诗意。

林荫下，沿着步汀石山路，曲径通幽，松果松毛散落一路，翻过罗漫山西面坡，来到传说中的五经石景点。只见山坡下，五块互不相连的巨石相互依靠排列在一块更大的巨石斜面上，犹如五本经书，人们说那是《诗》《书》《易》《礼》《春秋》五经化石而成的，所以称之为"五经石"。而在五经石对面相距不到十米，也有四块相对小的巨石在杂草灌木间相拥在一起，顺理成章，大家称之为"四书"，似儒家《大学》《论语》《孟子》《中庸》四大经典巨著。"四书五经石"隔空相对，耸立在山野，经历千年万年，石头上布满岁月沧桑，一定隐藏着秘密，只是这些天书，谁能读懂？

在李汉海导游下，我们来到罗漫山最有代表性的景点——天下第一吻。只见在罗漫山大石牌北端，有一尊大石柱凸出石崖之外，下部同石崖连在一起，上部有分有合。从南边和北边角度看，都极像一对情侣在接吻，人们称之为接吻石。这样的接吻神韵奇观恐怕世界上少有，就连研究丹霞地貌的地理学家黄进也认为，罗漫山接吻石是最神奇的丹霞石。鉴于此，当地人展开神化想象，融入了中国古代"伏羲兄妹造人"的神话故事，并编成一首叙事诗，刻在石崖上。

李汉海指着刻在石崖上的那首叙事诗，详细介绍了天下第一吻的浪漫故事。然后又用牛歌戏生动地演唱了这首诗：

"龙庆二年发洪水，水漫天门七日消。漂出伏羲两兄妹，世间仅剩两个人。伏羲兄妹不开窍，不懂怎样造人伦。玉皇为此颁圣旨，仙人下凡做老师。仙人来到罗漫山，巫山云雨一时间。又忧伏羲会忘记，化石常留在此山。伏羲兄妹看见了，也学仙人接近身。触景生情照样干，流传世上万代人。若是玉皇不下旨，仙人不来做老师。没有天下第一吻，当今世上没有人。"

在欢呼声中，大家一致认为接吻石是忠贞不渝的爱情楷模，它在演绎着千万年流传下来的爱情故事。天下第一吻的寓意就是希望天下有情人终成眷属。为丰富这一奇石故事，2006年12月，当地村民集资在山上修建了一座巨大的月下老人塑像，有道是：月相赐缘能谈密语，老人牵线可结同心。

我们慕名来到藤县罗漫山酒业有限公司酿酒基地，深入藏酒的神秘"古琴洞"，探访了解洞藏佳酿。

宽敞的洞厅摆满了大大小小的陶瓷酒缸，阵阵浓烈的酒香扑鼻而来，微弱的灯光引导我们钻入幽深的山洞，洞壁渗出的水在滴响，阴暗潮湿，酒香越发浓厚，我们似乎踩在酒水里，微醺欲醉。一个个已封好口的大酒缸沿着洞穴通道整齐摆放，高大厚重，看得出已装满了酒，少说也有二十来个吧！

公司负责人岑桂芳向我们介绍，这里一个大酒缸装满2000斤酒，小酒缸装酒1000斤。一路摆放古洞里，直到封实处，不通尽头，据说没有人走通过古琴洞的尽头。岑桂芳也是一位退休干部，十分热情，她说：因为罗漫山地势高气候干旱，村民饮水困难，起初是为解决村民饮水难问题，到处寻找水源，最终在离村一公里多的黄帝地坪下半山腰找到了一口泉水，水质清澈、甘甜，并在不远处有一个山洞，当地人叫古琴洞。洞内冬暖夏凉，温度和湿度恒定，加上环境无污染，十分适宜藏酒。于是在2015年就决定在这里办一间酒厂，这样既能酿酒又能解决村民生活用水问题，一举两得，两全其美。罗漫山洞藏酒是用当地大米经过蒸煮、晾干、装缸、发酵等一系列酿造工艺的酱香型酒，口感柔和，醉也不易上头。目前投资753万元，厂区占地面积约200亩，年产米香型白酒1500吨，保健酒500吨，水果酒500吨，产品达20余种。罗漫山牌系列白酒远销广东、南宁、柳州等地，酱香型酒最高价卖到600元一斤。目前，在罗漫山酒业有限公司带动下，罗万村现发展有4家小酒坊。

关于古琴洞、皇帝地坪和皇帝泉也有一段传说故事。相传远古之时，天上王母娘娘寿诞，便唤金童玉女二人，到殿门外迎宾，岂知金童玉女初出殿门，见物为鲜，往凡间一看顿时惊呆，下界之山川形态，竟然像天上凌霄宫般的美丽，处处奇花异草，鸟语花香，越看越意乱情迷，于是径自结对下凡间玩耍。但见宫殿旁，有一口清泉，石壁上刻着"皇帝泉"三个字。金童玉女觉得有点口渴，便随手捧了口泉水解渴，谁知道泉水入口，如饮玉液，似喝琼浆，沁人心脾，更觉得如醉如痴，乐而忘返。王母娘娘知道后，看到他们如此恩爱模样，便赏赐他们永留凡间，成就美满姻缘。如今皇帝地坪还在，古琴洞还在，而古琴洞之幽深，至今没有人走到尽头过。皇帝泉的泉水还在日夜流淌，古琴洞内的陈酿美酒就是用皇帝泉水酿造的，似玉液，一品仙露琼浆，欲罢不能。有诗为证：

罗居帝殿煮青梅，漫论英雄属于谁。

山洞尘封皆玉液，酒香难舍满金杯。

罗漫山的秋天，有落花的馨香，飘叶的萧瑟，有奇石的浪漫，有为家乡发展默默奉献的热心人，让我看到了罗漫山沉潜内敛的浪漫和诗意，如她的洞藏陈酿，让人如痴如醉。罗漫山就是一本厚重的书，等着人们去看，去读，去想。

深山"闺秀"罗漫山

周 雄

随着立秋到来酷暑离去，秋高气爽，去绿意盎然的郊野休闲踏秋是许多人的选择。国庆十一假期，我随着藤县作家协会的文人们，到了犹如深山闺秀的罗漫山游玩。

站在南梧二级公路，向高高的罗漫山仰望，气势磅礴的罗漫大山高入云端，满山是生机勃勃，郁郁葱葱的绿色林海。如在春夏多雨时节，罗漫山必会时时有妖娆飘荡的云雾呈现。所以我想，罗漫山云雾缭绕俨然天宫，说村民在天宫里活得如神仙那也不为过。

藤县南部的山岳以低丘为主。而罗漫山却鹤立鸡群，是藤县少有的建在海拔400多米山上的行政村——罗万村所在地。它距县城有20多千米，位于天平镇街区近郊，南宁至梧州二级公路从山脚下经过，天平交警中队院子旁边有条上山的水泥公路通达。

以前，村民趁天平圩要抄近路走羊肠小道，生活用电也困难。即使后来开通了林区道路，由于是泥土路生产生活所需的交通条件仍然十分不便。我曾亲眼见过村民拉着小马匹，艰难地往山上运物资的场景。罗漫山虽然与镇街肉眼可望，近在咫尺，仍然是比较闭塞的"世外桃源"。村民的生产生活滞后，男儿娶妻生子，繁衍生息都成难题。

随着国家改革开放，社会经济快速发展，对"三农"工作的重视，政府对上罗漫山道路扩阔、铺设水泥路面后，交通变得十分方便。这才揭开犹如深山闺秀般神秘的罗漫山"少女面纱"，外地人才不断来探访，为外界所知。整村脱贫后，罗漫山村民生产和生活如芝麻开花节节高。

罗漫山的峻峭长坡公路两旁，是林荫如盖的森林，植被非常丰富。到长坡公路顶的山口，是罗漫山有名的"风柜口"。在这里憩息能感觉到山高气爽，凉风袭人。"风柜口"等同马路的十字路口。右手边的路是通往收费景区的大门，那里有"龙门""迎客松""接吻石"等不同景点的环山林荫小路，接着往上是登大王顶的台阶。"风柜口"往前是进罗漫山小平原、村庄的平坦道路。

罗漫山的存在，一年四季都如一幅幅有浓墨重彩风光旖旎的田园画。罗漫山上有松树、桉树、大红油茶等繁杂的树木数不胜数，林海葱绿。林间还有阵阵松涛声浪，叽叽喳喳欢快悦耳的虫叫鸟鸣。这里空气清爽，沁人心脾，负氧离子含量极高。阵阵凉风时时袭来，像温柔少女穿戴着的薄纱轻拂而来。山间到处散发着花草树木和泥土特有的芳香。

大自然的鬼斧神工，为罗漫山创造了许多千奇百怪的景点。从"风柜口"上大王顶沿着台阶拾级而上，可领略"一览众山小"的景致。有御林楼、救国庙遗址、大浪口瀑布、千年松、大王庙、乌龟下蛋石，让人极目远望的百丈悬崖、映山红花丛等历史遗迹和自然景点。只是秋季雾纱大，远处的景色都朦朦胧胧。

云纱爽景区有花心和尚石、仙桃石、大冲门瀑布、神仙脚迹、守岭石人、老虎石、五经石、水帘洞、铁拐洞、古龙洞。还有家公家婆望新妇石、迎客松、龙门、龙泉、棺材石等。

而罗漫山最称奇的，并使其得名的是一对充满"罗曼蒂克"气息的惟妙惟肖的仙人接吻石。这一景观使世上有情人为之动容，为之惊叹。

小平原上有水田有山地，时时有农家辛勤劳作的身影，钢筋水泥结构的房子错落有致，屋顶有水塔、太阳能热水器等设备。通过"一事一议"、扶贫资金修建的水泥路面，已通至各家各户门口。崭新的学校里，高高竖起的国旗迎风飘扬。学校旁边有一个篮球场，村委办公楼就在旁边。数个自然村落，分布在罗漫山小平原上的几个山头上。罗漫村经过清洁乡村行动，环境脏乱差的现象基本没有了，村容村貌整洁优雅。

在罗漫山顶有一家始建于2015年的藤县罗漫山酒业有限公司。它占地约200亩，利用罗漫山清澈的泉水，山洞窖藏陈化，年产"罗漫山"牌米香型白酒1500吨，保健酒、水果酒各500吨，产品达20余种，口感纯正，醇味绵长，有的产品远销广东一瓶酒就卖几百元。在此我们品尝到了罗漫山泉水泡的靓茶，"罗漫山"米酒，吃到了厨师炒出来绿油油、清甜可口的罗漫山空心菜、豆角，以及正宗的本地山地鸡。

罗漫山人说，在山上观赏日出和日落都很美。而酒业公司前的空地往西看山下视野开阔，远望群山重重叠叠，浔江隐约可见浩浩荡荡，是露营观日落的最佳地方。你可以看到苍翠的群山连绵起伏如同辽阔的大海，暮色中的太阳像鲜血一样红得耀眼。这样触目惊心，气象壮美的景色，人生难得几回有，只有罗漫山上能常见！

此情此景，或许会让你想起长征路上，遵义会议后毛主席重新指挥红军血战娄山关，所作的《忆秦娥·娄山关》悲壮苍凉、神情激越、遒劲豪迈的"苍山似海，残阳如血"的诗句。

望着错落有致的罗漫山村，我想问：罗漫山先人们是怎么到这块当时的穷乡僻壤落户的？千百年来，这里的人们是如何日复一日，年复一年，靠山吃山，日出而作，日落而息，悠然自得地辛勤劳作、婚丧嫁娶、繁衍生息、创造生活的？他们如何能一辈又一辈生活得那么恬静，值得你我跨进农家门里去看一看，问一问，悟一悟。

绿水青山就是金山银山。回程路上，我想罗漫山良好生态环境是值得人们去认识、去重视和去挖掘的。除了发展特色种植业外，还要大力发展旅游观光、农家乐饮食、山村民宿、汽车营地、露营地等时髦的文化旅游产业，让久居都市的人们来到罗漫山，在优美的生态环境之中，在农家悠然自得生活劳动情景之中，一洗平日里都市的喧嚣、生活之累和无数烦恼。这些产业可使罗漫山村民再"吃上旅游饭"，为振兴乡村添砖加瓦。

六嫂家的砖砚

卢颖莹

盛夏时节，我从县城搭顺风车，翻过一座座陡坡，越过一道道山梁，穿过一条条溪流，来到广西壮族自治区藤县西南角一所有百年历史乡村中学，探望在这里当老师的六嫂，顺便来写生，将这里的山水、荷塘、古树、老屋、青砖、黛瓦尽收我的画夹之中。

学校所在的村子三面环水，浔江在此勾画出一个大弯。顺流而下，滔滔江水到达广西东大门梧州市，浔江便与从北面而来的桂江交汇而成西江，一路向东直达大海。

村子靠山这面，过去只有一条让人望而生畏的羊肠小道，如今修通了一条路面宽四米多宽的水泥硬化路。平时，六嫂骑摩托车从村里到县城办事，路上仍然要花三四个小时。我昨天搭车来到学校，走的就是这条山区村屯路。

在六嫂的办公室，一方高古质朴的砚台把我吸引住了。但见椭圆形的砚池边上，一株水灵灵的荷花含苞待放。花苞顶上，一只蜻蜓展翅欲飞。再看那砚台顶端，"一品青莲"四字楷书铭文，让人顿感一阵清风扑面而来，来时路上穿沟过坎的颠簸劳累顷刻间踪影全无。

看到我饶有兴趣的样子，六嫂告诉我，砖砚是一位在这里从教三十多年的退休老校长送的，砚材用的是一块距今至少三四百年时间的明代残砖，是老校长从学校西北角那边古码头的河里捞上来的。

六嫂这么一说，眼前这方砖砚，像磁铁一样把我牢牢吸引住了。见此情景，六嫂又绘声绘色地给我讲述制作砚台的过程：第一步，刻铭文、雕荷花；第二步，一边往砖上喷水，一边刻出砚池的形状，铲平四周和池底；第三步，用细砂纸磨光，用清水冲洗干净，晾干；第四步，将一块铁板放煤气灶上烧热，再把放有蜡块的砖砚置于铁板上，砚台变热后蜡块慢慢融化浸润砚体，冷却后的砖砚便坚硬如石砚了。

昨天，我在学校附近兜兜转转，那些古码头、古圩市、古街巷、旧祠堂、古书院、老水井等等，尽管各处都是粗略地走走看看，可每到一处总觉着有一样什么物事在我眼前若隐若现。听了六嫂对这方砖砚来龙去脉的一番描述，我这才如饮醍醐，脱口而出道："原来这里满地都是历史呀，明早我就找明砖去。"

六嫂笑骂我"傻丫头"，然后说看看人家山外那些男孩女孩来这儿采风摄影什么的，人家都是到古莲塘赏荷拍照，去古书院里寻找才子佳人，往古水井去寻古探幽，你倒好，来考古来找古砖了。不过，六嫂数落我一通之后，跟我郑重其事约定的一件事情，却仍然跟明砖有密切相关。她说让我先去找明砖，也许会有自己的发现，过几天她再抽时间跟我讲这里的"古砖新传"。

清晨，我背着画夹走出校门，转右边村道，拐两个弯，然后踏上一段石级，沿着小径往村西北走去。曲曲折折的村道两旁，各色细碎的花朵，三三两两地一路往前开着。小径直角拐弯处是一片菜园，青石、麻石夹杂着一厚一薄的青砖，垒就一溜半人高的围墙。园子角落处，长着一棵阳刚之气十足的老格木。离格木树根两三米处，长着五枝大小不一的枝杈，远看犹如一只铮铮铁掌，直直地指向几百米开外浔江边上那座小山坡的断垣残壁。坡顶上的空地里，立着一块石碑。碑文记载，这片约 960 平方米的故居遗址，曾是明末一位民族英雄青少年时代读书、练武之所在。茂盛的古树之间，莲花石墩、青石门槛、喂马石槽等散落一地。宅基地脚和院墙墙根断断续续，各处零星散落的厚重明砖若隐若现。坡底下，浔江烟波飘渺，清凉的江风一阵接着一阵吹来，似乎从古至今，从早到晚，未曾有过停歇。

放晚学后，天边燃起火烧云。六嫂来到小山坡这边菜园摘菜。没等六嫂开口，我就告诉她，说我今天从路边老宅、菜园、故居遗址等各处，发现散落的明砖差不多三百块，而且都画出了示意图。六嫂马上竖起大拇指给我点赞。我说我事前做过功课，明砖的尺寸、颜色都明显有别于其他朝代的古砖，我辨认得出来的。

又一个浔江边上清凉的夏日早晨。我决定按照顺时针方向，接续昨天的路线，往前浔江边上的码头古圩市，探寻那些散落在历史尘埃里的明砖。

终于到了古码头。江岸陡坡，一段残存的七八十级麻花石级，两边夹杂着一些青砖石块。石级与江边一条四米多宽的水泥硬化路垂直相接。沿江边往古圩市方向走去，沿江路斜斜地依着地势往上攀爬，像茫茫江面向岸上飘来的一条银练。道路两旁，高矮胖瘦的各式树木三五成群扎堆。枝权间，鸟儿们叽叽喳喳地说个不停。江面上，三三两两赶早的行船，似乎被鸟儿们的热情感染了，纷纷从江中心往码头这边靠拢。今天，是当地农历"三六九"圩日。

码头东南方向，有一处大沙滩。据史料记载，这片叫"跑马场"的沙洲，就是那位明代民族英雄少年时习武的地方。沙滩前，青砖、石块混杂砌就的三级大平台，其间错落有致地生长着一棵棵参天古榕树。这些古树根丝缠绕、枝权相交，像一把把绿色的巨伞，在这码头古圩市门前撑起一片浓荫。

靠近临江的码头古圩市，有一段青砖夹着少量石块垒起的护坡墙。一根根垂直而下的榕树气根交叉纵横。这些气根有的如小龙戏水，有的如仙女飞舞，有的如龟蛇出洞。从天而降的榕树气根，仿佛冥冥之中有什么力量吸引那样，每一根都与砖石和谐交融，一时竟让人分不清这堵墙是"砖墙"还是"藤墙"。

古圩市斑驳沧桑的入口，比想象中规模小多了。两米多宽的门口，左右各一条青砖砌就的砖柱，其上一根石横梁。梁上砌三层青砖，底下那一层砖块最厚，举重若轻地托举着两层薄薄的古砖。

走进古圩市，大门左边转角处是卖河鲜的摊档。昨晚，浔江上渔火点点。看今朝渔夫们的笑脸，就可以知道收获不错。果然，贴着青砖墙根砌就的水槽里，鲫鱼、银鱼、鲶鱼、边鱼、鲤鱼、钳鱼等，各色浔江河鲜十分生猛。河鲜档口斜对面，半人高的青砖墙边，排着大小不一的二三十个竹笼子，大骟鸡、大白鹅、小鸭、小狗，咯咯嘎嘎、叽里咕噜叫唤不停。沿着青砖地面往里走，一排三四十米长的砖柱木梁瓦顶圩场里，蔬菜水果、衣帽穿戴、生活用具、生产工具等琳琅满目。圩场那十二对斑驳的青砖柱子，顶上老旧的木梁桁架檐子，灰黑色的瓦片，地板青砖的踩磨痕迹，这古圩市的地上地下，无处不是岁月的深深印记。熙熙攘攘间，有几只麻雀从外面飞回来，有的停留在屋顶上，有的飞进屋檐下的麻雀窝里，一点也不怕人。

我继续在圩场角落砖柱子边写写画画。这时，六嫂也来赶圩了。她用含笑的眼神跟我打过招呼，便自顾自地忙着在一个又一个摊档前蹲下，高一声、低一声地跟人讨价还价。待我合上画夹，抬头往圩场里边街口望去时，六嫂的身影正一寸一寸地没入老街的烟火气里。那背影熟悉又陌生，一时之间竟把我看呆了。

斜阳微光之中，我循着六嫂的背影，穿过圩场，向着老街深处走去。狭长的巷子，两边老墙长着青苔，一块深褐色，一块青灰色。丁字街口，一间裁缝铺，青砖黛瓦木板楼。大门右上角，隐约露出"叁拾陆"的门牌号。铺里，裁缝剪刀、尺子、划粉，都整齐地摆放在桌子上。走过丁字转角，墙脚裸露处，五六层青砖露出一层乌黑。仔细辨别，这间裁缝铺的砖墙里面，也夹杂着厚薄两种不同规格的青砖。

从村西到村东，从山坡到码头，从圩场到街巷，从商铺到民居，这几天在浔江边上这个古村落里一路走来，我觉得到今天终于有了自己对那些明砖的一些新发现。这里的围墙、挡土墙，这里的圩场、房屋，这里的砖柱、台阶，这里的各处建筑，包括明砖在内不同年代的古砖，尽管厚薄不一，然而却能融合在一起使用而不丢弃，经过工匠们的巧手处理，通过灰浆调节厚薄，堆砌起来的各种墙体一样横平竖直。

当我兴奋地把自己对明砖的感悟告诉六嫂时，她也高兴地说可以跟我讲"古砖新传"了。六嫂说，其实故事也很简单，因为这所乡村中学实在太偏僻，当年她准备离开的时候，就是那位在此教了一辈子书的老校长，带着她去发现这里的明砖，而且还送给六嫂一方他亲手制作的砖砚。

"在我眼里，这里的明砖既是物质的，又是精神的。它既是我们寄托对民族英雄的一种追思，也是我们从历史中汲取养分在这里耕耘的一种精神力量。"从乡村教师六嫂坚定无比的语气中，我连连点头，对她的坚守表示深信无疑。

夏日新马游

曾春凤

　　岁月静好，现世安稳，生于和平年代，骨子里，却对乱世英雄怀着难解的情结。袁崇焕，明末一位惊天地、泣鬼神、撼人心、贯古今的民族大英雄，更是让我敬之爱之，痛之惜之。

　　闻说榕叶未黄，莲花刚开，六月，我揣着半探幽、半怀古的心态，绕过九曲十八弯的山路，步进明督师袁崇焕的故里——藤县天平镇新马村。这个浔江河畔的小山村，一面青山依托，三面绿水环绕，山之魂，水之魄，得天独厚的地理环境，赐予它钟灵毓秀、雅致天成的江南水乡的韵味。村中农舍疏疏落落，新旧房子相映成趣，新楼白墙木门，淡雅别致；古宅青砖黛瓦，雕梁画栋，古香古色。青石板小巷纵横交错，房前屋后散落雕刻精美的石条、石墩等文物古迹，绿苔滋长，增添几许古朴深幽之美。古榕成荫，垂柳拂堤，映日莲塘浮艳碧，风动一池荷花香，村民们或树下玩棋牌，或石板凳上憩息，一副悠闲从容的惬意。袁崇焕那不朽的灵魂，就静静栖息在这世外桃源般的故乡。

　　袁崇焕故居，已灰飞烟灭，破瓦断梁也难觅半块，只见杂草丛生，一片荒芜，唯有矮矮的颓墙和残缺的石阶，任时光的啃噬。村口一角，一口古井状如莲花，青砖砌就的井壁和台阶，在时空的长河中寂静而清润，一潭静水无澜，一幕历史画面却如涓涓细流漫过眼帘：袁崇焕儿时，袁母叶氏在这口井边，谆谆教诲儿子——莲花是花中君子，做人要像莲花一样，洁身自爱，不同流合污，出淤泥而不染，散发自己的芬芳。听说莲花井水能明目怡神，饮后使人清廉。袁崇焕一生两袖清风，光明磊落的崇高品格，该是莲花井水洗濯净化的升华吧。

　　环岛江畔，曾是袁崇焕练武习艺的跑马场，那英姿勃勃的少年，在江边，植下一棵幼榕，种下一个远大的梦想："盘曲势参天，婆娑荫覆地。"如今，这棵参天大树形同巨伞，浓密的枝叶遮天蔽日，为人们撑起一片绿荫，盘根错节的树干，如蛇走龙腾；垂挂的根须，如一位须发皆白的老人，守望着蔚蓝的天空。400多年的古榕啊！历尽多少岁月风霜的洗礼，看尽多少沧海桑田的变幻，可它依然顽强生长，傲然挺立，这难道不是英雄的铮铮铁骨、流芳千古的爱国精神所在吗？悠悠西江水，日夜奔流，不知疲倦地唱着一曲英雄赞歌，我伫立江边，静静聆听，静静聆听……

村头，袁崇焕米白色的雕像高大巍峨，栩栩如生，一身铠甲戎装战袍飘逸，左手叉腰右手握剑，眉宇间正气凛然，目光炯炯注视远方，透过这穿越时空隧道的眼神，那烽火连天的岁月，英雄驰骋沙场气贯长虹的豪情，隔着光阴斑驳的浮尘又逐渐清晰。雕像右边是原广西省副主席、文化学者、著名书法家莫乃群挥毫的"明督师袁公崇焕故里"纪念碑，字迹遒健有力。碑后的长廊雕窗纪念馆，陈列着袁崇焕的铜像，还有喂马槽、石条、莲花石墩，以及记述了英雄一生的丰功伟绩。"一生事业总成空，半世功名在梦中。死后不愁无勇将，忠魂依旧守辽东。"袁崇焕的绝笔诗，一颗誓死忠于大明的赤胆丹心，一笔笔战功赫赫的辉煌事迹，一幕幕尽忠职守，为民请命的清官形象又在纪念馆一一回放。半世功名，亦真亦幻，无能的崇祯残忍地杀害了无辜的英雄，昏君自毁长城，大明江山终究断送了。

走出村口，掩上袁崇焕这悲剧英雄的长卷，不禁扼腕叹息："节比文山（文天祥），冤同武穆（岳飞）啊！"袁督师之死，以陨星的悲鸣和炫光，划过沉寂黑暗的君主专制的天空，给后人以觉醒。

罗漫山的春天

李秋芳

"罗漫山的映山红开了吗?"

"我们去看看吧!"

令人念念不忘的罗漫山在藤县天平镇,因山上的一对接吻石而出名。

这个小镇,在距离藤县县城 20 公里处,南梧二级公路自腹部横穿而过。这里,山岭逶迤,云雾缭绕;这里,浔江静静,日夜流淌;这里,屋舍错落,阡陌交通。这里,从新马的袁崇焕督公到罗漫山的接吻石,无不吸引着人们追寻的目光。

春日,我们一行人来到天平镇罗漫山踏青访胜。我们并没有沿着上山的水泥路直奔接吻石,而是在村民林叔的带领下,从名叫高垠的村子穿过,来到村子依傍的后山上。"由此爬山,乐趣多着呢!"林叔如是说。

上山不久,我们就来到了一个叫作云沙爽的地方。几百米远的山仿佛是一道绿色的屏障,又仿佛是流动着的绿瀑布。而眼前,藤蔓纠缠,灌木丛生,偶尔几朵花妖娆地探出头来,在微风中摇曳生姿,一展芳华。我们静静地站着,任微风轻抚脸蛋。忽然,一阵如佩环相触的声音传入耳朵,细细的"叮咚叮咚"声清脆悦耳。是流水声!可这里并没有看到水流啊……林叔看出了我们的疑问,缓缓地说:"在这草木的下面,有一条小溪,水声就是从下面传出来的。下大雨的时候,你还可以听到锣鼓声、喇叭声呢!"说这话时,林叔略显得意。

我们一听,不由得聚拢过来。原来,这里有一个凄美的传说:相传大山里有一个美丽善良的女子,被山外的地主老财看中了,强行把她给自己痴呆的儿子娶做老婆。可怜的女子被塞进轿子,和自己的恋人被生生拆散了。她一路上流着泪水来到了云沙爽,而痴情的男子也一路跟到了这里。这时候,天昏地暗,大雨滂沱,眨眼间迎亲的队伍和那男子就被冲进了山谷中,锣鼓就在谷底"叮叮咚咚"地响个不停了……于是，一到下雨天，在这里就可以听到锣鼓喇叭的声音了。

我们带着无限的唏嘘离开了云沙爽，跟着林叔来到了古沉楼。这是一个天然的洞穴，像一个倒扣着的锅藏身在青山中。如果不是当地人，肯定发现不了这样一个地方。这洞口藤蔓悬挂，光线就从头顶上月亮似的缺口处漏进来。这个小洞穴只有二三十平方米，一个小土丘静默在那里，并没有长草。我们疑心是坟墓，却又没有发现拜祭的痕迹。林叔说："这个并不是坟墓，老人们说应该是古时候人们烧炭的窑，小时候我们放牛经常到这里来休息。这里冬暖夏凉的。那年冬天大寒，我们村里有个疯子跑上山，家里人找了几天找不到，以为他必死无疑，来到这里却发现他在呼呼睡大觉。原来，这地暖和着呢！"空气中弥散着落叶的腐朽味，我们担心春日的细菌过多，不宜久留，于是离开了。

我们走在一条羊肠小路上，慢慢地向上攀登。快到山顶的时候，林叔回过头来说："青蛙登顶啦！"我们一脸愕然。林叔哈哈大笑，对我们解释道："这里的景点叫作青蛙登顶，传说中有一只青蛙一跳一跳地登上了山顶。"哦，原来是一只励志的青蛙。

这时，我们置身在一个方圆一公里的地坪上，这个地坪分为两三级，每一级的平地上小草葳葳蕤蕤，小路也被淹没其中了。林叔一屁股坐下来，口里嚷嚷："坐皇帝位，当皇帝啦！"在我们的惊愕中，林叔告诉我们，皇帝南巡的时候，曾经在这里休息过呢！原来这就是皇帝地坪，我们纷纷坐下来，享受一番当皇帝的乐趣：我的命运我做主，我就是皇帝！

离开了皇帝地坪，穿过丹竹洞，我们走走停停，说说笑笑。不知不觉两个小时过去了，我们来到了罗漫山村口。这罗漫村是个小高原，面积约五平方公里，海拔在380米以上。这里的地形酷似老舍笔下的济南，是个聚宝盆，只在南北两面留了点缺口，供人们与外界沟通。村民的房屋就散落在山旁。这里几家，那里几户，鸡犬相闻，炊烟可见，仿若陶渊明笔下的桃花源。大人们三三两两聚集在小店里，颇有"把酒话桑麻"之乐；小孩子你追我赶，连小狗也围着他们在撒欢。路旁的那一只母鸡，扒拉甘蔗根下的腐土，不时"咯咯咯咯"地欢叫着，一窝小鸡"叽叽叽叽"地围着它团团转。此情此景，让人感受到了岁月静好、生活富足与祥和。

沿着绵延悠长的小路，我们来到了一处山泉旁。这山泉仿若一股小瀑布，从突出的岩石上流泻下来，冲刷到下方青黑色的岩石上，回溅起一朵朵白莲花，其声音如珠玉散落盆中。林叔告诉我们："像这样的山泉多着呢！这几年封山育林，水多起来了，清亮起来了。我们村子里的人都喝这些山泉水，清甜清甜的。"

"断崖几树深如血，照水晴花暖欲然。"山泉边，石崖上，几枝映山红跃入眼帘。真美！可林叔却淡淡地说："走吧，更美的还在后面呢！"转到向阳的坡地，心一下子被虏获了，这一大片一大片深深浅浅的红，撞向你的眼，撞向你的心，美得让人窒息！"最惜杜鹃花烂漫，春风吹尽不同攀。"迎风怒放的映山红，红的像火，绚丽动人；粉的像霞，娇嫩可爱；白的如雪，清丽脱俗。爱美的女士连忙钻进花丛中，嗅嗅这朵，闻闻那朵，还不停地嚷嚷："拍照，拍照！""好，就来个'待到山花烂漫时，她在丛中笑'的镜头。"人们的手机相机不断响起"咔嚓咔嚓"声。正当我们沉浸在这春光中的时候，不知道谁长长地叹了一声："何须名苑看春风，一路山花不负侬！"

让人惊叹的时候还在后头呢！走过了一个阴凉的小石岩，接吻石就出现在我们的面前了。阳光下，山坡上，映山红旁，一对石人面对面地贴在了一起，他们吻得那样陶醉，管你身旁花开花落；他们吻得那样专注，管他天上云卷云舒；他们吻得那样深情，沧海桑田，海枯石烂，都无法影响这深深长长的千古一吻。有人说，这是云沙爽的那对痴情的恋人，也有人说他们是一对久别重逢的朋友。还有人说他们是一对母子。你看，外面的石人，踮着脚尖，翘起屁股，背着双手，睁着眼睛，轻轻地吻着里面石人的下巴颏儿，那模样让人忍俊不禁！恋人也罢，朋友也罢，母子也罢，我们不由得惊叹起大自然的鬼斧神工！

我的目光久久不愿意离开他们。百年修得同船渡，千年修得共枕眠，而他们，需要多长时间才能站成这永恒的模样啊？这对石人，完美地诠释了什么叫忠贞不渝！我不由得想起了汉乐府《上邪》中的句子："山无棱，江水为竭，冬雷阵阵，夏雨雪，天地合，乃敢与君绝。"

许久许久，我们的肚子咕咕地叫了，这才惊觉天已过午。林叔大手一挥，说："走，我带你们去吃猪血酿！"于是，我们沿着与南梧二级公路相接的混凝土路，下山了。

回到家里，我的心还沉浸在罗漫山的那山那水那风景中。叮咚叮咚的泉水，流向心间，漫过心田；深深浅浅的映山红，惊艳了时光，惊艳了人们；紧紧拥抱的石人，秀出了自我，秀出了永恒……罗漫山的山山水水告诉我们，生命中总有一些东西值得我们去坚守，比如感情，比如文学，又比如其他。

罗漫山的春天不就在这一份红红的相约、深深地相拥中吗？

同心

生长在山清水秀、淡泊宁静之中，就像一幅淡淡的水墨丹青，透着晶莹清脆的乡梦和庄周梦蝶般的典雅，在舒闲的岁月氤氲里宠辱不惊地散发着它独有芬芳的魅力，漫过山山水水，惊艳了华年。

写意同心山水间

蒙土金

在藤县南部翠绿的群山当中，有一个叫作同心的小镇，它安稳地生长在山清水秀、淡泊宁静之中，就像一幅淡淡的水墨丹青，透着晶莹清脆的乡梦和庄周梦蝶般的典雅，在舒闲的岁月氤氲里宠辱不惊地散发着它独有芬芳的魅力，漫过山山水水，惊艳了华年。

一

同心镇的山是聪灵剔透而又饱含睿智的。

同心镇面积 139.3 平方千米，其中山林面积 16.6 万亩，森林覆盖率达 96.6%，是一道十足的天然绿色屏障。同心的山千姿百态、雄奇俊秀，它既有着和蔼慈祥、润泽乡梓的朴素品质，又有着险峻幽深、英雄豪迈的刚强性格，这些特质和品性，在小娘山、天堂山、拨翠山中表现得尤为突出。

小娘山坐落在同心镇与金鸡镇交界的地方，整个山系呈东西走向，总面积达 20 平方千米，主峰海拔 474.3 米。小娘山中藤蔓密布，原始森林遮天蔽日，泉水叮咚、甘甜凛冽，溪旁的山坡布满了一片片的翠竹，这些翠竹支杆华丽，凤尾森森，使小娘山成了不可多得的天然氧吧。山里密布着沉香、楠木、格木、黄花梨、香樟、黎木等诸多珍稀名贵树种，还有猕猴、穿山甲、果子狸、野山猪等野生动物，以及石斛、砂仁、佛手、山参、黄芪等珍贵的野生药材。小娘山的得名还有着一个美丽的传说，说是在远古的时候，当地有一位英俊的小伙子与母亲相依为命，他靠采摘野生中草药材来赡养年迈的母亲。一天，这位年轻人又来到深山中采药，当他走到人迹罕至的大山深处时，隐隐约约听到了一种像织布一样的声音，他感到十分奇怪，便循着声音传来的方向走去。当他走到半山腰时看到了一个宽阔的山洞，洞里有一位貌若天仙的少女手摇纺车正在织布，年轻人不由得惊诧地"呀"了一声，只见那织布的少女缓缓地回过头来莞尔一笑，随即有一阵云雾吹来笼罩了整个山洞，待到云雾散去，织布的少女早已不见踪影，原来这是天上的仙女下凡来了。这位年轻人从山上回来后把这段奇遇告诉了村里人，不久外村一位漂亮的姑娘仰慕于他的勤劳善孝，便嫁给了他，他们在大山深处相亲相爱、同心同德，幸福生活、繁衍生息，于是人们便把仙女下凡织布的山叫作小娘山，这对年轻夫妇生活的村子叫作同心村。

小娘山是住着神仙的山，因此小娘山也就有着如同天仙般美丽。由大娘顶、二娘顶、三娘顶三大主峰构成的雄壮山势，集雄、奇、幽于一体，是山岳形人文景观和自然景观的天然结合，为"国家森林公园自然保护区"，更是难得的休闲旅游胜地。无论远观还是近看，小娘山逶迤巍峨，挺拔奇秀，常年云蒸雾绕，瑞气袅袅，满山满坡的映山红和杜鹃花在春夏时分里红的似火，白的如云，争奇斗艳，璀璨夺目；到了深秋时节，漫山遍野的枫叶红装妖娆，如锦似霞；山中更是巨石嶙峋，岩崖突兀，苔藓湿润，有狮子岩、燕子岩、连崩岩、腾坎岩、大岩、相岩等大小岩洞70多座，石榕、石树、石笋、石螺以及大小串门、铜鼓坪、通天蜡烛等原生态景点20多个。在小娘山的峰顶上极目远眺，只见远处的北流河多情地环绕着小娘山，如带似练，就像在万绿山中跳动着的快乐音符，在山水相映之中呈一幅淡淡的水墨画卷，惊艳着人们的眼眸，让人有如置身于神仙之境。

美丽的小娘山还曾有过一段苦难的经历。在清咸丰年间至民国初期，由于朝廷腐败没落，民不聊生，小娘山竟然沦为了匪患盗贼之地，这些土匪占山为王，欺压黎民百姓，广大民众深受其害。有一次他们还精心策划抢来了一位富贵人家的千金小姐作缚票，企图借机狠狠地敲诈一笔丰厚的赎金，想不到这位千金小姐竟是一位秀外慧中的人物，她一边与土匪们巧妙周旋，一边偷偷地记下小娘山的地形地貌和土匪设下的机关暗锁，在匪巢里写成了一篇《小娘山赋》并想方设法传递出去，为剿灭这帮匪徒立下了汗马功劳。《小娘山赋》声情并茂，文采斐然，既描写了小娘山的美丽雄奇，又控诉了土匪盗贼的凶残险恶，一时被传为佳话。这段历史上的文采风流，直到现在还在同心镇里广为流传。

在同心镇里有如仙境般的山脉远远不止是小娘山。据清嘉庆二十一年编修的《藤县志·舆地志》对藤县最负盛名的秀山丽川的记载，在藤县的十五都（即现同心镇）赫然还有天堂山、拔翠山等，称"天堂山一名天塘，在十五都真胜村，有奇石高可六七尺，傍一石似鼓，每遇亢旱，里人祈雨辄应"，而"拔翠山在十五都大梳村，其山四围突屹，耸翠千寻，旧名大梳山又名石寨山，知县陈廷璠过此更其名曰拔翠。"陈廷璠在清朝年间曾任藤县知县，他重视教育、体恤民生，倡议、筹集经费建成"藤州书院"，颇有政声。300 年前，当他从同心镇的大梳村经过时，被大梳山伟岸雄崛的气势、铺天盖地的翠绿所震撼，又感于当地民风的淳朴仁厚，因而欣然地把大梳山更名为拔翠山，这看似是一次平常的更名，其实却蕴藏着极不寻常的意义，这既寄托了知县陈廷璠对同心这一方水土无限的热爱和由衷的敬意，同时也让我们在县志的记载中体会到了"政声人去后"的人格魅力以及那段沉浸在岁月里抹之不去的历史记忆。

"锦瑟无端五十弦，一弦一柱思华年。庄生晓梦迷蝴蝶，望帝春心托杜鹃。"同心的山就是这样秀美清幽、端庄华丽，它以遗世独立的芳姿散发着如同庄周梦蝶般的优美，在默默无言的岁月里福荫着同心、润泽着同心，一年又一年。

二

同心镇的原野是弥漫着清新自然的田园气息而又穿扬在飘香的文脉里的。

同心镇常年气候温和，雨量充沛，镇内河流纵横交错，有凤阁水库、龙塘水库等大小水库 30 多座，浇灌着全镇丰腴富饶的 12300 多亩水田，引来垌里垌外稻花飘扬，芳香远播。同心镇的河流有着贤淑委婉的天然属性，它们涓涓而流，不急不缓，在润物无声中滋润着同心的原野。凤阁河，就像待字闺中的一位少女，沐着春风从凤台楼阁里袅袅娜娜地一路缓缓走来，流过了凤阁、流过了真胜、流过了沙村，然后注入了泱然大气的白石水库；森塘河则怀着特有的缠绵一步三回头地从挺拔的拔翠山脚绕过，唱着一路离歌在陈底村与陈底河汇合后，流进了小家碧玉般的观媚水库；而沙村的由村河永远流淌着舒闲的节奏，不紧不慢地流出，从近邻乡镇埌南的黄姜、孔科等村子经过，一直向着沙皇漫延而去……

在这样的原野里，同心镇的村庄自然是散发着清新而又古朴自然的恬淡气息的。同心镇的同心村不能不说是一个风水宝地，它坐落在一个典型的盆地构造里，四面环山，藏风聚气。就是这个极不寻常的村子，在民国元年（1912 年）和民国十四年（1925 年）连续走出了两位藤县的县长，这俩人便是李明新和周扬亚，他们曾双双出国留学日本。周扬亚，生于1885年，字鼎三、别字颖南，清光绪三十一年（1905年）考入广东虎门陆军学堂，不久便加入了孙中山先生领导的中国同盟会，积极参加各种革命活动；光绪三十四年（1908年）被公费派往日本法政大学法律政治专业学习，毕业回国后出任广东省第九独立团团长。周扬亚一生追求革命，疾恶如仇，体恤民情，热爱家乡。袁世凯篡取了辛亥革命胜利的果实后妄想复辟帝制，周扬亚对此十分愤慨，他与蒙经、苏无涯、杨步衡、唐生智、黄柏周等人秘密联络，在藤县象棋镇道家村的石表山上建造"菩提山庄"石室作为活动据点，在"菩提山庄"里他们煮茶论世、针砭时弊，起草檄文通电全国，揭露袁世凯的阴谋，声讨其倒行逆施的复辟行为。民国五年（1916年），周扬亚还亲自率军参加了蔡锷将军在云南发起的北伐讨袁护国运动。民国十四年（1925年），周扬亚出任南宁警备区司令兼藤县县长，针对当时藤县境内匪患不绝的状况，周扬亚主张通过分化瓦解，坚决打击等方法以杜绝匪患保境安民。他亲自电请当时的广西省政府同意增派兵力到糯峒（原属藤县管）剿匪，将盘踞在糯峒的土匪雷孟元部2000多人予以剿灭；他还亲自带队对盘踞在同心、埌南一带的土匪陈亚吉、龙秀华、周汝日等展开清剿，逼使陈、龙、周等匪首在大兵压境的强大攻势下，经过分化瓦解和宣传教育最终解散了匪徒，走上了改恶从善的道路，从而使同心境内恢复了安稳宁静，百姓得以安居乐业。后来周扬亚任国民革命军第十三军第二师参谋长兼第六旅旅长，在民国十七年（1928年）回广西助桂反蒋途中遇刺受重伤，于民国十八年（1929年）在香港协和医院病逝。

我们在同心村里徜徉，一片片翠绿的稻田尽收眼底，错落有致的房子体现着儒雅的风骨，传扬在过往今昔。不经意间，在村中我们居然走进了周扬亚的故居，这座建于清末民初的房屋在经历了100多年的时光后仍然矗立在同心村里，稳健而沧桑。这座百年老屋占地面积260平方米，为一进一院五开间，坐西向东，砖墙承檩，五拱回廊，瓶式栏杆阳台，是典型的中西合璧建筑风格。沿着高高的石阶拾级而上，门楼上当年由周扬亚亲笔手书的"明志草庐"四个大字不知在哪年哪月已悄然脱落，但字的痕迹仍清晰可辨，透过这饱含岁月沧桑的字痕，我们似乎仍可感受到周扬亚当年立志救国的那颗赤诚之心。

在同心镇里，类似的村落和古老建筑还有很多很多，像真胜村的卢世业故居、龚少容故居、大梳村的韦家祖屋等。而更让我们惊诧不已的是，就在龚少容故居不远的地方，一座保存完好的盘古庙竟然还古香古色地绽放在质朴的岁月里，这些深藏着历史底蕴的地方总是不断地在给我们带来惊喜，在历史的微光中让我们去回味这个小镇里那段淡泊宁静的光辉岁月和温暖的人文情怀，让我们在静静地倾听岁月记忆的深处那段渐行渐远的歌谣。

三

同心镇丰富的物产也是与它的山水田园气息密不可分的，而在这些丰富的物产当中有两种尤物为人间至爱，这就是"同心米粉"和由同心人创制出来的"梧州冰泉豆浆"。

米粉，是以大米为原料，经浸泡、蒸煮、压条等工序制成的条状、线状米制品，是我国的一种传统特色小吃。关于米粉起源的传说很多，一种说法是古代西晋时期，大量北方的民众为躲避战乱迁居南方而产生的食品；另一种说法是秦在统一岭南的战争中，由于从北方来的士兵吃不惯南方的米饭而思乡心切，当时人们就用米磨成粉状并做成面条的形状，来缓解士兵们的思乡之情，从此南方便有了这种人间美食。同心米粉作为米粉中的上乘之品，有着300多年的制作历史，据说清朝的时候有一名广西的地方官员将同心米粉作为贡品上送朝廷，想不到当时贵为九五之尊的皇帝吃了之后赞不绝口，于是同心米粉便被指定为贡品，年年上送朝廷，成为同心米粉镶嵌在历史记忆中光彩夺目的一页。

同心米粉选用由同心盆地特有气候生长出来的优质稻米和天然高山泉水，采用传统的制作工艺精心制作而成，其主要的工序有浸米、洗米、磨浆、蒸粉、晾晒、回软、再晾晒、包装等，这种传统的制作工艺从作为清廷的贡品时一直沿用到现在历经年而不变，成为同心米粉区别于其他米粉的一大鲜亮特色。同心米粉每扎约50克，小巧玲珑、美观别致，粉丝细薄，干爽白净，呈半透明的润泽虾肉色，速熟耐煮而水清不浊，滑嫩爽脆可口，在米粉中被称为"广西一绝"。现在，清朝时制作宫廷贡品同心米粉使用过的"龙眼井""梵同井"仍然在同心村里，井水凛冽、甘甜润喉，它滋养着同心、真胜等村大大小小260多家米粉作坊，使这道人间美食长盛而不衰。

就在我们为同心米粉惊叹不已的时候，同心镇与米粉比肩的另一道美食又惊艳了我们的双眼：黄彩洲与他的冰泉豆浆。

据《梧州市志》记载，在梧州市的著名景区白云山脚下有一条山冲叫"冰泉冲"，冲里有一口古井，叫"冰井"，又叫"冰泉"，相传这口古井为唐时的容管经略守护使元结抵梧州时所发现，他随即为之立碑刻铭，并在井侧旁修建了"冰井寺"。为了纪念元结与冰井的这段往事，"冰井泉香"作为"梧州古八景"之一遂成了梧州历史上一个独特的人文景观。"滴滴珍珠凝素碗，甜如蜂蜜润入脂"，以冰井活泉和黄豆作为主要原料制作而声名远播的岭南美食饮品"滴珠豆浆"的创始人黄彩洲，恰恰就是同心镇人。

翻开史书，豆浆在我国已有2000多年的历史，而梧州冰泉豆浆以其精湛的工艺、独特的风味成为豆浆极品中的极品。黄彩洲于1899年出生于同心镇真胜村，由于母亲早逝，他从小就挑起了家庭生活的重担，并于民国十六年（1927年）举家搬迁到梧州的冰泉冲居住，刚开始时以种菜为生，后来逐渐扩展到加工豆腐出售，在20世纪30年代初的时候他就创制出了有名的"梧州霉豆腐"，成为倾倒无数食客的一道名菜。民国二十四年（1935年），他利用做豆腐的原料，以冰泉冲的优质井水创制出了一款全新的豆浆，被誉为"梧州冰泉豆浆"，这则是他一生的经典之作。"梧州冰泉豆浆"选用由同心盆地出产无虫蛀的优质黄豆，经筛选后用冰泉水浸泡三四小时，洗去豆衣进行精工细磨，制取稀稠适度的豆浆，再用筛过滤去净豆渣后入锅煮浆，然后用武火煮沸再改用文火，除去浮在面上的泡沫杂质，如此反复操作三次出锅盛于小缸内，加入适量白糖，放置热水锅中慢慢温炖一段时间，让豆浆逐渐乳化变稠，直至出现黄色即可。冰泉豆浆如脂似乳，宛如琼浆，若用汤匙将其舀起滴落，只见豆浆就像一串断线的珍珠，莹光闪闪，而入口品之则顿感醇浓香甜，令人垂涎欲滴。冰泉豆浆不但口感好，风味佳，而且富含膳食纤维、大豆皂苷、异黄酮、卵磷脂、不饱和脂肪酸等特殊保健因子，具有利水下气、制诸风热、补脑益智、润肤减脂等神奇功效。斗转星移，令人神往的"冰井泉香"已随着时光的流逝成了梧州的千古绝唱，而同心人黄彩洲以冰井活泉创制出来的冰泉豆浆，承载着厚重的历史记忆，以独有的梧州味道在历史和现实之间让人久久回味。

一片偏僻的南国土壤，因缘于阳光雨露的润泽，安静而又美好，这就是小镇，一个叫同心的小镇。愿我们在带着雨露的清晨，怀着纯净的心，在这个叫同心的小镇里深情地驻足、温柔地怀想，在岁月的时光里优雅地相见……

美丽同心

李燕霞

　　一个很小的乡镇，却有一个无比优雅的名字——同心，这样的名字，让人顿生好感，很容易便想到"同心同德""永结同心"这样的词汇，事实上，同心镇确是一个美丽的小镇，它的生态与宁静，当得起人们对于它的心理期待。

　　镇子离藤县县城不远，约 50 千米。从县城出发，沿藤岑二级公路上行驶十多分钟后，一个转弯右岔，便进入一条蜿蜒有致的县道。县道亦不宽敞，也就 5 米半宽的样子，道旁一路风光，青山、翠竹、田野，映眼而来，满眼除了绿色还是绿色，那种浓郁的乡土气息，自然气息，毫不设防地扑面而来，让人止不住地心旷神怡，心生欢喜。而村庄就藏在竹林后，青山后，也有几处房子密集建在路边的，多是些泥土烧就的青砖房，在竹林和树木的映衬下，透出几分安然与宁静。有老人坐在房子前聊天，也有小孩在屋舍边奔跑嬉戏，那踩着碎步或踱着步子在村中觅食的鸡、鸭、鹅之类倒是少见，自"清洁乡村"和"生态乡村"建设以来，各村的家畜大都圈养起来，小时候房前屋后满地鸡屎的脏像早已不复存在，而那沿途路上也少看到有垃圾，若有，也大都规规矩矩地待在路边的垃圾池或是焚烧炉里。随着生态乡村建设的不断推进，村民们深切地感受到村庄洁净带给他们生活的愉悦与方便，也就自觉地维护起乡村的美丽来。一路车行，整个绿色、干净的感觉，让人心情特别的舒畅。

　　再行半个小时，便到了同心镇区。整个镇区就建在一个小盆地里，镇区周边是成片的田野，田野外面，是环抱的青山，从高空俯瞰，镇区及附近村子的房子密密匝匝，错落有致，像一个长长的大大的"丫"字延伸于天地间，静守时光，坐看云起。

　　这是南方常见的那种小镇，主街连着进镇的公路，街道两边有商铺，有市场，也有居民楼，单位的办公楼之类，也旁岔出几条小街，但街道都短，多是居民自家一楼做成商铺，使得那巷道变成了街道。整个镇区街道，十多分钟就能走完，虽小，却热闹，各种叫卖声，嘈杂声，这里全都有，特别是每到圩日，更是热闹。卖菜的，卖农具的，卖水果、苗木和各种手工编织物的，吆喝着卖跌倒酒的，家传秘方包治百病的……粉店里炒粉的，喝着小酒称兄道弟海侃或谈着农事的……浓浓的生活气息在空气里蔓延，跟着风四处流淌。不管乡村生活有多好，房子建得有多漂亮，生活水平提了有多高，这种属于乡间的嘈杂和热闹，似乎从没有变过，那里有一种久远的亲切。那些已远离了乡村，游入城市，变成了城市居民的游子，每念起家乡，他们会永远记得镇上的这种繁杂热闹，记得镇上某家粉店里炒粉的味道。或许，这已成了一种乡愁，成了一种印记，深深地烙在了每个乡人每个游子的记忆里。

在同心镇生活的人，自有一种自在。高达85%的森林覆盖率，让镇上的人们颇为自豪，空气清新，绿色生态，在这个高速发展、全民讲究养生的年代，他们自乐于家乡的山水，自乐于家乡的闲适，并不羡慕城市的生活，因为城里家庭有的各类家具电器，他们家里也并不缺，再说了，一个小时到县城，两个小时动车就到了南宁，到了广州，去哪不方便？所以，他们既保持着农耕文明的乐趣，又精明地踩着时代步伐，靠山吃山，靠水吃水，在这个信息爆满的年代里，将资源换成商机，追逐和实现着他们乡村生活里的致富梦。

同心镇最让人称道的，是那里的人们坚持用传统手工艺制作的原生态、无污染，不放任何添加剂，只靠阳光、温差来控制软硬度和保质期的同心米粉。米粉的制作，已有近200年的历史。选用的是当地优质大米和高山矿泉水或自家井水，再经传统工艺精制而成。其工序主要有浸米、洗米、磨浆、蒸粉、晾晒、回软、切丝、再晾晒、捆扎、包装等。由于不放任何添加剂，做出的米粉并不白净，而是呈半透明的润泽的虾肉色。米粉的包扎也小巧，每小扎约50克，半个手掌长短，且百年不变用纯天然竹篾捆扎，纤小而又精致。由于是熟粉制作，所以同心米粉并不耐煮，水烧开下粉后，只需煮两三分钟即可吃食，极为方便。而那粉汤清不浊、入口爽滑、米香浓纯，口感特别好。清朝时同心米粉一度被作为贡品上贡朝廷，因而一直久负盛名。现在已经进了什么都讲现代化，产业化的时代，可是，同心人在做同心米粉时，他们并不执着于米粉生产的现代化，他们更愿意坚守那份祖祖辈辈留传下来的传统工艺，他们并不喜欢烘干机，而更喜欢把米粉的粉张放在太阳下晾晒，放在竹箕里靠近土地的地方回软，让米粉吸收阳光，接收地气，呼吸自然的空气，接收田园周边的草木清香，这样的米粉，做出来的味道，才是原汁原味的祖祖辈辈留传下来的带着太阳香，带着米香的味道。这样的味道，是舌尖上的味道，也是乡愁的味道。他们已经自觉不自觉地成了传统文化的继承者、守望者，他们把对生活的态度，对山川自然的态度全都揉在了那根润泽细长的米粉里，让人们在美食里记住了家的味道，家乡的味道！

同心镇还有很多的美景，小娘山、天堂顶、大梳顶……和同心人的朴实一样，它们低调地存在着，安静地存在着，以静默的姿势拥抱世界，展现骨骼，绽放绿意。那种安然与淡定，有着仓央嘉措诗歌里的意味。比如，那首《见与不见》：

　　你见，或者不见我
　　我就在那里
　　不悲不喜
　　你念，或者不念我
　　情就在那里
　　不来不去
　　你爱，或者不爱我
　　爱就在那里
　　不增不减
　　你跟，或者不跟我
　　我的手就在你手里
　　不舍不弃
　　来我的怀里
　　或者
　　让我住进你的心里
　　默然　相爱
　　寂静　喜欢

是的，寂静，欢喜。同心镇，一个远离了城市喧嚣的小镇，一个留得住青山绿水，记得住乡愁的小镇，确是让人欢喜的。那么，这就出发吧，去同心，在同心的宁静秀美里，感受一份自然的美好，寻找一份心灵的宁静，那里，不只有田原和风光，也有生活和现实，还有诗意和远方……

寻味同心

卢颖莹

"莺啼细雨时，陌上花正好。"从藤县县城去往同心镇的路上，山岭边的桃树枝枒尽是淡红的花骨朵儿，在那似有似无的春风春雨中，显得格外娇艳和滋润。八十多里的路程，便在这无限春景中，也在那不知不觉间，轻柔地从车轮子底下滑过去了。

"长在深闺，小家碧玉。"一个多小时的车程，我们一行便一头扎进素有"米粉之乡"美誉的同心镇的怀抱。小镇四面环山，现代建筑错落有致，田土膏腴。踏上乡间小路，风是那么的清凉，轻轻地抚弄我们青春的脸庞。丘陵坡上，流岚与绿树相拥，迷蒙间夹杂着一片郁葱。山那边，荷锄的农人与小鸟同行，阡陌与日光相伴。

看见村落"美丽同心""圆梦同心"标语广告牌，我们一行便开始兴致勃勃地探究同心镇的前世今生。首先是"同心"这个地名，便让我们兴趣大增。有熟悉本地历史的人说，"同心"之名出自何年何月，地方史志确实没有可考证的文字记载，但如此富含诗意又大气的地名，至少可以说明，当地群众是从心底里喜欢这个地方。

走走停停间，我们来到一个满是青砖古宅的村落。当地一位村民向我们介绍说，同心镇不少古老村落，至少有一千多年历史，一度辉煌无比，人文荟萃。建筑遗存方面，有体现民国时期典型岭南建筑风格的将军府——明志草庐。同心镇历史上出过不少有影响的人物，广为人知的有：曾留学日本、民国元年（1912年）担任藤县县长的李明新；同盟会会员、留学日本、经历过北伐讨袁和桂系反蒋、曾任国民革命军南宁警备区司令兼藤县县长的周杨亚；创办"名冠南国维他奶"的黄彩洲。

我们一路行走，听到当地人讲得最多的，还是被同心人称为"同心地理保护产品"的同心米粉。历史上，同心米粉曾经贵为清朝贡品。我们仿佛可以看到，当年，南国丝路上，舟车劳顿送同心米粉到京城的情景。近些年来，同心米粉多次在广西区内外博览会上引起轰动，成为倍受群众青睐的藤县特产。

登高远望，同心镇就像小娘山这片茫茫原始森林中的一个巨大木盘，四周尽是茂密的植被、幽深的溪谷。就在这片甘露滋润的土地上，出产的大米特别优质。当地人用本地产的优质大米与小娘山流出的甘露交融共生，制作出风味独特、远近驰名的同心米粉。

美食还是民间的好，央视纪录片《舌尖上的中国》为我们展示了全国各地许多风味独特、令人食指大动的民间美食，真的让我等吃货味蕾绽放，垂涎欲滴。米粉是南方人的主食，我们对同心米粉更是情有独钟。

我们走进一片炊烟袅袅的村落。村头那片五六亩面积的晒坪上，整齐划一地晾晒着一挂一挂晶莹剔透的米粉。一位鬓发皆白的老师傅热情地把我们迎进米粉制作工场观摩，听他一一介绍米粉制作的浸、磨、蒸、晒、压、铡、晾等十几道传统工序，我们都惊叹这看似简单的米粉，却有着如此复杂细致的一套工艺，难怪米粉店里出售的同心米粉"粉丝幼滑、油光白净、呈半透明状、速熟耐煮，煮熟后汤清不浊"。热情好客的女主人请我们品尝新鲜出炉的米粉，大家用手捏着圈起的米粉，蘸上酱油、花生油，再撒上几点葱花，嘴角留着米粉的软、香、滑，咸淡总相宜。在同行几位姐姐们吃相的诱惑下，我不禁口水直流，毫不客气加入试食的行列，大快朵颐了一顿。一时间，肆意的笑声不断，不知谁大声叫喊："好鲜美的同心米粉呀！"

夕阳西下，我们一同来到镇上粉店品尝同心米粉，再次一饱口福，过足嘴瘾。男士们用酱油、香油、葱花和辣椒等佐料，调理出一碗碗特别刺激味蕾的米粉。小资的靓女们，轻轻地往米粉碗里撒上一点炒芝麻或花生末，香浓鲜美相得益彰。小店老板笑呵呵地将一块毛巾大小的粉块"笃笃笃"切成条块状，浇点肉汁，再往碗里撒一把葱花，一碗香浓的汤粉就被端上餐桌。我们每人要上一碗米粉，果然色香味俱全，口感韧性强。

喜辣的姐妹们，往粉里添切好的生辣椒或辣椒酱搅拌着吃，那吃起来是另一番的热烈。添加了辣味这个元素，使嫩滑的同心米粉能够多元而便捷地提供着不同的饮食需求，构筑着人们生活的味觉高度。很多对酸辣情有独钟的人都说，吃同心米粉的碗里添上煨煮得油光锃亮、美艳诱人的扣肉或蹄髈，更加"香得有味，咸得在理"。

店里坐着几个趁圩赶集的老农一边啃着蹄髈，一边吃着滑溜溜的粉条，腮帮"呼溜溜"吃个痛快，动感十足，那滋味实在是美极了！有酒瘾的汉子自然又会酌上几杯本地米酒，拉上对门的邻居好友，喝酒、吃肉、吃粉，直吃到满嘴流油，齿颊留香，从午后时分饮到残阳西坠。微醺之间，倒有些梁山好汉的遗风了。

小店的厨房连着供客人吃粉的厅堂，肉香、汤香和粉香漫溢着屋里每一个角落。笑吟吟的老板娘一边殷勤招待着客人，一边和我们搭讪。她说，她这个专门经营同心米粉的夫妻店因粉条嫩滑细腻，自家制的扣肉和蹄髈选料考究，酥香鲜美、肥而不腻，生意非常好，连其他乡镇都有食客慕名前来一饱口福，每天一早店门口就有人排队等着小店开张经营，来晚了还吃不上呢。

留得住的美味才可以慢慢享用。同心人将米粉充分晒干成为干粉，制成各种类型的菜肴，可以呈现于各种酒宴，也可以成为逢年过节的必备美餐。在"食在藤州"的藤县大地，还有许多农家食肆和村野饭庄将同心米粉的美味表现得淋漓尽致：凉拌粉、汤粉、炒粉等，火锅佐料粉也时有客人尝试。同心米粉各式各样的吃法，让人味蕾绽放，"沉醉不知归路"。

同心米粉，虽是日常之物，可大味皆日常，大味出民间，均是源于对生活的热爱。不管什么际遇，有了热爱，有了这美味的同心米粉，总能品出生活的好味道来。

同心美　米粉香

甘丽云

　　同心是广西藤县南边的一个小镇，有着长长的、曲折的街道，有说不尽的风情，说不尽的缠绵故事。

　　这里是温柔和安静的，静谧得仿若不存在，然而她的美，却又让人不容忽视。这儿的雨也是那么的美，柔柔的、迷蒙的，带着淡淡的愁绪，又有着浓浓的温情。"水光潋滟晴方好，山色空蒙雨亦奇。"无论晴或雨，小镇都给人一种闲适的美感。走在小镇的郊外，农民正在翻地，"一年之计在于春"，又是耕种时节。你就是站着静静地看，也能待上半天。在这里没有喧哗，你可以尽情地释放，让心灵自由飞翔，洗涤繁华闹市的烦恼，这里会是你想闭目养神的地方。若遇到一只蝴蝶醉花舞，就有一种天长地久恋恋不想散席的样子，时间像要静止的悠闲。那更好，拿手机一拍，微信一发，看，春天在这里！对远方的友人，也是一种诱惑。

　　有些喜欢，不在笔尖，不在画上，而在食物，因为，总有一些食物的味觉记忆，能让人的内心如棉花般柔软和温暖。到一个地方，最能反映风土人情的，就是食物吧。梁实秋在《雅舍谈吃》里写道："美食者不必是饕餮客。"而米粉是当地最有名的特产，来了同心，必定要尝一尝米粉，重要的是分享当地的生活习惯。于是我们在村支书的带领下，去了一家手工制作的米粉作坊。

　　关于米粉的传说，要追溯到秦始皇攻打桂林的时候，由于当时北方的士兵在桂林作战，吃不惯南方的米饭，所以人们就用大米磨成粉，做成面条的形状，来缓解士兵的思乡之情。同心米粉以大米为原料，经浸泡、蒸煮和压条等工序制成条状、丝状米制品，村民以家庭小作坊形式，利用山泉水加工米粉。传统以石磨制成的米粉质地柔韧，富有弹性，水煮不糊汤，干炒不易断。米粉配以各种菜料一起，爽滑入味。同心米粉最为关键的是没有放任何

278

添加剂，所以没有其他地方的米粉白，只是透明的虾黄色，这便是大米的原色。

热情的女主人见我们到来，便快活地忙着生火炒米粉。一会儿工夫，洁白的米粉发出阵阵诱人的香气，让人垂涎三尺。大家痛快地来一碟，堆得高高满满的，端到桌上，便开始举筷大吃起来。那米粉柔软韧劲，那瘦肉滋味甘美，那豆芽清爽脆口，搭配的红色辣椒酱呛辣有劲，美味可口，鲜美醇香。我吃得酣畅淋漓，嘴巴塞满了米粉。

同心米粉是信手拈来，却让平常百姓日子里过得有滋味。一碗米粉，你可以吃得津津有味。或细嚼慢咽或犹如风卷残云般地塞进肚子里，然后轻轻地回味，虽然不是珍馐美味，但吃后颊齿留香，回味无穷，有一种非比寻常的韵味。

很多事情都能让别人替你做，风景可以拍成照片，感情可以写成故事，唯独米粉，那种色香味，除了自己，别人都不得而知。

突然想起小时候物资紧缺时期，家里煎熬的猪油，母亲就用来炒米粉，没有肉，但那猪油混着米粉的醇香，成了我记忆中的味道，让我的心和胃觉得无比熨帖。

对一个资深的吃货来说，亲自动手炒米粉，是多么浪漫有意义的事。而我，炒米粉可以说是游刃有余。米粉炒着吃最鲜脆软滑，香酥绵糯，清爽不腻。这个得善用火候，咸淡适宜，注重天然、原汁原味。炒米粉得先把米粉浸泡两分钟，然后倒入沥水篮沥干水分。烧热油锅，迅速打散鸡蛋，放入肉丝同炒。配菜肉丝重要的是刀工，袁子才谓"有味者使之出，无味者使之入"，肉丝切得极细，方能入味。翻炒至肉丝变色，加入米粉。边炒边加入适量生抽，这一步最好用筷子翻炒，米粉不容易碎。炒至均匀上色后加入切好的葱段，翻炒后关火装盘。此时的炒米粉，芳香四溢，蛋中带有肉的甘香，让人禁不住一再品尝。

无论工作多忙碌，最享受每天清晨给自己做早餐的时光。喷香的煎蛋，加上柔软的同心米粉……想到有一顿美味的早餐在等着自己做、自己吃，就有了早起的动力。品尝自己做的好东西，因为舌尖有了更丰富的味觉层次，心头再次升腾起对生活的新希望。

同心米粉也是温暖加班晚归者的最好食物，一碗温热的米粉下肚，所有的寒气都驱赶得一干二净，一并被驱赶走的还有工作中的烦恼。吃一碗米粉，就是品味一段人生。世事的艰辛，谋生的不易，都在氤氲的水汽中，模糊了眼睛。

人的情感就是这么奇怪，总有一种味道是你这辈子都无法忘怀的，无论身在何方，无论相隔多久，思念的那种味道总会在某一个时刻从某个角落里悄悄探出头来，把你的心紧紧抓住。醇香飘飘同心米粉，三月你没来，四月别等待……

探访大梳山古迹

孙燕凤

我素来对老旧的东西情有独钟，每每经过一扇小巧玲珑的门，门上一把锈迹斑斑的锁，都会令我情不自禁驻足静观，默默地想着里面该是承载一屋子的故事吧！当听说同心镇大梳山有个年代久远的岩洞——相岩，便义无反顾，和县作协的 10 多人一起欣欣然前往。

大梳山海拔约 500 米，山高林密，崎岖险峻。相岩位于大梳山北坡半坡上。时值隆冬，村里的韦支书在前面为我们披荆斩棘带路，大家一路跋涉，边走边脱下厚重的外套。爬山，登悬崖峭壁，每一个人都累到气喘吁吁，大汗淋漓，但即将见到相岩的好奇、喜悦抵消了疲劳，就像小孩子对未曾谋面的珍贵礼物一样充满了期待。

听韦支书说，大梳村的先辈是韦姓人家从遥远的山东迁徙而来，当初他们选择在这定居，就是看中了相岩易守难攻的地理位置，当年山下面还有良田供他们耕作，自此祖祖辈辈便在这里栖息下来。岩洞山门以前有一对联上联：一经教子承相业。可惜年代久远，对联已了无踪迹。往古追溯几百年前，先辈韦玄成两代在朝中任宰相，所以本地人习惯称这岩洞为相岩。韦氏后人无论身在何处，时刻铭记祖训，世代以来崇文重教，哪怕是迁徙到异乡也家风不变，勤勉读书。

百闻不如一见。怀着热切、期待的心情，我们不畏艰难，费尽九牛二虎之力，终于在一个坡道下，相岩，赫然映入眼帘：长长的岩石下，一个天然的岩洞，静静地卧在那里，就像一个布满皱纹的老者，任凭山河岁月变迁，屹立不动，似朝圣般。我无比激动、虔诚地把自己的身子探了进去。哇，里面又别有洞天！少说也有 200 多平方米，先人当年用来隔开一间间房子的痕迹，依稀可见，地面上已经风干的牛粪像历史的标本，似乎在诉说着悠悠的岁月。岩壁表面残留着的蜘蛛网已风化附于石上，仿佛是几千年前这些小精灵来到这里安营扎寨，因为喜欢，便留了下来。

而更让人称奇的是岩洞的外面那些断断续续的土墙，据说是用于抵御强盗外敌和野兽的入侵，已经有300多年的历史，最高的土墙几乎抵达岩洞顶的石壁。土墙是农村远古时代使用的泥夯墙，听说聪明的大梳村先人用了糯米之类东西和泥土混合在一起，这样的泥砖历经岁月而不败，坚固耐用。用土墙围起来的岩洞，就像一间巨大的屋子一样，冬暖夏凉，让人不得不佩服大梳村先人的智慧。

最令我心动的是土墙的中间开了若干个墙洞，可以当窗子使用——真不愧是"相岩"，就是和别处不一样。晨起和黄昏，先人站在窗前遥望着远处的青山，犹如在心底开了扇心窗，树影婆娑，如诗如画。山风吹过，仙乐飘飘，一缕缕温柔的光线从窗户照进屋内，恰是灵魂安静的时光——安居乐业，岁月静好。白音格力曾说过：心上开的窗，是这个尘世里最旖旎的风景，无论走在哪里，都有深情的目光照来。我仿佛看到大梳村先人在这里过着日出而作、日落而息，男耕女织，你侬我侬的田园生活。闲暇时光他们手捧经书，于窗前邀日月为伴，或沉思与灵魂对话，或作诗以明心志。他们不单有诗意，还有勇有谋——这些墙洞除了当窗子使用，还是他们的"瞭望哨"，在那个兵荒马乱的年代，他们不得不随时警惕一切外来入侵者。

正是一代又一代先人的勤劳和智慧，才有了我们今天高度发达的文明。从古到今，这种精神绵延不绝，成为中华民族崛起和强大的动力。你看，眼前一栋栋漂亮的钢筋水泥楼，整洁的村道，偶尔有一两只狗在屋门口懒洋洋地晒着太阳——这光景，不正是大梳村的先人们梦寐以求的吗？

远古的乐声渐去渐远，耳边传来大梳小学的学生们琅琅的读书声，正是陶渊明的"采菊东篱下，悠然见南山"，我的心不禁又再次飘向远方，飘到了相岩那里……

象棋

>> 欣赏优美的环境，感受扑面古风，穿越遥远的时空，触摸智者的灵魂。

杏林春暖济苍生

——"遇安堂"的中医学文化情怀

蒙土金

    在古藤州历史上容藤驿道的一个重要冲塞，安详地生长着一个叫苏溪的村子，这个古老的村子雍容祥和地在岁月里沐日月星辰之气，散发着古朴清幽的气息，它静静地蛰伏在高耸挺拔的虎榜岭和龙殿顶的山脚，任由清清的苏溪河从龙殿顶上的泉眼里源源流出，绕着村子、沿着村旁的山脚，蜿蜒地向前缓缓流淌。据考证，龙殿顶原为亿万年前的一座活火山，山顶上现在还遗留着一个深不可测的火山口，在龙殿顶附近的山上都布满着由火山口喷出的岩浆形成的又圆又大的火咸岩以及由火山灰滚凝而成的麦饭石，这种麦饭石饱含着十几种有益的微量元素，蕴藏在涓涓细流的众多泉眼之中。这种独特的地理构造涵养了苏溪村这一方水土山清水秀、地杰人灵的个性特征，让一家叫"遇安堂"的中医学世家和"苏溪书院"代代相传，弘扬和光大着中华民族几千年来的中医学文化瑰宝，以悬壶济世的人文情怀和杏林春暖的精湛医术解除病人的痛苦，谱写了一曲"不为良相，即为良医"的生命礼赞。

    遇安堂坐落在藤县象棋镇苏溪村（现新芹村）虎榜岭下的石头岭嘴，于民国十九年（1930年）由当地著名的中医先生卢鸣廷在原宅基地上建造，取名"知遇则安，安居乐业"之意。遇安堂坐西向东，骑楼式照面，外观表面看似两层实则三层，为砖木瓦面结构。一层有三个大青砖拱门，上两层为八个窗式拱门，左侧一大砖砌扶梯直通二楼，正面由大三七青砖建造，既坚固又实用，骑楼上下走廊向阳通风，左右横廊庇护，正堂前一大青砖地坪，大门北开，设砖木大"推龙"加实木大门，外加砌砖大围墙。地基为砖石，总体由大砖砌结，楼桁均用珍贵硬木，二楼铺以杉木板，三楼用竹条并排铺设，各层楼板均有吸湿防潮砖铺面。遇安堂背倚虎榜岭蜿蜒山脉，气势端庄恢宏，堂前展一张清澈见底的大池塘，于波光潋滟之中见亭台楼阁倒影，堂前屋后、堤岸两旁种满杏子、红铁树等名贵中药材和花草树木，整座堂屋富丽堂皇，蔚为壮观。

卢鸣廷的曾祖父从广东南雄珠玑巷先搬迁到藤县金鸡大坟一带居住，后来为了躲避战乱袭扰，卢鸣廷的祖父又从藤县县城一带沿着古老的容藤驿道再度内迁至陈冲村（后改为苏溪村现叫新芹村），在这里置买田产，构筑家园，安居乐业。传到卢鸣廷时，卢氏从广东搬到广西藤县象棋镇苏溪村已历祖孙三代，在苏溪这个山环水抱的地方沐浴着天地灵气，其家族家道中兴，一派其乐融融的景象。

卢鸣廷出生于清朝晚年的1858年，在那风雨如磐的年代，清王朝的日趋腐败没落和西方列强对中国的不断侵略撕裂使卢鸣廷对祖国前途充满了忧患意识。卢鸣廷自幼聪颖过人，熟读诗书，更有过目不忘的独特本领，且为人善良、忠厚老实。他受传统的儒家思想的影响，本来是想走读书致仕以造福天下苍生的道路，但家人的一场重病意外地改变了他的人生轨迹，成就了他"不为良相，即为良医"的一种耀目的光芒。就在卢鸣廷青年的时候，作为一子独传的他的嫡亲妹妹得了一种怪病，虽然他的父亲请遍了当时县内县外能请得到的所有医生，但他妹妹的病情只是时好时坏，总不见痊愈，特别是有的医生还以他家"路途遥远"和"病情难治"作为借口，百般推托拒不出诊，这深深地刺痛了卢鸣廷的心。看到妹妹被病魔折磨得痛苦的样子，一向以仁爱善良著称的卢鸣廷心里像刀割一样的难受，他下定决心要学习中医，用自己的双手为亲妹解除病魔的痛苦。男儿不展凌云志，空负天生八尺躯。志向既下，卢鸣廷事必躬亲，他一边协助父母为妹妹寻医问药，一边向请来的医师虚心求教，潜心研磨，还多方寻来中医学的书籍刻苦钻研，经过不断的理论学习与临床实践的相互磨合，终于成了闻名于周边县份的一代名医。卢鸣廷不但医术绝代高明，而且医德十分高尚，他宽厚善良，尊崇杏林精神，诊病治疗逢叫必到，不问有钱无钱治病必先落药，故深得周边群众的敬仰爱戴。董奉为杏林始祖，一代名医典范，更是卢鸣廷引以学习的楷模。据《神仙传》卷十记载："君异居山为人治病不取钱使人重病愈者，使栽杏五株，轻者一株，如此十年，计得十万余株，郁然成林……"这便是医者作为"杏林"一说的由来。董奉，字君异，侯官人（现福建闽县）生于三国时代（约221—264年），董奉曾周游天下，以医术济世救人，相传他经过交州（现广西）时，刺史士燮中毒性休克，厥亡三日，经董奉救治后死而复生，这一消息很快便传遍了江南大地。董奉离开交州后继续北上，在途经一个叫钟离（现安徽凤阳）的地方时便在凤凰山之南30千米的山坡上居住下来，他常年为人治病却不要别人的报酬，得重病的人给他治好了，就让病人种上五株杏树，病情不重的人给他治好了，就种上一株杏树，这样十几年后这片杏林就有了十万多株，待到杏子熟了的时候，他便对人们说，谁要买杏子也不必告诉我，只要装一盆米倒进我的米仓就可以了，然后董奉又用杏子换来的米去救济贫苦的人们。于是"杏林春暖""誉满杏林"便成了赞扬医生高明医术和高尚医德的代名词。相传，董奉经过交州时曾沿容藤古道在陈冲村停留数日，并在村中义务开诊和传授医艺，这段深藏于千百年前的往事佳话，是否就是后来成就了卢氏遇安堂中医世家的因缘际遇呢?

为了弘扬杏林精神，把学到的中医学知识传授给更多的人，同时也为了更精益求精地将理论和实践相结合，卢鸣廷又在遇安堂右边的空地上加盖了苏溪书院，专门开设医学与文学专科，广泛传播中医学文化知识。苏溪书院既向卢氏子弟传授医学知识，同时还招收各地有志于中医学的人士学习，每期的学生均有四五十人之多，生源遍及藤县、苍梧、平南、容县、岑溪等地，遇安堂和苏溪书院成了当地中医药学兴极一时的理论与临床紧密结合的学堂。"苏溪书院"由一代名医卢鸣廷及他的两个儿子卢德玉、卢振玉亲自执教，他们不但传授中医学的专业知识，而且更多地将"亲、善、诚、信、中、和"的中医学核心理念和人与自然、人与环境和谐调适的文化内涵及杏林精神的精髓灌输给学生，培养学生在钻研医术的同时养成良好的医德医风。学子们出诊回来，都要把病例拿到教学班上去讨论，使之从理论和实践两个方面去深探细研中医药学药理脉理，让每个学子成才。据民国二十四年（1935年）《广西年鉴》关于《民国廿四年广西教育调查统计总报告》的记载，当年藤县有私塾49所，生徒1087人，其中男1042人、女45人，卢鸣廷与张凤五等是当时颇受藤县民众尊崇的塾师之一，而遇安堂由于与苏溪书院的紧密结合，其中医医术也因此得到不断的传扬和光大。

卢鸣廷于1943年与世长辞，他数十年如一日悬壶济世，教书育人，救死扶伤，以高尚的医德医风惠及乡梓百姓，赢得了人们的崇敬和景仰。据说当时广东有一位患者久治不愈，便慕名溯江而上来到遇安堂请卢鸣廷诊治，卢鸣廷二话不说便让他在遇安堂里安顿下来，不但热心地给他诊治而且还供给吃住，这位患者后来不久便痊愈了。他非常感激，回去后专门从广东请了一位非常有名的画师和他一起来到遇安堂，让画师为卢鸣廷绘了一幅画像留作纪念，并在画像中写下了"坐皋皮而讲学，兼岐黄以济世，六十年而不倦，宜乎寿世寿人"的由衷赞叹，当地的士绅见到画像后又加赠了一副对联，联曰："肃穆雍容真肖像，端严正直大家风。"这幅画像现在还一直在遇安堂一楼的正厅里肃穆地挂着。

遇安堂秉承着卢鸣廷倡导的仁德医风，一直薪火不断，代代相传。目前，自卢鸣廷创建中医遇安堂以来已传至第六代，整个卢氏家族当中有中、西医从业人员 70 多人，成了一个典型的传承和弘扬中医学传统文化的医学世家：

卢德玉（1884—1954 年），字润田，为遇安堂的第二代传人，人称"小神仙"，精通医药学，专长脉理学、药学，撰写有多部医学理论书籍传世，医术高明，曾有多次"起死回生"的传奇案例，长期在藤县岭景、象棋、新庆、太平、古龙和苍梧龙圩、水口等地从医和授徒，享有特别高的声誉。

卢尚齿（1921—1989 年），字祝年，为遇安堂的第三代传人，精通中医中药，对中医急救、针灸、脉理等有独到的见解，享誉藤县象棋、岭景、新庆、金鸡等地，为人慷慨热情，仙风道骨，一派名仕风范，是非常有名望的一代老中医。

卢超仁，1956 年出生，为遇安堂第四代传人，毕业于广西桂林医学院临床医学专业，专长内儿科、妇科、外科等，曾在新疆维吾尔自治区和藤县岭景、新庆、金鸡、太平以及妇幼保健院等地工作多年，并长期担任医院领导职务，多次荣获优秀称号，目前传授有徒弟数十人。

还有第五代传人卢爱跃、卢君，毕业于广西科技大学中西医结合临床专业；第六代传人卢同杰、卢同兴，分别为广西中医药大学中西医临床专业在读本科生和广西中医药大学中西医临床专业在读硕士生；还有第五代的卢爱任，毕业于广西师范大学中文系，现为全国青联委员、桂商总会执行秘书长、北京广西企业商会驻会副会长兼秘书长，兼任中国民营经济研究会理事、中国商业文化研究会副秘书长，先后担任广西青联九届、十届常委和广西桂林市四届、五届特邀嘉宾代表，曾荣获"广西五四青年奖章""全国优秀秘书长突出贡献奖""广西壮族自治区特聘招商顾问"等荣誉，虽然他不是杏林中人但却孜孜不倦地潜心于对"遇安堂"中医学文化的传承挖掘和研究推广，所有的这些都在为卢氏"遇安堂"中医学文化的传承和光大增添着耀眼的光彩。

苏溪流水无言，大爱润物无声。一座古老质朴的百年老宅，一间医者仁心的遇安药堂，就这样氤氲在苏溪村的晨昏岁月，定格成为一道永不褪色的人文风景。

夜色沙滩

李燕霞

夜很静，月亮在天上高高地挂着，泛着柔和而清亮的光。

夜色中的石表山沙滩公园在月光的包容下，朦胧而素洁。我们在沙滩公园里赤脚前行着，舒坦而惬意。步道边上，那些悬挂在灯柱上的小巧精致的马灯散发出鹅黄而幽微的光，隐隐地在我们身后拉出了一条长长的影子。灯柱后面是景区自留的一片庄稼地，各种农作物杂陈而出的草本清香，和着泥土的气息扑面而来，让人顿感清爽与踏实。

已经记不清是第几次在这样的月光下行走了，目的只是走向公园里那条缓缓流淌的北流河，走向河边那片舒展的沙滩，然后，把自己融进去，融进去……

夜色中的北流河与沙滩在月光的普照下，是另一种极致的美。白天的热闹、喧哗已在夜的沉寂里消融，沙滩静悄悄的，在无边的夜色里随着河的流向不断伸展，一直伸到夜的尽头；清澈的北流河拉着悠长婉转的弧线在月光的指引下始终保持着自己的流向，平静而又坚定；河道两岸的竹林及对面的远山在夜色里凝固成了黑影，又如梦般被月亮镀上了一层银质的光；而河流的更远处，在月亮的清辉下，两边的竹林在河里投下了两道长长的倒影，和着天光水色，兀自成画……

这样的山水画卷有种本然的干净，不事张扬，浑然天成，它是浓墨泼洒出的大写意，是繁华落尽，洗尽铅华后的素净，至简至繁，至静至美。夜变得空旷起来，无限的大。人的身心也跟着轻盈起来，空灵起来，仿佛这里便是全世界，世界只剩下了我们。我们的内心感到了一种虔诚，大自然不愧是最高明的魔术师，它什么也不用说，甚至无须华彩，只是一种巨大的寂静，一份原始的黑白，却足以让你感受一种暗藏在生命最深处的震撼……

我们慢慢地走着，享受着那些金黄细软的沙子在脚下肆意摩挲时生发出的快意。此时，沙滩就在我们脚下，流水就在我们身边，月亮就在我们头上，凉风徐徐，月光融融，那样的神来之境，有种超乎想象的美。那么，好吧，就来一段月光下的舞蹈吧，独舞，或双人舞，伸展双臂，扭转腰肢，让双脚在沙面上轻轻划出一道道优美的弧线，让指尖在月光下如水般轻划，然后，优美地旋转，轻盈地起跳……

这样的舞蹈大可以一直继续，直到沙滩的边头，直到双脚伸入那条清凉的河流……

这是一条有着自己的性格和性情的河流，千百年来她固守着自己的方向，依着自己的个性，不紧不慢地向北流着。她的清澈秀美与大气雍容让她有了"绣江"的别称，而历史赋予她的种种及她在历史中所担当的角色又让她有了"古代南方水上丝绸之路"的美誉。然而，这些都不是最重要的，最重要的是当下她的旷达自然与善解人意。

她像一位慈善的母亲，慈爱地敞开胸怀，等待着我们的拥抱。在靠近沙滩的很大一片水域里，她的河水都是浅的，才没小腿、膝盖、大腿、腰身，再深也深不过一个七尺男儿的胸膛。这时候，你什么也不需说，只需走到水没膝盖的地方，然后，放松你的身体，打开双手，仰浮在水面上，任着你的身体和打开的双手擦着河底的沙子在水的推动下缓缓顺流而下，在夜的静谧中，那种双手擦沙而下、顺水而流的感觉，简直是妙到了极点。接着，你还可以换个方向，换个姿势，逆流而上，但绝不是游泳，只需把双脚伸直，任水而推，双手则在水里攀着沙子慢慢往前爬，此时，你的头贴近水面，你可以静静地看粼粼波光在水面上晃动，可以静静地听河水在你身上、耳边缓缓流过的潺潺水声，可以静静地感受河水流过你肌肤时如绸般的爽滑，还有，浮在水里，水推双脚时的那种飘飘然……

时间仿佛就此静止，世界只剩下一片宁静与安详，身体早已与水融在了一起，恍然中竟已忘却今夕何夕，吾身何身……

心，似乎已宁静到了虚无。人的心灵有时强大得能容得下所有的俗事纷扰甚至苦难，可当面对这样的安然纯净时，却渺小得只能选择服从。于是明了，何故那么多温婉的、娴静的、伟大的词语竟与这河流，与这自然之水有了那么多的联系！

沉醉中，你可以选择再次动身，走向远处更靠近河中央的那片细软的沙滩，来一场天然沙疗，那种被热沙捂住全身的感觉简直妙不可言。

　　坐在沙滩上，把经受过白天烈日炙烤仍保持着充分热情的沙子挖开，弄成一个大大的沙坑，然后，把自己的身子放进去，把头枕在坑沿上，再让同伴把挖开的沙子一个劲地再往自己身上堆，手、脚、脖子，全都覆盖起来了，直到最后只露出头部，而堆在身上的沙子却要尽可能地厚，直到自己承重不了为止……

　　此时，温热的沙子紧贴着肌肤，源源地把它们的能量通过热量传到了自己身上，每一处神经都被烘得舒适而坦然，更妙的是，在沙子的重压下，你还能清晰地感受到自己脉搏跳动的声音！你静静地享受着，仰躺着，夜色浩渺，月光如水，澄净的空气，无边的天籁，飞逝的流萤，躺在沙堆里，你感到自己与天地已融为了一体，天地茫茫，宇宙无边，你甚至再次感到了自然的博大、人类的渺小……

　　美，总是直击人心的。月光、沙滩，本是适合浪漫与温情的，而石表山沙滩上的那份宁静，却又恰是适合探寻自己，找到原质和思想的。谁说美不需要理由？这片沙滩，注定让人留恋！

道家风骨

郑彬昌

一

无数次到过象棋镇道家村，但我依然希望常到这里，在绿树掩映，竹林婆娑，碧水盈盈，鸟语花香，空气清新又凉丝丝的古村落里徜徉，欣赏优美的环境，感受扑面古风，穿越遥远的时空，触摸智者的灵魂。

深秋时节，我又一次来到道家村，平坦洁净的水泥路直通村子。令我想不到的是，村边原来的那块空地，现在已经成为停车场和文化小广场。小广场内有滑梯、木马、单双杠、秋千等体育器材和玩具，几个孩子在滑滑梯、骑木马、荡秋千，不时响起嘻嘻哈哈快乐的笑声，偶尔有一两个提篮荷锄的村民慢悠悠地走过，好一幅和谐恬美的乡村画卷。小广场四周及村道边都有绿化带，种有冬青、小叶榕、桂花、簕杜鹃、木棉树等绿化植物，簕杜鹃和木棉树花还在开着，很是鲜艳，这已经过了花季，怎么还有花开？

带着一个个谜团，走进小广场旁边的一户农家。一个四十来岁的中年汉子接待了我，他叫杨伟东，是道家村的党支部书记，真是巧了。知道了我的来意，杨伟东很乐意做我的向导。

道家村在各级政府部门的支持下，按照历史文化旅游名村来打造，村庄发生了大变化。村道村巷全部硬化到每家每户的家门口，村民都饮上了清冽干净的山泉水，统一美化楼房外观，装饰为仿古墙，安装上太阳能路灯，有条件的农家都建有沼气池。在思罗河边建设道家文化长廊，通过壁画的形式展示道家村的历史文化、典故传说和民风民俗。请来林业专家对村庄进行绿化规划，不同地段种植的绿化树不同，小广场四周以盆架子、冬青为主，村巷以桂花、玉兰为主，村主道以小叶榕为主，河边、池塘以杨柳为主，同时在绿化带间种簕杜鹃、木棉、格桑花、三角梅等花草，形成了春有杜鹃、三角梅，夏有莲花、百合花、栀子花，秋有桂花、异木棉，冬有格桑花，一年四季都有鲜花盛开，尤其到了桂花开的时候，到处香气扑鼻，整个村子都泡在香气里。经过一番打扮，村庄美轮美奂起来。

70多岁的村民杨岳良，儿孙满堂，闲不住的他每天把村中古建筑福隆庄里外的垃圾、墙角屋梁的蜘蛛网等，以及福隆庄门口附近的村巷，打扫得干净利落。开始的时候，家人对老人的行为不理解，叫老人不必这么操劳。杨岳良跟家人说：我虽然老了，但身体健康，手脚灵活，做点扫刷环境卫生的工作还是可以的，就当是锻炼身体。道家村制订了清洁卫生村规民约，还把杨岳良树为清洁形象大使，村民爱干净卫生的习惯慢慢就培养起来了。

村民重视环保，村里的污水处理系统是最好的明证。在村庄西边，有一张十来亩的大池塘，像个小湖，池塘里一群鸭子在悠闲地游弋，偶尔发出"嘎嘎"的叫声。池塘北段有三个封闭起来的水泥池子，池子西侧有一片苇草湿地，苇草长得很茂盛，这就是污水处理系统，分别由收集、沉淀和过滤三个部分组成，全村的生活污水经过厌氧发酵杀菌、沉淀过滤、人工苇草湿地吸附残留物，处理干净的水体重新排放到宽敞的池塘里，站在池塘边，闻不到半点气味。

得益于持久地开展生态乡村建设和历史文化旅游建设，道家村的环境越来越美丽，浓厚的历史文化重放光彩，村庄的吸引力大大增强，游客纷至沓来。

二

从小广场出来往北10米，两条秀水豁然入眼，西来的思罗河与南来的北流河相拥北往，构成这里独特的地理位置。交汇处的思罗河码头已逾千年历史，凹陷而滑溜的石板古朴而沧桑，显示着那遥远的繁华。

道家村是历史名村，原叫窦家，因村里原来的窦姓大户人家而得名，村子曾有窦家司、窦家署、窦家寨等多种名称。窦家与道家，当地方言是同音，久而久之就成了现在的名称。

在陆路交通不发达的古代，"长江—湘江—灵渠—桂江—西江—浔江—北流河—南流江—合浦"是一条重要的水上通海交通线，因其沟通了中原与南方及海外，而被称为水上丝绸之路。北流河是水上丝绸之路的一部分，濒临的道家村则是一个港湾，自隋唐窦圣封司始设窦家司，随后历朝均在此设驿站、衙署，传递皇帝政令，接待来往官员。道家村现尚存多处古建筑遗址，如司署衙门、文武庙、观音阁、古戏台、窦家司牌坊等。

现在，西江经济带建设已经上升为国家战略。北流河至南流江这段水路复航工程作为西江黄金水道建设项目中的一项重要内容，现在正在抓紧实施。可以预见不久的未来，北流河沿岸及道家村，又将迎来新的发展机遇。

"窦家寨前朝雨晴，思罗江内水初生；杨梅果熟春欲暮，豆蔻花开鸠乱鸣。"这是明大学士解缙的《窦家寨》诗，描写的是当时暮春时节解缙初到窦家寨看到的景象。其实驻留过道家村的古代名人很多，譬如苏东坡、秦观、马援、徐霞客等，其他的名人在这里基本都没有留下什么印记，唯独解缙例外！码头边上的解缙亭，从遥远的时空诉说着一段故事。

解缙亭高十多米，分三层，琉璃瓦，砖石构造，如今已修缮一新，这在乡野显得特别的耀眼。村民建亭纪念解缙，当然不是因为他是大名人，也不是因为他写了一首《窦家寨》为道家村扬名立万，而是因为他在此驻留期间，传授村民诗书礼仪，修建了通济桥，为村庄兴盛做了好些实事，立下了功勋。朴实的村民就把这些一直铭记在心里。繁华虽然已经过去，现在的道家村也沦为平常村落，但是这种感恩情怀并没有因为时空的久远和环境变迁而有所暗淡。

感恩情怀在村里并不是孤独例证，就在亭的旁边，有两座墓穴，一大一小，都是三合土做的墓体，大的跟平常的无异，约三平方米，小墓如钵盂，比人的头颅稍大，如果不是有块墓碑，都让人怀疑这是一块石墩，其实里面埋葬的是一只蟋蟀！这事让我震撼。

这是一只不寻常的蟋蟀，它曾经在两广的蟋会大赛上连夺三届冠军，为主人杨树福赢得了黄牛一头、挂钟一座、布八匹、银十二万元等众多的战利品，为村民夺得了荣光。蟋王死后，主人用盘覆盖埋葬，并作墓碑铭记，杨树福嘱后人在其死后也埋葬在蟋王的旁边。当地习俗，同墓或邻墓而葬的多是夫妻，以示彼此感情非常深厚非常忠诚。人与动物生死相依，我是第一次所见，这是一种怎样的感情眷恋和铭记？

直至现在，赛蟋蟀依然是道家村一项民间盛事。在每年的端午节至霜降节气之间，每逢农历的二、五、八日，村里都会举行蟋蟀赛，附近村落及平南、岑溪、容县等外县的蟋蟀爱好者，也会携蟋蟀赴会，一享其乐。与以前相比，现在的获奖者奖金甚微，冠军才一百块。村民看重的已经不是钱，而是享受其中乐趣，更是对传统文化的传承。

三

这村里流传于世、记载史册的，还有一个"四知"故事。故事的主人翁叫杨震，是杨姓村民的先祖，曾任知县，官本不大，但是骨气却大。他在任期间，为官清廉，夜间一吏提着贿金厚礼求见，要求关照关照，并谓"天知地知你知我知无人可知"，被杨震拒绝并回称"天知地知你知我知又怎是无人知"。

杨氏后人为了纪念杨震清廉为官的高风亮节，为后人树立楷模榜样，于是修筑了"四知堂"。四知堂是杨姓村民的祠堂，整座建筑叫福隆庄，分天井、中厅、后院三进式构造，是典型的南方四合院结构，是村里保存最完整的一座古建筑，那是清朝时期重建的产物，建筑雕梁画栋，翘檐画壁，图画鲜艳恍如昨日。

四年前，四知堂被打造成梧州市的廉政教育基地，每年很多机关单位都组织有关人员到这里来接受廉政教育。

四知堂门前，是村里旧的护城河，古城墙只剩下墙脚部，墙砖石块斑斑驳驳，留下了那段辉煌的历史印迹，让人想象这村落的远古繁华。想不到这简约朴实的边远村野，也曾是繁华的集市，历史沧海桑田的变迁在这里留下了浓重的一笔。

护城河如今已经分割成三张池塘，塘里种有荷莲，是专为杨震而种的，喻示其出淤泥而不染的品格。秋冬时节，村民只清理枯叶败草，不挖莲藕，让其来年再生长。

彰显村民精神境界的，还有村边北流河岸的一大片优美绰约的竹林。

在道家村随处可见到竹子，而在河边，竹子则茂密成林，既起固堤之功，更是一道风景。

这片竹林跟别的地方的有所不同，竹子下半部的枝叶都被修整过，显得修长挺拔，姿态古典，卓尔不凡，竹林疏密相宜，错落有致，竹叶阴翳，满眼尽是凝重的翠绿，幽静畅快便成了竹林的主调。"未出土时便有节，及至凌云尚虚心。"托物抒怀，这是道家村民爱护竹、尊崇竹的理由。

竹林中有用卵石铺就的小路，在上面慢慢地走着，享受江风拂面的舒坦，凝听竹叶沙沙的情语，欣赏竹林摇曳多姿而不失庄重的身影，吮吸湿润清新的空气，人的心境一下就清明起来，释放重负，对接哲思，参悟人生。

沐清风、闻水声、听鸟鸣、赏翠竹，在历史文化浓厚、环境生态优美的道家村里，身心全部舒展在大自然中，给自己的身体一个深呼吸，给自己的心灵一次澄明……

铅华洗尽，风采依然。一个有风骨的村庄，不会淹没于浩荡的历史长河。

红菌朵朵染指香

曾春凤

盛夏，半日艳阳半日雨，刚刚还晒成"北京烤鸭"的人们，突然又淋成"落汤鸡"。这乍雨还晴的猝不及防，对南方各种野生蘑菇来说，倒是一场惊喜。尤其是藤县象棋、岭景、新庆一带的大红菌，它们像被禁言良久的喜鹊，你一言我一语地陆续冒泡了。

在高楼林立的城市生活，我庆幸象棋老家还有几分田地山林，供我们偶尔回去撒把欢。采摘大红菌是季节性的活儿，机会稍纵即逝，所以倍加珍惜。天刚亮，我唤醒儿子，换上休闲布鞋，提一竹篮子，跟着婆婆向自家的菌山"寻宝"去。

脚板踩上落叶的瞬间，心如同脱缰的野马，整个人自由快乐得飞起来。环顾寂静的山林，但见薄雾缭绕，杂树丛生，枯枝败叶如厚厚的毯子铺满一地，腐朽的气息就像发酵的酒酿，混合着草木的芬芳，好闻极了。林间，几朵鲜艳的大红菌首先抢了我的眼球，我顾不了气喘吁吁，扑过去就拔，弄得红菌不是断了腿就是破了头。儿子也不甘示弱，等着邀功似的和我争抢。

婆婆看我们乱踩乱踏的一番扫荡，心疼了，于是极力制止，她担心藏于落叶下面的大红菌一不小心就遭受我们大脚板的灭顶之灾。大红菌在菌类家族中颜值极高，置身于枯黄的落叶和黝黑的泥土中自是卓尔不群，但若遇上含蓄害羞的红菌佳人，衰草乱叶掩盖住朱颜，就算提着轮太阳也难找。这回我学谨慎了，每迈开一步，都事先用树枝刮开落叶，找到安全的落脚点才莲步轻移，真是步步惊心。

大红菌是纯天然的野生食用菌，它的生长环境条件非常苛刻，高温高湿，且在杂木林间各种枯枝败叶经过漫长岁月形成的土壤腐殖层才有可能生长，不能进行人工栽培，全靠大自然的恩赐，因而特别珍贵。大红菌其实和人类一样，性情各异：有离群索居的，孤独终老；有喜欢热闹的，三五成群乐呵；

有远近相宜的，娉娉婷婷独妖娆。而无论何种活法，大红菌的生命都非常短暂，若不及时采摘，从出土到腐烂不过数个时辰，和昙花一样刹那芳华，教人唏嘘不已。大红菌又是植物中的狐妖，仿佛在深山老林修炼了千年，执一柄红艳小伞，带着与生俱来的蛊惑，在世人面前一展欢颜，只为那些朝也寻暮也觅的执着吧！

浮想联翩之间，我弯腰低头找寻，左一个蓦然回首，右一个蓦然回首，却觅不到红菌的芳踪……咦！那不是红菌么？远远地，我看到树根旁，若隐若现的一抹嫣红，心底顷刻腾起一簇欢乐的浪花。我轻柔地拂去菌盖的杂草、枯叶，吹掉沾染的土粒，像一层层揭开神秘女郎的面纱般，揣着十二分热切的期盼和几分忐忑。终于，一朵鲜嫩的、散发着浓郁香气的红菌就毫无保留地展现于眼前，浑圆厚实的菌盖，撑开的弧度如伞亦如帽；乳白色的菌柄很粗壮，菌脚淡淡地染了一层红晕。横看竖看，这都是刚刚破土而出的上好菌蕾（俗称菌露），水灵灵的透着清新气息，仿若一个人的豆蔻年华，多惹人喜爱啊！我有点不忍下手。在儿子的催促下，我用食指和中指夹着菌脚，缓缓地连根拔起，然后把掐断的菌脚须埋在菌坑里。婆婆说菌须可留作菌种，明年会长更多的，我将信将疑。

爱美之心人皆有之，东施效颦不过是让人贻笑大方，尚情有可原，但若藏了蛇蝎心肠就可恨之至了。一种叫"鸡恭敬"的毒蘑菇，光听菌名就使人毛骨悚然。你想哦，鸡是非常杂食的动物，连鸡也对其毕恭毕敬，不敢招惹，可想它的毒性多强。鸡恭敬和大红菌长相十分相似，它时常鱼龙混杂在大红菌的家族中，骗取菌农的青睐，然后"毒你没商量"。

婆婆耐心地教我识别鸡恭敬的"丑恶嘴脸"：鸡恭敬表面比大红菌更鲜红，蘸了清水的手指在表面摩挲，会起一层滑溜溜的液体，大红菌较之粗糙涩手些；鸡恭敬菌盖里的褶纹比红菌要浅很多；还有，掐断鸡恭敬的菌脚，里面的孔眼细密，分布均匀，而且长时间保持乳白的颜色，红菌菌脚的孔眼则较大，分布不一，折断后颜色很快变成灰暗色。原来，采红菌也要懂得一些知识呢！我不由暗暗佩服婆婆的见多识广。

采红菌是件野趣十足的活，我们左寻右挑，兴致盎然。日上三竿时，已采了满满一篮子，挤挤挨挨，映着朝阳，煞是好看。再摊开手掌，星星点点的殷红，沾满红菌的碎屑，淡淡的菌香缭绕于指尖腕底，令人迷醉。"红菌无限好，只是已采光。"儿子调皮地乱套古诗，但"已采光"显然不恰当，因为一些刚刚冒头的"菌婴儿"，菌柄还有一半埋在泥土，需待下午再来采摘。

回家择去杂物，洗净尘土，在热锅里和瘦肉一起爆炒，须臾，再添半碗清水煮成菌汁。红汤红菌浸润红瘦肉，荤素搭配，色香诱人，口感嫩滑，味道鲜美，吃至菌光肉尽，汤汁拌饭，更是令人唇齿生香，回味无穷。

茶山村民的"愚公"情怀

李伟明

　　一根根高大的电杆，支撑起一个个硕大的太阳能路灯，形成了一条绿色环保的长廊；枝繁叶茂的桂花、玉兰树，青翠的绿叶遮掩着一户户农家的小洋楼，迷人的清香令人心旷神怡；一条宽敞笔直的水泥路环绕全村，直通每户农家；棚架下硕果累累，唾手可得；清澈见底的小河，从大山深处奔流而来，在村中连拐了两个弯，又欢快地向东方流淌；村后的山坡上，茶园郁郁苍苍，微风从坡上拂过，送来一阵阵醉人的清香。置身于这山清水秀的村寨，让人顿感心旷神怡。

　　这就是茶山村，藤县象棋镇最边远山区的一个自然屯。村很小，仅有30多户人家，160多名村民。茶山村很有名，她以绿水青山的自然资源环境和"愚公"修路情怀、良好的精神风貌而闻名遐迩。

　　茶山村是藤县象棋镇"十三五"规划中一个边远山区的贫困村屯。5年前，该自然屯通往洛塘村委会的10多千米乡村道路，曾是一条羊肠小道，遇到下雨天连自行车都无法行走，严重地制约当地经济的发展。60多岁的退休老党员李深明算过一笔账，当地村民卖100公斤松脂，从山上搬运到公路上，光请人搬运的费用就得几十元。也就是说，当地村民销售松脂、玉桂、八角等农副产品，靠肩挑背驮或用摩托车驮，每年将多出一大笔人工开支。崎岖狭窄的山路，让生活在大山深处的村民难以富裕起来。李深明说，他在任村委会干部期间，就有修建水泥路的想法，直到2013年退休，修路也未能实现。看到别的地方路通财通，经济飞速发展，当地村民还"原地踏步"。在他看来，没路，谈何发展？不发展，谈何致富？开山辟路修建水泥路，已经迫在眉睫。

　　为什么拥有青山绿水和数千亩已成材的玉桂、八角和松树林，还过着贫困的日子？如何才能把丰富的林业资源优势转化为经济优势？2015年中秋节过后，茶山村民在李深明、李英明的热心组织下，开展了一次"如何才能脱贫致富"的户主大讨论。讨论会上，村民统一了"无路必受穷，要致富，先修路"的认识，打消了"等政府拨钱"的想法，决定自力更生，不等不靠，发动全村 100 多名村民集资修路。村委干部、党员、外出务工人员纷纷带头捐款，很快筹集到资金十六万多元，还采用占地让地、占树砍树、义务投工等办法，促进修建"致富路"工程早日开工建设。

"自己的事自己办！"退休老党员李深明说。动口不如动手，为激发村民筹资修路积极性，李深明率先出资 1 万多元，而且占用了他家几分地，但他不要一分补偿。村委干部李英明也积极行动，拿出现金 6000 多元支持修路，并每天上工地参加劳动，早出晚归，任劳任怨。李名岳、李勇明、李寿明等村民也纷纷捐款。几位热心村民的行动，让全村男女老少看到修路的决心和希望，村民热情高涨，纷纷集资修路，年轻人自发参与劳动，村里老少也都过来凑热闹。

仅有 100 多人的小山村不等不靠，已集资 10 多万元要劈山修路的现代版"愚公"精神，感染了社会各界。"他们不等不靠，自筹资金 10 多万元修路，用自己的实际行动去热爱家乡，建设生态乡村。他们的精神值得肯定，我个人带头捐款 500 元给予支持，并决定由镇里拿出专项资金 1 万元予以奖励。"时任象棋镇党委书记李志坚在接受采访时说。在李书记的带领下，象棋教育组等一些单位也给予捐款。特别值得一提的是，远在几百公里之外的广东中迅集团李小连女士，更是慷慨解囊，为该村捐赠修路款 2 万元；南宁的伍大伟、金茂厂的黎承健、藤县农村信用社陈勇祥各捐款 5000 元，奉献了一份份灼热的爱心。

领导的亲切关怀和各界人士的鼎力支持，极大地鼓舞了村民的士气。为赶在 2016 年春节修好环村道路，10 月中旬，在李深明、李英明的组织下，茶山村祖祖辈辈期盼的环村水泥路建设正式启动。

一车车水泥、沙石源源不断地从外地拉来，在大型搅拌机、挖掘机、几台农用车的帮助下，村民争分夺秒抓紧施工。烈日下，一颗颗豆大的汗珠滑过村民喜悦的脸庞，"隆隆"的机器声伴随着村民忙碌的身影，施工现场呈现出一派热火朝天的景象。在不到 10 天时间，就将一条 3 千米多长，覆盖全村的环村水泥路建成通车。路虽不是很长，但它承载着村民们早日脱贫致富的希望。

紧接着，大型挖掘机又马不停蹄地昼夜奋战，将村里通往村委的 10 多千米羊肠小道全部掘宽，并用压路机压实，等待以后全部铺设水泥路。

　　"如今有了平坦宽阔的环村水泥路，我们将告别雨天一身泥、晴天一身灰的日子。"村委干部李英明高兴地说。谈及今后的村中建设，村民们更是信心满怀："路通财通，现在外面的老板可以开车入村收购桂皮、八角，这些农副产品的收购价也随之上升，我们村的资源优势将很快转变成经济优势，实现村民增收致富，大部分村民已建起漂亮的楼房，村里已安装了太阳能路灯和自来水，还有安装固定电话和闭路电视。如今的茶山村，环境幽雅，邻里和睦，民风淳朴，村里没有赌博，没有偷盗，自新中国成立至今没有人违法犯罪，不失为一方理想的净土！今后，我们还将加大村屯绿化、美化的力度，尽快建成灯光球场和文化室，努力将茶山村建成生态宜居新农村，让村里人过上城里人一样的生活。"

问道石表山

陈志锋

　　昨天，受慕名而来的几位桂林、来宾朋友和杨老师邀请，我们到藤县石表山旅游，体悟了一次道的内涵，受益良多。

　　我们驱车来到石表山休闲旅游风景区游客中心，下了车便远远望见一座美丽的丹霞山横亘在北流河的北岸，山势陡峭，几乎看不到上山的路，我们从导游图中了解到游山的两条路线，一条从东麓拾级而上，另一条坐旅游观光车绕北坡及顶，顺石级而下。我们选择坐观光车上山。

　　十几分钟的行程，观光车把我们带到了海拔 296 米的石表山主峰。下车后，我们直奔观日亭景点而去。此时太阳已当空，观日出是赶不上了，在步步高升景点往山下俯瞰，却是不错的美景，道家村的全貌尽收眼底。视线由近及远，首先映入眼帘的是星罗棋布散落着的丘陵，丘陵四周环绕着河流、农田和鱼塘，道家村人在这里临水植竹，逢丘树松，傍山栽柚，翠竹、青松、绿秧、碧柚互相环绕，缠绵交织，相映成趣，游人眼前简直是翻版千岛湖，再仔细察看，可真有千岛湖的神韵。道家村先民建村立寨，垦荒屯田，一切道法自然，遵循自然，这是我在石表山问道的第一道。

　　稍远处，北流河像一条玉带自西向东脉脉流淌，思罗河像一条绿飘带自北向南汇入北流河，河两岸纤竹摇曳，竹影婆娑。远眺北流河对岸是层层叠叠苍翠起伏的连山，连山外更有青山起伏踊跃，山色由碧而青，由青而蓝，最后苍苍茫茫，流入云际。山与水与天相连，天上白云悠悠，似乎在静观石表的英姿，时而呆立，时而依依而去。透过白云的缝隙，天空显得十分湛蓝，这时你会觉得，你的视力尽头便是喀纳斯的天幕了，我更相信这里的蓝天白云就是喀纳斯的伴侣。

　　面对壁立如削的山体，我心存纳闷，下山的路又在何方？众女生早在我的纳闷中叽叽喳喳奔云海鹊桥而去，我只好紧随其后，"车到山前必有路！"

我还理不出头绪，便与云海鹊桥撞了个满怀，抬头一望，一条约四五十米长，两米宽的玻璃桥，横跨在百余米高的峡谷之上，远远望去，桥的另一头连接着云海，只是看不到平台和下山的路，桥的气势十分恢宏。听守门人介绍，云海鹊桥在雨后，山风带着云雾从峡谷间穿过，人走上云海鹊桥就像行走在云山雾海之巅，仿佛驾着祥云而去，飘飘如仙的感觉胜似神仙。可惜今天没有雨，我们赶不上那样的盛况。脚下的松涛却是实实在在的，松涛涌动、轰鸣、喧腾，如歌、如潮，澎湃了游人的心潮。我对此深有感怀，吟下了"鹊桥离天不盈尺，云海松涛脚下生。欲上仙都穷道义，先来石表把山登"的诗句。

踏上云海鹊桥，女生们胆战心惊，小心翼翼地挪动着双脚，恐高的只好戴上墨镜，在众人的搀扶下向桥的另一端挪移，都想尽快离开这惊心动魄的地方，把我远远地抛在后头。我索性放缓脚步，饱览脚下的风景，旋转着镜头拍下全景视频。站在玻璃桥看脚底下的松顶，似乎颠覆了人原有的思维，地上看松树都是仰望，树顶高高在上，而现在偌大的松树就在脚下方，须俯视才见，四仰八叉的枝条向四面八方伸展，高大挺拔的树干变成了一个个圆形。

过了云海鹊桥，果然是"车到山前必有路"，石表山的路其实就在云海鹊桥的尽头，慢慢地往山间的丛林里延伸。石表丹霞壁立，随处都是悬崖峭壁，裸露的丹霞岩，远远望去，的确给人"山重水复疑无路"的错觉，而当你亲近山体时，这些丹霞肌肤的褶皱，经过亿万年的风化变成稀薄的泥层，长出竹子、山芒、树木、藤蔓，植物咬定青山不放松，沿着弯弯曲曲的褶皱生长，由山顶延伸到山下，窦家先人沿着这弯弯曲曲的褶皱，或开凿，或铺砖，开辟了两三条上下山的曲径。顺山就势，开辟通路，山人合一，这是我在石表山问道的第二道。

顺着小路边赏景、边拾级下山，一个新的问题又来了，我想这光滑的山体，浅表的泥层，山顶更无源头，供给植物的水从何而来？桂东今年6月、7月份持续高温干旱，植物依然生机盎然，我百思不得其解，更感匪夷所思，便决心在山间寻找答案，东看看西瞧瞧，不知不觉又落在了队伍的后头。功夫不负有心人，我在灵秀岩找到了答案。灵秀岩由山体向内崩塌而成，岩体上方十分潮湿，波光粼粼，岩下凉气习习，一股细流顺着山体脉脉灵动，聚于一撮纤柔的树根嘀嗒而下，落在岩下的一口古井，叮叮咚咚，犹如大珠小珠落玉盘。我掬了一捧山泉喝下去，那味清甜凉爽，再饮一口暑气顿然消散。蓄满了古井的水顺着山体往下一路叮咚而去，泉水越聚越大，在半山腰的相思湖，竟然蓄成一个篮球场大小的湖泊，汪汪的湖水深不见底。出了相思湖，水体更大，潺潺有声，究其源，是石表山岩体冬暖夏凉，天地间灵秀的水气，附着丹霞岩，凝而为珠，聚少成多，最终汇聚成潺潺的流水。当年的窦家先民正是利用了石表山得天独厚的水资源，依附天险，安营扎寨，镇守一方，缔造了道家村和道家村文化的源头。如今道家村人利用这股山泉灌溉农田，蓄水养鱼，发展生态农业和休闲旅游。道家村的人因这水生生不息，道家村的路因这水越走越宽。

面对石表山上依然壁立的窦家山寨旧址，沙泥夯筑的寨墙上，瞭望台、射击孔，明灭可见。坚硬的夯墙，连榕树根也穿不透，只好在泥墙上盘旋缠绕，最后直插坚硬的丹霞岩缝隙，顽强地生长，亭亭如盖。我不得不叹服道家村人道法自然，利用水源，生生不息的智慧！这是我在石表山问道的第三道。

我怀着释然和欣慰，一路探访了赤壁长廊、灵猿观天、欧秀岩、道家山寨旧址、金童石、丹霞栈道、迎客松等景点，下到山脚已日落西山，我决定改日再来探访道家村和碧水沙滩等其他景点。

新庆

〉〉 这里曾经有过的历史厚重和伴随着时代前进的脚印，仍然给我们留下了极为深刻的美好印象。

走过新庆镇，领略她独特的美
——新庆印象

蒙土金

新庆镇位于藤县西南部，民国时期曾叫黄沙乡、高田乡，新中国成立后先后隶属象棋区、金鸡区，1969 年从金鸡公社分出，1999 年成立新庆镇至今。新庆历史上物华天宝，建新村的虎榜岭、同敏村的石狗头、富荣村的猫儿石以及龙山村的山花绽放、同敏村的波光荡漾无不散发着独特的韵味，留给人们美好的记忆。但这远远不是新庆的内涵所在，当我们再次走进新庆采风的时候，这里曾经有过的历史厚重和伴随着时代前进的脚印，再次给我们留下了极为深刻的美好印象。

沉浸在华年里的唯美岁月

新庆村的饶古自然村是一个山环水抱、树木葱茏的村落。在这个南方普通的村落里，有着一座叫"五美堂"的高庭大宅，它穿梭在 169 年的岁月里，如同它的名字一般，质朴典雅、美艳端庄。

这是一座由饶古黄氏先祖建造的房屋。据考证，饶古黄氏先祖黄可存于明朝万历年间从湖南长沙府善化县迁居藤县，先在县城西隅厢三巷居住，后来他的孙子黄用宾再迁居到新庆饶古村。

五美堂建于 1848 年，是一座三进式左右横廊的恢宏建筑，当我们沿着高高的石阶拾级而上，魁梧的门楼上黝黑的樘栊门依然在诉说着岁月的沧桑。正屋门头上高高地悬挂着"参军第"的牌匾，仿佛在告诉着我们这座古屋宅第里曾经有过的辉煌与荣光。五美堂，一座有着不同寻常名字的古建筑，这其中有着怎么样的文化内涵和历史渊源呢？这更引起了我们的浓厚兴趣。

引领我们参观的是五美堂的后人之一黄裕国——一位梧州市的星级文明致富户，他对"五美堂"的历史娓娓道来。他说他们祖上从县城西隅厢迁到饶古就是看中这里富饶恬雅，并且他们家族一直秉承耕读传家、仁义礼孝的传统家风，所以在清道光年间修建了这座取名叫"五美堂"的祖屋。"五美"即"立身美、慧心美、行事美、持家美、处世美"，这是饶古黄氏教育后人的家训遗风。"立身美"，就是做人要健康正派、堂堂正正；"慧心美"，就是要做到心地善良、聪慧达理；"行事美"，就是要善以待人、行善积德；"持家美"，就是要克勤克俭、勤俭节约；"处世美"，就是要谦恭礼让、温良和谐。一座祖居以其富丽堂皇的华美外貌，蕴含着如此深沉的文化内涵和不懈坚守的信念，这不得不让我们惊叹。

除了"五美堂"的文化传承之外，饶古黄氏还有着"碧峰祠""国珠祠"和"百斋祠"三座不同时期各具特色的"家族学校"。其中"碧峰祠"由黄国珠的同胞兄弟黄国琳建造，当时曾收录过容县、藤县、平南、岑溪等地的学生300多人就读；"国珠祠"由生于康熙十年（1671年）的黄国珠初建，一直作为饶古黄氏教育子弟的私塾，到1936年的时候再继续扩大规模续建至1940年完工，至今仍为饶古小学的校址；"百斋祠"的建造者为黄慰凤，是清道光二十七年（1848年）例授的太学生。饶古的黄氏就是这样在历史的岁月长河里以诗书传家、以耕读持世，把"五美"的追求一代又一代地传承下来。生于清道光十三年（1834年）的黄时霖，是同治十年（1871年）的候铨布政司理问、授儒林郎，在他71岁生日的寿诞上，收到了周边县域大批社会贤达、亲朋好友赠送的贺词、寿联，至今仍为黄裕国所珍藏着。当黄裕国摊开那十几幅丝绸条幅，只见美丽的红绸缎子鲜艳如初，一行行娟秀的小楷字体依然笔墨清晰、华美如昨。我们随便品读了一联："七秩初开咸羡大年由大德；三秋既值群欣华诞祝华丰。"字里行间，弥漫了对主人崇高品行的由衷赞叹。

一座老屋，百年传承。饶古黄氏的"五美堂"见证的是一段家族的历史，更是中华文化血脉相通里的一段传承，这段传承承载着厚重的文化张力，灿烂在唯美的岁月。

回味在舌尖上的美食与飘香的米酒

在新庆，"鱼生"作为一道传统的特色美食，是家家户户过节及待客的餐桌上必不可少的美味佳肴。

中国吃鱼生的历史可上溯到先秦时期，经历众多朝代数度兴盛之后，形成了较为丰富的鱼生饮食文化。"新庆鱼生"还曾经在中央电视台上做过报道呢。

我们在新庆采风，所到之处只见村村寨寨的房前屋后都有着大小不一的鱼塘，这种现象是藤县的其他乡镇所没有的，或许这就是鱼生这道舌尖上的美食之所以钟情于新庆的缘故吧。

极大的诱惑促使我们要去探究鱼生这道人间的美味佳肴是怎样制作出来

的，陪同我们一道采风的市作家协会会员、新庆镇党委书记吴天品似乎看透了我们的心思，他笑着对我们说："别着急，你们的采风行程里有安排鱼生厨艺演示的内容。"于是，我们在吴天品的带领下走进了新庆镇的一个普通的农户之家，兴致勃勃地参观了新庆鱼生的制作演示。

演示的地点安排在新庆村黄裕任的家。我们走进他家的时候他已一切准备就绪。只见他从事先准备好的水桶里拿起一条草鱼，他说："制作鱼生首先要选好鱼，要用两三斤重上好的鱼才合适。我们这里几乎家家户户都养有鱼塘，而且都是用山泉水和青草喂养的，所以鱼质特别好。"然后，他一步一步地为我们演示了新庆鱼生的制作方法。

首先是准备好鱼生的配料，如纯正的花生油、盐、生抽、白砂糖、生姜、洋葱、紫苏、柠檬叶、辣椒、花生米、芝麻和米粉等。这些配料准备齐备后，便开始给鱼放血，只见他在鱼尾上切了一刀，将鱼放在流动的水里游四五分钟，再用手挤压鱼尾，直到把鱼血排干，接着把鱼放到砧板上，去鳞、开膛取出鱼肠和鱼胆，擦净鱼肚内的黏膜，切掉鱼头，剔掉鱼骨，用经过消毒干净的毛巾吸干鱼肉里的水分，然后将鱼肉切成薄片，盛于盘中放进冰箱内速冻十分钟，再把原先准备好的姜、葱、紫苏等配料清洗干净切好，把花生、芝麻、米粉等炒熟炒脆，再将鱼放到酸醋中泡浸片刻后捞起，再加上花生油、盐、生抽和白砂糖等一起拌匀，接着再加进姜丝、洋葱和紫苏等混合起来，最后，把鱼片盛到盘子里，把炒好的花生米、芝麻和米粉覆盖在鱼片上面，可口美味的新庆鱼生就这样做好了。

新庆鱼生是新庆区别于周边地区的一个独特的饮食文化现象，这种现象根深蒂固在新庆人的生活里。黄裕任说，新庆自古以来就有吃鱼生的传统，而且还有一个叫"鱼生节"的习俗，即每年农历的七月十四，每家每户都早早准备好鱼料，从七月十二开始做鱼生一直吃到过了七月十四，并且不论是谁家来了客人，餐桌上的第一道菜必定是鱼生。就是在平时，只要家里来了尊贵的客人，也必定以鱼生款待，这样才能表达出主人的隆重之情。

除了新庆鱼生的美味之外，新庆的米酒同样的十分诱人。新庆的很多村落都有酿造米酒的传统，像富荣、新庆、龙山、思亥、庆旺、均平等就有着悠久的酿酒历史。由新庆独特的气候生长出的大米和山泉水酿制的米酒有着一种天然的醇香，它让人回味于喉咙的深处，有一种飘飘欲仙的感觉。我们循着米酒的香气来到了均平村高坡一组的杨四海酒厂，这是一家个人独资的酿酒企业。走进酒厂，只见一排排自家炮制的灵芝酒、人参酒、蛇酒、鹿茸酒等各式酒品琳琅满目，煞是诱人。酒厂的老板杨剑光介绍说："酒厂原来在龙山村是一个小作坊，2007年由于建设龙山村委的需要搬迁到这里，随着搬迁进行了产业升级和规模扩充，可以说是搬迁助推了酒厂的发展。"看着杨剑光脸上灿烂的笑容，我们也由衷地为他感到高兴。杨剑光介绍说，酒厂里挖掘有四个藏酒的地窖，每个地窖收藏有8—10年年份不等的米酒一万多斤，每斤的售价在60—80元之间，产品远销两广以及深圳、天津、上海等地。我随手拍了一张地窖中的酒窖照片，用微信发给一位新庆籍在南宁工作的朋友，曰："君知否？此酒甚醇！"不料"唧"的一声响，马上就收到了朋友的回复："寡闻也，新庆酒醇皆如是，如富荣。"我们拿过杨老板递来的米酒轻轻一吮，满口的芬芳，便弥漫在咽喉的深处……

弘扬在新时代里的大爱无疆

新庆的唯美不仅仅体现在独一无二的鱼生和米酒，而且还体现在百姓日常生活的点滴之间。一位叫石秀平的寻常农家妇女，她用35年来的风雨无阻，无微不至地照顾着毫无血缘关系的同村老人卢华基、已经再嫁了的"婆婆"以及叔子、大伯四人，谱写了一曲敬老抚孤的人间大爱。这幅镶嵌在生活里的真实图画，美不胜收。

石秀平，广西融水县的苗家姑娘，1976年与藤县新庆的小伙子卢志汉相识、相爱到结婚。她一嫁到新庆就和丈夫负起了照顾同村的残疾人卢华基的责任。卢华基当时已40多岁，由于从小失去了双亲加上一只眼睛失明，生活十分困难，在他家房子被洪水冲毁后，石秀平和丈夫便把他接到了自己的家中一起生活，像亲人一样对待。卢华基本来身体就很虚弱，而且有病不能参加重体力劳动，石秀平就从融水老家拿回苗寨特有的滋补营养药物给卢华基调养，经过一年多的悉心照料，卢华基的身体终于好了过来。为了照顾卢华基的身体，石秀平还和他"约法三章"，规定不许到远的地方干活；不许晚上干活；不许干重体力的活，并且每次干活时间不准超过两小时。现在，30多年过去了，已经70多岁的卢华基的饮食起居仍然由石秀平照顾着。

卢锡才是石秀平的小叔子，离婚后便一直一个人生活。刚开始时石秀平一家因为孩子小，生活也很困难，卢锡才不但不闻不问，而且还时常冷言冷语，但卢锡才的一次重病改变了这一切。1979年的一个晚上，卢锡才由于得病倒在了床上，不断地呻吟着。石秀平得知消息后马上赶到卢锡才的家中，又向邻居借了200元钱和丈夫一起连夜把他送到县人民医院治疗。到医院后，医生说幸亏送得及时，要是晚来半小时，病人可就有生命危险了！当卢锡才听到医生的这句话时，眼泪禁不住掉了下来。卢锡才出院后，石秀平又把他安顿到自己的家里悉心照料。就这样，在以后长达30多年的时间里，石秀平一家一直像对待自己的家人一样照顾着卢锡才。

李美芳是石秀平从未见过面的"婆婆"，因为她在石秀平的公公病故后不久便抛下年幼的儿女改嫁到了外村。或许婆婆当时也有她的难言之隐，但婆婆的这个"绝情"的举动就连石秀平的丈夫也颇有怨言。但令人想不到的是，石秀平不但叫了这个从未见面的老人作"妈"，而且还接到家中先后服侍了两年多。2004年的11月，已经80多岁的李美芳摔跤跌断了左腿股骨，但她再婚后生育的子女都在广东打工，剩下她一个人孤零零地在家中无人照顾。石秀平在新庆圩上无意间听到别人讲起这件事后便动了恻隐之心，她说服丈夫一起到婆婆家中看望了正在伤痛中的婆婆，后又把她接回到自己的家中养伤。由于婆婆跌断股骨只能长期睡在床上，为了使老人不因长期卧床而生褥疮，石秀平每天细心地服侍她，帮她梳头、洗脸、擦身、喂饭、熬药、热敷，还定时给她翻身。腿伤治好了以后，老人又一次摔断了手，石秀平又把她接到家里来，一直照顾到完全康复。离开石秀平家的那天，婆婆紧紧地拉着石秀平的手，老泪纵横地说："你是天底下最好的媳妇，只可惜我与你已无缘再做婆媳了。"石秀平说："妈，你始终都是志汉的亲妈，孝敬你是我们应尽的义务。"

卢棣发是石秀平丈夫卢志汉的哥哥，由于懂得有一手修理钟表的技艺，生活一直过得有滋有味，他住在新庆街上，对困难时弟弟的一家漠不关心。2006年，卢棣发患上了食道癌，生命垂危，为了挽救卢棣发的生命，石秀平筹措了2万多元把他送到医院做了手术，并和丈夫一起轮流在医院照顾他。由于卢棣发的癌细胞已经扩散，医生说病人最多有半年的时间了。从医院回来后，村里人由于害怕病毒会传染，都不愿意接触卢棣发，这使病重的卢棣发更感到绝望，石秀平夫妇轮番开导他，给他倒茶递水、洗衣煮饭。石秀平一家无微不至的关怀使卢棣发在人生最后的日子里感受到了亲情的温暖。

爱，是人类最高尚的一种情感。石秀平就是这样以德报怨，用她无私的爱，汇聚成中华文明几千年里的血脉养分，感天动地而又润物无声地流淌在新庆的村庄原野里。

扶贫路上让人感动的相互搀扶

在采风中，除了像石秀平式的大爱无疆、感天动地之外，我们还更多地感悟了在恬淡的生活中乡亲们之间的扶贫济困、相互搀扶。

新庆镇有 6 个贫困村，贫困人口 1500 户 6200 多人，让这些贫困户与其他的富裕户一样走上致富的道路，是党委、政府一直梦寐以求的目标。先富带后富，让走在致富路上的引路人帮"落伍者"一把是其中的一个办法，新庆商会的会长汤振兆主动地向党委、政府提出了这个建议。于是，在 2017 年春节期间，一个别开生面的"新庆籍成功人士回乡助力扶贫结对认亲恳谈会"在新庆镇政府的会议室里热烈地召开了，大家你一言、我一语纷纷认领"穷亲"，结对帮扶，一下子就认领帮扶了 78 户贫困户。新庆镇历来人杰地灵，新中国成立后考进清华大学、北京大学的学子就不乏其人，而在今年秋天，又有 80 多名贫困户的子女考取了大学，这些成功人士知道后又捐资 10 万多元，扶持资助贫困户的大学生入学，为他们解了燃眉之急。

鳌湖焊护用品有限公司新庆手套厂是一家订单生产的企业，产品全部出口欧美等地，厂长李济勇是土生土长的新庆人，他创业成功后主动把工厂搬回家乡生产，年产手套 150 万双、产值 9000 万元。李济勇致富不忘穷乡亲，他主动吸纳了建档立卡的贫困户 80 多人在手套厂工作，使每人的月收入达到了 2500—3500 元之间，这对贫困户的家庭来说可是一笔不小的收入。

汤振兆，曾长期在改革开放的前沿深圳等地打拼，从一名普通的打工者成长成为鞋厂厂长、手表厂厂长，是一个令人羡慕的"白领"人士。汤振兆成功以后并没有忘记家乡，更没有忘记那些还处在贫困阶层的邻里乡亲，他毅然辞掉深圳的工作，回到家乡当上了"猪倌"。他在新庆的高田村成立了聚富达种养合作社，饲养生猪 1000 多头、走地鸡 3000 多只、鱼塘 20 多亩，种植沙田柚、牛大力等 300 多亩，探索出一条"猪—沼气—沙田柚"的生态循环种养模式，而且带动了 40 多户贫困户以金融扶贫的模式入股经营，使每户贫困户每年获红利 4000 元，此外，他还安排了 5 名贫困户在猪场工作，为他们解决了稳固收入来源之忧。而另一名叫汤奕龙的小伙子，在他成立的荷塘走山香猪合作社中也结对帮扶了 15 户的贫困户共 60 人。还有一个叫陈仙友的成功人士在他成立的广西仙友酒业有限公司中也吸纳了贫困户 80 多户入股经营，搀扶着他们在脱贫的道路上共同奔跑。

致富路上一个乡亲也不能掉队，共同走上致富的道路既是党委、政府的目标，也是邻里乡亲的共同心愿，这就是新庆的人们，新庆的景象，这种景象所蕴含的美好情怀，让我们感动。

圆梦四季蜜龙眼

孙燕凤

四季蜜龙眼种植成功了！这孕育着希望的金果果，终究还是喜欢并适应了这里的山山水水，为人们带来产业增收的喜悦和幸福。

第一次见到四季蜜龙眼是在 2021 年春节前，同事拿来给我尝鲜。只见它小巧玲珑，似成人拇指般大小，薄薄的表皮下包裹着一颗似水晶石般晶莹剔透的果肉，轻轻含入嘴里，一股清甜蜜香味顿时弥漫开来，唇齿生香，沁人肺腑。

循着它让人难忘的清香，我来到了四季蜜龙眼种植基地——梧州市藤县新庆镇建新村。

眼前是 300 亩郁郁葱葱的四季蜜龙眼林，占据了几个山头。水泥硬化的产业道路从山脚蜿蜒到山顶，似缠绕在青山中的玉带一样分外显眼。四季蜜龙眼 2019 年 3 月从广东引进，落户这里刚满两年，一棵棵经过回缩修剪后，还不到成年人高，枝繁叶茂，满目翠绿，一行行整齐地排列着，迎风招展，似乎在跟我热情地打招呼。

它们挺过了 2020 年冬天严重的霜冻，正焕发出勃勃的生机；又像壮士出征一样，蓄积力量，以旺盛的生命力迎接新一轮的挂果。面对这些年轻而又强壮的果树，你很难想象它们只有两年的树龄，并且在到来的一年多便挂果了。

身旁的朱叔是四季蜜龙眼合作社的八个股东之一，50 岁的汉子头发已大半花白，说话不急不慢。在他的娓娓道来中，我对四季蜜龙眼有了些许了解，它喜温，不耐寒，土壤不要过于酸性，适合在北纬 21°区域种植，据说目前只有广东、福建、广西的少数地方种植。通过人为技术调控，它一年可获多次批量开花结果，可在春季、秋季、冬季上市，又因其具有皮薄肉厚、蜜味芳香的特点，故而得名"四季蜜"。

312

凡是吃过"四季蜜"的人，都对其赞不绝口，念念不忘。又由于恰逢国庆、春节前上市，它成为馈赠亲友的上乘礼品，风靡一时。听说去年首次挂果，一投放市场便供不应求，价格卖到25元一斤，并且一斤难求！

合作社的八个股东全部是同村人，年纪从30多岁到50多岁不等。这帮汉子都有过外出打工的经历，长年离乡背井的艰辛，使他们萌生了回乡创业的念头。机缘巧合下，他们共同选择了四季蜜龙眼。

谈及引进四季蜜龙眼种植的前期工作，朱叔有轻轻的叹息，但更多的是无比的坚定！那时，在驻村第一书记的带领下，他们去广东考察项目，动员乡邻土地流转，洽谈租金，还要面对亲戚朋友的质疑和忧虑——这一切使他们像初为人父一样，既忙碌又有点手足无措。

而最令他们头痛的则是资金短缺，每人几十万元的资金投入，对一个农村家庭来说不是小数目。创业面临严峻的考验，幸好得到了当地政府的全力支持，他们通过银行贷款顺利解决了这个难题。

第二年六月，长势喜人的四季蜜龙眼开始挂果，又像母亲十月怀胎，终于等到孩子出世，大家不禁喜上眉梢。在满怀期待中，甜蜜的果实竟惹来了贪嘴的虫子，挂满枝头的龙眼遭撕咬，斑斑驳驳，惨不忍睹！

一查看，好在还来得及补救。他们赶紧采购了一批尼龙袋，帮四季蜜龙眼穿上了统一的"防护服"。远远看去，山头田野间衣袂飘飘，像一群群白衣仙子在风中翩翩起舞。

当年中秋，大家最开心的事情莫过于喜迎丰收。四季蜜龙眼种下一年半便收果，初次挂果每亩三四百斤。所有的汗水没有白流，曾经的伤痛得以抚慰。是的，四季蜜龙眼种植成功了！这孕育着希望的金果果，终究还是喜欢并适应了这里的山山水水，为人们带来产业增收的喜悦和幸福。

这是一个连空气都充满蜜味的金秋十月，人人脸上笑开了花。

然而，谁也想不到南国会迎来五十年一遇的霜冻！收果后的龙眼树尚未来得及回缩剪枝，连续一个多星期的霜冻就铺天盖地而来。可怜那些没有寒衣穿的芭蕉、百香果，还有路旁不知名的树木和绿植，一夜之间被霜冻打蔫了，无精打采地耷拉着脑袋，一派枝残叶落的破败景象。

而落户不到2年的四季蜜龙眼，本来也是不耐寒的"娇娇女"，或许是主人提供的营养充足，精心抚育，使它们个个都身强体壮，竟奇迹般躲过了这一劫。寒风中它们依然挺拔秀丽，让那些心吊在嗓子眼的汉子们热血沸腾！

也许是前世修来的缘，八个汉子与四季蜜龙眼结下的旷世情深感动了天地，才得到了老天如此的眷顾。

从朱叔口中得知，目前果园还带动部分村民和贫困户投工投劳，让群众实现了在家门口就业的梦想。乘着乡村振兴的春风，他们摩拳擦掌，干劲十足，准备再扩种 200 亩，并已育有的 8 亩四季蜜龙眼果苗，除自己种植还向外出售，带动周边更多的群众发展龙眼种植，携手同奔小康。

"广阔天地，大有作为。"看着眼前这片开阔的原野和生机勃勃的四季蜜龙眼，老百姓过上了红红火火似蜜甜的好日子，我不禁感慨万千：创业的成功，需要眼光，更需要勇气！建新村的八名汉子情定四季蜜龙眼，给沉寂的乡村注入了一股清流，带来了发展活力。他们是回乡创业的领头雁、乡村振兴的先行者。

"挂果三五年后，亩产预计可达 2000 斤以上。"朱叔充满信心地说。从他的话语里，我仿佛也看到了四季蜜龙眼硕果累累的明天。未来可期！

金鸡

>> 走进这座古老的村子，去感悟沉浸在村子里一段段关于家与国的动人情怀。

龙头村里的情怀

蒙土金

龙头村是藤县金鸡镇的一个行政村，成村于 1532 年，坐落在黄沙河边。

龙头村原来并不叫龙头村，而是叫岭头村。由于村子地处丘陵，地势由西南向东北倾斜，又有龙珠、龙角两个自然小村映衬，从高耸的石龙岭上俯瞰整个村子犹如神龙抬首一般，所以村民们便将它改称为龙头村。这一改真的是神来之笔，形象神似，恰到好处。

龙头村不算很大，共 8 个自然村 3300 人左右，属于汉族聚居的地方，流行粤语方言，主要的姓氏有梁、胡、巫、冼等。我们于 2019 年 4 月走进这座古老的村子，去感悟沉浸在村子里一段段关于家与国的动人情怀。

梁姓是村里的大姓，始祖为梁松九，字九成，为梁康伯第 67 代孙，原籍山东省益阳县。南宋年间，第 63 代祖梁绍从南京盐铁大夫调任广东，遂落籍珠玑巷。咸淳十年（1274 年），宋帝度宗派兵前往珠玑巷捉拿出走的皇妃胡氏菊珍，当地 50 多个村子的民众唯恐遭到累及，便悉数外逃。梁松九随着逃难的人群来到广西梧州府镡津县二都富安村（现藤县藤州镇潭东村）居住，其曾孙梁元富后来又迁居到金鸡龙头村，这便是龙头村梁氏家族的由来。村中的老人梁甫荣领着我们在龙头村的社山嘴里穿行，向我们讲述着梁氏家族迁徙定居的点点滴滴。望着眼前的美丽乡村，回想着梁氏家族迁徙、繁衍的历史，我们分明感到这儿山川依旧，江河仍在，只是沧海早已变成了桑田。梁氏家族这段繁衍生息的历史，就像中华民族浩浩荡荡薪火相传、生生不息的长河一样，展现在丰厚的历史里，也辉映在鲜活的现实中。

社山嘴是龙头村的一个小自然村，它不但见证了梁氏家族在这里男耕女织，日出而作、日落而息的农耕生活，还见证了一段段龙头村的热血男儿在国家民族危亡之际匹夫有责的壮志豪情。在一处建于清朝末年历经沧桑的老屋的一面弹痕累累的墙前，梁甫荣老人向我们讲述了抗日战争时期梁氏子弟在这里以土枪土铳抗击日本侵略者的光辉事迹。1944年10月14日（农历八月十八）天刚亮，日本侵略者一支40多人的部队，带着两门钢炮从被占领了的藤县县城气势汹汹地向龙头村扑来。敌人的行踪被村民们发现后马上报告了村自卫队，自卫队一方面组织群众往山里撤退，一方面马上开始阻击敌人，但自卫队的土枪土铳很快便被日寇强大的火力压住了，只好撤到社山嘴高坡上的炮楼里依靠居高临下的优势待机歼灭敌人。日寇见自卫队的火力被压住后，便疯狂地闯进村子里抢粮抢东西。正当日寇兴高采烈地抢掠的时候，梁礼庭、梁志荣组织自卫队员们集中火力一齐朝他们射去，走在前面的2人当场丧命。日寇遭到自卫队的顽强抵抗后恼羞成怒，疯狂地向社山嘴的自卫队炮楼反扑，他们架起2口小钢炮对着村中的石门和围墙猛烈轰击，又组织一队队的日本鬼子向自卫队的炮楼进攻。是役激战10个多小时，一共击毙日寇4人、击伤多人，缴获日军战刀一把；梁礼庭一家三口，梁沃均与梁沃全的母亲、梁沃魁的母亲，以及梁恒全等在战斗中牺牲或被敌人杀害，梁志荣负伤，梁富荣、梁佐荣被抓走。之后，日本人纵火烧村，全村的房子除了一间炮楼和附屋外，其余全部被烧个精光。

社山嘴之战体现了龙头村的梁氏子弟们不畏强敌、同仇敌忾保家卫国的民族气节，它不但存留在龙头村梁氏的家谱里，也长留在中华民族的历史丰碑里。

同样是保家卫国，胡本坚走的则是一条热血男儿的从军之路，他投笔从戎考取了第十八期的黄埔军校，被编入步科独立第四大队学习，毕业后参加了国民革命军任尉官连长，在抗日战争中负责从广西玉林等地运送兵源支援南京保卫战，不幸在经过江西九江途中遭到日本特务的暗杀以身殉国，年仅28岁。他随身携带的"中正剑"等遗物被寄回家中，至今还被侄子胡茂珍藏着，成为胡在茂家族和龙头村人对这位抗日战士永恒的怀念。除了胡本坚外，龙头村还有多位走上抗日战场的热血青年：如巫学仕，曾担任国民革命军南京战区的军需长，为抗战的需要筹集了大量的军需物资；现年已经97岁高龄的抗战老兵梁沃升，曾在国民革命军里担任的司号兵，抗战胜利后随部队撤回广西然后回家务农……

"家是最小国，国是千万家，只有一心装满国，才能一手撑起家。"我想，在抗日战争时期龙头村人这种以国为家、舍家报国的情怀便是对这句话最好的诠释。

在国家危难时期龙头村人的家国情怀值得我们敬仰，在和平环境的炊烟岁月里龙头村人和万物的情怀同样为我们所感动。姓梁的人们至今还流传着这样的一首诗："太祖龙头村入乡，骏马登城住大良。祖往二州迁九县，各寻胜地立纲常。深居外境犹吾境，久住他乡即故乡。朝夕升平当孝友，晨昏思念祖宗香。根深荫远枝叶秀，九县儿孙总吉昌。"还是在社山嘴上，一座名叫梁泗二的梁氏祖墓年年吸引着藤县周边县市的梁氏儿孙们拜祭。这座祖墓始建于何时已无从记起，但与之相伴的一段神奇往事却一直在梁氏人的口中传颂。这段往事说的是在安葬梁泗二时，当他的儿孙们刚走到社山嘴一个山坡的时候，突然间天昏地暗黑了下来，又噼噼啪啪地下起了倾盆大雨，他的儿孙只好把装着梁泗二的骨瓮随手搁下便去躲避暴雨，打算待到第二天雨停后再安葬。谁知第二天来到社山嘴的时候，立即被眼前的一幕惊呆了，只见一夜之间，原来放着梁泗二骨瓮的地方被成千上万的蚂蚁衔来了无数的泥土，垒成了一座簇新的坟墓。现在，每年的农历三月初一，都有数千人自发地赶来这里拜祭，既有远近不同地方的梁氏子孙，也有附近一些村落中其他姓族的人。按照农村的风俗习惯，本家祖坟一般是不允许外姓人拜的，怕他们拜了会分薄了祖上的福荫。龙头村社山嘴的梁泗二墓被众多的梁氏族人和其他姓族的人士自发拜祭，既体现了梁泗二生前道德品行的人格力量，也体现着梁氏家族与人为美、美美与共的和谐精神，个中情怀时至今日仍值得我们大力弘扬。

在龙头村里，还有着三座古老的庙宇，分别是两座"观塘庙"和一座"三届庙"，这些庙宇无不折射着龙头村人由来已久的人生追求和价值取向。庙的本意是大家都到一个地方去寻找上天的启示，在这里进行充分的交流和沟通，也可解释为众多的人探求事物根由的场所，这是中华民族几千年流传下来的一种传统的文化现象。广西各地都存在过"三届庙"，犹以西江流域及其支流地区分布较为密集，而龙头村因为处在黄沙河边上，所以也早早就建起了"三届庙"。我们在梁甫荣、梁世强等人的带领下来到了龙头村的"三届庙"，庙占地不是很宽，但显得庄严肃穆，庙前翠竹苍绿，种植在周边的桂花树、白玉兰香气扑鼻，庙门两侧刻着一副"珑廻圣佛佛法彰彰匡社稷；三界灵神神威赫赫福苍生"的对联。从这副对联我们可以看出龙头村民们过去对"国泰民安""风调雨顺"美好生活的渴望和向往。庙里至今还保存着一口古老的大铜钟，这口大铜钟清晰地镌刻着"大清国广西梧州府藤县感义乡二十二都岭头村，观塘社下住址众信坊丁虔心铸造洪钟一口，重一百余斤"的字样，从大铜钟的文字记载中可以看出，珑廻"三界庙"始建于清朝康熙三十八年（1699 年），距今已经 320 多年了。据说龙头村的"三届庙"在"文革"时曾被拆毁，记载初始建庙历史的大铜钟也随之丢失，一直不知去向。待到 2004 年村民们动议在原址恢复重建"三届庙"时，那口大铜钟竟神奇地重新又出现在了人们的面前。庙依然，钟还在，只是如今的"三届庙"作为一种传统的文化现象已经赋予了它崭新的时代内涵。每年的庙会仍会如期举行，但人们借助庙会的聚集更多商量的是如何发展产业、如何筹集资金架桥修路、如何扶贫济困、如何尊老爱幼、如何进一步提高村民们的生活质量等等，所有的这些，都与正在兴起的建设美丽家乡、振兴乡村有着神奇般的契合。

山河千古在，城郭一时非。梁世强是龙头村里的梁氏家族中的一个普通后生，现在他却成了村里的青年致富带头人。他通过土地流转的模式承包了 1000 多亩村民们的土地，成立了一个叫作"龙青中草药合作社"的村民经济合作组织，种植了 500 多亩中药材牛大力，300 多亩银妃三华李、120 多亩三江蜜柚和砂糖橘、火龙果等水果，同时通过合作社辐射和远程教育的平台，吸引和带领着村民们寻求共同致富的道路，仅在合作社里务工的贫困户就有 20 多户，月收入 3000 多元。梁世强创建的合作社不但使自己致了富，而且还在带领着周边的村民群众共同走在致富的道路上，梁世强的这种作为无疑是新时代里龙头村人的又一种情怀，这种情怀闪耀着时代的光芒。

我们从龙头村里出来，车子在宽阔的村道上渐去渐远，但回首望去，龙头村依然在那里，清晰而光彩。

一片土地的变革

郑彬昌

深秋时节，走进桂东藤县的打铁咀村，四面山环、门前水绕、屋舍俨然、鸡犬相闻、池塘鱼欢、果树连坡、鲜花盛开、翠竹树林荫翳，好一幅美丽新农村景象。

而这并不是我所艳羡的，毕竟我见过的美丽新农村也不少，我艳羡的是，近年来，一拨接着一拨的人来到这偏僻村落，他们并不是来看乡村美景，而是调查探索学习这一片土地上发生的变革。

土地还是那片土地，这里发生了什么变化呢？

"我们又重新吃回'大锅饭'了。"面对我的疑问，这里的当家人罗业坚的第一句话更是弄得我疑云乱涌。见我疑惑，罗业坚讲述了这片土地上发生的曲折变化。

责任田分到户之前，这里村民过的是半饥不饱的苦日子：白天吃的是木薯粉拌一点大米做的能照见人影的稀粥，晚饭是木薯粉拌大米和细糠煮的杂粮饭。没有哪户人家有余粮的啊！

1980 年底，整个村都一直处于兴奋中：人们欢天喜地分田分地到户！

第二年，人们像换了个人似的，每天起得早，回得迟，几乎整天待在田地里，侍弄着庄稼。这年夏天，村民收获了自主耕种的劳动成果，箩筐装着满满的稻谷，一担又一担往家里挑，粮食足足比大集体时多了两三倍，一下子就解决了吃不饱饭的问题，欠别人粮食的人家还把之前借下的粮食还了。这时的罗业坚正在读初中，一直吃不饱又正处于长身体的他，对那些苦日子的记忆太深刻了。

但是，村民兴奋的心情还没有完全恢复平静，这片土地就开始悄悄地发生变化。

初中毕业后，罗业坚没有再升学。开始时，他还和兄妹们一起在家耕那4

亩多水田。但是，每年忙农活的时间也不过两个月，农忙一过，人就闲得无聊。罗业坚不想这样浪费时光，于是就到县城找活干，开创了打铁咀村外出务工的先河。

罗业坚有着层出不穷的想法，先是从小商贩做起，后来把购销和运输做成产业链，生意越做越大，随后，他利用积蓄起来的资金，办起了米饼厂、灯饰厂、木板厂、冷库……哪行没人做、少人做他就做哪行，一步一个脚印，每样都做得风生水起，掘得人生的一桶又一桶金。

榜样的力量是无穷的。罗业坚的成功给村民以无限遐想和希望，他们也不再满足于吃饱饭，村中外出务工挣钱的人逐渐多了起来。那是20世纪90年代中期。

土地失去了往日的魅力，拴不住村民的心。罗业坚出去打拼后，田地由兄妹们耕作，后来他们也外出打工了，就托给留守村民代耕，开始时还收点田租，后来干脆不收田租，还要央别人耕种。但维持不了几年，最终撂了荒。

撂荒就像多米诺骨牌，一块、两块、三块……五年前，村里的田地几乎都撂荒了。每次回来，看着这些养活了自己和村民的土地由宝变成草，罗业坚心里就不是滋味。

一天早上，罗业坚望着面前一大片撂荒的田地陷入沉思："当年小岗村的承包，激发了土地的活力，解放了生产力，让全国掀起了一场声势浩大的土地改革，那我们为什么不能为适应现状进行改革呢？"

罗业坚把这一想法告诉了几个志同道合的村民。"当年的大集体经济束缚了生产力，现在的各自经营分散了经济效益，要让土地生金，就要突破这种局面。"罗业坚的话引起了大家的共鸣。

那要怎么突破呢？村民虽然不再依赖耕田种地生存，但是他们始终要生活在这片土地上，土地仍然是农民的依存，要让这些土地重新归集体经营，村民们会同意吗？罗业坚与大家一起陷入了沉思。

必须拿出一个村民们都认可的办法，才能实现土地集中经营。

对，就成立土地股份合作社，分两种股份，一种是资源股，按所承包的责任田入股，每人的一份责任田就是一股；第二种是投资股，筹措起步经营资金。这样把分到了各户管理的田地重新归拢，然后进行统一经营！

这能行吗？罗业坚把自己的想法说出来，伙伴们心里也没底。

"单门独户耕一亩二分田，很难施行机械耕作，人力耕作成本高，效益低，根本划不来，这就是田地撂荒的根本原因。现在科技发达，农业必须现代化经营。"罗业坚的一番话，直说得大家连连点头。

几个人一合计，觉得可行，于是大家分头跟各户村民碰头沟通。村民大多觉得好，但是顾虑很深。"田地耕种总比撂荒好，我不反对。但是我们的田地还有吗？投进去的钱有保证吗？"罗龙生的话道出了村民的共同心声。

这真得跟村民说清楚。前年的清明节，外出的村民都回家祭清明。祭祀后，聚餐前，罗业坚站上台阶大声说："各位父老乡亲，关于我们村实行土地股份合作社的事，我补充说明三点，一是股权证在手，你们的田地永远丢不了；二是投资股是为了筹集起步资金，投资有风险，你们完全自愿，但每个村民限买两股，每股五千元，多交我们还不要呢；三是合作社经营接受村民监督，重大投资需经过社员讨论决定，收益属于合作社，社员按股分红，合作社聘请专业会计管理账务。我在祖先面前说的话请大家放心，同意的就在合约上签字。"

罗业坚的话一说完，各户主呼啦啦围了上来，一一在合约上签上了自己的名字，还摁上了红手印。

田地收拢了，该怎么样经营呢？

罗业坚走访了多个农场，咨询有关公司、专业人士、技术员，经过一番谋划，决定走现代生态农业之路。

罗业坚要走的是"猪—沼气—果树—鱼塘—蔬菜"的立体循环生态种养之路。建猪场、建沼气池、挖池塘、挖树坑、修公路……打铁咀开始蓬蓬勃勃建设。村要换新貌了，村民投来关注的目光。参加投工建设的很多是村民社员，人工钱先是记着账，但大家都没有说二话，他们都以行动来支持这项改革。

都是没有施化肥打农药的农产品，合作社的经营迅速打开了局面，第一年，盈利40万元，第二年盈利80万元。今年，罗业坚开始扩大发展：搬迁扩建养猪场，扩种40亩金丝蜜枣，帮扶周边村5户贫困户种养……"我们今年的目标是盈利突破百万大关。"罗业坚自信地说。打铁咀这片60公顷的土地开始焕发勃勃生机。

"打铁还需自身硬。"这是镂刻在打铁咀土地股份合作社院子里的一尊大石头上的鲜红大字，有什么深意呢？

罗业坚解释说："刻习近平总书记的这句话立在这里，首先是契合我们的村名，二是告诫合作社的管理者们要廉洁自律、勤劳有为，能对得起村民；三是自身要有技术有本领，能够为合作社为村民带来好效益。"

为了做到自身硬，罗业坚花了很多心思。不仅成立了合作社的管理机构，还成立了养鱼、养猪、种果、种菜四个小组，小组长都是在各自方面有专长的人。为了使各组长的技术更过硬，合作社还通过送去参加技术培训、邀请专家来授课指导等方式，提高他们的技术水平。

其身正，不令而行。难怪这两年多来，合作社盈利了，并没有分红，而是用于扩大建设和生产，但村民始终没有意见。

如今，罗业坚开始实施第二步计划：绿化村道，美化村庄，种植桃树林，建设乡村旅游中心，建设文体广场……

问及今后的发展方向，罗业坚坚定地说："通过这两年的实践，我们深刻领会了'鞋合不合穿，只有脚知道'这句话的意义。中央大力提倡深化改革，我们只管按着这个方式大胆干就是了。"

临分别，罗业坚向我发出邀请：等这里建设成为现代版的世外桃源，一定要再来看看。我相信，这一天很快就会来到的。

四月，看"金鸡"飞上枝头

卢瑞昌

金鸡，藤南重镇，自古有名，钟灵毓秀，人杰地灵。它南接象棋，西邻新庆，距离县城仅有 20 千米，是重要的交通枢纽。明朝大才子解缙有《金鸡驿》："金鸡驿前津吏迎，金鸡岩下江水声。金鸡飞上九天去，惟有空岩依旧名。"这是迄今为止流传最早的盛赞金鸡的诗歌之一。另有一副民间名联："虎跳茶塘惊动金鸡飞水岸，龙滩大地吓得石狗走埌冲。"这是一幅有名的嵌名联，它把金鸡镇下辖管的部分自然村（组）巧妙地串联在一起，十分形象生动，通俗易懂。时光的车轮滚滚向前，碾到今天，"金鸡"，不仅飞过水岸，而且飞出藤县，飞向全中国，真真应了解才子之言：金鸡飞上九天去。

打铁咀，真硬！

在金鸡镇，打铁咀是隶属交口村的一个自然组，坐落在藤县交口水电站上游，与著名的小娘山隔江相望，美丽的北流河就在它身旁缓缓流过。当我们走进打铁咀种养专业合作社时，一块巨大的石头赫然出现在我们的面前，上面刻着七个鲜红的"毛体"字："打铁还需自身硬。"字体醒目，遒劲有力，读来让人荡气回肠。我想，打铁咀人，是在用伟人的金句激励着每一个正在"打铁"的人。

这里是农业科技示范基地，这里是广西畜禽现代生态养殖场，这里是生态种养星创天地，这里是农民合作社示范地，2018 年 9 月荣获梧州首届中国农民丰收节"十佳农民专业合作社"。走进基地，但见一路上绿树成荫，到处鸟语花香。前面一条 1 米多宽的水泥路，分隔开两张水域宽阔的鱼塘。阳光下，涟漪微动，沉鳞竞跃，好不热闹，引得大家欢呼雀跃，啧啧称赞："好多鱼啊！好美的景致！"塘的正中都有一个氧气泵，浪花翻滚，洁白如雪，似一股喷泉，形成一道充满生气的自然景观。负责人罗业坚社长告诉我们，像这样规模的鱼塘，合作社里足足有6张。合作社实施农渔结合、农果结合，因地制宜推广"猪沼鱼果"模式，投入资金300多万元。目前已建成了80亩的鱼塘，投放鱼苗8万多尾，全部采用"混养方式"，亦即在同一池塘里混养习性不同、食性各异或同一种类而规格不同的鱼种，通过增加池塘单位面积的放养量，防止水的富营养化。除此之外，合作社还推广生猪"高架网床+微生物益生菌"生态养殖模式，从源头解决粪便污染问题，充分利用沼渣生产有机肥，通过有机肥和沼液种植水果、蔬菜等。最后，罗社长颇带幽默地说："大家见过小洋楼上养猪的吗？见过生猪乘坐电梯欣赏楼外风景的吗？没见过吧？很快，我们这里将建成高床猪栏800平方米，投入猪苗600多头。楼上养猪，将成为金鸡乃至全县的一大奇观。"

从基地出来，抬头看见山麓下有一座篮球场。旁边的小舞台上，"社会主义核心价值观"走进你的视野。远处，"产业兴旺""生态宜居""乡风文明""治理有效""生活富裕"五面显眼的标语牌在塘基上像旗帜一样在迎风飘扬。没有过硬的本领，做不出这样规模的合作社。没有过硬的本领，又何来去年80万元的纯收入？没有过硬的本领，"发展循环经济，建设绿色家园"便成了一句空话。我终于明白了"罗业坚"这名字里所蕴含的深刻含义。打铁咀人，在继承"鸳鸯莆禄"的好家风的同时以"不忘初心，抱团发展，共同致富"为宗旨，把34户167人拧成一股绳，团结协作，诚信为本，勤劳致富，硬是在乡村振兴的道路上打出了铁一样的创业局面。

龙头村，真正的"龙头"！

金鸡镇龙头村，金鸡乡村建设的"龙头"！

走进龙头村，我们惊羡于这里旖旎的田园风光，突出的乡村建设业绩，更讶异于它那厚重的历史文化底蕴。

在龙头村社山嘴，一棵500多年的大榕树，像一顶墨绿的大伞矗立在你面前。树干粗壮，枝繁叶茂，遮天蔽日。村中人云："此乃龙头村的'社树'，是镇村之宝。"树根下，根须像在大地上铺开一张巨网，向四周绵延。神坛上，烟雾缭绕，圣气升腾。榕树旁，古老的青砖瓦房错落有致，静谧中隐藏着一种让人捉摸不透的神秘。我们在村党支部书记巫光飞的带领下，首先领略一道寨门。这不是一道普通的石门，而是抗日战争洗礼下留下的历史遗迹。长方形的寨门呈淡红色，有三根硕大坚实的石板构成，石面上一条条布置有序的条纹仿佛就是一道道历史的印痕。巫书记说，就是这道门，龙头村人用以抵抗日本人肆意的进攻，阻止着东洋鬼子的铁蹄，保存至今已是将近一个世纪了。走进老屋，身披蓝色中山装的白发苍苍的抗战老人——梁甫荣向我们讲述了当年龙头人智打鬼子的抗日故事。他说："1944年10月14日（农历八月十八日），天刚亮，日军派一支40多人的队伍，手持步枪、手枪，还抬着两门钢炮，气势汹汹地扑向社山嘴，把整个社山嘴包围起来。村中的群众早知情况已入山躲避。日军先用2口钢炮猛轰村中的石门、围墙。留守村中的20多名自卫队，用十几支马枪和几支流铳枪抵挡了一会儿，很快被日军的火力压制住。正当日军兴致勃勃地抢掠时，躲藏在炮楼里的自卫队员梁礼庭、梁志荣用马枪、台枪一齐向两个行抢中的日军开火。2个日军当场毙命。此次社山嘴之战，日军围攻社山嘴10个多小时，枪杀村民6人，包括梁礼庭一家三口（儿子梁沃冠、儿媳妇黄氏），梁沃均，梁沃全的母亲黄氏，梁沃魁的母亲莫氏以及梁恒全。打伤梁志荣，抓走梁富荣、梁佐荣。纵火烧村，全村数十家房子除了一座青砖炮楼和一间附屋外，其余全被烧光。"一个89岁的老人，含着热泪，娓娓地叙说着当年村民们英勇顽强的抗日事迹，让我们的思绪又回到了当时那种战火纷飞、硝烟弥漫的战斗场面，仿佛听到了龙头村人沙哑的呐喊。

如今，早已远离战火的龙头村人，以大无畏的抗战精神自强不息地建设着这个美丽的乡村。全村8个自然村，27个村民小组，共有808户，总人口3230人。近几年来，他们在村委会的带领下，以推进全面建成小康社会为重点，立足经济发展，以"党支部+科技特派员+公司+农户"的模式发展经济。村党支部与科技特派员密切联系，引领农户养殖三黄鸡。目前，全村已有80多户每年饲养20多万只三黄鸡，每户获年利润2万多元，成为村民脱贫致富的一条捷径。青年致富带头人梁世强，2011年接手承包了30亩山地，通过协商流转了1000多亩土地，成立了龙青中草药合作社，对流转的土地进行有规划地经营。目前，700亩牛大力种植基地，100亩银妃三华李种植基地，300亩三红蜜柚基地，砂糖橘、黄肉火龙果等种植基地也不断铺开。在紧锣密鼓地开展种植的同时，合作社还在不断流转村民手中的撂荒地，对有志向回来发展种植业的本村青年，不但统一提供土地，还通过电商协助联系种苗和通过远程教育掌握技术培训，又先后吸引了20多个年轻人回乡创业。正所谓"远程教学来引领，青年联合共致富"。如今的龙头村，已成为五星级"农村基层党组织""广西农村党员大培训十佳村""梧州市级生态村"，真真正正成为乡村振兴的"龙头"。

"珑迥圣佛佛法彰彰匡社稷，三界灵神神威赫赫福苍生。"珑迥三界庙前的对联在暗示着龙头村人殷切的期盼。"风调雨顺""国泰民安"，庙里的那口古钟在回响着这样的声音。龙头村人，正走在社会主义的康庄大道上，朝着既定的目标奋勇向前。

"金鸡一跃绕金城"。此次金鸡之行，让我们看到发展中的金鸡，凭借着罗业坚、梁世强等年轻人的满腔热情，立足合作社，经济在腾飞。他们这些年轻人，在以实际的行动，向中华人民共和国成立 70 周年献上一份贺礼。试看将来，金鸡镇，一定能够在乡村振兴的道路上走出一条属于自己的发展道路，飞上枝头变身美丽的金凤凰。

打铁咀印象

周羽兵

打铁咀本是一处名不见经传的小山村。在这片群山连绵不尽的岭南丘陵，咀的本义不过是丘陵的山咀，人们以地形为村赋名。"打铁先得自身硬"这句话与这个小村应景，但因为村名的直观和读音的响亮，以打铁咀命名的小村总是给人更多的想象，肯定是静谧安然的世外桃源。

藤县打铁咀种养专业合作社上那面挺拔耸立的五星红旗，让人一下联想到在林木茂密、山岚飘荡、云蒸霞蔚的山村里，蔬果飘香、鱼儿游弋、大母猪懒洋洋躺在地上享受猪崽们嗷嗷争乳的酣畅和快意。太阳从山的东边升起，照耀着这片土地上生长的万物。沧海桑田，数百年来甚至数千年来，这一直是一块未开垦的处女地。几年前，一个叫罗业坚的有为青年，吆喝起"农民工返乡创业"的集结号，从此这里田地不再荒芜，村民也有了收成。

打铁咀的风继续悠悠地吹着，时间到了 2019 年，这里有了一个很大的变化，来取致富经的人寻访至此，看看这片村民耕耘的热土。山体依然，山势如旧，63 亩的水田、190 亩的旱地、620 亩林地，成排成行的果树绕着山体往上盘旋，郁郁葱葱的果树随着山势的起伏变幻出各种曼妙奇异的几何图形，仿佛饱满身体上那道最惊艳的曲线，令人怦然心跳。这就是藤县金鸡镇交口村的打铁咀，在大自然的怀抱里自然地蜿蜒着，无意中成为自然一景。

其实与打铁咀隔江相望便是闻名遐迩的森林公园小娘山景区，但是一般游客并不知道在小娘山对面的小山咀上有如此美轮美奂的农家乐园，而打铁咀也曾是藏在深闺的处女地，她低调，更愿意远离人群和喧嚣。只是这面镇上"农民返乡创业旗帜"一夜闻名远近，日复一日，年复一年，迎来了又送走了一拨又一拨区上的、市里的、县里的人。山上的果、地里的菜、塘里的鱼、栏里的猪在这片天地间汲日月之精华，循着春夏秋冬的节奏，该长叶时长叶，该吐芽时吐芽，该长膘的长膘，不急不躁，只为自我的丰富，由里而外修炼成最好的自我。

北纬 23°26′21.448″是北回归线的纬度，被认为是蔬果生长的黄金纬度，打铁咀正好位于这个纬度，海拔不高的山包一年大部分时间山岚飘荡，阳光懒洋洋地照彻着，昼夜温差明显。得天独厚的自然条件，使经营管理者采取的经营模式能因地制宜。成立种养专业合作社之初，心怀抱负的村人便立下规矩——不忘初心，抱团发展，共同致富，因为，"产业兴旺、生态宜居、乡风文明、治理有效、生活富裕"这句话被写在木牌上，他们也是这样做的。立于面积 80 亩之大的鱼塘的塘基之上，每天和果树蔬菜一起呼吸纯净的空气，似乎散发出一股令人沉思的哲学气息。他们"走出去，请进来"，活学活用农渔结合、农果结合，推广"猪沼果"模式、推广生猪"高架网床+微生物益生菌"生态养殖模式，沼渣种果种菜、猪粪养鱼。无公害长出来养出来的农产品自然与众不同，入股经营的人自然赚到盆满钵满。

举目望去，山脚下那 80 亩之大鱼塘波光粼粼，每天上演着抛料喂鱼、泵气供氧的一幕，让鱼儿吃饱是必然的功课。鱼儿是自然灵性之物，在打铁咀人细心的呵护下，8 万多尾的鲢鱼、鲫鱼、鲩鱼、鲤鱼一批批走进千家万户，摆在人们的餐桌上，内在的能量将无限地被释放。"实践是检验真理的唯一标准"这话在这里得到了验证，去年种养专业合作社就实现了纯收入 80 多万元的目标，这里的人们增产增收，便有了打铁咀种养专业合作社里肆意的笑声和喜上眉梢。

就这样，打铁咀人一如既往的坚守与呵护，永葆初心与进取心，只为共同致富奔小康。我曾经几次来到打铁咀，总是被村民那种天地人和的景观所感动。"合作社+基地+农户"的生产经营模式和"村集体经济+合作社"发展模式让田间地头教学、技术能人继续学习知识，农民就业和增收得到诠释，一切完美地融合在打铁咀。这里的风是强劲的，水是绵柔的，打铁咀人的步伐是沉稳而坚定的。

"目前，合作社投入资金 300 多万元，其中村民资金入股 160 多万元，金融贷款 100 万元，社会资金投入 20 万元，财政整合资金 20 万元。种植大青枣 200 多亩，果苗 1.1 万多株，建成鱼塘 80 亩，投放鱼苗 8 万多尾，建成高床猪栏 750 万多平方米，投入猪苗 300 多头。2017 年实现纯收入 30 多万元，2018 年实现纯收入 80 多万元……"

当你阅读着一组组令人热血沸腾的数字，会让你看到一群"撸起袖子加油干"的打铁咀人在这片金土地上创新、创业、创富，也会让你体会到美好的、本真的"我奋斗，我幸福"的真谛和内涵。

种果种菜、养猪养鱼，这便是打铁咀人的日常生活，如此天然的环境，如此生态的方式，说实在的，怎不令我等长期处于都市喧嚣之中的人心生羡慕？

老农具记忆

曾春凤

龙头村是藤县金鸡镇的一个行政村。村子地处丘陵，地势向东北倾斜。据古钟文字记载，清康熙年间，龙头村曾叫"岭头村"。村中石龙岭风景秀丽，黄沙河穿村而过，山清水秀，竹木成林，楼房掩映。得益于黄沙河的滋润，这儿土地肥沃，五谷丰登，民风淳朴。历代以耕种传家的龙头人，至今仍保存着一些落后的农具：风柜、石磨、木耙、牛轭（也称枷担）、担勾等，这些老物件见证了一代代龙头人在艰苦环境下的辛勤劳作，让后人感知幸福的生活来之不易。

"是车没有轮，是柜没有门。诸葛一摇扇，急下黄金雨。"小时候耳熟能详的谜语，说的就是充满诗情画意的老农具——风柜。风柜是南方人的叫法，也叫风车，相当于北方的扬场，是一种谷粮分离器。风柜构造巧妙精致，它由风箱、摇手、车斗、漏粮斗、出风口等部件组成。主要作用是扇去晒干的稻谷中的秕谷、草屑和杂物，剩下饱满干净的谷子，进仓储藏，以备一年的口粮；也或按比例缴纳一部分给国家，叫"纳粮"，"纳粮"时由质检员严格把关，不仅要求谷子干燥，尤其要扇得干净，因此，风柜肩负着任重道远的历史使命。

旺国村也是金鸡镇辖下的行政村，那是我的家乡。我们那一代的乡下娃，没有谁不认识风柜的。金秋十月，正是晚稻收割时候，学校一般放七天农忙假。不管我们帮不帮上家里的忙，不用一本正经捧着课本"啃知识"，或到稻浪连绵的田野撒把欢，或在晒谷场上边看谷子边玩耍，就是幸福的节奏。由于家里劳动力少，父母就和二叔一家联盟（俗语：打帮）收割稻谷，我和妹妹则在晒谷场上负责翻晒看管谷子，一群小伙伴变着花样玩乐，肚子饿了就煨几条红薯充饥，或者撒一把谷子到火堆，立马有香喷喷白雪雪的爆米花吃，全然顾不了烫嘴烫舌。

傍晚，跑了一天的太阳累了，准备下榻西山。大人们挑着一担担的湿稻谷陆陆续续回来，晒谷场顿时热闹起来。扫禾衣的，收谷子的，扇干谷的……母亲回来先检验谷子晒得是否够干燥，嗑几粒，"嘣嘣"响到牙齿打战就是够火候了，这时就进入扇谷的环节，风柜就派上用场。

妹妹小我两岁，个子却蹿得飞快，几乎和我一样高。扇谷活儿，母亲通常派我和妹妹二人合作，在风柜正面摇摇手比较好玩，而在后面添谷子到漏斗则又脏又乏味，我们便定时交换"岗位"。其实，在前面扇谷子的亦不轻松，扇谷占着较高的技术含量呢。

首先，两手动作要紧密配合，右手先顺时针摇动风柜摇手，让风扇动起来，并且保持稳定的速度，然后左手把控制谷漏量大小的捆条放下些许，让谷子徐徐滚落下来，风穿过谷子，把它们"兵分三路"：糠皮、杂物、草屑从出风口扬出，像风卷残云一样飘飘洒洒，或者扎一只大麻袋在出风口处，接住这些杂物，就省去了打扫的功夫；饱满的谷子金灿灿的，量最重，则从漏斗口垂直滚下，跌进滑板道后跳进箩筐里；半饱半瘪的谷子被微微扇起，再掉进另一个箩筐，这种谷物一般碾碎成粉末用来饲养禽畜。

我做"后勤"时，喜欢忙里偷闲绕到"前堂"来，看着谷子纷纷扬扬飘落，瞬间又分道扬镳，多像人生的一场淘汰赛。我把双手埋在箩筐的谷子里，摩挲着这些可爱的"金子"，像个守财奴；或者，伸手到滑板道口，接着欢蹦乱跳的"金急雨"，酥痒的掌心带来丰收的喜悦，心情格外愉快。

扇完稻谷，我们已是浑身燥热，这时，该是好好享受的时候了。一人站在风柜尾出风口，一人使劲摇动摇手，幽深的风呼呼猛扑过来，吹得头发凌乱，睁不开眼睛，却是惬意极了，若有哪个捣蛋鬼偷偷从漏斗上撒下一把草屑，晒谷场就会上演一场"稻草人决战捣蛋鬼"的闹剧……直到暮色四合，家里人喊"吃饭喽"，才肯罢休。

相对于其他农具，风柜可谓"十指不沾阳春水"，如果说风柜是殷实人家的少爷，那么，木耙和牛轭这对"难兄难弟"便是乡巴佬，尤其是木耙，整天与泥与水厮混，早已和土地融为一体。记忆中，土地承包到户后，生产队分给我们几家农户一头健壮的母牛，农闲时，轮流牧放让母牛吃草，农忙时，亦轮流使用母牛耕田。

牛轭，又叫"曲木""枷担"，是农耕文化中重要农具的组成部分。山林中极少有长成牛轭状的树木，据说制作牛轭的方法很原始，就是用绳子把小树拉成圆弧状，等小树长成拳头那么粗时，砍下加工而成。牛轭形如弯月，架在牛颈上，两端套绳子或铁链系着犁头，借用水牛前进的力量，农民在后面扶着犁铧把手，掌握好深浅和方向缓缓前进，把泥土一垄垄翻起来，这就叫"犁田"。

犁田是前期工作，而耙田是插秧前的最后一道工序。木耙有两种，一种像梳子一样的，农民扶着把手，驱着水牛把大泥块"梳"细；另一种由几个木轮子组成的，利用轮子滚动碾碎大泥巴，若要深度耕耘，农民通常两脚跨站在前后耙弦上，这样牛拖着耙，耙载着人前进。

高而瘦的父亲，是家中的顶梁柱，粗活脏活一肩挑，耙田这样的重活更是不可推卸。若是赶上春耕，藏在泥土深处，养了整个冬季的问狗虫可肥美了！父亲踩着木耙弦，娴熟地驾驭着水牛，木耙翻滚，泥浆飞溅，问狗虫纷纷在水面爬行，我和妹妹两只小屁孩拎着搪瓷盅紧跟其后，和觅食的鸟儿争抢问狗虫。问狗虫营养丰富，煎着吃可香了，父亲下酒，我们下饭，在那个缺衣少食的年代，算是打了一回牙祭。

随着工业改革和科技进步，许多农耕工具的影子已渐渐湮没在岁月长河。龙头村的那些老农具，便是一个漫长农耕时代的缩影。风柜虽不能直接给人温饱，那"咿咿呀呀"的咏唱，却像母亲循循善诱一样，教会我遇人识别良莠，遇事掂量轻重。而父亲短暂的一生，和犁铧、木耙、牛轭紧紧地联系在一起，那些把手的木纹里，渗透了父亲的汗渍，它们让我深深懂得"一分耕耘一分收获"的道理。

平福

>> 走进了这片平安、幸福的土地，去聆听幽篁的村庄里那首不老的歌谣，去欣赏那山环水抱中人与自然和谐共存的生态之美。

有一种恒久的心愿叫平福

蒙土金

在藤县东北部有一个翠绿的乡镇叫平福。据《藤县志》记载，平福初建于清光绪十六年（1890 年），当时称作天池，1953 年改称为平福，以平安、幸福之意得名。今年夏天，我们走进了这片平安、幸福的土地，去聆听幽篁的村庄里那首不老的歌谣，去欣赏那山环水抱中人与自然和谐共存的生态之美，去追忆中华人民共和国建国初期沸腾在平福大地上的峥嵘岁月，去感受蕴藏在这天蓝地绿里唯愿你幸福安康的恒久心愿。

一、丹竹：一首在幽篁村庄里吟唱的歌谣

在平福，有一座幽篁清雅的村庄叫丹竹，历史上叫大任里留利乡，丹竹村山环水抱、竹林茂盛、钟灵毓秀，尤其以韦氏的"一经堂""追远堂""树德堂"生生不息的文化传承而流香岁月。

据考证，丹竹的韦氏先祖韦谏公于明成化二十年（1484 年）由安徽颍州府调任，特授梧州分府府官而留居梧州，至第九代迁至藤县大任里留利乡，清嘉庆八年（1804 年）定居丹竹。丹竹韦氏秉承"遗子金铢满盈，不如教子一经"的传家遗训，历建"一经堂""追远堂""树德堂"教书育人，耕读传家，至今仍散发着门第书香。

我们走进了这座在岁月流香的村子，只见凉凉的平福河水拍打着簌簌浪花欢快地流淌，仿佛在吟唱着一首年华不老的歌谣，村子里青砖白瓦的房子与茂密的修竹互相掩映，童叟老少怡然自乐，颇有一种陶渊明先生笔下桃花仙境的感觉。

穿过于乙丑年八月重建的"韦树德堂"的门楼，走进这座丹竹村里的"树德堂"旧址，只见"布政司理问"和"特授永宣州儒学正堂"的两副牌匾高高地立在神龛上，正厅左边的墙壁上挂着 6 幅房屋主人的照片，这些物

件仿佛于无言中还在向我们诉说着"树德堂"里韦氏的近代子孙韦文林父子等人曾经的抱负和人生追求。

韦文林（1875—1922 年），号宝树，从小在私塾读书，后来随平南进士朱羲晋在太平义学就读，受维新思想的影响，除当了部分祖上田产外还得到其姨襟卢星海的资助，于清光绪末年东渡日本，入读经纬学校警务科，其间加入了孙中山组织的同盟会。一年后卒业回国，先在广州消防局供职，旋升为队长，官至候补巡检，后经广西督军谭浩明引荐，回到广西担任都督府顾问。辛亥革命后，于民国元年（1912 年）三月出任藤县县长，继任永安州（现蒙山县）、邕宁知事、南宁警察厅厅长、镇南关监督、滇南边道尹，于民国八年（1919 年）隐退回归故里。韦文林十分关心藤县的史学保存，在光绪三十四年（1908 年）七月重刊同治六年（1867 年）修纂的《藤县志》时，他亲笔为重刊的县志题写了书名。

韦文林有三个儿子，分别为韦贯虹、韦子雅、韦田泽。兄弟三人在中华民族抗击日本帝国主义侵略的国难当头，毅然投笔从戎，用实际行动谱写了一曲"树德堂"里的壮丽凯歌。

韦贯虹（1904—1983 年），名汝泽，字子方，黄埔军校第 6 期毕业生，1938 年任国民党广东部队独立 20 旅第 3 团第 2 营副营长，在阻击日寇向增城进犯的正果镇黄沙嶂坳战斗中，在连长、排长、机枪手均伤亡的惨重危急情况下，亲自担任机枪手操起机关枪向日寇扫射，又指挥全营勇士与敌人展开白刃战，极大地杀伤了敌人，完成了阻击的任务。是役，共毙伤日寇 100 余人，2 营官兵伤亡 200 多人，体现了在民族存亡危难之际爱国官兵们视死如归的崇高民族气节。抗战胜利后，韦贯虹在上海艺专攻读绘画美术专业，新中国成立后在梧州市木偶剧团工作至退休。韦贯虹膝下二子，其次子韦肇晋，高级农艺师，曾任岑溪县（现岑溪市）人民政府副县长、藤县县委书记、广西壮族自治区农业厅副厅长、自治区人民政府副秘书长兼办公厅副主任、自治区农办主任等职，一直致力于农业、农村、农民领域的"三农"工作。在藤县工作期间，为解决粮食生产中，水稻病疫和产量不稳定问题，于 1989 年从福建引进杂交水稻不育系"特优 63 组合"取得成功，由他主持研究的"杂交水稻不育系龙特浦 A 的原种生产及杂交水稻特优 63 的开发利用"和"杂交水稻特优系列组合及高产配套栽培技术推广"两个项目分别获得 1994 年度和 1995 年度自治区科技进步三等奖，并于 1997 年获得自治区人民政府表彰奖励的有突出贡献人员中唯一的特等奖，1996 年 11 月 1 日在百色受到江泽民同志的接见和亲切握手。韦肇晋还十分重视飞播造林和封山育林工作，于 1988 年 3 月亲自协助指挥了藤县第 5 次飞播造林工作，全县 10 个乡镇 67 个行政村共飞播造林 62.58 万亩，取得了显著成效。

韦子雅，名儒泽，生于 1908 年，抗战时期曾任国民党第 63 军营长，新中国成立后移居香港。

韦田泽（1918—2013 年），号德立，于 1937 年冬考入空军机校，主修发动机科，毕业后被派往江西吉安，加入空军第 3 大队，由于战事失利，先后撤退到湖南衡阳、桂林、柳州等地再回到家乡丹竹。1944 年 10 月 17 日，一架美国飞机在执行轰炸被日军占领的平南县丹竹机场任务时不幸被炮火击中，坠落在和平镇鸡笼崖与平南县交界处，飞行员罗拔中尉跳伞降落在附近的山上。韦田泽与务伦村的韦壮生、韦祖彭率领地方武装立即将美国飞行员保护起来，为他换上便衣，经太平、留利向蒙山、荔浦方向转移，在步行了三天三夜越过崇山峻岭后到达荔浦，经与荔浦当地政府联络，由他们转知驻扎在柳州机场的美国第 14 航空队派出车辆前来迎接，适值来接美国飞行员的官员林灿正好是韦田泽早年在空军受训时的故交，便一同护送美国飞行员到了柳州。后来，由于返乡的必经之路荔浦已被日军占领，韦田泽又辗转到云南昆明，最后经美国空军第 14 航空队司令官陈纳德将军介绍加入了美国陆军战略总部的特种工作队，抗战胜利退役后定居美国。当年，就在罗拔中尉刚刚被护送离开鸡笼崖后不到半个小时，日军的搜索部队就来到了鸡笼崖，而罗拔中尉此时已经在韦田泽等人的护送下走上了转移的道路，否则后果不堪设想。

丹竹，一座生长在历史里幽篁而旷远的村庄，这座村庄因为有了抗战时期韦贯虹兄弟等人铁马冰河的慷慨而壮丽，这种壮丽就像一首激越的歌谣，传唱在历史里，端庄在现实中，生生而不息。

二、社平：蕴藏在翠绿里的坚持和守望

平福位于藤县的东北部，全乡面积 322 平方千米，有林地面积 42 万亩，森林覆盖率 85.91%。属大瑶山余脉地区，全乡群山绵延、峰峦叠嶂，其中高山顶、三县顶、桃花山、双曹顶、双线顶、谷毛岭、古至顶、凤凰顶、苦练顶、尖峰顶、那祥顶等山峰海拔均在 500 米以上，这些山峰与大黎、宁康、东荣等乡镇的其他高山一起构成了藤县北部的天然屏障，成为典型的山地地

貌，使之自古以来"夹道多松杉，酷暑阴凉""中通石巷，树林荫翳"。

平福人一直以来对绿色有着美好的情怀，早在 1968 年全县开展飞机播种造林的时候，平福便是后来成为全县五大飞播区的林区之一，播种范围分布至平福、覃村、莫泗、中太、沙街、桃花、仁厚等村，有林面积达 10.46 万亩。平福所特有的地形地貌、气候特征使它形成了天蓝地绿、山清水秀、森林茂盛的独特个性，而且平福人对上天给予平福的这份恩赐格外钟情、倍加守护，所以平福一直是全县森林植被覆盖率最高的乡镇之一。

我们来到了平福山地腹地中的社平村，到这里去探访一个正在种植的万亩软枝油茶示范基地。在平福的林种结构中，松树、杉树和油茶、八角一直是主要的品种，而油茶的种植更是平福乡的传统产业，早在 20 世纪 20 年代便开展引种，至今已有近百年的历史。我们登上了油茶示范基地核心区古集冲的半山腰，极目远眺，只见山坡上的油茶树在微风中摇曳多姿、风姿绰约，而更令我们惊诧的是，创办这油茶基地的竟然是由一个 90 后的小伙子牵头带领几个同样年轻的平福人干的。就在这座山上，这名叫陈华的小伙子和我们说起了他们办油茶场的初衷。他说，他以前在广东打工，收入还算不错，有一次回家登上村后背山的时候触动了他的灵感，这翠绿的群山、温润的气候、黑黑的泥土地不正是一笔蕴藏着的财富？他的这个想法和其他几个年轻人一拍即合，于是眼前的这座"藤县平福软枝油茶种植示范基地"便诞生在了社平村的古集冲里。目前，这个示范基地已在核心区种植油茶 770.4 亩、在拓展区种植 852.6 亩、在辐射区种植 1011.4 亩。现在社平村累计种植油茶 2800 多亩，其中百年的老茶林 1800 亩。老树发新枝，正是有了像陈华这样的平福人一代又一代地坚持着对绿色大山的热爱，坚持着对山水相依的绿色原野的守护，才有了今天青山常在、绿水长流的绿色平福。

而另一位叫黄逸勋的平福人创建的金山八角产业示范区同样有着一种执着的情怀。黄逸勋早年毕业于武汉水利水电学院（现武汉大学），原来在一家国有企业工作，也是源于对绿色产业的情有独钟，他于 1995 年辞掉公职，回到平福的山中种植八角，从 1995 年一直种到 2000 年从未间断，5 年时间种植了 5000 多亩八角，这漫山遍野的八角林郁郁葱葱，挺拔在平福的群山当中，为守护平福的翠绿原色又增添了一道鲜艳的亮色。

这就是平福人对绿色的情怀，这种情怀无疑是对习近平总书记在视察广西时提出的"要把人与自然和谐相处作为基本目标，使八桂大地青山常在、清水长流、空气常新，让良好生态环境成为人民生活质量的增长点、成为展现美丽形象的发力点"的最好注解。

三、莫泗：有一种精神的力量叫信仰

在平福，有一座庄严肃穆的烈士陵园，这里长眠着 8 位新中国成立初期在平福剿匪战斗中牺牲的解放军战士。烈士陵园的大门朴实无华，"烈士陵园"四个大字苍劲有力，"烈士名垂光宇宙，英雄功著振神州"一副掷地有声的对联，让我们透过岁月的尘埃仍然感受到那年那月里坚贞的信仰力量。这座纪念碑于 1998 年被藤县人民政府列为重点文物保护单位。

我们跟随着莫泗村当年亲历了那场战斗现已 94 岁高龄的许秀群老人，一起重新走进了那段烽火连天的岁月。

1949 年 12 月 9 日，中国人民解放军 41 军 154 师民运科长赵唯理带领 16 个从部队转业到地方的同志到藤县负责接收伪政权，组建新的人民政府。1950 年 1 月 5 日，华东三野某团政委张开诚调到藤县担任县委书记，负责全面工作。但国民党反动派并不甘心失败，杨创奇于 1949 年 12 月 1 日召集大瑶山各地区匪首在大黎开会，成立"反共救国军第三路军"司令部。1950 年 2 月份起，一批批国民党匪首、特务相继聚拢云集大黎，商议"反共救国"事宜，成立了所谓匪"新一军"、匪"48 军"、匪"西江纵队"等土匪武装，计有土匪 5000 余人（其中藤北 3000 多人）。据不完全统计，自 1950 年 3 月起，我县被土匪杀害的解放军指战员 46 人，革命干部、工作队员 15 人，村主任、农会干部、民兵队长 21 人，青年工作队员（藤县中学学生）5 人，民兵 4 人，一般群众 250 多人。为了迅速消灭匪患，巩固新生的人民政权，1951 年 1 月 8 日，大瑶山地区剿匪统一大行动开始，由中国人民解放军第 49 军 145 师驻昭平的 434 团、驻蒙山的 435 团负责对藤北土匪的重点进剿，先后突集了大黎、孟塘、三江等匪区，取得了决定性的胜利。匪"48 军"军长杨创奇与师长梁秉刚带领警卫团 40 多人取道平桂、大塘向西逃窜，至象州县中平村被俘获；匪"独立二师"副师长王晟率匪众共 100 多人向东南逃窜，逃至平福乡下莫泗村时，被追赶而来的解放军 49 军 145 师 434 团 1 营包围，战斗随之打响。在这次战斗中，我军共击毙匪"独立二师"副师长王晟以下匪徒 60 多人，击伤 12 人，俘虏匪团长黄国锦等匪徒 40 多人，缴获卡宾枪 1 支、长枪 41 支、短枪 9 支、各种子弹 848 发。我军有 6 名指战员壮烈牺牲，他们分别是 1949

年 7 月入伍、年仅 25 岁的战士谭万仁（湖北省钟祥人），1949 年 2 月入伍、年仅 32 岁的战士周面焕（绥远省晏江人），1947 年 1 月入伍、年仅 25 岁的班长赵世财（吉林省榆树人），1947 年 2 月入伍、年仅 27 岁的副班长张吉亮（黑龙江省宾县人），1949 年 7 月入伍、年仅 33 岁战士毕凤涛（河南省新野人），1949 年 1 月入伍、年仅 20 岁的战士周长根（浙江省松阳人）。是役，还有 2 名负伤的解放军战士，其中 1 名在中太村养伤期间被土匪残余杀害，另一名因教导群众操练枪支时不幸走火牺牲。另外，还有中国人民解放军 462 团的苗振喜（辽宁省赛驱人）、耿兴（内蒙古月家平人）2 名战士在剿匪期间于平福乡留利村壮烈牺牲。青山处处埋忠骨，为了人民的翻身解放和平福大地的平安康宁，这些有着坚定的革命信念和崇高理想的解放军战士把一腔热血永远地洒在了这片青山绿水之间。战斗结束后，牺牲的烈士由当地群众就近掩埋在下莫泗村。1983 年 10 月，平福乡党委、政府为了更好地缅怀革命先烈，专门在乡政府驻地附近一处风景秀丽的小山岗上修建了烈士陵园，将烈士的忠骨迁到了陵园里，让平福人民世代敬仰。

我们深情地凝望着这高高的碑塔，天空辽阔，大地无声，蓝天白云下的碑塔默默无言，但我们分明感受到一种坚毅的精神，一种崇高的信仰力量在涌动，这种精神、这种力量时时刻刻在导引着、激励着我们不断向前进。

我们怀着对先烈们的由衷敬意，整齐地排起队列，默默地向长眠的烈士们三鞠躬，悼念先烈们坚贞的理想、告慰先烈们不死的精神。

四、桃花：升腾的梦想永不陨落

在平福，有一座高耸入云端的大山叫桃花山，这是一座蕴藏着黄金的山。在新中国成立初期的 58 年前，随着党的一声召唤，一大批年轻人从全国各地来到了这座寂寞的荒山大岭，这当中有年轻的解放军战士、有城市的知识分子、有农村的热血青年，他们怀抱着建设社会主义新中国的美好梦想，在桃花山上盛开出一朵朵灿烂的桃花梦，鼎盛的时期曾达到矿工两三千人，连带家属逾万人，黄金的产量居全国第二位。

据史料记载，桃花山东南金矿，以开采广西东南部黄金矿资源而得名，矿部设在平福乡的桃花山，管辖采一工区、料垌工区（藤县平福乡桃花山）、濛江采金船（西江流域）、古袍分矿（昭平县古袍镇）、六岑分矿（平南县官城镇）、河三分矿（岑溪市诚谏镇）、金光探矿队（苍梧县梨埠镇）等处，并在桂林、玉林、梧州市设有常驻的办事机构。

东南金矿的前身是民国时期广西桂系经营的广西绥靖公署第二矿区以及在藤县桃花、料峒，昭平县白石、容光、古袍，苍梧县金光等地的民矿公司如八桂公司、者兴公司等等。著名的抗日名将、国民党桂林城防守备司令部参谋长陈济桓中将曾任矿区第一任主任。1949年12月，在广西解放之初的军事管制时期，南下的中国人民解放军第四野战军以桂东南金矿管理处的名义迅速接管了桂系的广西绥靖公署第二矿区及其他附近的民营金矿企业。1950年2月8日，原广西省人民政府成立容县专员公署桂东南金矿管理处，组织开展清匪反霸斗争恢复黄金生产。同年5月，中南军政委员会重工业部有色金属工业管理局广西分局（简称广西有色分局）在桂林成立后，以当时的容县专员公署桂东南金矿管理处的原有机构、人员为基础，转为成立作为企业性质的"东南金矿"。从此，在新中国成立之初百废俱兴的艰难时期，为建立国民经济基础做出了重要贡献的广西最大的黄金生产企业诞生在这座巍峨的桃花山上。

我们一行从平福乡政府转乘了越野车和面包车，经过一个多小时峰回路转的颠簸，来到了这座距平福乡驻地25千米的桃花山上采风，去触摸那段岁月里升腾在桃花山上灿烂的梦想。

在"东南矿校"的大门前，我们与一位时隔40年、专门从桂林赶到桃花山来寻梦的矿山子弟刘升平不期而遇，刘升平向我们讲述了他在桃花东南金矿里生活的点点滴滴。他说，东南矿校不仅设有小学，而且还有初中和高中，最多时，全校学生有将近1000人，而他就是东南矿校1978届高中的毕业生。刘升平高中毕业后于1983年招工到苍梧佛子冲矿工作，因工作优秀被保送到梧州地区教师进修学院进修，毕业后回到佛子冲矿中学任教师，1992年调回桂林工作，曾先后担任国有企业管理干部、社区总支委员、支部书记、监委主任等职。刘升平说，他到桃花山来，就是为了重拾当年的桃花梦，因为桃花山是他的父辈们生活、战斗了一辈子的地方，当年他们在这寂寥的荒山旷野里为了祖国的黄金事业，放弃了舒适的城市生活，怀抱着为建设社会主义贡献青春的美好梦想，无怨无悔地在这里度过了大半生，他们的生活条件尽管是艰苦的，但他们的精神境界和信仰追求却是无比充实的，或许用现在某些人的眼光已无法理解当年他们所经历的那段光辉岁月，但我们不应忘记，在中华人民共和国建国初期的那段特定的日子里曾经有过的桃花东南金矿人，以及在这群人身上所散发出来的精神力量，这种精神让我们感动，更值得我们去传扬。现在，他们年纪大了，有很多人都快走不动了，我到桃花山来就是为了代父辈们了却他们的心愿。

我们一起在桃花山窄窄的山道上行走，只见当年哺育了无数矿工子弟的学校还在、幼儿园还在，当年的职工宿舍、职工饭堂还在，当年的选矿车间还在、令多少人向往的专家楼还在，那座曾经让多少人从上面熙熙攘攘地走过的桃花桥还在，只是随着经济模式的转型和时代脚步的向前迈进，作为一个时代缩影的"桃花东南金矿"，随着1989年的闭矿也似乎完成了它的历史使命，成了藤县工矿交通行业方面最丰厚的遗址、遗存，这种遗址、遗存具有较高的历史文化价值、科学技术价值以及工艺美学价值，值得我们倍加爱护和好好珍惜。而当年金矿人那种敢于吃苦、不怕牺牲，为了国家舍弃小家的奉献精神更无疑是支撑起我们民族脊梁的坚强柱石。

桃花山依旧葱茏茂盛、巍峨伟岸，金矿人的"桃花梦"依旧升腾在这伟岸的山中，从未走远、也永远不会失落！

"故园东望路漫漫，双袖龙钟泪不干。马上相逢无纸笔，凭君传语报平安。"平福，是一段曾经的奋斗历程，是隐藏在大山深处里的自然原色，是一方水土与新时代的相互契合；平福，是一种祈盼、是一种向往，这里所有的一切，都是为了你平安、幸福的恒久心愿！

守　望

吴献凤

面包车在崎岖盘旋的山路上颠簸前行，坐在副驾驶室里，眩晕和翻江倒海的胃液运动让我紧闭双眼，双手紧紧攥住车窗把手，心里直祈祷着快点到达目的地。

一阵剧烈的摇晃，车子终于停下来了。

藤县平福乡桃花村，到了。

我迷糊着双眼摇摇摆摆地走下车，来到一处较为平整的地面，蹲下来，干呕了一会儿。有文友递过一瓶水、几颗酸话梅，我接过水漱了几口，含着颗话梅，各种感官慢慢恢复正常。抬起头，第一眼便看到了它：一棵比我还高的仙人掌！

仙人掌静默地矗立在这半山腰上，像一位慈祥的老人温柔地凝视着这片土地。我站起来，转过身，顺着仙人掌注视的方向，看见了在这片地方上崛起的东南金矿的前世与今生。

东南金矿，一个曾经辉煌过的名字！她的兴衰与中国的社会主义计划经济共存亡，是国家计划经济时代的缩影，二十世纪五十年代崛起，六十、七十、八十年代发展、辉煌，九十年代衰落，新世纪初遗失。沧海桑田，天地轮回，如今恍如隔世，残墙断壁，野火吞噬，被遗弃在荒山绿野中，成了许多东南人记忆中永远的"桃花梦"。

在那个艰苦奋斗与乐于奉献的年代，一辆又一辆解放牌大卡车载着一群又一群意气风发的青年从全国各地赶来，他们背着行囊，携着一家老小或牵着友人、恋人的手，把闪光的理想扎根在这个叫作"桃花山"的土地上，从此，一个大山深处的小窝窝有了一段生机勃勃、非同凡响的历史。

各类科室、办事处、职工饭堂、幼儿园、小学、初中、高中、矿工医院、机电厂、电影院以及银行、邮政所、粮食管理所、供销社等一应俱全。虽然地处偏僻的大山区，但这里俨然一座功能齐全的小城镇。矿区生产热火朝天、人声鼎沸，风钻在大山里轰鸣，小电机车牵引着矿斗车在小铁轨上咣当咣当地奔跑。大量的精金矿在冶炼室里经过一道道工序后，最终锤炼成一块块黄澄澄的金锭。无数的金块从这里源源不断地流向全国各地，这里也成了当时全国第二大金矿。

沸腾的矿区，多少年轻小伙子、姑娘们，在这里劳动，在这里生活，在这里相亲相爱。朴素的爱，朴素的情，整个矿山，都是年轻人的世界。夜悄悄地拉开帷幕，火热的矿区渐渐宁静下来。月儿轻轻地走上山头，朦胧的月纱轻柔地铺在青草地上，小铃铛拉着手风琴，小螺号吹着口琴，李博士朗诵着俄文，文青文霞这对双胞胎姐妹赤着脚在柔软的草地上翩翩起舞，一群青年男女围坐在地上打着拍子、轻声和着，共同将远方的思念托付给空中的明月。

草地边上，清澈的桃花溪水潺潺地流着，流过白天流过黑夜，流过春夏流过秋冬，流过青春流过岁月，流到了我的脚下。

如今，桃花泉水依然寂静地流着，并不受热闹或者冷清的影响。溪流的两边长满了狗尾草、芦苇、菖蒲，还有很多叫不出名字的灌木和水草，茂密的植被把溪流的上空几乎全覆盖。溪水依然清澈明亮，溪里依然畅游着一群群活蹦乱跳的鱼虾，只是少了当年光溜着身子下河摸鱼捞虾的矿区子弟们。

路，还是几十年前的那条砂石路，但是路两旁长满了杂草，杂草甚至长到了路中间，形成了一条淡绿色的带子，偶尔经过的车轮在带子的两边碾过，形成了中间凸两边凹的形状。低矮的商铺沿着路的两旁依次排列开去，当年肉档的大圆砧板、鱼档的盛水木桶、鸡鸭档的案桌上面布满了尘土、枯叶。木桶的底盘已经散架，地上的芒草疯狂地钻上来，看上去倒像是盆栽。杂货店、裁缝店、油坊的木门紧闭着。贴近杂货店门缝往里看，斜木板桌子、歪腿子竹椅、灰土破瓦罐散落在屋子的东南角，破旧的货架依然靠墙摆放，上面缠满了蜘蛛网，成了另一个世界的王国。

路，依然是不平整的，脚下偶尔踢到块土黄色石头，身边有人起哄：捡起来吧，说不定里面有金子咧。

于是，真的有人捡起那块石头举在阳光底下眯着眼睛细细端详着。

身旁的一阵阵爽朗的笑声打断了我的思绪，那是一群留守矿区，对矿区有着深厚感情，舍不得搬出去的大叔大婶、爷爷奶奶们。他们聚集在矿区曾经最热闹最繁华的地方继续生活着，也让这个没落的矿区留存着人的生气。

矿区的人们很热情，斟好茶水招呼我们进家里坐坐。一位姓廖的大婶乐呵呵地从自家小店里拿出几块石头让我们观赏，我们便围在一起拍照、叽叽喳喳地询问着。

廖大婶一高兴便要为我们演示淘金的过程。她从柜子里拿出一个银灰色的舂，把那石块放到舂里使劲舂成粉末，然后找来一个大塑料盆盛满水，拿个瓢装上那些粉末便在水盆里淘起来。

廖大婶右手拿瓢，左右手配合着在水面熟练地、一遍又一遍地淘洗，瓢里的泥沙越来越少，最后只剩下鹌鹑蛋大的一坨。我们的眼珠子不由得紧盯着那坨越来越小的石块。

"看，出来了！"廖大婶指着瓢中间一些极小极小闪亮的黄点点。

我们都兴奋极了，举着手机拍个不停。

辞别热情好客的主人，我们走进了东南矿校。东南矿校依山建筑，三幢教学楼成梯级排列，其中有一幢是钢筋混凝土结构的二层楼房。斑驳的灰砖墙上有烟熏过的痕迹，漆黑的楼顶上覆盖着一层又一层枯死的苔藓。那些苔藓来年春天是否还会荣发，荣发的还是当年的苔藓吗？靠近大门的教学楼外侧有个木板楼梯，楼梯上的铁制扶手在氧化作用下布满铁红色的锈，用手轻轻一剥，外层铁锈便纷纷脱落下来。

登上二楼，视野更开阔了。一排排一列列白墙黛瓦绿窗户的长条房子依次排列开来，许多白色墙灰已经脱落，露出东一块西一条土黄色的墙体，窗户的玻璃多数不见了，只剩下破旧不堪的窗框斜挂在窗口上。黑漆漆的屋顶倒显得整齐而有序。

一位可爱的大娘指着我们身后的教室，兴奋地叫起来，看哪，这是初二的教室，那是初一的教室，我就在那个、这个还有那一个位置上坐过，我的同桌是某某某。

"远处那些是什么房子？"看到大娘说话有趣，我忍不住问了起来。

最远处是总机室、水池、看护队、翻砂车间、广播站，过来是办公楼、领导楼，前面是下五栋、桃花饭堂，过去就是档案室、宿舍楼、柴房、木场、理发室，靠近这儿的是矿区招待所、幼儿园、宿舍楼，还有这儿、那儿的，大娘如数家珍，说了一连串房子的名字。

大娘说，当时最热闹的地方是那栋四层钢筋混凝土楼房前的灯光篮球场，那是矿工和家属们的"迪士尼"。工作之余，在那里打一场篮球赛、看一场露天电影、搞一个游园活动，一到傍晚，球场上便充满了欢笑声、呐喊声、掌声，这些欢快的声音回荡在整个桃花山上空，回荡在所有东南人的心里。清晨，上千名学生穿着统一的校服整整齐齐地排在球场上做广播体操，那个场面实在是壮观。

可惜这种振奋人心的场景再也不会回来了。

那你为什么不走出去？

我在等一个人。

谁？

大娘没有马上回答，而是拉着我的手，坐在一条杉木大板凳上，带我走进那个热血沸腾的年代。

1969年夏天，8岁的小螺号拉着弟弟的手跟着爸爸妈妈挤上了一辆解放牌大卡车，坐了整整一天的车，在一个鸟雀唧啾的清晨，他们到达了这个名叫桃花山的地方。

一下车，就有许多叔叔阿姨过来帮忙把行李搬到简易工棚里。看着四处漏风的工棚，小螺号父母不由得皱起了眉头。不过很快，他们便开始了忙碌的工作生活，小螺号爸爸在到达矿区的第二天就去了机电厂上班，妈妈没有工作，领了几块菜地种起蔬菜，还养了些鸡改善伙食。年少的小螺号姐弟并没有读懂父母脸上的愁容，他们跟着同样来自五湖四海的小伙伴们一起上山掏鸟窝、下河捉鱼虾，饿了就摘些野果吃，渴了弯腰掬几捧泉水喝，累了就躺在大树底下睡一觉。

小螺号愉快地度过了在桃花山里的第一个暑假，开学时，小螺号顺利进入了矿区小学，弟弟去了矿区幼儿园。让他们一家人高兴的是，他们终于可以吃上自己种的蔬菜，隔壁大姐送的那只母鸡也开始下蛋了，而小螺号爸爸也领到了第一份工资。在艰苦的岁月里，一家人开始憧憬着美好的明天。

而从艰苦到美好的过程总是充满着曲折。一年夏天，在一个漆黑的夜晚，小螺号爸爸与另一个同事值班，由于同事的不当操作，造成了失误，小螺号爸爸为了抢修机器，右手不幸被卷进机器里，右手大臂以下被机器碾碎，从此永远失去了右臂。

在那个悲伤的夏天，笑声从小螺号的家里消失了，爸爸性情大变，每日借酒浇愁，每次都喝得酩酊大醉，醉后还经常摔烂东西，开口大骂，甚至学会了打人。妈妈整日以泪洗面，用瘦小的身躯护着两个孩子，任由丈夫的拳脚落在身上，平静之后又默默地收拾残局。

在那个夏天，小螺号尝到了人间的第一勺苦味。这样的生活不知持续了多久，终于在一个大雨倾盆的夜晚爆发了。

那天，雨水像决堤的洪水，从早到晚一直下个不停，小螺号姐弟俩就像一夜之间长大了，懂事地拿出家里所有的桶、盆、罐来接漏下的雨水，接了一盆又一盆，接了一桶又一桶，而雨却丝毫没有停下来的意思。工棚是用木材搭建的，年久失修，早就变得倾斜不稳。小螺号妈担心工棚会倒塌，天一黑就把两个孩子送去了招待所暂避。住在工棚里的人也陆陆续续转移到了招待所，而小螺号爸爸这个时候却闹起了牛脾气，说什么也不跟大家出去避雨。没办法，小螺号妈只好叫上几个工友，一起把小螺号爸爸拖出工棚，他们刚离开工棚十分钟，小螺号的家就轰然倒塌了。

小螺号的家倒塌以后，矿区加建了宿舍房，一幢幢、一排排环绕着桃花冲两边的山凹一层接一层地往山上建。就在那年的秋学期，小螺号一家如愿搬进了崭新明亮的小木楼。而更让一家人高兴的是，小螺号爸爸逐渐走出了阴霾，重新回到了工厂上班，成为一名质检师傅。

小螺号在矿区里读了小学、初中、高中、技校，最后如愿成为矿区的一名工人。小螺号把自己最美好的青葱岁月奉献给了这个小山窝，而在那个青春飞扬的年华里，小螺号遇见了同样激情昂扬的他。

在那些月辉轻洒的夜晚，身材高挑的小螺号，着一袭白色格子裙，经常在朦胧的月纱下吹着口琴，恍若仙子下凡，美得让人移不开眼睛。小螺号恬静的美吸引了一批青年，在众多追求里，一个阳刚帅气的小伙成功牵起了玉手。

从此，风清月高的夜晚，在草地上、球场边、溪流旁到处可见他们的身影。他们一起奋斗，在一起谈理想，谈人生，谈未来。在月亮的见证下，他们海誓山盟，永结同心。

那段时间是小螺号最快乐的日子，也成了她一生最甜蜜的回忆。而美好的事物总是那么短暂，就在小螺号沉浸在自己编织的美梦时，小伙家人的一封家书硬生生地把一对热恋中的恋人分开。

离别前的那个夜晚并没有月亮，沉重的空气压得小螺号喘不过气来。两个年轻人紧紧拥抱在一起，谁都没有开口说话，任何语言在这一刻都是苍白无力的。虫豸似乎感应到了悲伤的气氛，整个夜晚静悄悄的，整个世界都沉默了，只剩下两个人的心跳声。

我会回来找你的！

我等你！

就是那句简单的诺言，小螺号整整等了40年，从一个青葱少女等到白发苍苍。

您，就是小螺号吧。

大娘点点头，继续讲述那段尘封的往事。

男朋友走后的第二个月，小螺号发现自己怀孕了。那时，小螺号也曾想过要去找男朋友，她记得男朋友的家乡在大陕北。那儿离藤县有2000多千米，在那个交通不发达的年代，去一趟梧州都是奢侈，更别说去大陕北了。女儿出生后，小螺号爸妈一直催她嫁人，左邻右舍也给她介绍了很多单身的男人，可她愣是一个也看不上，以前追求过她的那些年轻人也逐渐结婚生子。就这样，一年过了又一年，女儿从读幼儿园、小学、初中、大学，到工作、结婚生子。如今，外孙女都已经读大学了，小螺号还是一个人在这桃花村生活。

女儿、女婿不止一次劝说小螺号搬出去跟他们住，小螺号也只是在外孙女小的时候去女婿他们家生活过几年，外孙女上小学后，她就又回来桃花村生活。女儿、女婿没办法，只好每年抽时间过来陪陪她，现在外孙女每年暑假都会回来跟外婆生活一段时间。用外孙女的话来说，这里是一个世外桃源，是一个天然氧吧，每年来这里住过之后整个身心都是轻盈舒畅的。

说到外孙女，大娘开心得像朵花。

走，我带你走一圈吧。

还是那条砂石路，重新走一遍时发现那些房子、墙根下的柴、木篱笆、路旁的砖墩似乎都有了温度。大娘不胖也不瘦，步履轻盈，与我并排走着，边走边介绍每一处地方，在她的描绘中，每一块砖、每一片瓦、每一棵树、每一个墩子都生动起来，每一样事物的背后都有一个故事。

最后，在我们停车的地方停了下来。

这是我家。

这就是你家？

我现在才发现，车子的后面是一所小巧的庭院，一块块木板围成的篱笆，

　　篱笆旁种了很多花草，屋角还种了几株丝瓜和葫芦，它们的藤蔓顺着篱笆爬
上了院子里的瓜棚。瓜棚下面放着一张圆桌，圆桌旁是几个被磨得光滑的木
墩，还有一个藤织鸟窝型摇篮。

　　说到摇篮，大娘笑了，称那是宝贝外孙女的专座。

　　院子前面那棵仙人掌好特别，也是你种的吗？

　　大娘看着仙人掌，眼神瞬间忧伤起来，那棵仙人掌就是他种的，他说仙
人掌就是他，他会永远守望着这个地方。

　　我们没有再说话，顺着仙人掌静静地看着桃花村。夕阳在山头斜照着，
给错落有致的老房子镀上一层金粉，也给身旁的这棵仙人掌换上了金色的盔
甲。我侧过脸，看着大娘，大娘在霞光里显得特别的柔美，清澈的眼神平静
地注视着前方，就像这仙人掌，不管经历了多少风霜雪雨，依然矗立在这个
地方，守望着他们共同的故土！

宁康

〉〉 四面崇山峻岭，气候温和，土地肥沃，是人间的一片净土。

藤县的香格里拉

蒙土金

　　香格里拉，在藏语中是"心中的日月"的意思，是云南省迪庆藏族自治州下辖的一个县级市，处在滇、川、藏三省区的交界地，也是世界自然遗产"三江并流"景区的所在地，是一块东方崇山峻岭之中永恒的和平宁静之地，因英国作家詹姆斯·希尔顿的长篇小说《消失的地平线》以及随后根据小说同名改编的电影而闻名遐迩。

　　无疑，香格里拉是世界人民心目中的一块圣地。

　　藤县也有香格里拉，藤县的香格里拉就是坐落在宁康乡和大黎镇之间的六练山。

　　宁康是藤县的一个建制乡，处于县域的最北端。宁康始建于清乾隆二十七年（1762年），这一年，恰巧乾隆帝祭孟子庙，谒先师庙及孔林，而宁康始建时也因田垌中有庙宇而得名。宁康乡四面崇山峻岭，气候温和，土地肥沃，是人间的一片净土。

　　《汉书·叙传下》记载："匪怠匪荒，务在农桑，著于甲令，民用宁康。"或许，《汉书》中的这段文字便是对藤县宁康乡的最好注解。

　　六练山是位于宁康乡的平桂村和大黎镇的理答村、花洲村之间的一座大山，海拔844.1米，为藤县境内第一高峰，据说因山峰下有六座大山像链条一样紧密地连在一起，故称为六练山。六练山山势苍莽，沟壑幽深，古树参天，白云缥缈，有很多地方就算是宁康乡和大黎镇的本地人至今仍少有人去。这里林地资源丰富，保存着许多原生态的动植物，尤其是原生态的野生茶树就有600多棵，大部分直径都在10厘米至20厘米之间，树龄均在100年以上，其中最大的已有人双手合抱般粗，被誉为"千年茶王"。由于六练山常年平均气温在18℃左右，雨水充足，整座大山大部分时间被云雾遮盖，因而造就出六练山原生茶香气高强、滋味醇厚、鲜爽回甘的特有品质，再加上六练山相当大一部分的地方山径幽深、人迹罕至，寻觅和采摘野生茶是一件可遇而不可求的事情，因此六练山被人们称为藤县世外桃源里的香格里拉。

为了探寻如处子般明净洁净的六练山，为了探寻似神若仙般的"千年茶王"，我们和曾长期在宁康、大黎工作并且还是六练山当地人的海飞相约了好几次去六练山，但都由于不是山里连续的雨天就是山里连续大雾，一直过去了两三年都未能成行。

等到了 2019 年 9 月的某一天，海飞突然给我打来了电话说："这段时间六练山的天气正好，正是我们进山登顶的好时机，是否定个时间去？"我听说终于能进山了，竟高兴得忘了答应。

"到底去还是不去啊？"海飞在电话那头急了，"去的话我要提前找好向导，谋划好路线！"

"去的，去的，就定这个月的 25 号去，可好？"我连忙答应海飞。

25 号早上 7 点，我们准时从县城出发，两辆四驱越野车，包括海飞和我以及羽兵、亚宁、伟明、元京、静子一共七个人。

登山是从宁康乡的平桂村方向进发的。在平桂村口，我们与先期在这里等候的锦锋汇合后继续向六练山驶去。

在六练山脚下事先约好的地方，我们见到了登山的向导江志勇老伯。江志勇是一位"一次入伍"的退役老兵，通谙六练山的山山岔岔。

海飞说："志勇伯，我们这次进山的任务一是登六练顶二是寻古茶树，就靠你带路了哟，怕不会迷了路吧？"

"放心！有我志勇在前头带就不会迷着路，至于能不能寻着那'千年茶王'就看你们的福气了。"老兵江伯的话语充满着无限坚定。

汽车继续在盘山的公路上艰难地向前爬行，这盘山的公路很像电视中播放的山地越野车赛跑所走的那种道路。在这样的山道上爬行了大约 40 分钟便来到藤县宁康六练油茶种植专业合作社的场部，合作社的负责人叫欧俊宏，这盘山的公路便是他为了开发六练山的油茶种植而修建的。

向导江伯说："要不是欧俊宏为了种油茶而修了这条公路，你们登六练山远没有这么快就能走到这里呢！"我们走下车来，望着两边山坡上一棵棵翠绿的油茶树木，心里充满着对欧俊宏的感激。除了欧俊宏的宁康六练油茶种植专业合作社，在六练山还有着江剑戈的藤县六练山茶叶有限公司，专门从事茶叶的种植、收购和销售，他们是一群对六练山原种野生茶传承和守护的宁康人。

从车上下来再走了约 20 分钟的山路便再也无路可走了。

"这得看我的了。"江伯说着从背包里拿出一个竹笼子，笼子里有一把锋利的砍刀。我们就在江伯锋利砍刀的披荆斩棘下一路向前迈进。

登顶的道路还算是比较顺畅的。我们沿道一道山梁又一道山梁向前行进，虽然行走比较艰难，但是大家都没有要退却的意思。文化馆的副研究馆员静子是我们这次登山队伍中唯一的一位女性，刚开始的时候我们还十分担忧害怕她走到半道会受不了，但想不到她也丝毫没有胆怯，大家在一路欢笑、一路手机随拍，在一身汗、一身水中终于走到了六练山的最高峰——六练顶。

我们站在藤县最高峰的六练顶上，极目远眺，只见群山莽莽，大地一片苍茫。往山下看，但见六练山的山腰缭绕着一串串如雾似纱的薄云，习习的凉风从身边吹过，让我们倍感祖国大好河山的壮丽和海阔天空的豪迈。其实，登高望远本身就是一种境界，它不是为了被整个世界看到，而是为了看到整个世界；站得高些，让自己更接近天空，为自己的灵魂寻找一个安放的高度。

在江伯的向导下，我们从六练顶又向着生长着野生原种茶树的山峰进发。这是六练山的另一处山脉，需要从六练顶上爬下到山脚，然后再走到另一脉的山去。江伯说我们抄一个近道去找野生茶树，然后再回到六练顶按原路返回。

俗话说"上山容易下山难"，从六练顶走下山脚的一面是一个大大的斜坡，山势十分的陡峭。我们顺着山的脊梁往下走，山脊上长满了一种本地叫作"文厘竹"的竹子，我们就在这竹子丛中的竹子依靠下跌跌撞撞地往山下走去。在下山的途中，江伯带领我们寻见了几株已经长了三四十年的野生茶树，并告诉了我们辨别的方法，我们将采摘到的野生茶叶尽收囊中，江伯也将顺路见到也唯有他才能发现的野生灵芝摘进了身后的背包。这样，又走了将近一个小时，我们终于来到了建有两三间屋子的一片开阔地，江伯告诉我们，这里叫作"羊场"，也就是过去养羊的地方。

所谓的"羊场"，是指大黎镇理答村的郭胜强和许雪凤夫妇于 2004 年到2017 年在六练山上养羊的地方。郭胜强从 50 岁开始将家搬到六练山的半山腰上养殖山羊，一养就是十几年，由最初的 20 多只发展到后来的 200 多只，年收入达到 10 多万元，走出了一条靠山致富的新路，也成了六练山上一抹鲜亮的景色，只是随着年纪的增大，他们的儿女们担忧他们耐不了高山的寒冷，不再允许他们在山上养羊，他们这才从山上撤了下来。如今，羊场还在、羊圈还在、郭胜强夫妇住宿的小房子还在，只是原来满山满地奔跑的山羊已了无踪影，唯有那铭记着郭胜强、许雪凤他们勤劳致富的山羊们"咩咩"的叫声，依旧在山谷里久久地回响。

当我们就要向生长着"千年茶王"的那片山峰走去的时候，突然间发现郭胜强夫妇这两年不再在山上养羊了之后，山上的灌木丛林长得实在太茂密了，原来行走的山径早已隐没在了苍茫的山色之中，没有坐标的定向，仅靠江伯的一把砍刀已无法找到那棵"千年茶王"所在的位置，为了保持下山必要的体力，经过商议，我们只好把寻找到"千年茶王"的愿望留待到下次的行程。

六练山就是这样的诡秘，诡秘得有点不可推测。

在六练山的回程途中，由于无法完成到此次进山的第二个任务，大家未免有点抑郁不欢，总感觉到有点怅然若失。

同行登山的锦锋似乎早就察觉到了我们这种抑郁的情绪，对我们说："这次寻不着六练山上的'千年茶王'是不是有点遗憾呢？这就是六练山的神秘所在。但六练山的胸怀还是足够宽广的，寻不着'千年茶王'还有'千年茶仙'呢，走，带你们继续寻'茶仙'去！"

听了锦锋这么一说，我们不由得倒吸了一口气："啧啧，这六练山可真够神的了，不但有'千年茶王'，还有着'千年茶仙'呢！"

在下山的崎岖山道上，我们又兴高采烈了起来。

下得山来，已经到了下午4点多钟。我们驱车从山脚下的利假小村经过，与为我们披荆斩棘开辟登山道路的退伍老兵江伯道别后，继续朝宁康的大界驶去，去追寻那棵生长在宁康人民心目中的"千年茶仙"。

大界，即连接六练山外围的一处山脉，为都邦村的一个自然村，是一片"土净、水净、空气净"的人间乐土。这里泉水叮咚，空气清新，林业资源丰富，森林覆盖率达到96%，负离子含量超过18万/立方厘米，年平均气温在16—18℃左右，大片大片的参天古树和野生原种茶树散布在大界周边的山上，特别是大界村中人们世代流传的一个的传说印证了宁康"千年茶仙"的由来。传说中，在很久很久以前，刚刚搬到大界来的只有姓黄的一户人家，他们过日出而作日落而息的农耕生活，日子倒也过得有滋有味，只是由于山里瘴气沉重，家中人常有伤风肚疴之类的疾病。一天傍晚，黄家的主妇就要生火煮饭的时候，发现盐已用完了，于是赶忙越过大界去买盐，就在她走过田垌往山坡上走的时候，一抬头发现平常空荡荡的路边突然多了一棵绿油油的大树，枝繁叶茂，芳香四溢。黄家的主妇十分好奇，便上前采摘了一大把的树叶装满了两个口袋，想着还要赶着买盐回来做饭，便急急忙忙赶路买盐去了，她心想等到买了盐回来时再多摘些也不迟。但当她买完盐回到了原来那个地方的时候，原先见到的那棵绿油油的大树已没有了踪影。农妇回到家中把发生的这一幕告诉了家里人，并将摘下的叶子在家人伤风肚痛之时煲了水喝，不但伤风肚痛好了，而且从此以后疾病也少了很多。后来，人们逐渐才发现，这种叶子就是野生的茶叶，而最先被农妇发现的那棵茶树便成了宁康人民世代相传的"茶仙"。

光阴荏苒，时代更替。一年一年过去之后，如今的大界已由最初的一户人家发展到了现在的一百多人，只是令人遗憾的是传说中的"茶仙"在救人于苦难之后便一闪而逝，千百年来再也没有出现过在人们的视线，只留下了"茶仙庙"让大界的村民们代代敬拜。其实，大界的野生古茶树就像大界各种各样的名贵古树一直都在，但世界上有很多事情往往就是如此的奇特，明明是近在眼前，却偏偏远在天边，千百年来人们就是再也没有发现过"茶仙树"。一直到了2016年，当有人无意间从"茶仙庙"前走过的时候，一抬头就发现了这棵长在左边山坡上高大的千年茶树。

"这不正是当年的'茶仙'吗？地点、树龄和传说中的样子分毫不差。"再现于世人目光的"茶仙"有一个人双手合抱般粗，据有关林业专家测算，树龄在一千年以上。我们在都邦村的第一书记肖贻标，副支书、副主任黄林凤的引领下，登上了生长着"千年茶仙"的那片山坡，终于领略到了"千年茶仙"那种玉树临风、王者天下的风范。

肖贻标和黄林凤告诉我们，大界的气候特点和光照雨露十分适合茶树的生长，这是"千年茶仙"生长在这里的根本原因。现在大界已流转了山地3000多亩，"千年茶仙"衍生出来的一个现代化的新茶场不久的将来将会在这里诞生。

藤县神奇的六练山，藤县神秘的香格里拉，我们来了，相信我们还会再来。

"地之肚脐"

黄 静

据藏经记载，在青藏高原深处有个神秘的香格里拉。传说，香格里拉人是具有最高智慧的圣人，拥有自然的力量，他们从人们看不到的地方借助高度发达的文明通过一种名为"地之肚脐"的通道与世界进行沟通和联系。

在我的家乡藤县，也有一个美丽神奇的"香格里拉"——六练顶。六练顶位于藤县宁康乡平桂村的大山深处，是藤县最高峰，海拔844.1米。通往六练顶的"地之肚脐"，还真是可圈可点。

山路像无穷无尽的带子，弯弯曲曲地缠绕着一座座大山。越野车追逐着带子盘旋，忽而上山，忽而下山。半开车窗，深山老林特有的清冽馨香扑面而来，沁人心脾，令久居闹市的我只想闭上眼睛深深地呼吸，把肺中的浊气全部换成这般干净纯粹的山野清香。极目远眺，薄雾如妖娆的女子在群峰中轻舞，高高的六练顶就在那轻盈的衣袖间若隐若现。不知名的鸟儿在林间穿梭，时而"吱吱"叫着，调皮地掠过车窗。

仿佛马良悄悄地一挥神笔，也不知何时起"地之肚脐"就由弯曲的山路变成了沟壑密布的黄泥路。大大小小的沟渠恍如"肚脐"上深深的刀痕，触目惊心。黄泥滚滚，欲要掩盖"肚脐"的真容。越野车开足马力往上冲，如同一把尖利的钻子，强硬地钻出一条路。岭，越来越陡，路，越来越崎岖不平，忽然，前面带路的车停了下来，原来后面那辆车不是四驱，开不上去了。于是人过车，剩下两辆四驱的越野，继续轰鸣着往上爬。

又是一番颠簸，上了一个缓坡，到了一片小小的平地，护林人住过的废弃的房子沐浴在秋日早晨淡淡的阳光中，让深山老林有了一丝人间烟火的味道。带路的当地人黄叔说，再往上越野车也开不上去了。于是一行人背上水和干粮，转而徒步丈量那条"地之肚脐"。

沿着壕沟，踩着黄泥和砂石抱成一团的小路，闻着各种花香树香，摘着脚下藤蔓上的野果，听着淙淙的泉水声，大家的兴致很高，如果不是五音不全，我真想甩出一串歌儿。

黄叔说，六练顶终日云牵雾绕，四季如春，上面有千年的茶树、珍稀的山蛤、野生的灵芝、丰富的矿产……听着颇有"香格里拉"的色彩。

"啊！我都爱！"我尖叫。

黄叔笑笑，神秘地说："宝物只会有缘人。"

这个我相信。我曾经看过一部电影，说的是去非洲淘金，有人赚了个盘满钵满；有人却连金沙的影子都没看到。自古以来，总有人热衷于寻宝，我想，不仅仅是因为宝物本身巨大的价值，还因为那一条条寻宝之路总是充满了刺激和未知数，能勾起人们旺盛的好奇心和心底最深处的征服欲。而那没有能力去寻宝的人，就靠看一部部寻宝电影聊慰那点兴趣和热情。

想不到的是，今天，我这个本来属于后者的人，也踏上了通往藤县"香格里拉"的寻宝之路。

"哇！"一声短促的叫声从涧边的大岩石底下窜出。

"山蛤！"我惊喜。

黄叔笑着说："山蛤要晚上才能捉。白天它就是逗你玩的，你抓不到它。"

"唉——"我叹气，不料脚下一滑，"呀！"地惊叫。

"小心！"旁边的文友急忙提醒。

"还以为被灵芝绊脚呢！"我自嘲着弯腰拉开"作恶"的藤蔓。

大家哈哈大笑："灵芝跟你这么有缘，我们要跟着你走才行！"

继续往上爬，"地之肚脐"又变了，由藤蔓爬地的、干净的泥沙路变成了一条大大的沟壑。里面，大大小小的石块层层叠叠，被雨水冲刷得光滑可鉴，干枯的野草匍匐在上面，如同不离不弃的老夫妻。我突然想起网上看过的一首诗：

> 我一直爱着你
>
> 缠绕着和你亲昵
>
> 尽管世纪的霜幻化岁月的雨
>
> 你的生命在时光里老去
>
> 我依然爱你
>
> 把你紧紧的搂在怀里

直到

我们全都停止了呼吸

谁

也没有和谁分离！

这是怎样的一种爱情！

石和草、藤和树、山和水，云和天……其实世间万物都是有爱情的吧？那么六练顶呢？你的爱情在哪？你鹤立鸡群般高高地耸立着，周围那么多仰视的目光，可有哪一道温柔地到达你的心底？抑或你还在等待，等待一段远方的与你匹配的高站位的姻缘？

再往上，"地之肚脐"更显神秘了，它如孙悟空一个转身就没有了踪影，又如土行孙一个矮身就遁地而去。在我们面前是两米多高的野草，蓬蓬勃勃，莽莽苍苍。

黄叔惊奇："咦？怎么不见路了？"

"世上本没有路。"大家马上想起鲁迅的名言，"开吧！"

黄叔经过一番观察考证，确定了原来的路坯，拿出砍刀开路。新鲜的大芒草虽然被砍断、踩低，一点也不减其害人的本质，一不小心就会被割破皮肤。还有那动不动就拉人的荆棘，轻则拉着衣衫不给走，重则直接刺穿衣物给你划拉上长长短短的血痕。我高举着双手，尽量避开这些害人的东西，避不开的时候就侧着身子小心地拉开它们。可是顾得了头顾不了脚，原来的路坯本来就不平，踩低的野草一盖上去，更看不出哪里高哪里低，一踩一个趔趄，老是打滑。每个人都小心翼翼，却还是跳舞一样左倾右斜，连连惊叫。我想，如果小鸟看见我们这一行在半山坡的青翠间张开双臂摇摆的人，大概会把我们视为同类吧？

太阳已经升高了，热情得让人有点吃不消，平时缺乏锻炼的我早已汗流浃背，气喘吁吁。

有人笑着说："注意看灵芝啊！可能就在旁边的草丛里了！"

找灵芝啊？还不如抬头看看近在眼前的"香格里拉"呢！只见它挺立着伟岸的上半身，与白云相拥，与秋风嬉戏，庄重而飘逸，似乎在笑着对我们说："来呀！来呀！"

又是一个多小时的艰难跋涉，我们终于爬上了山顶。站定身子，有风善解人意地驭着阳光徐徐而来，顿时吹走了我的疲惫。低头看那被草木蹂躏过的薄薄的衣衫，布满了小小的干硬的荆棘，有线被抽紧成团，可谓衣衫不整；以手机屏幕为镜，只见发髻松散，粘着草屑，有几缕头发已经脱离集体，正在放飞自我，脸上挂了两条红色的锯痕，血珠已干，可谓蓬头垢面。这一条"地之肚脐"啊，可真是给足了我们这群寻宝之人下马威！

犹不及顾影自怜，只听黄叔说："那边就是六练顶了，宝物就在眼前了！"

"还要爬啊？"我一声哀叫。

黄叔含笑着说："这下的路好走了，从这个山顶直接穿过去就到了那个山顶。"

所谓"好走"，只不过是不用拿刀开路了。当我们终于爬上六练顶，早累得一个个弯着腰喘气了。我想要找个地方拍照，也好在朋友圈嘚瑟一下这个藤县的"香格里拉"，可惜四周高林密布，身处其中，根本照不出它的出类拔萃。不禁想起苏轼的诗句："不识庐山真面目，只缘身在此山中。"七百多年后，美国思想家爱默生也来了一句颇有异曲同工之妙的名言："站在山的旁边，就看不到山。"看来大自然的玄妙，千年不衰，万年不竭，一直都在痴心地等待人类去探索。这美丽的"香格里拉"啊，这静默的山川湖泊啊，这广袤的宇宙万物啊，无处不藏着神秘，无时不等待着我们去发现呢！

稍事休整，黄叔兴致勃勃地带我们去找千年老茶树。

这回不是在高过头顶的草莽中穿行，而是在竹林里猫腰潜走。没有路，全是小小的光滑的竹子，我们需要两手掰开竹子，弯着腰、抬高腿跨过去。时不时地，背包就被竹子卡住，拉得人往后仰。竹林里蚊子肆虐，对于我们这群强硬闯入它们基地的庞然大物丝毫不畏惧，充分发挥它们娇小灵巧的作战优势，"嗡嗡"地叫着向我们进攻。于是我身上的血痕旁边，又添加上个个红色的包包，一抓，又痒又痛。

"到了！"前方一声令下，霎时把我拉出了深渊。

"这就是千年老茶树？"我仔细地看着这棵不起眼的树，矮矮的，老枝老叶，"跟别的老树没有两样嘛！"

"这不是千年的茶树。千年的茶树在那边的悬崖，刚才我看了一下，草太高，林太密，上不去了。"黄叔说。

"哦！"我有点泄气，想顺着黄叔的手指，一睹千年茶树的风采，视线却被茂密的林遮挡了。

"这棵树没有千年也有两三百年了。"识货的资深茶客文友一边说一边已经手忙脚乱地在摘茶叶了。我也连忙踮起脚尖拉下一枝，不管老叶嫩叶一通胡摘。

　　"摘了茶叶，我们去找山羊了！"黄叔说，"运气好的话，今晚大家能吃到最美味的山珍！"

　　黄叔说，在这"香格里拉"的腹地，有一对夫妻养着最正宗的山羊。因为大山里环境干净，泉水清澈，山羊的肉特别甘美。臆想中的美味驱散了大家的疲惫，我们几乎是流着口水，拖着沉重的腿前行。可是当我们千里迢迢，披荆斩棘来到羊场时，这里已经人去场空。羊棚还在，养羊人住的吊脚楼也还好好的，菜园里紫苏树长得非常茂盛，瓜藤上结着硕大的毛瓜……

　　我不知道这对"香格里拉人"是否如传说一般拥有高智慧和自然的能力，但我知道他们拥有勤劳、坚韧、吃苦、能干等中国农民的性格，他们靠着养山羊养大了几个孩子，建起了一幢新房。

　　"他们不在山上了，难怪上山的路都长满了草呢！"黄叔来了一句非常接地气的话。

　　没有山蛤和灵芝，没有千年茶树，也没有山羊，神秘的"香格里拉"让风尘仆仆跋山涉水而来的我们一无所获。

　　下山犹比上山难。沿途而返，早上砍下的草被晒干了，更加滑，我们只能把重心放在腿上，靠脚趾紧紧地抓住地面，这直接导致下山后双腿酸痛了两三天，下楼梯只能蹦跶着。而受力最大的脚趾，拇指甲和小指甲都瘀黑了，此后十几天我都只能穿露趾的凉鞋。这大概是这一趟"香格里拉"之行唯一的"收获"了。可是一想到那条神秘而刺激的"地之肚脐"居然被我走过了，征服了！顿时一股豪气从脚底直穿云霄。

　　我知道，还有许许多多"香格里拉"等待着我们的探访，许许多多的"地之肚脐"等待着我们去探索、去征服，我们，任重而道远……

在宁康，放空思绪

周羽兵

　　现在的我，好想再回到宁康——藤县的香格里拉。

　　宁康的山，很高，很挺拔。那里的六练山，是藤县第一高峰。现在的我多么想再一次在六练山那片翠绿的竹林里纵情，在那高高的千年茶树下流连，在淙淙的山涧瀑布下忘返，像宁康人那样可以聆听着山林里鸟儿的歌声把自己唤醒，每天夜晚听着虫儿的鸣叫酣然入梦。最简单的幸福，也是我这个匆匆过客之所想。

　　在宁康，我想和你携手在六练山巅一起眺望远方，端起人生的目标。

　　六练山海拔 844.1 米，它横亘在宁康与大黎这两个乡镇，天际分明，绵延远方——是宁康人的精神所依，福之所赐。到宁康，沿着平（南）金（秀）二级公路向藤县第一高峰远眺，其实，一望见她或一梦见她，我就顶礼膜拜。或许，每一个人心中都有一座山。

　　在宁康，我想陪你一起去六练山走走。喜欢藤县的"香格里拉"不需要任何理由，因为春可以看映山红开遍山崖，看寨子的瑶家妹子人比花娇，看山间云雾仙岚躲起来又飘散，那些朦胧的风景和情感。秋可在山坳里看满山枫叶红了条条小道，穿越唐宋，一直连接着元明清的诗意，树叶飘落，吟咏藤县的"香格里拉"山山水水的乐章；渴了，可掬起一汪泉水，那是甜甜的滋润，一路向下滋润着农田。小河小溪两旁，绿意掩映下的村庄炊烟袅袅。在宁康的每一分钟，我贪婪地享受着那里空气的甜香，享受着那里田头地埂的宁静与悠长，让人仿佛又回到童年的时光——宁康，藤县的香格里拉就藏在大山的深闺。

　　六练山是位伟大的母亲，百般宠着她的儿女。夏天的太阳还未下山，六练山的树荫便将小山村关得严严实实，所以这里的人们可以从容地回家享受黄昏与夜晚。秉着日出而作日落而息的农耕习俗，入夜八点，这里的村街小巷已是行人寥寥，鸟儿归了巢，小狗不再撒野。晚饭后的农家小院透出光晕点点。夏夜，村头的社树下可以看到饭后清闲坐、聊天、看夜景的农人。打着扇子排排坐的老头、老太太抱着孩子乐享天伦，小扇轻摇慢时光，这里的人脸上没有焦虑，没有浮躁，没有忧愁，就那么平平淡淡地带着生活本应如此的满足感，等待着夜幕的降临，一任晚风吹拂身心，都带着微笑去坦然面对。在青山绿水和夜的宁静中，享受淳朴简单而又实在的幸福。在宁康，"做一个清澈明净、淡泊平和的藤县'香格里拉'人，从此读书泼茶，倚楼听雨，日子清简如水。甚好！"

宁康产茶，高高的六练山上的千年古茶树高数丈。山人都爱喝茶。他们说，品茶是一种境界，也是一种态度。不论茶的种类、品质高低，一定要讲究境界。这，或许就是藤县宁康人的人生态度。

"所谓世外桃源，是楼头植瓜，檐下栽花，墙边种果，几串碧翠，三两芬芳。在瓜前李下，或口品香茗，或把酒言欢，心头盈满小欢喜，便是人间好时节。"——山里人的幸福就是那么简单。

让人在茶杯里品出光阴的是一位大叔，那天登六练山时的向导。脸庞黝黑，很朴实，是一位退伍老兵，姓江。大叔家里的茶具很简单朴实，桌子是折叠小木桌，凳是经济而笨重的老树根，未经雕琢。靠山的背风处起了个炉子，上面搁个圆肚铁壶，下面烧得红红的是炭火。茶桌配了个小壶，数只茶杯，如此而已，煮的是山上千年古树茶。这样的格局跟城里雅致讲究的茶座相去甚远了，而他有他的乐趣。

开水沸滚，室内茶香弥漫。品饮香茗慢时光，山里人总爱浅酌慢品，任尘世浮华，皆是云烟。喝到这样的境界，便会放下了一切，人自然也变得轻松无比，世界瞬间安静了下来，喧嚣浮华渐渐地褪去，只剩下最纯净的自己——这就是藤县宁康人的真。周作人在他的《喝茶》写道："得半日之闲，可抵十年的尘梦。"在宁康的六练山深处，小院里瓦屋纸窗下的清茶一杯，这片刻之悠游，足可消抵十年尘梦。忙里偷闲是一种境界，能够喝喝茶，得半日之闲，是人生快意之事。

贵客盈门，茶桌坐满。大叔忙前忙后，神色匆匆。如此一来就描绘了两幅对比鲜明的画面，客人在优哉游哉地一边喝茶，一边聊天。而大叔呢，似乎忘记了面前的美景，风风火火地张罗着，心里惦记的是如何招呼好这帮远方的客人。在客人的要求下，大叔也说上一段他经历的战斗故事。不经意发现眼前这情景，挺有意思的。

大叔在烧水。他说水是宁康最清纯的山泉，泡上千年古茶树上的叶子很香。不过谁都心照不宣，水八成是那小瀑布飞下来的水，就近取水不费劲，随意掬一捧来喝，满嘴的清甜。

也许是临近黄昏的原因，游客走了，大山回归她原有那份孤寂。大叔得闲坐下来泡茶，自斟自饮，朝着血色黄昏的天际凝望，怡然的神态慢慢地在脸庞荡漾开来。一时鲜红一时金黄的夕阳从长廊的上方恰好斜照着他，构成一幅好美的画图。

现在，春夏过后又逢秋，周而复始四季时。很想再一次前往宁康，望小溪两岸群山逶迤，听稻田蛙鸣虫唱，看流水悠扬。

日暮夕阳，沿着一幅画里走，牵着六练山的温婉柔情，也牵着你的手，共度一段时光。

可以在宁康，与你共度一段美好时光，真好！

宁康看山

刘　宁

　　游弋于大山里，无拘无束，欣赏大自然的景物，体会孤独与自由，感悟奥秘与希望。也许，宁康陌生，是因为不抢眼，甚为渺小。咋看藤县的版图，像一个熟女的行走状，宁康正是熟女的脸部。地理位置的特殊，使宁康变得偏僻。

　　一旦心动，脚步就会比路长，宁康不再遥远了。宁康方圆百里的山，属金秀大瑶山之余脉，但缺秀、奇、险、雄的特点，难以俘虏游客的心。可我倒是觉得，宁康的山很自卑，不与国内名山大川相媲美，不与周边的金秀圣堂山、太平狮山、道家石表山比名气。等到去靠近、去感觉，方才发现她的韵味。

　　近看宁康的山，很丰腴，这里流传着一个"女儿龙"的故事：远古时候，大瑶山神有五条龙。四条石龙，一条土龙。有一年八月初五，大瑶山神按照天神的指令，进行安龙活动。按计划，大瑶山神很轻松地把四条石龙分别安顿到金秀的六巷、平南的大鹏、蒙山的夏宜、昭平的仙回去。轮到土龙，本计划安去美丽的容县。可是，到了丹竹镇河口，一条滔滔的浔江水相隔开，大瑶山神费了劲，土龙仍怕水淹，不肯过江。大瑶山神心里忐忑不安，非常担心完不了任务，也担心被天神严厉的惩罚。他一筹莫展，想来想去，硬着头皮去恭请天神出主意。天神说："好！我派天将去。"天神一眨眼签了两支签。过了两天，两只鸿雁双双出现在永宁和永康一带的上空，一天来回翱翔、盘旋，晚上就栖憩在村野里。半夜，这两支神签竟发出奇异的光亮，周边的山民发现了奇观，于是奔走相告。大瑶山神听到此消息，非常高兴，即刻禀告了天神。天神拍了拍大瑶山神的臂膀说："神签为媒，你女儿有福，就许嫁永宁、永康吧。"听罢，大瑶山神立即行动，仅用了两个时辰，牵领"女儿龙"从丹竹往隐含一个"永"字的宁康去。天神馈赠宁康一份厚重的恩赐，

"女儿龙"永远就定格于宁康，留给子孙世代耕耘与坚守。

如此神秘的宁康，读了两句留题诗，又想到六过山："六过山上双马飞，那蓬回龙悍八旗。古眼放榜观来历，花洲那教会长贤。"六过山，又称"六练山"，坐落宁康，是藤县211座山峰中最高峰。若在平桂村的那蓬口，大黎的理埔坪，踮脚仰望，山之遥路之远，横看成岭侧成峰，远近高低各不同。如此高大的山，进山有三条主路。想走捷径，从平桂村有一条林区路。弯多，共有九道拐，拐一个弯，拐一个弯，再拐一个弯。汽车爬上去，就像老鸭子般左摇右摆，左高右低，车尾喷出一股股浓烟，遇到胆子小的人坐车，怕会惊吓一身冷汗。

这路只通往山羊坳，大半山腰，约800多米海拔高度，有人安营的地方。老远看，山坳最弯处，一棵大楠木将两间土坯茅房隔开，一高一矮。一扇门，两扇窗，窗帘用树皮做的，茅屋背山，朝面对着山林。刚下过雨，烟雾缭绕，山坳之中，虽则极为简陋，却也别有一番诗意。于是，避开那卷尾的大黄狗，举手轻叩，柴门唧唧应声而开，庆幸有人，开门是一位约十来岁的小男孩。他活泼、可爱，有胆量，也懂礼貌。见到我这个不速之客，投来浅浅一笑，热情邀我进屋坐，端上一杯热茶。环顾茅屋里，陈设十分简单，床是用竹子拼成，桌是四方的石头，四五张歪歪的竹椅子，还有简单的炊具和一些劳动工具。

茅屋的主人姓郭，他们夫妻两人，一年四季在这常住，现在去放羊了。小男孩是孙子，刚从山下送东西上来。平日里，路过山羊坳的人，即使爷爷奶奶不在家，都喜欢在这逗留，在这小憩，看风景。因为柴门永远敞开着，是山上唯一的驿站，方便人们挡风避雨。小男孩很机灵地直眨眼，令我嘀咕，猜想他葫芦里卖的什么药。他定了神，问我是干什么工作的，是不是教师、记者或者是矿工？我扑哧一笑，让他再猜。小男孩摆出一副央求的样子，叫我不要匆匆地离开。我舒了一口气，坐了下来。小男孩朗读他写的作文，奶声奶气的童声，以文采感人。他写的是爷爷和奶奶，此时在我的脑海里，霎时浮现出两个背影，大山里的牧羊人，风雨十八年，放羊、养蜂、摘茶、护林，含辛茹苦养育了两代人成长。他们与太阳、月亮、青山为伴，为了生活，为了家，为了大山的希望……靠一双勤劳的双手奋斗出幸福的生活。

山的缓坡处，是荒草地。沿着一条小斜道，攀爬到顶。这一片荒草地面积大，野草长得茂密，不易发现，这里竟然是南方少有的小高地。站在顶巅，一眼望不到边际。山上青青的野草，野火烧不尽，春风吹又生，野草有强劲的生命力。再遥看远处层层群山蜿蜒，大自然的魅力，俨然威武的老虎在狂奔、俨然雄狮在沉睡、俨然大雁在翻飞。我席地而坐，感慨良多。

脚步放得慢一些，在一丛山茶树前停下。说它是一丛，而不是一棵，是几棵拳头粗细的山茶树相拥相守。山茶树是自由的，像一位素颜女子，于深翠浅绿中，显示一种素雅的、自信的美。也许，我来得不是时候，瞧瞧石崖边那几棵山茶树，没有吐新芽，一身"老绿袍"，可是民间一直提到"老绿袍"，身价不菲，上千元价格，从来不愁卖。随手摘上一片山茶叶，放进嘴里慢慢嚼，越嚼越感觉苦、甘味，然后是生津的甜。

听说山里有600多棵山茶树，茶树生长特慢，从斑驳的树皮、树径、树冠看，树径半米的树龄应该有上千年吧，小的也有上百年。年份久远，山野生，昵称"老茶娘""石崖绿袍"，树梢上的每一片叶，山民们都视之为"命茶"，可防病、除病，是健身之宝。与山茶树相伴的文厘竹、野山蕉、木菠萝成年累月，长不见高，风吹常摇曳、林间能遇雨遮挡，纯天然的一道屏障，浪漫惬意的实景地。

茂密的山林，野果挺多。平日，山民们从早到黑都在山里转，饿不着。你看，山柿子、木竹子、灯笼子、簦桃子、棠梨子，令人垂涎。只要辨别清楚，熟了的果子都可往嘴里塞，不伤胃。要是七月天，稔子熟了，边走边吃，也是一种野趣。秋天的栗椎子很多，任你攀摘。要是一个人，除了防蛇外，可以听各种鸟儿的鸣叫，各种昆虫的嘶叫，可以牵着树枝引体向上，也可以拨开野草仰身而卧，眯上眼睛去冥想。还可以闻一闻野草的芳香，张开喉咙尽情放歌。总之，人融入大山，面朝山野，天趣自得，悠哉游哉。

靠山吃山，大山就是宝仓。迎着初升的太阳，山民们进山采松脂、摘八角、挖药材、扳竹笋，还有采蘑菇、大红菇、灵芝、木耳，收蜜、锯板、烧炭、破竹。到晚霞西斜时，山民们肩上挑着那沉甸甸的特产，深一脚浅一脚奔往山脚公路的货车旁，彼此讨价还价的叫卖声，与落霞一起，慢慢地隐入夜色里。

峰回路转，山风潇潇。山旮旯，随便可见土坯砖瓦房，矗立山坡边、田野旁，炊烟袅袅，留得住那一段乡愁。山民们礼尚往来，非常和睦。习惯外村嫁内村，上屋嫁下屋，婚姻相通，肥水不流外人田。十里八村都是一口宁康调，习俗不甚相远。家家粮食自给自足，小锅头酿米酒，常年备足。红白喜事，一律家酒浓香；好友登门，随便舀喝，兴致甚欢，猜码喝彩，乐也融融。每家每户门楣一副对联，中堂诗除用词严谨，韵律斟酌之外，用淡红、黄、绿、蓝色粉纸粘贴而成，寓意纸分四色，四季吉祥。代代文脉相承，民风淳朴，彰显山里人的风骨与精神。

明知路之遥，偏向山里行。宁康的山川蜿蜒，地灵人杰，适逢发展的春风，一路坦途，山里山，山外山，都在嬗变，宁康的山村，真让人陶醉。

众手浇开幸福花

孙燕凤

初夏一个风和日丽的日子，我来到了藤县宁康乡永太村——在这个2000多人口的小村落里，聚居着汉族、瑶族、苗族、水族和侗族人民，少数民族人口占了600多人。

不同的民族，不同的生活习惯，他们能和睦相处吗？

带着心头的疑问我走进了永太村委。只见三层楼的房子，里里外外整洁干净，墙上最醒目处一张奖状锁住了我的目光：永太村荣获县级民族团结先进单位。

"大家早就习惯了。何况，这里山环水抱，民风淳朴，邻里友爱，神仙也想下凡啦。"似乎是回应我，村委副主任郭荣一脸自豪地说。

郭荣也是瑶族人，高大结实，脸膛黝黑，架着一副近视眼镜，精明中透出一股书生气，一看便知道是有理想有文化的人。他妈妈是瑶族人，村里像他家一样的瑶族人比比皆是，基本上都是汉人与瑶族人联婚的结果。

这是一个有经济头脑的汉子。俗话说"靠山吃山"，郭荣在自家的山上种了100多亩杉树，村子里有劳动力的人家也纷纷上山种杉树、松树，充分利用土地资源。一年复一年，大伙靠双手让一座座山披上了绿装，日子也一天天好起来。

去年，郭荣又瞄上了香水柠檬。香水柠檬在城里用来做奶茶材料，供不应求。他先是培育了2亩香水柠檬苗，销往一水相依的平南县瑶乡马练乡，结果苗木在当地大受欢迎。

初战告捷，极大地鼓舞了他。为了带动更多的群众致富，他将自己掌握的种植技术毫无保留地分享给众人。

脱贫户周荣彪三个小孩读大学，平日主要靠打点零工挣钱，经济负担较重。郭荣看在眼里，决心帮他一把。

"要不你也来种香水柠檬？多挣点钱。"郭荣一脸诚恳地对周荣彪说。

"我没有技术，恐怕不行，到时连本也赔了怎么办？"周荣彪不无担心地说。

"别怕，我来教你。"就这样，两个热血汉子说干就干。在郭荣的带领下，周荣彪在自家地里除了培育香水柠檬苗外，还种植了5亩香水柠檬。

如今，周荣彪家的香水柠檬苗已有一部分出售，取得收入，他心里乐开了花。

看着地里长势喜人的香水柠檬，往日常为小孩学费眉头紧锁的周荣彪，脸上露出了少见的笑颜："郭副主任真是群众致富的带头人、贴心人，党有这样的好干部，百姓生活有奔头。"

是呵，好干部加上好政策，永太村各族人民的日子是越来越好。

村委旁边几排整齐的钢筋水泥楼，一字排开，统一的样式和布局，这是永太村的移民新村。走进黄位东家，三层楼的房子干净整洁，只有其妻子在家，三个孩子都去外地读书了。妻子是瑶族人，孩子户口随母亲也是瑶族。由于妻子患有心脏病，三个孩子尚未走出社会工作，只靠黄位东一个人打工挣钱，着实不易。

"如今好多啦！党和政府让我们住进了新居，还作为低保户去帮扶，孩子读书又有优惠政策，真是赶上了好时代，感激不尽啊！"黄位东的妻子双手作揖，激动地说。

从口音我已听不出她是瑶族人。她说有时半夜发病，也多亏乡亲们帮忙，郭副主任还用自己的车送她去医院。

一旁的郭荣憨厚地笑了笑，没有过多解释，似乎一切都是应该做的，不值一提。

可不是，他们为村民做的好事多着呢。

去年由村委立项申请新修好的中垌桥，两边高高的护栏，宽敞结实，一改原来破损景象，消除了安全隐患，极大地改善了当地人的出行条件，被群众亲切地称为党群"连心桥"。

疫情期间，村干部风雨无阻，走村进户动员群众打疫苗。老人龚其才思想有顾虑，加上居住偏远出门不方便，一直不完成疫苗接种。郭荣知道后开着自己的小车上门，像对待亲人一样耐心说服，最后一个温柔的"公主抱"将老人抱上车，接种后又送老人回家，一时成为当地美谈。

正值中午，走在城乡风貌改造后的新屋、社垌小组整洁干净的村道上，只见水泥道路环村而过，道路两旁小草一片翠绿，花儿怒放，好像在张开怀抱热情欢迎远道而来的客人。一个（口）鱼塘上面一座小巧的凉亭，刚好让过路的人们有一个纳凉的好去处，看着就让人有一种凉风吹拂的清爽感觉。古树参天，石克河穿村而过，树影婆娑，风景秀丽，真不啻人间天堂。每家每户房前屋后干干净净，老人孩子在门前聊天嬉戏，一派现世安好，天地祥和的宁静景象。一阵山风吹过，空气中带着山区特有的纯净清凉，像夏天喝了冰水，通透舒服。

走着走着，我被一阵优美的歌声吸引了——篮球场旁边一栋崭新的三层楼，上面"永太村村级公共服务中心"一行大字在阳光的映照下熠熠生辉，一群人正在里面悠闲娱乐：有的打牌，有的打乒乓球，有的在唱卡拉OK……村民看见了我，非常热情友好地邀请我唱歌，你一言我一语快乐地说：现在政府建了这么好的活动中心，宽敞明亮，村民有空都喜欢来这里消遣娱乐，活跃身心。这里的设备除了政府捐赠外，村民还集资购买了音响，晚上来这里跳舞，可热闹啦。

我的眼前浮现出了在城里司空见惯的广场舞，于她们，是如此的津津乐道和骄傲。我知道，在解决了温饱之后，她们追求更加完美的精神生活，生活方式逐渐向城里人靠拢，甚至在某些方面独具优势，比如她们的温良和纯朴，她们对家园的热爱和守望。

顿时，我读懂了郭荣脸上的自豪，也明白了为什么这么多民族聚居这里而和谐共处，那是因为有出色的领头雁，有如"石榴子"一样抱团发展、互相守望的各族人民。

"五十六个民族，五十六朵花，五十六个兄弟姐妹是一家……"走出永太村，民族特色文化广场上飘来的歌声激荡人心，我仿佛看到民族团结进步的花儿在永太村正开得热烈灿烂，姹紫嫣红，那是众手浇开的幸福之花。